푸슈킨과 오페라
온 세상에 울려 퍼지는 시혼

푸슈킨과 오페라
온 세상에 울려 퍼지는 시혼

초판 1쇄 | 2016년 12월 26일

지은이 | 최선
편 집 | 이재필
디자인 | 임나탈리야

펴낸이 | 강완구
펴낸곳 | 써네스트

출판등록 | 2005년 7월 13일 제313-2005-000149호
주 소 | 서울시 마포구 동교동 165-8 엘지팰리스 빌딩 925호
전 화 | 02-332-9384   **팩 스** | 0303-0006-9384
이메일 | sunestbooks@yahoo.co.kr
ISBN 979-11-86430-39-2 (93800)   값은 표지에 표시되어 있습니다.
2016©최선
2016©써네스트

이 도서의 국립중앙도서관 출판예정도서목록(CIP)은 서지정보유통지원시스템 홈페이지
(http://seoji.nl.go.kr)와 국가자료공동목록시스템(http://www.nl.go.kr/kolisnet)에서 이용
하실 수 있습니다.(CIP제어번호: CIP2016030411)

러시아문학연구 04

푸슈킨과 오페라

온 세상에 울려 퍼지는 시혼

최선 지음

우물이 있는 집

저자의 말

이 책에는 러시아 문학의 아버지, 알렉산드르 세르게예비치 푸슈킨 (1799-1837)이 관심을 가졌던 오페라나 그의 작품을 오페라로 만든 것을 보고 들으면서 쓴 글이 모여 있다. 필자는 푸슈킨으로 인하여 유럽 문화의 대표격인 오페라에 관심을 가지게 되어 2006년부터 고려대학교 핵심 교양 강좌 '러시아문학과 오페라'를 개설했고 푸슈킨 작품과 오페라의 관계에 대해 몇 편의 논문을 썼다. 이는 푸슈킨이나 괴테를 비롯한 많은 작가들이 오페라를 보기 위해 마차를 타고 오페라 극장을 찾던 시절과는 너무도 다르게 2000년경부터 오페라를 영상 매체를 통하여 마음껏 반복해서 듣고 볼 수 있게 되어 가능한 일이었다. 이 즈음부터 필자는 문학작품을 대할 때 오페라와 연관지어서 생각하는 일이 잦아졌고 오페라 대본을 자세히 읽게 되었는데 푸슈킨 작품을 대할 때도 물론 그랬다. 푸슈킨 작품의 주인공에 대해서 생각할 때도, 푸슈킨 작품과 유럽의 문학작품을 비교할 때도 오페라를 보고 들으면서 문학작품을 새로이 읽게 된 경우가 많다. 오페라에 관심을 가지게 되면서 여러 가지 유럽 오페라를 듣고 보던 중에 바그너의 「트리스탄과 이졸데」(1865)를 만나게 되어 이 오페라와 체호프의 단편 「강아지를 데리고 다니는 귀부인」(1899)을 비교하며 살펴보기도 했고 이런 저런 기회에 글을 쓰고 발표를 했을 때도 필자는 종종 문학작품과 오페라의 관계에 대해 생각하고 언급하게 되었다. 이 책에 담긴 글들은 필자의 행복한 오페라 감상과 연결되어 있는 셈이다.

2017년 2월 정년 퇴임을 앞두고 필자는 직장 생활을 마무리하며 부끄럽지만 그간 쓴 글들을 주제별로 묶어서 종이책으로 만들어 두기로 마음먹었는데 이 책도 그중 하나이다. 대체로 작성한 연대순으로 글을 실었고 글마다 제목에 주를 달아 언제 어디에 어떤 계기로 썼는지 밝혔다.

미력하나마 필자가 이제까지 푸슈킨과 오페라를 공부하며 쓴 글이 이 분야를 공부하는 사람이나 러시아 문학 및 러시아 문화에 관심이 있는 사람에게 어떤 의미에서라도 도움이 되었으면 좋겠다. 인연이 닿아 이 책을 손에 들게 될 모든 분께 고개 숙여 인사 드리고 이 기회에 필자의 인생살이와 공부살이에 힘과 가르침을 준 모든 분께 감사 드리고 싶다.

이 책은 러시아어를 몰라도 별 문제 없이 읽을 수 있다. 내 아이들 – 승원, 효원, 효재도 언젠가 여유가 생기면 따듯한 마음으로 읽어주었으면 좋겠다. 여러 모로 부족한 필자를 항상 응원해 주셨던 부모님과 석사과정에서도 박사과정에서도 그리고 그 이후에도 변함없이 따듯하게 지도해 주셨던 나의 선생님, 제만K. -D. Seemann 교수께서 이 책을 보고 기뻐하실 것이라고 생각하니 이제는 저승에서 만나게 될 그들이 새삼 그립고 고맙다. 아울러 이 책이 나오는 데 큰 도움을 준 써네스트의 이재필 편집장과 이 책을 기꺼이 출판해 준 써네스트의 강완구 대표에게 진심으로 감사한다.

2016년 가을

차례

『예브게니 오네긴』 역자 서문, 역자 후기*

　알렉산드르 세르게예비치 푸슈킨(1799-1837)의 『예브게니 오네긴』은 러시아문학에 가장 많은 영향을 끼친 작품으로 종종 평가되는 소설이다. 러시아문학뿐만 아니라 세계문학 속에서 살펴보아도 매우 독특한 장르인 이 운문으로 된 소설은 푸슈킨이 1823년에서 1831년까지 8년에 걸쳐서 쓴 것으로 푸슈킨의 창작 인생과 함께 자라난 작품이다.

＊　필자의 『예브게니 오네긴』 번역은 서울대학교 출판부에서 2006년 초판이 나왔다. 이 책이 나왔기에 교양강좌 '러시아문학과 오페라'에서 수강생들에게 오페라 「예브게니 오네긴」과 비교하면서 자세히 읽으라고 구체적인 질문을 만들 수 있었다. 수강생들은 작곡가 차이코프스키와 대본가 쉴로프스키가 오페라를 만들 때 푸슈킨의 운문소설에서 그대로 가져다 쓴 대사가 거의 대부분이고, 작곡가와 대본가가 푸슈킨이 자신의 작품에 붙인 주석에 있는 부분을 바탕으로 유명한 '그레민의 아리아'를 만들었다는 것을 책과 오페라 대본을 비교해서 읽어 보며 저절로 알 수 있었다. 대본이 오페라에서 매우 중요하다는 사실을 인지한 수강생들은 이 책을 참으로 열심히 읽고 리브레토와 비교하여 여러 가지 질문 사항에 대해 발표해서 필자는 정말 기뻤다. 개정판은 2009년에 나왔는데 초판과 개정판의 역자서문은 동일하고 역자후기는 개정판을 낼 때 확장했다. 필자는 역자후기의 일부를 이 작품을 운문으로 번역하면서 시도했던 리듬에 맞춰서 썼다. 2016년 현재 이 러시아어 원문 대역 번역서를 푸슈킨 문학에 입문하는 데 유익한 내용을 담고 읽기도 편하게 해보려고 열심히 제2개정판을 준비하고 있다. 항상 마음 깊이 성원을 보내 주었던 최진희 박사, 허선화 박사, 박철 박사, 이형숙 박사와 초판이 나왔을 적에 따로 자리를 만들어서 축하해 주신 독문과의 김승옥 교수님, 역자 후기를 읽고 과분한 칭찬을 해주신 국문과의 김인환 교수님께 감사드린다.

이 작품이 러시아문학에 그토록 커다란 영향을 준 이유는 무엇일까? 또 시대와 공간과 언어를 달리하는 독자들에게 생생한 감동을 주어 러시아에서 연극, 오페라 등의 다른 예술 장르로 만들어지는 것은 물론, 다른 나라에서도 영화로 만들어지고 발레로 공연되어 전 세계 사람들에게 다가오는 이유는 무엇일까?

그것은 푸슈킨이 이 운문소설 속에서 아이러니와 패러디를 섞어 만든 독특한 유머러스한 스타일로 독자를 끌어들여 『예브게니 오네긴』에 그려진 지성인의 고뇌를 모든 지성인들의 것으로 공감하게 만들기 때문이다. 예브게니 오네긴의 권태와 고민은 바로 내면을 들여다보며 정체성을 추구하는 지성인들의 것이고 그것은 모든, 생각하며 사는 지성인들에게 주어진 문제이다. 예브게니 오네긴이라는 인물에게서 우리는 오만과 우월감, 그리고 냉소를 본다. 그러나 동시에 우리는 자신을 들여다보는 일을 멈추지 않는 회의하는 고독한 인간을 보는 것이다.

정체성에 대한 질문은 푸슈킨 작품세계의 중심을 차지하는 것으로, 희곡 『보리스 고두노프』(1825), 단편소설 모음 『벨킨이야기』(1830)에서 다루고 있는 문제도 바로 이것이다. 『보리스 고두노프』에서 한 정치가의 비극을 중심으로 인간과 국가의 정체성의 문제를, 『벨킨이야기』에서 당시 여러 계층의 러시아인들의 방황과 길 찾기를 통하여 정체성의 문제를 탐구하고 있다면 8년에 걸쳐 쓰여진 이 운문소설에서 보여주는 것은 당시 지성인의 정체성의 문제이다. 이는 바로 푸슈킨과 그의 친구들의 문제이기도 하였다. 푸슈킨은 그와 친구들의 삶을 이루는 모든 것 — 사는 공간, 먹고 마시는 것, 입는 것, 읽는 것, 보는 것, 조상들과 부모들의 행동과 말, 친구들과 하인들의 행동과 성격, 러시아 수도의 모습과 도시인의 생활, 러시아의 시골의 정경과 시골 지주들의 생활, 러시아의 도로와 여관, 산천의 모습 — 속에서 스스로를 들여다보며 길을 찾는다.

주인공 예브게니 오네긴은 러시아의 서유럽 사상 유입과 나폴레옹 전쟁에서 승리한 이후 팽배했던 민족적 자긍심의 결과로서 일어난, 가까이는 당시 전제 정권 자체에 대한 비판에서 비롯된 1825년 12월의 실패한 혁명의 세대에 속한다. 그는 국외자, 잉여인간으로 살아가던 당시 지성인들의 자화상이라고 할 수 있다. 목적도 의미도 없이 살아가나 그는 자신과 그가 처한 세계를 정확하게 이해하고 있다. 날카로운 지성, 회의, 사고의 독자성과 솔직성, 아이러니가 그의 특징이다.

소설의 시작에서 예브게니 오네긴은 상류층 청년으로서의 특권을 누린다. 수도에서 가장 사치스럽게 외국풍으로 치장하고 외국산 포도주와 외국에서 수입한 식품으로 미식을 하고, 화려한 극장에서 연극을 보고 최상류층 무도회에 나타나고, 외국 책을 좀 뒤적이며 아무 하는 일이 없이 나른하게 쾌락을 좇는 일에만 바쁘다. 한참을 정신없이 쾌락을 좇다 주변을 둘러보니 모든 것이 하찮고 사람들은 심술궂고 시시하다. 결국 그에게는 모든 것이 권태롭고 그는 사랑도 우정도 믿을 수 없다는 환멸감에 휩싸인다. 공간을 옮겨 봐도 역시 마찬가지다. 시골로 내려가니 이웃 지주들의 하찮음은 참기 어려울 정도이다. 자신이 사는 땅에 뿌리박을 수 없기에 모든 것은 그에게 의미가 없고 그의 개혁 시도는 힘을 얻지 못하고 그의 마음을 충만하게 하는 것은 아무 것도 없다. 그래서 그는 자신 속에 갇혀 있을 수밖에 없다. 그러나 주인공은 자신의 처지를 똑바로 바라보며 타인과 자신을 구별하면서 길을 찾고 고뇌한다. 이러한 인물이 빠질 수밖에 없는 공허감과 폐쇄성, 그리고 깊은 절망감이 바로 지성인들의 가장 큰 문제이기에 이 운문소설이 모든 지성인들의 심금을 울린다고 여겨진다. 그래서 소설의 결말에서 오네긴이 타티아나에 대한 자신의 사랑을 깨닫고 비로소 진정으로 충만한 삶을 알게 되고 사랑하는 타티아나와 함께 살아가려고 안간힘을 쓸 때 우리는 그에게 아낌없는 동정을 보낸다. 또 그런 인간을 순수하고 용감하게 사랑하는 한 여자를 찬탄하고 동정한다. '자신도 이유를 모르지만 영혼이 러시아 여자'인 타티아나 역시 아무도 그녀를 이해해주지 못하는 환경 속에서 자신을 주변의 타인과 구별하면서 그녀만의 세계에 머물며 외국 소설 읽기로 살아가며 자신의 길을 소설의 도움으로 창조해 보고자 하는 여자이다. 타티아나는 예브게니를 만났을 때 그가 자신처럼 길을 찾는 사람이라는 것을 한눈에 무의식적으로 알아차리고 그와 함께 삶을 개척하고자 자신의 실존적 결단을 편지로 전한다. 그러나 예브게니는 과거에 매여 그녀의 이러한 삶의 기획을 볼 수 없었다. 그는 평온과 자유가 사랑으로 흔들릴 것을 무엇보다도 걱정하였다. 예브게니가 주변의 하찮음에 대한 염증을 극도로 느끼고 타티아나에 답할 수 없는 자신에게도 짜증이 나고, 시골에서 만난 청년 지주, 유럽 유학에서 얻어들은 애매모호한 말을 맥락 없이 늘어놓으며 자기의 고향과는 정신적으로 유리된 채, 그러나 아무 회의를 느끼지 못하고 살아가는 순진한 친구 렌스키에게도 더 이상 참을 수 없었던 그는 결국 시골 무도회에서 타티아나의 동생인 그가 하찮게 생각하는 생각 없는 올가에게 그녀에게 맞는 시시한 장난을 하여 렌스키의 분노를 자아내고 그의 결투 도전을 받아들여 그를 죽이게 된다. 예브게니도 이러한 결투가 얼마나 말도 안 되는 일인가를 잘 알고 있었으나 그는 그것을 피하지 않는다. 요컨대 그에게는 소중한 것이 아무 것도 없었고 아무리 발버둥 쳐도 역시 당시의 하찮은 현실에 묶여 있었던 것이다. 외국 유학을 했어도 별 할 일 없이 의미 없이 살아가는 렌스키와 날카로운 지성을 지니고 모든 것에 회의하며 아무 것도, 자신의 생명조차도 소중하게 여기지 않는 예브게니, 이 두 젊은이의 결투는 당시 상류층 젊은이들의 위태한 공존을 말해주고 있다. 결투 이후 그가 떠난 뒤 타티아나는 예브게니의 서재에서 그의 실체를 깨닫는다. 그의 날카로운 지성, 아이러니와 회의, 독립적 사고와 자신에게 솔직함, 평온과 내적 자유의 추구, 이 모든 그의 특성과 함께 그가 세상에 실망하고 설자리가 없는 인텔리라는 것도 깨닫는다. 마지막 8장에서 사교계에 나타난 그녀는 흠잡을 데 없이 완전해 보인다. 이는 그녀가 그와 세상을 이해하고 있고, 자신을 이해하고 있고 자신의 길을 알기 때문이다. 그리고 속 깊이 아픔과 그리움과 사랑을 품고 있어서다. 인생길에 대한 전체적인 조망이 있기에 '그녀는 서두르지 않았으며', 사랑을 지니고 있기에 '차갑지 않았고', 말의 무용성을 알기에 '말수가 없었으며', 타인을 배려하고 타인과의 적당한 거리를 알고 있기에 '과하게 여길 만큼 빤히 쳐다보고 함부로 시선을 던지지 않았고', '성공을 과시하지도 않았다.' 이제는 소설과 현실의 차이를 이해하고 살아가는 여자이므로 '모방하려는 의도도 없이', 세상과 예브게니, 그리고 자신을 이해하고 자신만의 길을 알고 걸어가는 '그녀의 모든 것은 고요하고 단순했다.' 그녀가 이렇게 의젓한 것은 홀로 있음과 어울림, 희망과 좌절, 사랑과 권태, 자유와 부자유, 평온과 열정, 삶과 죽음, 과거와 현재, 이성과 감정, 이상과 현실, 책과 일상, 침묵과 말, 타문화와 자문화의 관계를 이해하고 있으며 내면에 사랑과 자유와 평온을 함께 지니고 있기 때문이다. 예전에 그녀는 미래의 미지의 삶에 대한 동경을 가지고 용감하게 자신의 삶을 창조하려는 여자였고 이제는 현실을 이해하고 과거의 아픔과 함께 과거에 대한 그리움을 소중하게 품고 내면에 사랑을 간직하고 현재를 평온하고 자유롭게 살아가는 여인인 것이다. 결국 예민한 지성과 감성을 지닌 이 두 남녀의 순수한 사랑 이야기는 길을 물으며 찾으며 헤매며 사랑하고 고민하고 고민하며 사랑하는 순수한 두 인간의 어긋난 만남의 이야기이기에 작품이 남기는 안타까움은 여운이 길다.

역자후기

푸슈킨의 작품세계에서 서정시가 아닌 장르로 된 주요 세 작품 중에서 두 작품, 단편소설집 『벨킨이야기』와 희곡 『보리스 고두노프』 번역에 이어 오랫동안 매달렸던 운문소설 『예브게니 오네긴』 번역을 일단 마무리하였다. 푸슈킨은 이 작품의 맨 끝에서 오네긴과 갑자기 작별한다고 말했는데 역자도 마찬가지로 번역 작업 도중에 하차하는 기분으로 갑자기 작별하였다. 나 역시 기쁜 마음이었다. 그것은 번역이 만족스러워서가 아니라 서울대 출판부에서 강세 표시한 원어와 번역을 모두 싣는 기회를 주기 때문에 역자의 경험에 비추어 그것만으로도 이 작품을 즐겨 읽는 사람들에게 도움을 줄 수 있으리라는 생각이 들었기 때문이었다. 미루면 기회가 없어질지 모른다는 조급함도 있었다.

오네긴 연(聯)이라고 불리는 약강 4보격의 14행으로 이루어진 연 366개(14행이 안 되는 것들 포함)와 편지 두 점, 처녀들의 노래, 헌시, 모두 합쳐서 5275행, 그리고 제사들, 예브게니 오네긴에 부치는 주석(1837년판이나 1975년판에 이 뒤에 나오는 '오네긴의 여행에서의 단편들'은 번역하지 않았다. 소설은 이미 끝났다고 푸슈킨이 밝혔으므로)을 번역하는 동안 역자는 우리말과 러시아말 사이에서, 아는 것과 모르는 것 사이에서, 있는 책과 없는 책 사이에서, 운문과 산문 사이에서 이리 저리 헤매었다. 헤매다가 갑자기 마무리한 번역을 내놓는 것이 송구스럽지만 핑계가 있으니 다행이라는 생각도 든다. 게다가 어차피 인생은 헤맴이 아니던가. 그러고 보니 번역하는 동안의 역자의 삶도 푸슈킨이나 이 작품의 주인공들처럼 홀로 있음과 어울림, 희망과 좌절, 사랑과 권태, 자유와 부자유, 평온과 열정, 삶과 죽음, 현재와 과거, 이성과 감정, 이상과 현실, 책과 일상, 침묵과 말, 타문화와 우리 문화 사이에서 더듬거리며 헤매었다는 사실이 새삼스럽게 다가온다.

번역의 텍스트로는 1974년에서 1978년까지 모스크바에서 10권으로 출판된 푸슈킨 전집 제 4권(1975년판)을 사용하였고 주석은 1995년 상트-페테르부르그에서 출판된 유리 로트만의 저서 『푸슈킨』(Ю. М. Лотман. Пушкин, Санкт-Петербург, 1995г. 로트만은 예브게니 오네긴에 대한 부분은 1980년에 타르투 대학에서 출판하였다)을 주로 참조하였다. 이 저서는 푸슈킨 연구가들에게 서지를 포함하여 여러 가지 유용한 정보를 줄 수 있을 것이다.

나보코프의 푸슈킨 영어 번역(1964년 뉴욕에서 출판되었고 1998년 페테르부르그에서 러시아어 번역이 출판되었다)에 붙인 방대한 주해를 유감스럽게도 제대로 참조하지 못했다. 그러나 영어판을 구할 수 없었던 필자가 이 책의 러시아어 번역판 맨 뒤에서 1837년 재판 당시의 텍스트 상태를 알게 되어서 매우 다행한 일이었다. 1937-1947년에 나온 아카데미판(版) 푸슈킨 전집을 손에 넣을 수 없었던 역자로서는 더더욱 그랬다. 그림은 푸슈킨이 직접 그린 것들이다.

예브게니 오네긴과 타티아나의 고뇌와 불행, 그들의 어긋난 사랑을 보면서 이들의 고뇌가 오늘날 이 땅에 사는 소위 지식인들에게 어떤 의미가 있을까를 생각해 보았다. 물론 먹고 사는 일에 매달려야 하는 많은 사람들에게, 운명적으로 여러 가지 현실적 의무에 묶여 있는 사람들에게 이들의 고뇌와 불행은 사치스럽게 보일 수도 있다. 자신의 내면의 문제에 매달리는 이들에게 공감하기보다는 부러움이나 비판을 보낼지 모른다. 이들은 우선 먹고 사는 일은 태어났을 때부터 해결되어 있고 여러 가지 현실적인 의무에서도 비교적 자유로운 편이다. 이들이 주변의 현실을 어쩌면 하찮게 보면서 권태로워하고 자신의 정체성의 문제 때문에 일생을 고민하면서 보내는 것을 보며 오만을 탓할 수도 있다. 또 개성을 잃어가는 현대인들에게 이들의 예민한 지성은 정신적 유희 이외에 아무것도 아닐 수 있다. 그리고 공연히 스스로를 들볶는다고 치부할 수도 있다. 그러나 이러한 비판을 비단 오늘날 이 땅에 사는 사람들만이 하는 것은 아닐 것이다. 당대부터 이렇게 그들을 비판한 사람들이 적지 않았다. 그러나 인간이 잘 살아가는 세상을 위해 끊임없이 노력해 온 많은 사람들이 있는 한편 그런 노력은 없이 소위 지식인이고 이 땅에서 상류층으로 살면서 탐욕과 본능에 갇혀 권력과 돈만을 추구하며 다른 사람들에게 상처 입히는 답답한 인간들이 있는 것을 볼 때 이러한 종류의 인간들이 이 땅에 좀 더 필요하다는 생각이 든다. 결국 민족의 운명은 지성인들에게 상당히 좌우되는 법이므로. 주변의 현실에 대해 회의하며 고독해하고 자신의 길을 찾으려 애쓰고 헤매며 다시 타인과의 어울림에 희망을 걸어보다가 좌절하고, 사랑을 겁내고 자유와 평온을 선택하다가 다시 불안과 부자유의 열정을 느끼며 삶과 죽음을 넘나드는 사랑을 갈구하는 두 남녀의 정신성과 용기, 말하자면 이들의 지적, 내면적 고뇌의 차원이 이 시대에 특히 소중하게 여겨지는 것이다. 이렇게 역자는 예브게니와 타티아나를 어쩔 수 없이 사랑하는 모양이다.

"이제 안녕! 내 기이한 동반자도,
그리고 그대, 내 진정한 이데알도,
그리고 그대, 비록 작긴 했어도
생생하고 변함없던 내 작업도!
나 그대들과 함께 시인이라면 누구나 다
진정 부러워할 일을 다 할 수 있었다
사교계의 비바람 피해 현실을 잊는 일,
친구들과 진정어린 대화를 나누는 일.
나 젊은 타티아나와 오네긴을
몽롱한 꿈속에서 처음 보고,
마술의 수정구를 눈에 대고
자유로운 내 소설의 먼 길을
아직 희미하게 보던 때부터
많은 날이, 정말 많은 날들이 흘렀다." (8장 50연)

운명의 지고한 뜻에 따라서 교실에서
오네긴 연들을 함께 읽던 젊은이들(1)…….
그들은 이제 어디 있나? 어느 곳에서

어떻게 살고 있나? 예전의 푸른 꿈들
이젠 다 잊었을까, 별도 사랑도 '타티아나'도
'오네긴'도? 그래도 학창시절 그렇게도
아끼며 읽고 또 읽던 '오네긴'이 아닌가!
마음속 깊은 곳에 간직한 것 아닌가?
나 이제 그들에게 다시 '오네긴'을
꺼내 펴서 소리 내서 좀 읽으면서
우리말 번역도 좀 읽어 가면서
두 남녀에 대해 생각해 보자는 제안을
하고 싶다. 이 젊은이들이 없었으면
그나마 이만한 번역도 없었을 뻔…….

러시아말을 전혀 모르는 젊은이라도
'오네긴'을 읽지 못하라는 법은 없다.
우리말로 읽다 보면 주인공들도
우리나라 친구들처럼 느껴질 법하다.
그들처럼 우리들도 사랑하고 고민하고
고민하고 사랑하고 사는 게 뭐냐고
골머리를 썩일 때가 많지 않은가!
그것이 다 젊은 지성의 특권 아닌가!
읽고 또 읽다 보면 그대들도 다
오네긴과 타티아나를 사랑하지 않을 수
없을 것이다, 푸슈킨과 역자도 그럴 수
밖에 없었으니. 이제 그대들도 다
오네긴과 타티아나를 사랑하게 된다면
정말 그렇게만 될 수 있다면…….

각설하고, '오네긴'을 번역하며 웬일인지
노다지 각운이 어찌나 신경이 쓰이던지
자나 깨나 전전긍긍 아으 으아 신음하다
구구절절 우왕좌왕 어머머 어~쩌지 하다
다 그만둘까 한 적도 한두 번이 아니었다.
예브게니 오네긴 연은 약강 4보격 14행으로
교대운, 병렬운, 고리운, 차례 지켜 4행씩에다
쌍운 2행인데 얼기 설기라도 맞추자니, 억지로
한 행 길이를 그야말로 두서너 마디에서
예닐곱 마디까지 들쑥날쑥하게 해놓고
교대운, 병렬운, 고리운을 차례 없이 줄 세우고
쌍운을 포기해도 무리였으나 시작한 일이어서
으쌰 가자 으쌰 가자 으쌰 으쌰 가자 가자
하며 쓰고 쓰고 하며 가자 가자, 가고 보자.

달리다가 너무 이상해지면 고쳐보려다
에라 모르겠다, 오기까지 생겨버렸다.
어불성설 지지배배 다 하니, 다 그냥
그럭저럭 읽을 만큼 된 셈이다. 이왕
시작한 일이니 웬만하면 끝까지 다
그렇게 한번 버텨보라 말하던
동지들, 모두 고맙네(2), 나 끝까지 다
어쨌든 버텨 왔네, 누가 뭐래든.
하고 하고 하다 다 하면 면발 바르르
다 풀어져 국수 맛이 젬병 이듯(3)
애만 쓰고 뭣도 아닌 번역이 될 듯

하여 국수 먹는 애꿎은 남편에게 파르르
짜증낸 것 미안해라, 이제 입 다물께,
남편이여, 고맙네, 이제 정말 끝, 끝낼께.

어지러운 책상, 찬장, 옷장, 마음과 머리까지
일단 치울 건 치우고 비울 건 비워야지. 그렇지?
요즘 들어 부쩍 시간이 없다는 핑계로
얼토당토 메뉴에 엉터리 간편 요리로
끼니를 때우자니 식생활 총책이자 식도락가,
그대가 얼마나 답답하고 섭섭했을까?
그나저나 우리 인생도 벌써 저무는가,
석양빛이 어쩌자고 저토록 눈부신가!
어쨌거나 정말이지 꽤나 오래 함께한
이번 번역물이니 그대도 한번 읽어 보게,
심심할 때 쉬엄쉬엄! 모쪼록 잊지 말게(4),
비록 그대 마음처럼 웅숭깊고 기운찬
것이 못되고 내 마음처럼 여리고 답답해도
모처럼 억수로 아껴주고 감싸줘야 함을.

2005년 2월 시작한 역자후기를
2006년 1월에 마치며(5)

고맙게도 개정판을 내게 되어 몹시도
기쁘지만 여러 모로 준비가 모자란
상태라 부끄럽다. 그동안 읽어보고
싶었던 나보코프의 영어 번역 '오네긴',

그의 긴 주해, 동부 독일의 노문학자 브라운의
(Maximilian Braun 1903-1984) 필생의
작업, 노어-독어 산문 대역 '오네긴'
(1994년 괴팅겐 후학들의 사후 출판),
독일의 노장 푸슈킨 연구가 카일
(Rolf Dietrich Keil, 1923-)의 주도로
1989년부터 가끔 나오고 있는 책으로
내용이 야무진 '아리온Arion'(독일
푸슈킨 학회의 회지로 5권까지 나왔다),
또 이런 저런 책들에다

2002년 역자도 참석했던 푸슈킨
국제학회 논문들까지 책상 위에
꽂아 놓고 새로운 정보나 좋은
해석을 찾아 읽어가며 이 기회에
카일의 운문 번역 '오네긴'(1980년)처럼
최선의 운문 번역 '오네긴'(!)도, 아무렴,
'오네긴'을 정말 자연스레 재생했다
여겨져 사랑스레 읽혔으면 좋겠다.
바래서 잘 고치려 했지만 힘에 부쳐서
주로 로트만의 '오네긴' 주해만
좀 더 읽고 주석에 써넣었지만
충분하지 못하다. 꽂아 놓은 책들에서
급한 마음에 모자라는 주의력으로
이것저것 읽고 나서 되는 대로

이리저리 좀 써넣기도 했는데 괜히
그랬나? 허긴 고마운 책들이지!(6)
'오네긴'의 매력은 자유롭게 독자들이
작품 속으로 들어가 여유롭게 이리저리
대화하게 하는 저 신비한 능력인가!
말을 아끼는 게 그저 상책이다.
아는 체 잘난 체 정신없이
이말 저말 하다간 도리 없이
들켜버린다 생각하긴 했어도
독자들이 읽어보며 '오네긴'을
읽는 데 도움을 받거나, 이 책을
읽고 나서 오네긴을 좀 다르게도
보게 되거나(이를 죽을 둥 살 둥
바라는 건 아니다, 아무리 발버둥

쳐봐도 누구에게나 우리의 사랑스런
오네긴은 풀 수 없는 수수께끼니!)
나아가 푸슈킨을 더 읽고 싶은
마음이 생기고 러시아문학을 많이
사랑하게 되라고 주석을 미주에서
각주로 옮길 때 웬만큼은 생각해서
고치고 덧붙였고, 무엇보다 러시아어로
재생하는 데 편리한 한글표기 방식으로
저도 모르게 푸슈킨이 다가오도록
하려는 '좋은 목적'에서 '일러두기'를
붙였고, 번역도 이리저리 고쳤거늘

초판보다 낫다고 여겨져서 모쪼록
사랑스레 읽혔으면 좋겠다. 개정판이
또 나오면(알 수 없는 일이지만) 많이

좋아지게 하리라 다짐은 하지만…….
자, 이제 작별이다! 내 정든
작업이여!(아직 재교가 남았지만)
이번 개정판을 준비하는 동안
나 얼마나 무지하고 무모한가,
알게 된 것만도 큰 선물이었다!
그야말로 큰 선물! 이제 앞으로는
주의 깊게 읽고 엄밀하게 생각하는
독자이자 연구가, 번역가가 되리라!
또 다른 선물이라면 본문 번역에서
다 못했던 '쌍운' 2행도 마저 맞춰서
'교대운',' 병렬운', '고리운', '쌍운', 다
차례지켜 14행의 연으로 8연 넘게
개정판 내면서 덧붙인 역자후기에

하고픈 말 한 일! 허긴 그게 뭐라고
뭐하려고 무지하게 무모하게 우리말로
각운을 맞추느라 애쓰는지 나 자신도
모르지만 이 작업은 나에게 그야말로
도무지 시간 가는 줄 모르게 재밌는
일! 이 재미를 알 길 없는 남편은
자꾸만 '혼자서 틀어박혀 뭐가

그리 재밌어?' 툴툴거린다. 뭔가
못마땅해서 그가 부르르 하면
못 들은 척 하는 게 그저 상책이지!
온통 고요해졌다. 나를 정말이지
이토록 새록새록 즐겁게 해주는
'오네긴'과 초판이 나왔을 적에
기뻐해준 동료, 제자들, N.N.들에게

버젓이 감사하는 기회를 갖게 되니
나 얼마나 무섭도록 행운아인지!
얼마나 고마운지, 모자라는 이
역자를 넘치도록 사랑해준 이들이!
이들 모두가 타티아나와 오네긴을,
알렉산드르 세르게예비치 푸슈킨을
더 가까이 사랑하게 된다면
정말 그렇게만 될 수 있다면
......
2008년 12월 개정판을 내면서(7)

역자후기에 부치는 주석

(1) 노어노문학을 함께 공부한 모든 젊은이들을 말한다.

(2) 특히 송호경, 러시아문학 연구가이자 문학 애호가.

(3) 국수를 너무 오래 삶으면 면발이 쫄깃쫄깃하지 못하다(요리책에서).

(4) 이 행은 대부분 러시아문학 연구가이자 번역가인 박재만이 최근 책

과 함께 보내온 사연에 사용된 단어들로 되어 있다.

(5) 원고가 책으로 만들어지는 동안 크고 따뜻한 도움을 준, 갓 구워내는 이 책의 가장 신선한 독자, 서울대 출판부의 신선규 님께 진심으로 감사드린다.

(6) 엄밀하게 말하면 이 러러 러한/저 러독 독한 영독 영한사전/독독사전, 국어사전, 이러저러한/인터넷 정보들, 우리말로 된 이런저런 번역서, 저서, 박사논문, 두서없이 포함해서./

(7) 초판의 역자후기와 그 주석을 읽고 웬일로 섭섭한 얼굴로 이의를 제기했거나, 그렇게 느껴졌던/이 자리에서 떠오르는 고마운 이름들은 다음과 같다(가나다순): 김선안, 김철균, 김혁, 김혜란, J.+L. Verstraten/백용식, 北川東子, C. Essner, 이강은, 이규환/이승원, 이영복, 이우복, 이장욱, 이효원// 전성희, 정영자, 정지윤, K.-D. Seemann/조완재, 최웅, 최정운, 최학, 최훈/이 명단이 부당하게 여겨지면/너그럽게 용서하기 바라며, 그간/최선의 운문 번역 '오네긴' 개정판을/기다려준 몇몇 소중한 N. N. 들/앞으로 찾아오면 책 빌려 줄게/아 참, '역자후기에 붙이는 주석'에 (6번), (7번)의 각운은 이어지네,/그러니 개정판 내면서 덧붙인 역자후기 뒷부분과 합치면/세어 보게나, 8년 넘게 맞네.^^/아 참 아쉽지만 이제 정말 작별이니/내 작업도 고마운 독자들도 부디 안녕히!//

『강아지를 데리고 다니는 귀부인』 — 체호프 중단편선 작품 해설*

　안톤 체호프(1860-1904)는 그가 살아 있을 때부터 유럽 각국에 알려지고 번역되기 시작하여 20세기를 대표하는 다양한 작가들 — 토마스 만, 캐서린 맨스필드, 버지니아 울프, 서머싯 몸…… 이효석, 이태준, 현진건, 우디 앨런 등 — 로부터 매우 높이 평가된 러시아 작가로 러시아 문학이 20세기 세계 문학에 기여한 것을 뚜렷이 보여주는 예이다. 예술적으로 완벽하다고 평가되고 모든 단편 작가들에게 지침이 되는 단편들과 모스크바 무대에서 세계 무대까지를 정복한 드라마 작품들로써 그는 오늘날까지 전 세계에서 가장 많이 읽히고 공연되는 작가 중 한 사람이며, 많은 작가들로 하여금 자신들에게 가장 큰 영향을 끼친 작가로 꼽도록 한다. 체호프를 읽으며 가장 강하게 느껴지는 것은 그가 부조리한 세계에 던져진 불완전한 인간을 명도 높은 램프 아래 날카로운 칼로 낱낱이 해부하여 가장 적확하고 적합한 표현으로 인상 깊게 보여준다는 점이다. 그의 문체 앞에서 인간은 자신의 전부를 모두 드러낼 수밖에 없고 독자는 완전히 파헤쳐진 인물

---

* 『강아지를 데리고 다니는 귀부인』이라는 제목으로 2008년 고대출판부에서 나온 체호프 중단편선 번역서에 붙인 글이다.

들을 마주하여 스스로의 벌거벗은 모습을 그들 속에서 보게 된다. 그런데 묘한 것은 모든 것이 다 파헤쳐져서인지 속이 시원해지면서 어쩐지 불완전한 인간이 그 자체로서 체호프에게 인정받고 용서받는 느낌을 갖게 되는 것이다. 그토록 그의 문체는 무서운 예리함과 강력한 밝기를 지녔고 그래서 가차 없지만, 그래서 결국 관대하다고 할 수 있다. 그의 냉정한 시선 뒤에 언뜻언뜻 느껴지는 인간에 대한 따스한 이해, 절망 속에 보이는 희망과 웃음은 결국 같은 가슴에서 우러나는 것이리라.

그의 문체의 특징은 의사로서의 그의 직업과 무관하지 않다. 그가 농담 삼아 말했듯 아내로서 의사라는 직업과 애인으로서 문학이라는 직업, 둘 다에 그는 전력을 다했고, 이 사실은 문학가인 동시에 의사로서의 삶의 궤적에 뚜렷하게 나타난다. 폐결핵을 앓는 몸으로 사할린까지 가서 정신적, 육체적으로 병든 죄수들을 살펴보며 그들의 운명 하나하나에 눈을 돌리고 마음을 다하여 그들에게 눈을 돌려줄 것을 러시아의 양심에 호소하였고, 전염병이 돌 때는 자신의 건강을 돌보지 않고 무료 진료에 전력을 다했으며 농민들을 위하여 의료 시설과 학교를 세우고 기근 때는 구제 활동을 펼쳤다. 작가 체호프의 이러한 의사로서의 휴머니즘은 높이 살 만한 것이지만, 그러한 의사이기에 나타날 수 있었던 그의 문체는 러시아 문학에 있어서 보기 드문 진정한 애인처럼 보배롭다.

1800년 전후하여 유럽 문학을 받아들이면서 형성된 러시아 근대 문학의 한가운데를 흐르는 푸슈킨, 레르몬토프, 고골, 투르게네프, 도스토예프스키, 톨스토이에 이르는 러시아 리얼리즘의 삶에 대한 리얼한 묘사와 인간의 내면 심리에 대한 천착은 체호프에 와서 냉정하고 객관적인 시선과 명확하고 압축적인 문체 속에 집약되고 있다. 우리가 그의 작품을 문득 기억하고 다시 읽고 싶은 유혹을 느끼는 것은 바로 이러한 인간에 대한 객관적이고 예리한 시선과 그의 칼로 다듬은 듯한 문체 때문이다. 인간이 잔인할 만큼 정확하게 이해되었고 그래서 용서되었다는 느낌과 함께.

체호프 문학의 또 다른 두드러진 특징은 그가 작품 속에서 유럽이나 러시아의 선배 작가 및 동료 작가들과의 끈질긴 대화를 이어간다는 점이다. 이는 그의 작품들이 러시아 유럽의 동료 작가들과 후배 작가들에게 대화를 잇도록 한다는 사실과 더불어 우리의 독서를 확장시켜 유익한 교양 체험을 형성하도록 한다. 또한 이러한 체험이 늘어남에 따라 우리는 그의 작품들이 큰 용량을 지녔다는 것을 점점 더 확실하게 깨닫게 되고 독서 연륜이 늘어나면서 우리는 그의 작품들을 새로이 읽게 된다. 그것에서 느껴지는 재미 또한 만만치 않다.

이 책에는 1984년 모스크바에서 출판된, 4권으로 된 『체호프 선집』에서 골라 번역한 「반카」(1886), 「결투」(1891), 「신학생」(1894), 「목에 매달린 안나」(1895), 「강아지를 데리고 다니는 귀부인」(1899), 다섯 편이 들어 있다.

이 다섯 작품은 모두 체호프 산문을 대표하는 유명한 작품들이다. 이들은 예술적으로도 깊은 감흥을 줄 뿐만 아니라 각 작품에 등장하는 주인공들의 연령, 성별, 교육 정도, 그들이 속한 사회 계층과 직업, 사건의 장소들이 각각 다르기 때문에 1880년대 1890년대의 러시아 전체를 보여 주는 데 손색이 없다.

성탄절 전야에 일어난 이야기를 다루는 「반카」는 1886년 『페테르부르그』의 성탄절 특집에 게재되었다. 가난하지만 친숙하고 정든 시골에서 낯설고 불가해한 대도시로, 그것도 동정심 없는 구두장이 부부에게로 강제로 보내진 아홉 살짜리 소년에 대한 이야기로 소년의 눈으로 보고 그의 입을 통하여 말해지는 작품이다. 소년은 대도시에서 더 이상 별을 헤고 성가대에서 노래 부르는 어린애가 아니고 마구잡이로 착취되는 노동력일 뿐이다. 그의 기억 속에 있는 시골의 할아버지를 비롯한 지주 댁 아가씨, 하인, 하녀들은 모두 하찮고 평범한 인간들일 뿐이지만 도시에 사는 사람들에 비해서 따뜻하고 넉넉하고 자연에 친숙하다. 산에서 크리스마스트리를 베기 전에 망설이며 오래도록 담배를 피우기도 하고, 아낙네들과 시시덕거리는 건강하고 생명감에 넘치는 시골 노인을 그리면서 독자는 저절로 미소를 짓게 된다. 대도시는 불법을 뒤에 감춘 소비와 사치가 지배하는 곳이고 소년은 이제 그의 힘으로는 이곳을 빠져나갈 수 없다. 이 작품은 소년의 눈으로 보는 어른들의 세계, 소년에게 폭력을 가하는 어른들의 세계를 그린 아동문학으로도 높은 평가를 받는다.

중편 「결투」(1891)는 러시아 잉여인간의 계보를 잇는 작품으로서 『예브게니 오네긴』(1833), 『우리 시대의 영웅』(1840), 『루딘』(1855), 『아버지와 아들』(1862)과 연결된다. 이 작품들이 모두 각기 그 시대에 낙오될 수밖에 없었던 예민한 지성인들을 다룬다는 의미에서는 공통적이라 하겠으나 시대가 변화함에 따라 '잉여인간들'은 점점 더 허약하고 윤리적으로 타락하고 편협한 모습을 준다. 다른 한편으로 이 작품이 결혼의 의미를 묻고 불륜을 저지르는 여자의 심리를 다루었다는 의미에서는 플로베르의 『마담 보바리』(1857), 톨스토이의 『안나 카레니나』(1878) 및 『크로이체르 소나타』(1899)와 연결된다.

스스로를 문명에 의해 퇴화된 잉여인간이자 패배자로 자처하는 주인공 라예프스키는 부유한 귀족의 자제로 페테르부르그에서 문과를 졸업하고 유부녀 나데주다 표도로브나와 사랑에 빠져 시골에서 땅을 일구며 살겠다는 이상을 품고 북부 카프카즈의 소도시로 오지만, 오자마자 그의 이상이 현실과 동떨어진 것을 알게 된 데다 그 스스로의 박약한 의지와 근거 없는 거만함과 게으른 습관 때문에 점점 더 정신적으로 나태해지고 권태를 느끼게 되면서 기만적인 삶을 살아가게 된다. 그러다가 자신을 몹시 경멸하고 증오하는, 다윈주의를 신봉하는 공격적이고 냉혈적인 자연 과학자, 역시 현 체제 속에서 일자리를 찾지 못하고 외따로 떨어져 연구와 탐사를 하며 자기애에 빠져 있는 잡계급 지식인 폰 코렌과의 결투를 하게 된다. 이를 계기로 라예프스키는 자신의 삶을 반성하고 사랑의 소중함을 깨닫고 갱생을 위한 노력을 기울이게 된다. 결말에 가서 비록 라예프스키가 중국 인형처럼 굽실거리지만 스스로 자신의 길을 개척해 나가려고 안간힘을 쓰는 모습을 보고 그를 알았던 모든 사람들이 그랬듯 독자도 응원을 하고 싶어진다.

여주인공 나데주다는 사랑을 모르는 결혼 생활을 하다가 아마도 진정한 사랑('침실'이 포함)이 중요했으므로 남편을 버리고 라예프스키를 따라 카프카즈에 왔으나 라예프스키가 그녀를 권태로워하자 자신의 정욕을 억제하지 못하고 다른 남자들과 육체적인 관계를 맺는다. 그러나 이 관계들은 라예프스키와의 관계와는 달리 '영혼'이 들어 있는 관계가 아니었기에 스쳐 지나가는 관계가 되고 그녀는 라예프스키 곁에 그의 갱생의 동반자로서 남는다. 체호프가 정신적인 사랑과 육체적인 사랑의 융합을 남녀의 이상적 결합으로 여기는 애정관을 견지하는 것은 푸슈킨 이래 19세기 러시아 거장들에게서는 보기 드문 일이다. 또 이 작품에서 나데주다가 정욕을 느끼는 것이 묘사되어 있는데 이는 매우 대담한 시도라고 할 수 있다. 톨스토이는 『안나 카레니나』에서조차도 안나가 정욕을 느끼는 것을 직접 표현하지 않았다. 플로베르의 『마담 보바리』(1857)에서 남자들은 엠마와 정사를 가질 때 정욕을 충족시키는 것이 가장 중요한 일이었지만 엠마에게 중요한 것은 낭만적 욕구의 충족이었다. 폰타네의 『에피 브리스트』(1894/1895)에서는 간통으로 단죄받은 두 남녀 사이에 실제로 무슨 일이 일어났는지 잘 알 수도 없지 않은가! 모차르트의 오페라 「돈 조반니」에 나타나는 여인들의 관능을 인정하는 것이 19-20세기 연출가들에게 간단한 문제가 아니었던 것을 볼 때, 유럽의 19세기는 모차르트의 18세기에 비해 분명 금욕적이었다고 할 수 있다. 로렌스의 『채털리부인의 연인』(1928)도 오랫동안 위험하고 불경스러운 서적으로 치부되지 않았던가! 이런 의미에서 체호프는 시대를 앞서 간 작가이다. 또한 이 작품은 잉여인간 라예프스키뿐만 아니라 1880-1890년대에 러시아에 살던 귀족 및 상류층에서 잡계급 지식인, 성직자 계층, 하녀, 타 민족에 이르기까지 다양한 계층의 삶과 그들이 이루는 정신적, 문화적 지형을 보여 준다는 의미에서 소중한 문화사적 가치를 지니는 작품이다. 푸슈킨의 『예브게니 오네긴』이 러시아의 1820-1830년대를 보여주는 백과사전이듯이.

체호프는 사람들이 자신을 페시미스트라고 할 때 단편 「신학생」(1894)을 일컬으며 "제가 페시미스트인가요? 제가 쓴 작품들 중에서 제가 가장 좋아하는 작품이 「신학생」인데요"라고 말했다고 하는데 그로서는 이 작품이 '낙관적'인 세계관의 증명인 셈이었다. 갑자기 겨울처럼 날씨가 추워진 어느 부활절 전 금요일에 가난하고 황폐하고 서글픈 사회적, 문화적 상황에 처해 있는 러시아의 시골길을 가다 두 아낙네에게 예수와 베드로의 이야기를 하고 그들이 감동받은 것을 본 후 이 세상에는 언제까지나 진실과 정의가 승리하며 인간의 삶을 지배하는 것은 결국 진리와 아름다움이라는 것을 깨닫고 희망과 기쁨을 느끼게 되는 신학교에 다니는 대학생에 관한 이야기이다.

「목에 매달린 안나」(1895)의 여주인공은 『안나 카레니나』(1878)나 「강아지를 데리고 다니는 귀부인」(1899)의 여주인공처럼 이름이 안나이다. 홀아비이자 술주정뱅이인 미술교사의 딸, 허영심을 속에 감추고 있는 아름다운 18세의 안나는 가난한 친정을 돕고자 52세의 추하고 교활한 관리와 결혼을 한다. 사랑 없는 결혼을 하기에 그녀의 허영심과 경박함은 신혼여행을 가는 길에 이미 드러난다. 결혼 이후 그녀는 자신을 억압하는 늙고 답답한 남편과의 참을 수 없이 권태로운 결혼 생활, 그리고 원래 목적의 하나였던 친정을 돕는 일도 할 수 없는 결혼 생활을 자선 바자 무도회를 계기로 청산하게 된다. 자선 바자회의 묘사는 안나의 '매춘'을 예고하는 역할을 한다. 그녀가 아마도 착한 마음으로 친정 식구들을 위해 돈 때문에 결혼을 한 것과 같이 자선 바자회는 아마도 좋은 일을 하려고 하는 행사이겠으나(바자회가 끝난 후의 요란한 주연을 보면 주목적이 무엇인지 모르겠다) 안나로서는 공공연히 돈을 받고(찻값이기는 하지만) 웃음을 파는 장소가 된 셈이다.

이제 남편이 '매춘'을 기꺼이 열심히 부추기는, 그녀를 전혀 사랑하지 않는 사람이라는 것을 알게 된 이후 그녀는 자신의 성을 이용하려는 남자들과 당당하게 혼외정사를 일삼으며 자신의 늙고 답답하고 비열한 남편을 비웃는다. 젊은 아내를 이용하여 승진하기만을 원하는 남편을 경멸하고 자신의 쾌락을 추구하는 것은 당연한 일인지도 모른다. 그녀는 그녀대로 이 세상을 즐기며 사는 법을 터득한 것이다. 작품의 결말에서 돈 후안으로 유명한 아르띄노프를 마부석에 앉히고, 말 한 마리를 곁에 매고 쌍두마차를 타고 산책하는 경박하지만 젊고 아름다운 그녀를 보며 그녀가 억압을 벗어나 자신의 매력으로 남자들을 사로잡고 당분간 자유롭고 화려하게 지내는 것 같아 앞으로 어찌될지 알 수 없으니 그나마 잘 지내라고 말해주고 싶다. 어쩌겠나! 18세의 그녀를 조금도 사랑하지 않고 이용만 하려는 52세의 비열한 늙은 남자(그 사람도 나름대로 그렇게 된 이유가 있겠지만)와 오로지 돈 때문에 잘못된 결혼을 하게 된 그녀에게 무슨 말을 할 수 있겠나! 이 작품이나, 『안나 카레니나』, 「강아지를 데리고 다니는 귀부인」들에서 사랑 없는 결혼을 하여 불행을 느끼는 안나나 그녀들의 남편들은 이상적인 결혼이나 남녀관계의 이상적 결합에 대해 깊이 생각해 보게 한다. 결혼에 있어서 가장 중요한 것은 남자와 여자가 육체적으로나 정신적으로 서로를 사랑하는 데 있을 것이다. 아무리 숭고하다 해도 결혼이 다른 어떤 목적의 수단이 될 때는 불행하게 될 소지가 많다고 여겨진다.

체호프의 작품 중에서 가장 유명한 단편일 「강아지를 데리고 다니는 귀부인」(1899)에서는 유원지 얄타에서 일어난 사소한 로맨스처럼 보이던 두 남녀의 관계, 사랑 없는 결혼 생활을 하는 20세 전후의 상류층 귀부인, 아직 순수하고 사랑을 갈구하는 여인인 안나와 안나를 만난 이후 비로소 진정한 사랑을 알게 된 40세에 가까운 구로프의 사랑이 비극의 수준으로 고양된다. 항상 그래왔듯 장난하듯 가볍게 안나와 또 하나의 혼외정사를 시작한 구로프가 안나와의 관계에서는 처음부터 어딘가 전혀 다른 느낌을 받고, 자연의 항구성과 삶의 진정성에 대해 눈과 마음을 열게 되고 헤어지면 그녀를 잊게 되리라는 예상과 달리 점점 더 절실하게 그녀를 사랑하게 되고 삶 전체에 있어서 진정한 변화를 체험하는 것을 보며 독자는 그 어떤 위대한 사랑 이야기에 못지않은 감동을 받게 된다. 하얀 애완용 털강아지를 사이에 두고 맺어지는 안나와 구로프의 사랑은, 리하르트 바그너가 오페라로 만든(1859년 작곡, 1865년 독일 뮌헨에서 초연된 이후 유럽 각국의 무대에 올랐다) 중세의 고트프리트 폰 스트라스부르크의 「트리스탄과 이졸데」에서 이별의 아픔 속에서 목에 요술방울이 달린 강아지 프티크루로써 서로의 사랑을 확인하는 트리스탄과 이졸데의 사랑처럼 애절하고 고귀하고 아름답다. 트리스탄과 이졸데가 사랑의 묘약을 먹은 후 두 사람은 '더 이상 둘이 아니고', '영원히 헤어질 수 없이 하나가 되었고', '하나의 심장이 되었고', '그녀의 고통이 그의 고통이 되었고', 사랑함에 따라 '점점 서로를 사랑하게 되었듯이', 구로프와 안나는 서로를 점점 더 사랑하게 되었으며 '운명이 그들에게 서로서로를 예정해 주었다고' 생각하며 '아주 가까운 사람들처럼, 혈연처럼, 남편과 아내처럼, 다정한 친구들처럼', '서로 다른 새장에 갇힌 한 쌍의 철새처럼' 사랑하며 '서로의 과거와 현재를 용서했다'.

아무도 모르게 호텔에서만 만남을 계속하는 둘의 끝날 줄 모르는 사랑은 현실에서는 허락되지 않고 피안에서만 자유롭게 영원히 지속될 트리스탄과 이졸데의 사랑처럼 현실의 표피 아래 몰래 흐르는 진정한 시간, 진정한 삶이다. 남녀 간의 육체적인 관계를 포함하는 진정한 사랑을 삶의 진정성에 도달하는 과정으로 본 체호프의 애정관은 톨스토이나 도스토예프스키의 강박관념에 시달리는 애정관(육체적인 사랑에 동반되는 죄의식과 단죄를 말한다. 체호프의 「결투」에서 나데주다가 죄의식을 느끼는 것은 영혼이 없이 본능적 욕구만을 충족시키기 위하여 라예프스키가 아닌 다른 남자들과 관계를 가졌을 때이다)과는 다르다. 한 편의 비극을 대할 때처럼 감동을 주며 남녀 간의 사랑에 대한 진지하고 성숙한 시각을 열어 주는 이 작품은 체호프의 용감하고 자유로운 지성의 축복할 만한 업적이다.

차이코프스키의 푸슈킨 읽기
오페라 「스페이드 여왕」의 경우*

I

이 글은 푸슈킨의 단편 「스페이드 여왕」을 차이코프스키가 어떻게 읽어
오페라화' 했는가, 특히 단편의 남녀 주인공들을 오페라에서 어떤 인물들

* 「러시아어문학연구논집」 제31집, 2009년, 173-203.

1   러시아 작가들의 문학작품들 중 상당히 많은 숫자가 오페라로 만들어졌지만 푸슈킨의 경우에
는 특히 많아서 100편 이상이 헤아려지고 있다(Ernst Stöckl, Puschkin und die Musik. Mit einer
annotierenden Bibliographie der Puschkin-Vertonung 1815-1965, Leipzig, 1974). 「Concise Oxford
Dictionary of Opera」에 따르면 고골의 작품을 기저로 하여 44편의 오페라, 레르몬토프 25편, 도스토예
프스키 16편, 톨스토이 15편, 투르게네프 12편, 체호프의 경우 26편이 오페라로 만들어졌다. 푸슈킨의
드라마나 소설들은 많은 재능 있는 러시아 작곡가들에 의해서(글린카, 무소르그스키, 차이코프스키, 림
스키 코르사코프, 라흐마니노프, 스트라빈스키 등) 오페라로 작곡되어 왔다. 푸슈킨 자신이 리체이 시
절부터 서구의 오페라들을 접할 기회를 가졌으며 로시니나 모차르트의 오페라를 무척 즐겨 감상하였고
(David A. Lowe, Opera in Pushkin's Life and Works, in: The Opera Quarterly(1983) 1, 44-49.) 그의 작
품들에는 당시 그가 좋아했던 모차르트의 오페라 등 오페라의 영향이 나타나고(예를 들어 「석상손님」,
「모차르트와 살리에리」, 「귀족아가씨−농촌처녀」), 작품들 속에 오페라들이 언급되어 있지만(「도나우 처
녀」, 「마탄의 사수」, 「휘가로의 결혼」 등) 1823년 11월 4일 뱌젬스키에게 보낸 편지에 썼듯이 그 자신은 로

로 등장시키는가 하는 데 대한 고찰이다. 우선 오페라 「스페이드 여왕」을 간략히 소개한 다음 오페라와 단편을 두 남녀 주인공을 중심으로 비교해 보자.

오페라 「스페이드 여왕」은 푸슈킨의 단편 소설 「스페이드 여왕」 (1833-1834년)을 바탕으로 작곡가의 동생인 모데스트 차이코프스키(Модест Чайковский)가 리브레토를 써서 표트르 차이코프스키가 1890년 작곡하여 그해 12월 19일(구력 12월 7일)에 상트-페테르부르그의 마린스키극장 무대 에 처음 올린 것으로 작곡 과정에서 작곡가가 리브레토의 상당 부분을 개 작 수정한 것으로 알려져 있다. 이 오페라는 차이코프스키가 플로렌스에 머물면서 6주 동안 작곡한 것으로 「예브게니 오네긴」을 1879년, 「마제파」 를 1884년에 무대에 올린 뒤 무대에 올린 푸슈킨의 작품을 바탕으로 한 세 번째 오페라로서 차이코프스키 스스로 "진정 성공한 작품"으로 여겼다.[2]

오페라 「스페이드 여왕」은 차이코프스키의 오페라들 중에서 가장 화려 하고 볼거리가 많은 작품이다. 러시아의 「카르멘」[3] 같은 작품이라고 이야

시니를 위해서라도 문학이 완전한 독자적 가치를 가지지 않는 리브레토(오페라 대본)는 쓰려고 하지 않았다. 그러나 그의 작품들을 기반으로 하여 만들어진 수많은 리브레토들 중 28편이 오페라 무대에 올랐고 그중 20편이 러시아 작곡가들의 것이었다는 점은 흥미롭다(Gabriella Hima, Pushkin as Subtext for Russian Opera Lebretti, in: *Robert Reid(ed.) Two Hundered Years of Pushkin*, Volume III(Amsterdam: 2004), 143; Gerald Seaman, Pushkin and Music, in *The Musical Times*, Vol. 140, No.1866(Spring, 1999), 29-32). 차이코프스키(Пётр Чайковский)는 러시아 3대 오페라로 꼽히는, 「보리스 고두노프」, 「예브게니 오네긴」, 「스페이드 여왕」 중 2편을 작곡하였다. 셋 다 푸슈킨의 작품을 바탕으로 만든 것으로 오페라 「보리스 고두노프」는 이를 작곡한 무소르그스키가 직접 리브레토를 썼고 오페라 「예브게니 오네긴」의 경우에는 작곡가 차이코프스키가 쉴로프스키(К. Шиловский)와 함께 리브레토의 공동 저자로 되어 있지만 쉴로프스키가 나중에 자신의 이름을 빼줄 것을 부탁할 만큼 리브레토는 차이코프스키의 의도대로 만들어진 듯하다.

2   Peter Tschaikowski, *Die Tagebücher*(Berlin, 1992), S. 326.

3   이 오페라는 프로스페르 메리메Prosper Merimee의 중편 「카르멘Carmen」을 바탕으로 비제G. Bizet 가 1875년 작곡한 것으로 차이코프스키의 「스페이드 여왕」에 강한 영향을 주었다. 차이코프스키는 「카르멘」을 보통 사람들의 이야기를 무대에 올린 오페라라는 점에서 매우 높이 평가했다. 메리메의 중편 「카

기되는 바 당시 화려한 무대를 만들려는 페테르부르그 극장 감독의 의도이기도 하였다. 차이코프스키는 시대 배경을 18세기 예카테리나의 시대로 만들면서 18세기의 그레트리의 음악(노부인의 노래)을 삽입하고 18세기 말의 시인 데르좌빈의 시들(톰스키의 노래, 예카테리나 여제를 칭송하는 합창), 바튜슈코프의 시(폴리나의 가곡), 19세기 초 주코프스키의 시(리자와 폴리나의 듀엣)를 오페라 안에 들여왔다. 「양치기 소녀의 진심」이라는 이류 작가인 카라바노프(1764-1829)의 서사시를 모차르트풍으로 작곡하여 집어넣은 것도 흥미롭다. 이 경우 극중극으로 발레나 판토마임도 보여줄 수 있다. 여러 시대의 음악과 시는 이런 저런 볼거리와 들을 거리를 제공해주는 효과는 물론 작품 전체의 의미요소들로 작용한다. 예를 들어 극중극「양치기 소녀의 진심」에서 황금 덩어리를 제시하는 즐라토고르를 물리치고 목가적인 사랑을 이루는 양치기 소녀 프릴레파와 양치기 소년 밀로브조르의 사랑의 듀엣의 음조가 나중에 리자가 게르만을 강변에서 기다리다가 그가 나타났을 때 잠시 부르는 듀엣에 다른 음색으로 반복되어 나타나 목가적

르멘」(1845년 발표)이 오페라로 만들어졌을 때 대본 작가들(메이야크 Henri Meilhac와 알레비 Ludovic Halevy)이 메리메가 프랑스어로 번역한(1852년) 푸슈킨의 서사시 「집시」(1824년)에서 몇몇 구절들을 가져다 썼다는 사실도 흥미롭다. 메리메가 『카르멘』을 쓰기 이전에 푸슈킨의 「집시」의 프랑스어 번역들을 읽었을 수도 있기는 하지만(당시 두 종의(1829년, 1833년) 번역이 출판되어 있었다) 확실한 것은 알 수 없다(David A. Lowe, Pushkin and "Carmen", *19th-Century Music*, Vol. 20, No. 1(Summer, 1996), p. 74.). 어쨌든 메리메가 푸슈킨을 매우 높이 평가했다는 것은 알려진 사실이다(David Baguley, Pushkin and Merimee, The French Connection: On Hoaxes and Imposters. in: Robert Reid(ed.) *Two Hundered Years of Pushkin*, Volume III(Amsterdam, 2004), 177-192). 1880년 모스크바 푸슈킨 동상 제막식에 즈음하여 행한 축사에서 투르게네프는 메리메가 빅토르 위고 같은 대가가 함께 있는 자리에서 서슴없이 푸슈킨을 '당대의 가장 위대한 작가'라고 했다는 말을 전하며 "푸슈킨에게서는 самая трезвая проза(가장 드라이한 산문)에서 저절로 놀랄만한 방식으로 поэзия(시, 문학성)가 꽃핀다"고 한 말을 인용하며 메리메가 푸슈킨의 곧장 "소의 뿔을 잡는" 능력에 감탄하며 그런 예로 「석상손님」을 꼽았다고 말했다 (И. А. Тургенев, Речь по поводу открытия памятника Пушкину в Москве, *Дань признательной любви*(Лениздат, 1979), 39-40). 메리메는 푸슈킨과 프랑스문학의 관련에서만이 아니라 푸슈킨과 관련된 오페라 연구에서도 매우 중요한 이름이다.

인 사랑과 사랑보다 돈을 택하는 현실과 대조시킨다. 여러 시대의 가곡들이나 오케스트라 음악을 오페라에 들여온 것의 전체적인 효과로는 이 이야기가 예카테리나 시대, 푸슈킨의 시대, 또 차이코프스키 시대, 이 모든 시대의 페테르부르그에서 일어날 수 있는 이야기로 받아들이게 하는 점을 지적할 수 있다. 실상 동생 모데스트 차이코프스키가 쓴 리브레토와 함께 표트르 차이코프스키가 작곡을 의뢰받았을 때 그는 처음에는 인물들이 자기 자신이 느끼는 것처럼 느끼는 진정으로 생생한 인물들로 다가오지 않는다는 이유로 이 작품을 작곡하려고 하지 않았는데 몇 달 후 그는 생각을 바꾸어 이를 작곡하고 리브레토를 상당 부분 개작하면서 주인공들을 자기 자신처럼 매우 예민하고 감정적인 인물들로 여기게 되었고 "게르만이 정신을 포기하는 부분에서는 겁나게 울었다."[4] 그는 열정과 광기를 가지고 있는 게르만, 강력한 운명에 내맡겨졌고 사회에서 소외된 게르만과 자신을 동일화했을 것이다. 차이코프스키가 오페라로 만들 때 가장 중요하게 생각했던 것은 결국 인물들의 내면이다. 그는 『예브게니 오네긴』을 작곡할 때도 프랑스의 그랑 오페라(grand opera)와 달리, 극적인 베르디나 바그너와 달리 일상적이고 구체적인 인물들의 내면을 그리고 싶어 했다고 한다.[5]

이 오페라가 첫 공연부터 매우 인기가 높았고 그 뒤 줄곧 저명한 무대에 오르는 데 반해 리브레토는 일찍부터 종종 비판을 받아왔다.[6] 리브레토가

---

4   Peter Tschaikowski, *Die Tagebücher*(Berlin, 1992), S. 326.

5   Kadja Grönke, Cajkovskijs Liza "Pikovaja dama" - eine Projektionsfigur. in: *Archiv für Musikwissenschaft*, 59. Jahrg., H. 3, (2002), SS. 167-185.

6   예를 들어 С. Серапин, *Пушкин и музыка, София*(1926), pp. 77-89. 상황은 지금도 다르지 않다. 이 문제와 관련해서 대부분의 연구가들은 리브레토가 푸슈킨의 단편과 많은 차이가 난다고 강조한다. 보리스 가스파로프는 리브레토가 만약 연극 대본이었으면 정말 형편없었을 텐데 오페라 음악과 함께 어우러져 훌륭한 효과를 낸다고까지 말했다(Boris Gasparov, *Five Operas and a Symphony*, Yale University Press, 2005, pp. 138-9). 참고 문헌에서 언급된 연구가들 중에서 캐럴린 로버츠만이 이 리브레토가 그 이전의 그랑 오페라들의 리브레토에 비해서 혁명적인 발걸음이라 할 만큼 현실주의적이며

푸슈킨의 단편을 눈에 띄게 변화시켰다는 것이 비판의 주 표적이었다. 푸슈킨의 작품에 바탕을 둔 오페라들 — 잘 알려진 것들로 「보리스 고두노프」, 「예브게니 오네긴」, 「마제파」, 「석상손님」, 「인색한 기사」, 「모차르트와 살리에리」, 「알레코」, 「마브라」 중에서 오페라 「스페이드 여왕」은 푸슈킨의 단편과 차이가 많이 나는 것으로 여겨지고 거의 관계가 없다고까지 이야기된다. 연구가들은 오페라 「스페이드 여왕」에 단편의 어떤 의미의 층위가 드러나는가 하는 것에 주목하기보다는 오페라와 단편의 외면적 차이에 대해서 주로 생각한다. 리브레토가 푸슈킨의 단편과 차이가 있다는 견해로 말미암아 이 오페라는 개작되거나 수정되기도 했다.[7] 과연 차이코

문학적 인용의 테크닉을 통하여 원작의 정신을 매우 훌륭하게 살렸다고 평했다(C. Roberts, Pushkin's "Pikovaja dama" and the Opera Libretto, in: *Canadian review of Comparative Literature* 6, 1979, p.26.).

7 메이에르홀드(Всеволод Емильевич Мейерхольд)는 1935년 레닌그라드의 '말르이 극장'에서 이 오페라를 새로이 연출했고 레프 도딘(Лев Додин)도 2005년 파리 공연에서 원래의 차이코프스키 오페라와는 완전히 달리 연출했다. 메이에르홀드의 경우에 푸슈킨 단편에 접근하고자 시간을 19세기로 설정하고 자살의 결말을 없앴으며 사랑의 이야기까지 없앴다고 한다(Heike Gundacker-Lewis, *Studien zum russischen Opernlibretto des 19.Jahrhunderts nach Texten von Pushkin*, Peterlang, 1997, S. 320-324). 레프 도딘의 경우에는 공간 자체가 정신 병원으로 옮겨져서 주인공을 포함하여 모든 등장인물들이 정신병 환자로 설정되어 있고 리자의 죽음도 게르만의 죽음도 없다. 리자는 여러 남자들의 놀림감이 되는 것으로 설정되어 있고 게르만은 그냥 정신병원에 머무르는 것으로 되어 있다. 시대는 19세기인지 20세기인지 21세기인지 자세히 알 수 없고 주변 인물들은 더 차갑고 계산적이다. 예를 들어 리자는 자신의 하녀에게 게르만을 만나기 위해 자신의 반지들을 다 빼준다. 마치 베르디의 「리골레토」에서 만토바 공작이 질다를 몰래 만나기 위해 질다의 하녀에게 돈을 주는 것과 같다. 레프 도딘 연출의 오페라에서 모든 사람들이 정신병원 안에 있는 것처럼 표현되었듯이 푸슈킨의 단편에서도 열정과 소외와 탐욕에 어린애처럼 휘둘리다 미쳐버린 게르만과 다른 인물들의 경계는 실상 분명하지 않다(최선, 「게르만의 마지막 카드」, 『러시아어문학연구논집』 제10집, 2001, 20-23). 도딘이 "오부호프 정신병원의 벽은 먼 곳에 있지 않다. 「스페이드 여왕」의 다른 인물들도 모두 병원을 자기가 사는 장소로 여긴다. 인간은 모두가 비극적이고 비정상적 존재이다……. 우리는 이 음악과 이야기에서 인간의 삶 자체인 평범하고 무서운 이야기, 악성이고 소름끼치는 병 같은 짧은 삶의 이야기를 인식하게 된다."고 연출 후기에서 말했듯이 그는 단편 「스페이드 여왕」의 이 층위를 연출에서 전면화했다고 할 수 있다. 1935년의 메이에르홀드나 2005년의 레프 도딘의 연출과 같이 완전히 달리하지 않더라도 「Opera Quauterly」 1988년 봄호(號)에 실린 London

프스키 형제는 푸슈킨의 단편을 어떻게 읽었을까? 리브레토에 나타나는 인물들과 단편에 나타나는 인물들의 성격은 확연히 다르며 차이코프스키는 푸슈킨의 단편과는 거리가 먼 이야기를 오페라로 보여주는가? 아니다. 글 첫머리에서 밝혔듯 필자는 단편과 오페라를 남녀 주인공들을 중심으로 비교해 보며[8] 이 문제에 대한 필자의 견해를 서술하고자 한다.

Green의 1983년 모스크바 볼쇼이오페라의 공연에 대한 평론, 「Петербургский театральный журнал」 2000년 12월호에 실린 Инна Николаевна의 평론 《Пиковая дама》 длиною в век」 등의 오페라 리뷰에서도 새로운 시도들이 이어지고 있는 것을 읽을 수 있으며 예를 들어 스타니슬라브스키극장 오페라단의 2007년 7월 고양아람누리 공연이나 2009년 봄(2월~4월초)의 코미쉐 오퍼 베를린(Komische Oper Berlin)의 공연들에서 보듯이 이 오페라의 전통적 연출에 불만을 가지는 연출가들이 구준히 새로운 연출을 시도하고 있다. 코미쉐 오퍼의 연출가 Thilo Reinhardt는 시대를 소련해체 이후로 설정하였는데 등장인물들을 모두 '권태로워 하며' '갈 길을 모르고 어슬렁거리다가 죽음의 품에 안기는'(이 오페라 공연을 세 시간 보고 난 후 관객들은 '맥 빠진 채 극장에서 어슬렁거리고 나오게 된다'고 혹평한 Juergen Otten의 표현) 체호프적인 인물들로 해석하였다. 실상 푸슈킨의 이 단편은 처음 오페라무대에 올랐을 때부터 원작과 다른 스토리로 전개되었다. 푸슈킨의 이 단편이 오페라로 만들어져 처음 무대에 오른 것은 1850년 파리 오페라극장이었다. 이 때 Eugine Scribe와 Jacques Halevy는 프랑스어로 메리메가 1849년 번역한 푸슈킨의 「스페이드 여왕」을 바탕으로 오페라를 만들었는데 이 오페라는 원작과 매우 커다란 차이가 있었다고 한다. 이는 빅토르 위고의 「노틀담의 곱추」를 오페라로 만든 「에스메랄다」(1836년 위고 자신이 리브레토를 만들었다고 한다. 러시아의 다르고미주스키도 이 작품을 오페라로 만들었다. 그의 「에스메랄다」는 1839년 완성되었으나 모스크바에서 공연한 것은 1847년, 페테르부르그에서는 1851년이었다(Nicolaus Findeisen, Die Entwicklung der Tonkunst in Russland in der ersten Hälfte des 19. Jahrhunderts, *Sammelbände der Internationalen Musikgesellschaft*, 2. Jahrg., h. 2., Feb., 1901, S. 297)}에서 구노의 「파우스트」(1859년)로 이어지는 흐름에 있는 당시 파리의 유행을 따른 것으로 오페라 속의 노백작부인이 곱추이고, 주인공이 악마와 계약을 한다(C. Roberts, Pushkin's "Pikovaja dama" and the Opera Libretto, in: *Canadian review of Comparative Literature* 6, 1979, pp. 9f.).
이 모든 다양한 공연은 결국 푸슈킨의 「스페이드 여왕」이 다양하게 읽히는 작품이라는 사실을 대변한다.

8 문학 연구의 한 영역으로 부상한 오페라 연구는 오페라가 음악과 대사의 결합을 기본적 성격으로 하는 종합예술이라는 사실에서 출발한다. 니체가 「비극의 탄생」에서도 이야기 하는 바, 오페라에서는 디오니소스적인 예술이 아폴로적인 예술과 결합한다. 비유적 직관(gleichnisartiges Anschauen)을 자극하는 음악은 디오니소스적인 영역, 이해를 요구하는 개념(Begriff)은 아폴로적 영역에 속한다. 니체가 생각하기에 이 둘의 가장 이상적 통합(Synthese)이 그리스 비극에 나타나고 그 당시에는 바그너의 오페

II

    푸슈킨의 단편 「스페이드 여왕」은 젊은 공병장교 게르만이 도박에서 확실히 딸 수 있는 석 장의 카드 이야기를 믿고 이를 좇는 이야기로 그는 비밀의 카드 석 장을 알고 있다고 들은 노(老)백작부인에게 접근하기 위하여 그녀의 양녀인 리자베타 이바노브나에게 연애편지를 쓰며 리자베타는 결국 그의 열정에 굴복하여 무도회날 밤 그를 집으로 들어오게 한다. 게르만

라 「트리스탄과 이졸데」에 나타난다. 그리스 비극이나 오페라에서 아폴로적인 것과 디오니소스적인 것이 형제적 결속을 맺은 결과 디오니소스는 아폴로의 언어를 말하고 아폴로는 디오니소스의 언어를 말하게 되어 결국 비극과 예술의 지고의 목표가 달성된다는 것이다(F. Nietsche, *Saemtliche Werke in 15 Baenden, Bd.1*,(dtv., 1980), 104f, 107f.). 현재에 이르러서는 오페라가 종합예술로서 여러 분야에서 연구되는 것은 물론 학제간 연구도 진행되며 오페라의 교육적 기능에 대한 관심도 높다(Janice P. Smith, Opera as an Interdisciplinary Art, In: *Music Educators Journal*, Vol. 79, No. 6(Feb., 1993), pp. 21+61; James C. Davidheiser, An Interdisciplinary Approach to the Teaching of Foreign Literature, in: *The Modern Language Journal*, Vol. 61, No. 1/2(Jan. - Feb., 1977), pp. 25-31; Pauline Tambling, Opera, Education and the role of artsorganisations, in: *B. J. Music Ed.* (1999), 139-156). 특히 21세기에 들어서는 공연할 때부터 멀티미디어로 전달하게 될 것을 염두에 두게 되었을 정도로 연구 환경이 달라졌기 때문에 점점 더 활발하게 연구되고 있다(Linda Hutcheon, Multimedia meets Interdisciplinarity, in: *Publications of the Modern Language Association of America*, May 2006, pp. 802-810). 현재 문학연구 영역에서의 오페라 연구는 주로 그 대상을 리브레토 및 오페라와 문학작품과의 관계의 연구로 보면서, 오페라와 직접적으로 연결된 문학작품과의 관계를 연구하거나 테마적으로 연결된 오페라 및 리브레토들을 서로 비교하기도 한다. 러시아 오페라의 경우 작곡가들이 문학적 가치가 높은 작품들을 오페라로 만드는 데 주력하였기에 오페라와 문학작품과의 관계에 대한 연구는 흥미롭고 중요한 과제이다. 이를 통하여 오페라와 원작을 상호적으로 풍요롭게 이해할 수 있을 것이다. 수용적 측면에서 볼 때 문학작품 및 오페라 또는 영화는 서로 영향을 끼칠 수밖에 없다. 예를 들어 오페라 「예브게니 오네긴」의 타티아나의 편지를 노래하는 여가수의 모습이 운문소설 「예브게니 오네긴」을 읽는 일반 독자의 머릿속에 떠오르는 것은 어쩔 수 없는 일이다. 문학연구 영역의 오페라 연구는 리브레토에 대한 꼼꼼한 분석과 함께 오페라 음악의 감상은 전제조건이다. 문학연구가가 오페라를 연구할 때 음악이론 및 무대연출에 대한 전문지식을 꼭 갖출 필요는 없겠으나 음악이나 공연예술의 도움을 받아 문학작품을 풍성하게 읽게 되는 것은 의미 있는 일이다. 나아가 문학적 연구로써 오페라의 음악학적 연구나 오페라 연출가에게 도움과 자극을 줄 수도 있다면 더욱 의미 있는 일일 것이다.

은 노백작부인의 서재방으로 들어가 무도회에서 돌아와 옷을 갈아입는 그녀를 보고 나서 그녀 앞에 나타나 석 장의 카드를 알려달라고 조르던 중 그녀가 놀라서 갑자기 죽게 된다. 그녀의 장례식에 다녀온 후 꿈인지 생시인지 그녀가 유령으로 나타나서 석 장의 카드를 가르쳐주는데 그것을 적었다가 그것대로 도박을 하여 두 번은 성공하나 세 번째에서는 카드를 잘못 보고 걸어서 돈을 모두 잃고 완전히 미쳐서 정신병원에 갇히게 된다.

 푸슈킨의 이야기가 독자의 해석에 열린 작품으로서 수많은 해석을 가능하게 한 것은 알려진 바다. 차이코프스키는 이 작품을 어떻게 읽었나?

 오페라에서도 젊은 공병장교 게르만이 신분이 높은 모르는 여인에 대한 열정으로 괴로워하던 중 도박에서 확실히 딸 수 있는 세장의 카드 이야기를 들은 후 이 카드를 알고 있다고 들은 노백작부인의 손녀로 밝혀진 자기가 열정을 불태우는 리자에게 접근한다. 그녀는 그의 열정에 굴복하여 결국 무도회날 밤 집으로 들어오게 한다. 게르만은 노백작부인의 서재로 들어가 그녀가 무도회에서 돌아와 옷을 갈아입고 홀로 과거를 회상하고 있을 때 그녀 앞에 나타나 그녀에게 석 장의 카드를 가르쳐달라고 조르던 중 그녀가 놀라서 갑자기 죽게 된다. 그녀의 장례식에 다녀온 것을 회상하다가 꿈인지 생시인지 그녀가 유령으로 나타나서 석장의 카드를 가르쳐주자 리자의 만류도 뿌리치고 그것대로 도박을 하여 두 번은 성공하나 세 번째에서는 카드를 잘못 보고 걸어서 돈을 모두 잃고 자살하게 된다.

 오페라는 3막 7장으로 되어 있어 푸슈킨의 단편이 결말까지 일곱 부분으로 된 것과 병행된다. 단편을 세 부분으로 나눈다면 1, 2가 오페라의 제1막에, 3, 4가 오페라의 제2막에, 마지막 부분에 속하는 5, 6과 결말이 오페라의 제3막에 해당한다.[9] 오페라의 마지막 장인 제7장에 해당하는 부분은

---

9 꼭 이기는 세 장의 카드가 차례로 3, 7, 1이라는 사실과 단편이 크게 세 부분, 작게 일곱 부분으로 나뉘어져 있고 오페라가 3막 7장으로 되어 있고 단편이나 오페라나 '스페이드 여왕'이 창조성이나 영향력으로 볼 때 1등 작품이라는 사실이 우연히 일치하는 것일까? 나탄 로젠은 단편의 이 숫자들에 대해 곰곰 생각하며 이 숫자들과 관련된 문헌들을 소개한다(Nathan Rosen, The Magic Cards in The Queen of

단편에서 작품 전체의 의미를 집약하는 가장 인상적인 부분인 6과 이어지는 결말이다.[10] 두 장르 사이에는 전체적으로 몇 가지 표면적 차이가(리자가 신분이 높고 옐레츠키와 약혼한 사이라는 것, 게르만이 편지를 쓰지 않고 직접 리자에게로 찾아온다는 것, 리자와 게르만의 자살) 나타난다. 이러한 표면적인 차이가, 많은 연구자들이 주장하는 대로 오페라에서는 단편과 다른 이야기가 전개된다고 할 수 있는 근거가 되는가? 아니다. 대부분의 연구자들로부터 두 장르 사이에 가장 큰 차이가 있다고 여겨지는 마지막 부분의 내용을 좀 더 자세히 살펴보자.

단편의 마지막 세 번째 부분에서 노백작부인의 장례식에 간 게르만이 죽은 노백작부인이 윙크하는 것을 보고 집에 돌아온 후 하루 종일 극도의 혼란 상태에 있다가 평소보다 술을 많이 마시고 돌아와 자던 중 백작부인의 환영이 나타나 석 장의 카드를 알려준다. 파라오도박에 완전히 정신을 빼앗긴 게르만이 도박장에서 주변 사람들의 놀림을 받으며 노백작부인의 환영이 가르쳐준 대로 도박을 하다가 두 번 따고 세 번째에 카드를 잘못 보아서 완전히 다 잃게 되는 것이 그려져 있다. 결말에서 게르만이 정신병원에 갇혀 있는 것과 리자가 적당한 남자와 결혼해서 가난한 친척을 양녀로 둔 것과 톰스키가 승진하고 폴리나와 결혼한 것이 보고된다.

오페라의 제3막에서 다루어지고 있는 내용은, 리자가 보낸 편지를 읽으며 양심의 가책을 느끼는 게르만이 관에 누운 노백작부인이 윙크하던 것을 혼란 상태에서 회상하던 중 그녀의 환영이 나타나 석 장의 카드를 알려준다는 것이다. 리자는 네바 강변에서 게르만을 기다리다 그가 나타나자 기뻐하다가 곧 게르만이 완전히 파라오도박에 정신을 빼앗긴 것을 보고 절망하여 자살한다. 도박장으로 온 게르만은 주변 사람들의 놀림을 받으며 노백작부인의 환영이 가르쳐준 대로 도박을 하여 두 번 따고 세 번째에

Spades, *The Slavic and East European Journal*, vol. 19, No.3, Autumn 1975, 255-257).

10   최선, 「게르만의 마지막 카드」, 『러시아어문학연구논집』 제10집(2001), 9-17.

옐레츠키와 대결하여 카드를 잘못 보아 완전히 다 잃고[11] 자살한다. 죽어가면서 그는 옐레츠키에게 사과하고 마지막으로 리자를 부른다.

오페라와 단편의 마지막 부분이 다른 것은 두 남녀 주인공의 자살 때문이다. 그러나 전체적으로 오페라의 두 남녀 주인공은 단편의 남녀 주인공의 성격을 그대로 간직하고 있다. 그러면 두 장르에 나타나는 동명의 남녀 주인공들을 텍스트에 밀착하여 자세히 살펴보겠다.

a. 게르만

권총 자살로 생을 마감하는 오페라의 게르만과 정신병원에 갇힌 단편의 게르만은 얼핏 보기에 사뭇 달라 보인다. 단편의 게르만이 도박에 대한 열정을 겨우 참다가 백작부인이 반드시 이기는 석 장의 카드를 알고 있다는 이야기를 들은 후 우연히 그 집을 알게 되고 그 집안의 양녀를 보고 그녀에게 계산적으로 접근하나 오페라의 게르만은 여인에 대한 열정으로 인하여 도박에 손을 대게 되는 듯 보인다. 그러나 좀 더 자세히 들여다보면 사정이 다르다. 오페라에서도 게르만은 밤새 도박판을 지켜보면서도 도박을 하지 않고 참고 있었다. 체칼린스키와 수린의 대화에서 보듯이 그에게도 푸슈킨의 단편에서처럼 원래 도박판에서 밤새 지켜보는 습관이 있었

---

11 푸슈킨의 단편에서 파라오 도박은 아래와 같은 규칙에 따라 이루어진다. 도박에서 돈을 거는 사람은 카드를 뽑아 뒤집어 놓고 그 위에 돈을 건다. 도박판의 물주는 자기 앞에 오른쪽 왼쪽으로 번갈아 카드를 내려놓는다. 물주가 왼쪽에 놓은 카드가, 돈을 건 사람이 펼쳐 보이는 카드와 짝이 맞으면 (숫자가 일치하면) 돈을 건 사람이 이겨서 건 돈만큼 물주로부터 돈을 받는다. 그러나 그때 물주가 오른쪽에 놓은 카드가, 돈을 건 사람이 놓은 카드와 짝이 맞으면 물주가 이기고 건 돈을 딴다. 주인공 게르만이 도박에 지고 미치게 된 것은, 그가 꿈속에 나타난 늙은 백작부인이 알려준 대로 1을 걸었더라면 물주가 왼쪽에 놓은 카드 1이 그가 건 카드와 짝이 맞으므로 게르만이 따게 될 것을, 스페이드 여왕을 1이라고 잘못 보고 스페이드 여왕을 놓고 돈을 걸었는데 물주가 오른쪽에 놓은 카드가 마침 여왕이어서 게르만이 건 카드와 짝이 맞았으므로 게르만은 자기가 건 돈을 다 잃게 되었기 때문이다. 그런데 오페라에 따라서는 게르만이 카드를 걸며 숫자를 소리 내어 말하는 것과 물주가 카드를 오른쪽 왼쪽으로 놓는 것을 보여준다. 게르만이 물주가 내려놓은 카드를 본 후 자기 카드를 내보이며 소리 내어 말하는 것으로 하면 파라오도박의 규칙에 따라 하는 것이 되지만 아직 자기 카드를 내보이기 전이라면 독백으로 처리되어야 한다.

다. 신분이 다른 리자에 대한 열정으로 고통을 느끼던 중 반드시 이기는 석장의 카드에 대한 이야기를 들은 후 돈과 사랑 사이에서 갈등하는 모습을 보여준다. 다음은 오페라 제1막 제1장에 등장하는 체칼린스키와 수린의 대화이다.

Был там Герман? — Был. И, как всегда, с восьми и до восьми утра, прикован к игорному столу, сидел и молча дул вино. — И только? — Да на игру других смотрел. — Какой он странный человек! — Как будто у него на сердце злодейств по краней мере три. — Я слышал, что он очень беден — Да, не богат.

거기에 게르만도 있었나? — 있었네, 언제나처럼 저녁 8시부터 아침 8시까지, 도박 테이블에서 꼼짝 않고 앉아서, 말없이 포도주만 들이켰지! — 술만 마셨어? 그리고 친구들이 도박하는 걸 구경했지. — 참 이상한 사람이야! — 마치 그의 심장엔 적어도 세 가지 악이 있는 것 같아! — 그가 매우 가난하다는 걸 난 들었지. — 맞아, 부자는 아니지.[12]

　이어지는 톰스키와 게르만의 대화(레치타티보)에 게르만의 열정에 빠진 상태가 드러난다.

Скажи мне, Герман, что с тобою? — Со мной?.. Ничего — Ты болен? Т — Нет, я здоров. — Ты стал другой какой-то... Чем-то недоволен.. Бывало, сдержан, бережлив, ты весел был, по крайней мере; теперь ты мрачен, молчалив и, – я ушам своим не верю – ты, новой страстию горя, как говорят, вплоть до утра проводишь ночи за игрой. — Да! К цели твёрдою ногой идти, как прежде, не могу я, я сам не

12　논문 말미의 일차 자료 소개에서 밝히고 있는, 이 글에 사용된 리브레토나 단편에서 인용한 부분의 번역은 필자의 것이다.

знаю, что со мной, я потерялся, негодую на слабость, но владеть собой не в силах больше.. Я влюблён, влюблён!

말해주게, 게르만, 자네 무슨 일 있나? — 나? 아무 일도. — 자네 아픈가? — 아닐세, 난 건강하네. — 자네 어떤 다른 사람이 된 것 같고 뭔가 불만족스러운 것 같아... 신중하고 검소하였었는데. 적어도 자네는 유쾌한 사람이었지. 지금 자넨 음울하고 말이 없어. 내 두 귀를 믿을 수 없을 지경이야. 자네가 새로운 열정에 불타오르며 아침까지 도박판에 앉아 있다고? — 그래, 난 예전처럼 목표를 향해 확고한 걸음으로 갈 수 없네. 나 자신도 모르겠어, 내가 왜 이런지. 난 어찌할 바를 모르겠네. 나약함에 화가 나네. 더 이상 내 자신을 억제할 힘이 없어... 난 사랑에 빠졌네! 사랑에 빠졌네!

그는 도박판에서 밤새 동료들의 도박을 들여다보는 습관을 가지고 있지만 참고 확고한 걸음걸이로 살아왔는데 이제 여인에 대한 열정에 불타면서 어찌할 바를 모르고 도박판에서 밤새도록 시간을 보낸다. 그가 사랑 때문에 자신을 통제할 수 없다고 하는 것을 보아 곧 자기통제를 잃고 도박에 손을 대게 될 것이 암시된다.

이어지는 게르만의 아리아에서 그는 자신보다 신분이 높은 리자를 절망적으로 원하여 마음이 아픈 모습으로 나타난다. 한편으로는 성스러워 가까이 할 수 없는 그녀라고 고통스럽게 생각하지만 다른 한편 그녀를 차지하고 싶다는 욕망으로 갈등하며 그녀의 이름을 알기를 두려워한다.

ГЕРМАН

Я имени её не знаю
и не хочу узнать,
земным названьем не желая

её назвать...

(с увлечением)

Сравненья все перебирая,

не знаю, с кем сравнить...

Любовь мою, блаженство рая,

хотел бы век хранить!

Но мысль ревнивая, что ею

другому обладать,

когда я след ноги не смею

ей целовать,

меня томит; и страсть земную

напрасно я хочу унять,

и всё хочу тогда обнять,

и всё хочу мою святую тогда обнять,

и всё хочу мою святую тогда обнять.

Я имени её не знаю

и не хочу узнать!

게르만

나 그녀의 이름을 모른다네,

또 알고 싶지도 않네,

지상의 이름으로 그녀를

부르고 싶지 않으니!

(도취하여)

갖가지 비교를 떠올리지만,

누구와 비교해야할지 모르겠네...

천국의 행복인 내 사랑을
나 영원히 보존하기만 바랄 뿐!
허나 난 그녀의 발자국에도 감히 입 못 맞추는데,
다른 남자가 그녀를 소유하리라는
질투 어린 생각이 나를 괴롭히네.
난 이 지상의 열정을
가라앉히고 싶지만 소용이 없어.
그러면 언제나 그녀를 안고 싶어.
나의 성스러운 여인을 언제나 안고 싶어.
나의 성스러운 여인을 언제나 안고 싶어.
나 그녀의 이름을 모른다네
또 알고 싶지도 않네!

　　모르는 여인에 대한 열정 때문에 고통을 당하는 게르만을 그가 등장할 때 나오는 음악을 들으며 보게 되면 좀 더 그의 내면 풍경을 자세히 느낄 수 있다. 처음부터 게르만이 리자를 볼 때 나오는 음악은 노백작부인이나 석 장의 카드와 연결된 음악이다. 게다가 리자와 백작부인은 무대에 거의 항상 함께 나타난다. 석 장의 카드에 대해 듣고 나서 바로 게르만은 리자의 발코니에 나타나는데 이로써 게르만의 여인에 대한 열정과 함께 반드시 이기는 도박에 대한 그의 열정이 중첩되는 것이 예고된다. 푸슈킨의 단편에서 도박이 몹시도 하고 싶으면서도 자신을 억제하며 밤새도록 도박판을 지켜보기만 하는 것으로 나타나는 게르만의 열정은 오페라에서는 그가 도박판을 지켜볼 뿐만 아니라 리자를 몹시 소유하고 싶으면서도 자신을 억제하며 계속 따라다니며 지켜보기만 하는 것과 함께 더욱 강하게 나타나고 있는데 위의 게르만의 아리아에서 보듯이 게르만의 고통의 요인이 신분의 차이에 대한 강박관념인 것으로 볼 때 신분이 다른 여자를 추구하는 열정의 뒤편에 그의 신분 상승에 대한 심리적 욕구[13]가 도사리고 있음을 알 수 있다. 그녀의 이름을 모르면서 신분적 차이만을 강박적으로 생각하는 그의 집착은 심지어 그가 추구하는 여자가 누구인지 모르는 것이 아닐까? 라는 생각까지 갖게 한다.[14]

그는 자기가 추구하는 것이 무엇인지 누구인지 알고는 있나? 사랑인가, 돈인가? 죽음인가? 그는 안개 낀 페테르부르그에서 자기 자신이 무엇을 원하는지 모르고 있고, 안다고 생각했을 때는 잠시뿐, 곧 그 자신은 변해버린다. 그의 사랑과 돈에 대한 추구의 공존도 잠시 곧 사랑하는 이가 누구인지도 모르고 ― 그는 "당신은 누구냐, 나는 당신을 모른다"고 리자에게 말한다 ― 돈에 대한 추구는 또 도박 자체에 대한 열정으로 바뀌어 버리고 (원래도 섞여 있었는데) 여인에 대한 열정은 실종되어 버린 것이다. 결국 주인공은 돈(도박을 통한 일확천금)에 대한 열정과 여인에 대한 열정을 동시에 가슴에 품고 갈등하면서 혼란 속에 파멸하게 된다. 이런 점에서 오페라의 게르만에는 도스토예프스키의 소설 『도박꾼』에 나오는 여인에 대한 열정과 도박에 대한 열정이 교차하는 것을 보이는, 또 그러한 자신을 의식하는 알렉세이 이바노비치 같은 인물에 체호프적인 라예프스키 같은(예를 들어 '내가 그녀를 어디까지 타락하게 만든 걸까' 하며 후회하는 오페라의 게르만의 모습은 체호프의 「결투」에 나오는 라예프스키와 흡사하다) 유약한 의지 때문에 혼란 속에서 자신을 잃어 가는 인물이 섞여 있다. 차이코프스키의 게르만은 자신이 "미친 놈"이라는 것을 알고 있으며 노부인을 죽이게 된 것, 리자를 타락하게 한 것을 자책한다. 게르만은 자신이 무엇을 원하는지 확실히 안다고 생각하면서도 실은 잘 모르고 혼란 속에서 자신을 잃어버리며 또 그것을 후회하는 모습을 보이는 것이다.

---

13 단편에서나 오페라에서나 게르만은 돈을 통하여 신분 상승을 할 수 있다고 생각하는데 러시아에 자본주의가 유입된 것은 서유럽보다 훨씬 나중이지만 그 확산 속도와 폭은 엄청났다.

14 Boris Gasparov, *Five Operas and a Symphony*(Yale University Press, 2005), 152-153

그런데 이러한 점은 푸슈킨의 단편의 게르만 속에 이미 나타나 있는 징후이다. 그는 돈이 없어 동료들의 놀림을 받는 차가운 상류 사회 속에서 소외된 채 안간 힘을 쓰며 경직된 심리로 살아간다. 다른 사람들은 농담을 하고 응석과 호기를 부리며 살아갈 여건이 되지만 그는 그렇지 못하다. 그에게는 아무도 응석을 받아줄 사람이 없고 누구와 의논할 사람도 없고 농담을 할 만한 여유도 없다. 그는 자기의식에 갇혀서 부대끼면서 자기가 원하는 것을 확실히 알고 있다고 여기고 과감하게 행동하면서도 실상 자신이 진정으로 원하는 것이 무엇인지 모르는 채 흔들리며 혼란 속에 자기 자신을 잃고 점점 미쳐간다. 그는 자신의 삶의 신조를 잃고 오직 석 장의 카드만이 그를 구원해주리라고 확신하며 뜨거운 욕망으로 떨면서 무질서한 환상에 집착하고 혼란 속에서 파멸한다.

게르만은 카드의 비밀을 알기 위해 리자에게 연애편지를 쓰기 시작하지만 쓰는 과정에서 자신의 열정을 믿게 된다. 편지를 쓰는 행위 속에서 자신을 사랑에 불타는 주인공으로 상상하다가 결국 그것을 자신의 감정이라고 믿게 된다. 상상 속에서 여인에 대한 열정과 돈과 도박에 대한 열정이 혼란스럽게 뒤엉키다가 결국 그것은 그에게 현실이 되어 버린다.

Лизавета Ивановна каждый день получала от него письма, то тем, то другим образом. Они уже не были переведены с немецкого. Германн их писал, вдохновенный страстию, и говорил языком, ему свойственным: в них выражались и непреклонность его желаний, и беспорядок необузданного воображения.

리자베타 이바노브나는 매일 그의 편지를 이런저런 방법으로 받았다. 그 편지들은 더 이상 독일어에서 옮긴 것이 아니었다. 게르만은 열정에 의해 영감을 받아 썼으며 자신의 말로 이야기 했다. 그 속에는 그의 불굴의 욕망과 통제되지 않은 상상들이 무질서하게 나타났다.

게르만의 적는 행위가 그의 내면을 드러내는 동시에 적는 내용이 그에게 현실이 된다는 것은 그가 백작부인의 유령을 보고 그것을 꼼꼼히 적는 행위에서도 엿볼 수 있다.

게르만이 리자베타의 방으로 올라가는 계단이 있는 복도로 가는 문을 열어보고는 몸을 돌려 백작부인의 서재방으로 가는 것에서 돈과 사랑 사이에서 갈등하는 그의 심정을 읽을 수 있다. 왜 그는 복도로 가는 문을 열어 보았겠는가? 그는 자신이 진정으로 원하는 것을 제대로 알기는 하는 것일까?

Германн пошел за ширмы. За ними стояла маленькая железная кровать; справа находилась дверь, ведущая в кабинет; слева, другая в коридор. Германн ее отворил, увидел узкую, витую лестницу, которая вела в комнату бедной воспитанницы… Но он воротился и вошел в темный кабинет.

게르만은 병풍 뒤로 들어갔다. 병풍 뒤에는 작은 철침대가 놓여 있었다. 오른쪽 문을 열면 서재로 가고 왼쪽 문을 열면 복도로 가는 것이었다. 게르만은 그 문을 열고 불쌍한 양녀의 방으로 가는 나선형 계단을 보았다……. 그러나 그는 몸을 되돌려 깜깜한 서재방으로 들어갔다.

노백작부인이 죽어 버린 후 좌절 속에서 뒤쪽 계단을 통해서 저택 밖으로 나올 때 게르만은 60년 전 이 계단을 따라 올라간 젊은 연인을 상상하며 이제 도박으로 돈을 딸 기회를 영원히 잃었다고 생각하면서도 흥분까지 느낀다.[15]

---

15 Nathan Rosen, The Up the down Staircase in "The Queen of Spades", *The Slavic and East European Journal*, vol. 46, No.4, Winter 2002, pp.711-726.

Он спустился вниз по витой лестнице, и вошел опять в спальню графини. Мертвая старуха сидела, окаменев; лицо ее выражало глубокое спокойствие. Германн остановился деред нею, долго смотрел на нее, как бы желая удостовериться в ужасной истине; наконец вошел в кабинет ощупал за обоями дверь, и стал сходить по темной лестнице, волнуемый странными чувствованиями. По этой самой лестнице, думал он, может быть лет шестьдесят назад, в эту самую спальню, в такой же час, в шитом кафтане, причесанный a l'oiseau royal, прижимая к сердцу треугольную свою шляпу, прокрадывался молодой счастливец...

그는 나선형 계단을 따라 아래로 내려와 다시 한 번 백작부인의 침실로 들어갔다. 죽은 노파는 돌처럼 굳은 채 앉아 있었다. 게르만은 그녀 앞에 멈춰 서서 오랫동안 그녀를 바라보았다. 무서운 진실을 확인하려는 듯이. 마침내 그는 서재로 들어가 병풍 뒤의 문을 더듬어 열쇠로 열고 이상한 흥분을 느끼면서 어두운 계단을 따라 내려가기 시작했다. 그는 생각했다. 바로 이 계단을 따라 아마도 60년쯤 전에 바로 이 침실로 바로 이 시각에 수놓은 재킷을 입고 왕관을 쓴 새 모양으로 머리를 빗은 젊은 행운아가 삼각모를 가슴에 누르고 몰래 들어 왔겠지…….

 이는 일종의 에로틱한 흥분이다. 게르만은 죽은 노파를 확인하고서 도박으로 돈을 딸 수 없다는 절망감 속에서 자신과 60여 년 전의 백작부인의 정부를 동일시하며 이상한 흥분을 느끼는 것이다. 이는 게르만에게 현실과 상상의 경계가 허물어졌다는 것을 보여줄 뿐 아니라 노파를 연인으로서 사랑하는 것인지 돈 때문에 그녀에게 접근한 것인지 스스로도 모르는 상태를 보여주고 있다. 자기 억제 속에서 살아가며 상상 속에서만 연애 감정을 느꼈던 게르만에게 현실과 상상의 경계는 실상 희미했다.
 이처럼 푸슈킨은 소설에서 자기 자신 속에 갇혀서 살다가 자신이 추구하는 것이 무엇인지도 확실히 모르고 자기 자신을 잃어가는 게르만의 추한 면을 차갑고 드라이하게 묘사하는 것 같지만 그 배면에서 느껴지는 것은 게르만의 고독과 소외에 대한 동정이다. 이는 소설 초반에 게르만이 동료들의 비웃음을 받지 않으려고 안간 힘을 쓰는 것, 그가 그렇게도 하고 싶었던 도박을 해보지만 결국 모든 것을 잃는 것, 맨 마지막 부분 도박판에서 차가운 도박꾼들이 냉정하고 비웃듯이 그를 하나의 흥밋거리로 보며 그가 파멸하는 것을 기다리며 지켜보듯 하는 점, 그가 돈을 다 잃은 후 머리가 혼란해져 노백작부인의 비웃는 듯한 윙크를 보고 놀라며 겁에 질려 완전히 자신을 잃어버리는 데 반해 다른 사람들은 아무 일 없었다는 듯이 그저 하나의 이야기 거리로만 여기고 곧바로 도박판은 제 궤도대로 흘러간다는 것을 표현한 데서 잘 드러나고 있다.

На следующий вечер Германн явился опять у стола. Все его ожидали. Генералы и тайные советники оставили свой вист, чтоб видеть игру столь необыкновенную. Молодые офицеры соскочили с диванов; все официанты собрались в гостиной. Все обступили Германна. Прочие игроки не поставили своих карт, с нетерпением ожидая, чем он кончит

다음 날 저녁 게르만이 다시 노름판에 나타났다. 모두들 그를 기다리고 있었다. 장관들과 고관들도 매우 특별한 이 게임을 보려고 자기네 휘스트게임을 멈추었다. 젊은 장교들은 소파에서 튀어 일어났고 모든 종업원들은 응접실에 모였다. 모두들 게르만을 에워쌌다. 나머지 도박꾼들은 자기 카드를 걸지 않은 채 초조하게 그가 어떻게 끝나나 기다리고 있었다.

В эту минуту ему показалось, что пиковая дама прищурилась и усмехнулась. Необыкновенное сходство поразило его…

— Старуха! — закричал он в ужасе.

Чекалинский потянул к себе проигранные билеты. Германн стоял неподвижно. Когда отошел он от стола, поднялся шумный говор. — Славно спонтировал! говорили игроки. — Чекалинский снова стасовал карты: игра пошла своим чередом.

이 순간 스페이드 여왕이 윙크하며 비웃는 것처럼 여겨졌다. 너무도 닮은꼴이어서 그는 경악하지 않을 수 없었다…….

"노파다!" 그는 공포에 휩싸여 외쳤다.

체칼린스키는 은행권을 자기에게로 끌어당겼다. 게르만은 꼼짝 않고 서 있었다. 게르만이 테이블에서 물러나자 이야기 소리로 소란스러워졌다. "멋지게 걸었었는데!" 도박꾼들이 말했다. 체칼린스키는 다시 카드를 섞었고 게임은 제 궤도대로 진행되었다.

오페라 제7장에서 도박판에서 주위의 귀족 청년들의 놀림을 받으며 인생을 도박에 비유하며 노력과 성실이 아닌 도박에 의해 인생이 좌우된다고 말하는 게르만의 아리아는 도박을 몹시 하고 싶은 욕구를 '노력 성실만이 인생의 올바른 카드'라고 다짐하며 자신의 욕구를 애써 내리누르는 푸슈킨의 게르만의 내면에서 우러나는 외침에 다름 아니다.[16] 이는 도박에 집착하는 도스토예프스키의 알렉세이도 외칠 법한 대사이다.

ГЕРМАН

(со стаканом в руке)

Что наша жизнь?

Игра!

---

16 소설에서는 게르만의 내면의 소리를 독자 자신이 듣게 되지만 오페라에서는 게르만의 노래가 그의 내면을 표출한다.

Добро и зло – одни мечты!

Труд, честность – сказки для бабья.

Кто прав, кто счастлив здесь, друзья?

Сегодня ты, а завтра я!

Так бросьте же борьбу,

ловите миг удачи!

Пусть неудачник плачет,

пусть неудачник плачет,

кляня, кляня свою судьбу!

Что верно?

Смерть одна!

Как берег моря суеты,

нам всем прибежище она.

Кто ж ей милей из нас, друзья?

Сегодня ты, а завтра я!

Так бросьте же борьбу,

ловите миг удачи!

Пусть неудачник плачет,

пусть неудачник плачет,

кляня, кляня свою судьбу!

게르만

(술잔을 손에 들고)

우리네 인생이 뭔가?

도박이네!

선과 악은 똑같이 환상이야!

노력, 성실은 여자들을 위한 동화!

여기 누가 옳고, 누가 행운아인가, 친구들?

오늘은 자네지만, 내일은 나일세!

그러니 투쟁일랑 접어두고,

성공의 순간을 잡으라고!

실패한 사람은 울면서,

실패한 사람은 울면서,

자신의 운명을 저주하게 하게!

확실한 게 무엇일까?

오직 죽음뿐!

미망의 바다의 해변과도 같이

오직 죽음만이 우리 모두에게 피난처이지.

대체 우리들 중 누구를 죽음이 더 좋아할까, 친구들?

오늘은 자네지만, 내일은 나일세!

그러니 투쟁일랑 접어두고,

성공의 순간을 잡으라고!

실패한 사람은 울면서,

실패한 사람은 울면서,

자신의 운명을 저주하게 하게!

　　삶은 오페라의 게르만이나 단편의 게르만에게 투쟁과 '미망의 바다' 속 항해이고 '피난처'는 죽음일 뿐일 것이다. 오페라의 게르만은 리자에게 사랑을 고백할 때부터 죽음을 생각했었고 그는 죽어가면서 리자를 불렀으며 자신을 돌아본다. 그러나 푸슈킨의 게르만에게는 이러한 진실을 의식할 기회조차 없었다. 그는 죽음이라는 피난처의 존재를 의식조차 못한 채 현실과 상상을 구분하지 못하고 바닥 모를 심연으로 미끄러지듯 빠른 속도로 3, 7, 1…… 3, 7, 스페이드 여왕만을 되뇌며 출구 없이 완전히 자신 속에 갇혀 영원히 인간으로서의 자신과 세상과 단절된 상태로 남는다.

b. 리자

오페라와 단편에서 게르만이 계산적이고 냉정한 귀족사회에서 스스로 통제하지 못한 열정 때문에 파멸했다면 리자도 열정 때문에 위험에 처한다.

오페라의 리자는 백작부인의 손녀로서 가난한 장교 게르만의 열정에 순종하게 되는 여자이다. 그녀는 귀족 신분이고 현명하며 잘생기고 부유하고 고귀한, 그녀가 마음에 들어 선택했던 존재인 옐레츠키 공작(푸슈킨의 단편에는 없는 인물)과 약혼한 사이이지만 약혼식 날 밤에도 알 수 없이 마음을 끄는 열정적인 게르만 때문에 고통스러워하고 발코니를 통해 몰래 들어온 게르만의 구애를 받아들이고 그에게 미래를 맡긴 여자이다. 2막에서 그녀는, 게르만의 열정이 그녀보다는 도박을 택함으로써 결국 배신당하지만 그래도 게르만 때문에 할머니가 죽었다는 것을 받아들이지 못하고 우연히 그렇게 되었을 것이라고 애써 믿어보려 하며 그에게 만나자는 편지를 썼던 것이다. 그녀가 정해준 시간, 자정에 게르만이 나타나지 않을 것 같은 생각이 들자 그가 살인자인지도 모른다는 생각을 하다가 그가 나타나자 곧 고통의 끝이 왔고 자신은 그의 것이라고 노래 부른다. 그녀는 낭만주의적인 사랑의 여주인공으로 자신을 생각하는 듯하다. 심지어 그녀는 게르만과 함께 낭만주의 오페라의 대명사인 「트리스탄과 이졸데」의 사랑의 이중창 같은 이중창을 부르기까지 한다.

ГЕРМАН

Да, здесь я, милая моя!

(Целует её.)

ЛИЗА

О да, миновали страданья, я снова с тобою, мой друг!

ГЕРМАН

Я снова с тобою, мой друг!

ЛИЗА

Настало блаженство свиданья!

ГЕРМАН

Настало блаженство свиданья!

ЛИЗА

Конец наших тягостных мук!

ГЕРМАН

Конец наших тягостных мук!

ЛИЗА

О да, миновали страданья, я снова с тобою!

ГЕРМАН

То были тяжелые грёзы, обман сновиденья пустой.

게르만

그렇소, 내가 여기 왔소, 내 사랑!

(키스한다)

리자

오 정말, 괴로움들은 끝이 났고, 난 다시 당신과 함께하는군요, 나의 친구!

게르만

난 다시 당신과 함께요, 나의 친구여!

리자

우리의 만남, 지극한 행복이 왔어요!

우리의 끔찍한 고통의 끝이 왔어요!

게르만

우리의 만남, 지극한 행복이 왔어요

우리의 끔찍한 고통의 끝이 왔어요!

리자

고통이 지나가고 우리는 다시 함께 있어요!

게르만

괴로운 미망들과 꿈의 헛된 기만이 있었지요!

위 부분은 1882년 차이코프스키가 처음 들었을 때 진실하지 못한 작품으로 여겼던 「트리스탄과 이졸데」의 아래 대목과 병행된다.

(stürzt herein)

Tristan.

Isolde! Geliebte!

Isolde.

Tristan! Geliebter!

(Stürmische Umarmungen beider, unter denen sie in den Vordergrund gelangen.)

Bist du mein?

Tristan.

Hab' ich dich wieder?

....

Tristan.

Bin ich's? Bist du's?

Ist es kein Trug?

Beide.

Ist es kein Traum?

O Wonne der Seele,

o süße, hehrste,

kühnste, schönste,

seligste Lust!

....

Isolde.

Mein! Tristan mein!

Tristan.

Mein! Isolde mein!

Beide.

Mein und dein!

Ewig, ewig ein!

(달려 들어온다.)

트리스탄

이졸데! 내 사랑!

이졸데

트리스탄 내 사랑!

(둘은 돌진하듯 정열적으로 포옹하며 앞으로 나온다)

나의 당신이지요?

트리스탄

다시 당신을 안게 되다니!

......

트리스탄

이게 나인가요? 당신인가요?

정말 당신이요? 기만이 아니지요?

둘다

이게 꿈은 아닌가요?

오, 영혼의 기쁨,

오, 달콤하고, 가장 찬란하고,

가장 용감하고, 가장 아름다우며,

가장 축복받은 쾌락이여!

……

이졸데

내 사랑! 나의 트리스탄!

트리스탄

내 사랑! 나의 이졸데!

둘다

나의 그리고 당신의!

영원히, 영원히 하나!

그러나 리자는 게르만이 도박과 돈에 완전히 정신을 빼앗긴 것을 보고 자신의 상상이 현실과는 전혀 다르다는 것을 깨닫고 강물에 빠져 죽는다. 오페라의 리자는 얼핏 보기에 푸슈킨의 리자베타와 달라 보이지만 좀 자세히 들여다보면 차이코프스키의 리자도 푸슈킨의 리자처럼 스스로에게 만족하지 못하고 할머니 노백작부인으로부터 따뜻한 보살핌을 받기보다는 냉대를 받다시피 차갑게 간섭을 받고 있으며 현실에 불만을 느끼고 있고 『예브게니 오네긴』의 타티아나처럼 주변 여자와는 달리 홀로 공상에 빠지기 좋아하는 여자인 듯하다. 그녀도 푸슈킨의 리자베타처럼 당시 유행하던 낭만주의 소설들을 많이 읽은 여자인 듯하다. 그래서 혼자서 그녀 스스로 낭만주의 소설의 주인공처럼 멋지다고 생각한 남자와 연애하는 공상을 했을 것이다.[17] 1막의 그녀의 아리아를 살펴보자.

ЛИЗА

Откуда эти слёзы,

зачем они?

Мои девичьи грёзы,

вы изменили мне,

мои девичьи грёзы,

вы изменили мне,

вы изменили мне.

Вот как вы оправдались наяву!

Я жизнь свою вручила ныне князю,

избраннику по сердцу, существу,

умом, красою, знатностью, богатством

достойному подруги не такой, как я.

Кто знатен, кто красив, кто статен, как он?

Никто! И что же?

Я тоской и страхом вся полна,

дрожу и плачу!

Откуда эти слёзы,

зачем они?

Мои девичьи грёзы,

вы изменили мне,

мои девичьи грёзы,

---

17 단편에서는 독자가 그녀의 공상의 내용을 그려보게 되지만 오페라에서는 리자의 노래 속에 그녀의
공상의 내용이 드러난다.

вы изменили мне,

вы изменили мне!

(Плачет.)

И тяжело и страшно!

Но к чему обманывать себя?

Я здесь одна, вокруг всё тихо спит...

(страстно, восторженно)

О, слушай, ночь!

Тебе одной могу поверить тайну

души моей.

Она мрачна, как ты, она как взор очей печальных,

покой и счастье у меня отнявший...

Царица-ночь!

Как ты, красавица, как ангел падший,

прекрасен он,

в его глазах огонь палящей страсти,

как чудный сон, меня манит,

и вся моя душа во власти его!

О ночь! О ночь!..

리자

......

대체 이 눈물들은 무엇 때문일까,

어째서 눈물이 나지?

나의 처녀의 꿈들,

너희들은 나를 속였어!

나의 처녀의 꿈들,

너희들은 나를 속였어!

너희들은 나를 속였어!

너희들이 이제 현실이 되어 나타났구나!

난 내 인생을 공작에게

내 마음에 들어 선택한 존재에게 맡겼지,

현명하고 잘생기고, 고귀하고, 부유하며,

나 같은 여자 말고 다른 연인을 만나야 할 사람.

누가 그 사람만큼 고귀하고, 아름답고, 당당할 수 있을까?

아무도 없지! 그런데 왜일까?

나 온통 우수와 공포로 가득 차,

떨며 울고 있구나!

이 눈물들은 뭘까,

어째서 눈물이?

나의 처녀의 꿈들,

너희들은 나를 속였어!

나의 처녀의 꿈들,

너희들은 나를 속였어!

너희들은 나를 속였어!

(운다)

힘들고도 두려워!

하지만 어째서 자신을 속여야 하는 거지?

난 여기 혼자이고, 주위엔 모든 것이 고요히 잠자네.

(열정적으로 도취하여)

들어라, 밤이여!

너에게만 나의 영혼의 비밀을

고백할 수 있어라!

내 영혼의 비밀은 너처럼, 나의 평온과 행복을 빼앗은

두 눈의 슬픈 시선처럼 어두워라.

그대, 여왕인 밤이여!

아름다운 여인인 너처럼,

땅에 떨어진 천사처럼 그는 아름다워.

그의 두 눈에는 타오르는 열정의 불꽃이 있지,

그는 멋진 꿈처럼 나를 유혹하지,

그리고 내 모든 영혼은 그의 것이야!

오 밤이여! 오 밤이여!

그녀는 자신도 이유를 모르는 채 '그녀의 영혼의 평온과 행복을 빼앗는', '멋진 꿈처럼 유혹하는', '두 눈에 타오르는 열정의 불꽃을 지닌', '땅에 떨어진 천사 같은' 위험한 게르만과 낭만적이고 비극적인 사랑에 빠진 것이다. 그녀는 갈등하지만("나의 처녀 시절의 꿈들, 너희들은 나를 속였어! 너희들은 나를 속였어! 너희들이 이제 현실이 되어 나타났구나!") 자신의 파멸을 무릅쓰고라도 그를 사랑할 수밖에 없다고 낭만주의 소설의 여주인공처럼 절규한다("힘들고도 두려워! 하지만 어째서 자신을 속여야 하는 거지?").

이 리브레토에 나오는 리자와 폴리나의 듀엣 부분은 주코프스키의 시이다.

ЛИЗА И Полина

Уж вечер... Облаков померкнули края,

последний луч зари на башнях умирает;

последняя в реке летящая струя

с потухшим небом угасает, угасает.

Всё тихо... Рощи спят, вокруг царит покой,

простершись на траве под ивой наклонённой,

внимаю, как журчит, сливаяся с рекой,

поток, кустами осенённый, осенённый.

Как слит с прохладою растений аромат,

как сладко в тишине у брега струй плесканье,

как тихо веянье эфира по водам

и гибкой ивы трепетанье, трепетанье.

리자와 폴리나

어느새 저녁……. 구름 테두리 검어지며

종탑 위 석양빛이 죽어가네:

강물 속에 날아가는 마지막 빛줄기

어두워진 하늘과 함께 꺼져가네.

모든 것이 고요하네. 수풀이 잠들고,

평온이 피어오르는데

고개 숙인 버들 아래 풀밭에 섰네.

나뭇가지 그늘 아래 강으로 흘러 들어가는

물줄기, 그 서늘함에 풀향기 녹아들이며

강변의 고요 속에 철석이네, 어찌나 달콤한지!

어찌나 고요한지, 천공에서 물위로 불어드는 바람!

부드럽게 나부끼는 버들의 떨림, 떨림!

이 시의 낭만주의적인 성격은 체호프가 자신의 단편 「공무여행」에서 러시아 현실과 유리된 시골 귀족 집안의 평범한 회색 옷을 입은 딸들이 버들이 떨듯 떨리는 목소리로 이 부분을 따라 노래하는 것을 표현한 맥락에서도 나타나듯이 실상 현실과 유리된 느낌이 들게 하는 것은 사실이다. 리자는 그녀의 노래를 부르는 체호프의 처녀들처럼 현실과 유리된 채, 소설적인 공상을 하는 처녀이며 소설을 따라 사랑의 감정을 느끼기 시작한다. 이는 신분사회 속의 소외감과 함께 푸슈킨의 리자가 열정에 빠지는 주된 요인이다.

Слова Томского были не что иное, как мазурочная болтовня, но они глубоко заронились в душу молодой мечтательницы. Портрет, набросанный Томским, сходствовал с изображением, составленным ею самою, и, благодаря новейшим романам, это, уже пошлое лицо, пугало и пленяло ее воображение.

톰스키의 말은 마주르카를 추며 떠는 수다에 불과했지만 공상하기를 좋아하는 아가씨의 머릿속에 깊이 박혔다. 톰스키가 그린 게르만의 초상(나폴레옹의 프로필과 메피스토펠레스의 심장을 가졌고 양심에 세 가지 악이 드리워져 있다는 것-인용자)은 그녀 자신이 그려본 바와 일치했다. 최근 소설들의 영향으로 이미 사악한 이 인간은 그녀를 경악시켰고 동시에 그녀의 공상을 사로잡았다.

오페라 속의 리자는 신분이 높은 옐레츠키를 거부하고 게르만에게서 배신당한 후 비극적 소설의 여주인공처럼 불행 속에서 자살한다. 차이코프스키의 세 번째 푸슈킨 오페라인 이 오페라에서 여주인공은 첫 번째, 두 번째 오페라의 여주인공인 타티아나와 마리야처럼 버림받는 여자로서 표현되어 있다. 푸슈킨의 운문소설이나 오페라 「예브게니 오네긴」에서는 남주인공이 권태를 느끼는 인텔리로서 자신 속에 폐쇄되어 있어 타티아나를 상처 입혔고 불행한 여자로 만들었고, 장편 서사시 「폴타바」나 이를 바탕으로 한 오페라 「마제파」의 경우에는 마제파의 권력욕이 마리야를 미치게 하는 계기가 되었는데 이 경우에는 게르만의 돈과 도박에 대한 열정이 리자를 불행으로 이끈다. 단편에서도 리자가 결코 행복하다고는 할 수 없다.

Лизавета Ивановна вышла замуж за очень любезного молодого человека; он где-то служит и имеет порядочное состояние: он сын бывшего управителя у старой графини. У Лизаветы Ивановны воспитывается бедная родственница

리자베타 이바노브나는 매우 친절한 젊은이에게 시집을 갔다. 그는 어느 부서엔가 복무하며 상당한 재산을 가지고 있다. 그는 예전에 늙은 백작부인의 집사였던 남자의 아들이다. 리자베타 이바노브나는 가난한 친척을 양녀로 두고 있다.

단편의 독자는 그녀가 자신의 열정의 죽음 이후 차가운 강물에 뛰어 들듯 냉랭한 결혼생활에 뛰어들었고 자기 아이는 없는지 가난한 친척을 양녀로 두고 있다는 것만 알 수 있을 뿐이다. 그러나 어쨌든 그녀가 결혼한 사실은 경박한 톰스키가 승진하고 폴리나양과 결혼한 사실과 함께 게르만을 더욱 불행하게 보이게 하는 것은 사실이다. 비록 그들의 결혼이 진지하고 진정한 것은 아닐지라도 게르만은 현실에서 소외된 채 여인과의 에로틱한 관계를 전혀 가져 보지 못하고 미쳐버렸기 때문이다.

III

앞서 살펴보았듯이 단편과 오페라는 표면적으로는 차이가 나지만 차이코프스키는 단편의 두 남녀주인공의 성격의 가장 주요한 특징을 포착하여 오페라화시켰다고 할 수 있다. 그런데 차이코프스키가 오페라 속에서 푸슈킨 단편 속의 인물들의 성격의 가장 주요한 특징을 살리면서도 단편의 결말과는 달리 남녀 주인공의 자살을 결말로 설정한 이유는 무엇일까?

1) 리자를 자살하도록 설정한 것은 19세기 전통적인 오페라의 사랑과 죽음(여성 주인공에서 특히 자주 나타남)의 주제를 따름으로써 흥행에 도움을 주고 소프라노를 살리고자 하는 데 가장 큰 원인이 있을 것이다.[18] 차이코프스키는 오페라 관객과 함께 호흡하고 싶어 하는 작곡가로서 그에게 관객의 호불호는 매우 중요했다. 오페라 장르 자체가 문학작품보다 수용자와 훨씬 더 밀착되어 있다는 점은 19세기 유럽에서 오페라와 연관된 여러 가지 면의 정책 결정, 오페라를 중심으로 한 관객들의 논쟁 및 심지어 오페라극장에서의 투쟁에서도 잘 알 수 있다.[19] 러시아에서도 오페라는 러시아 19세기 문화를 이해하는 데 필수적일 만큼 관객과 밀착된 전통을 가지고 있었다.[20]

2) 테너 게르만의 죽음의 경우에는 관객들로 하여금 그에게 진한 연민을 느끼도록 한다. 특히 그가 죽으면서 옐레츠키에게 용서를 구하고 리자를 부르고 리자의 환영을 보며 죽는 모습이나 그가 죽을 때 들려오는 "주여, 그를 용서하소서, 그의 반란하는, 고통으로 지친 영혼에 안식을 주소서"라는 합창은 지상에서의 삶 자체의 황폐함과 허무함을 두드러지게 하며 영혼의 안식을 죽음 속에서 찾는다는 메시지를 강조한다.[21] 또한 남녀 주인공의 죽음에는 이성간의 행복한 결합의 불가능성에 대한 차이코프스

18　L.+M. Hutcheon, *Opera, The Art of Dying*(Havard University Press, 2004).

19　Sven Oliver Müller/Jutta Toelle (Hg.), *Bühnen der Politik. Die Oper in europäischen Gesellschaften im 19. und 20. Jahrhundert*(Oldenberg, Wien/München, 2008).

20　Julie A. Buckler, *The literarary Lorgnette*(Stanford University Press, 2000).

21　솔로몬 볼코프, 『스타코비치의 증언』, 박석기 옮김(조선일보사, 1986), 232쪽. 쇼스타코비치는 이에 대해, 차이코프스키가 내세에 모든 좋은 것이 있는 것처럼 위안을 주고 싶다는 유혹에 굴복하는데 이는 죽음이라는 진실을 직시할 힘이 없어 비겁하게 행동한 것이라고 말했다. 끝까지 스탈린과 내적으로 대결하며 현실을 직시했던 쇼스타코비치다운 말이다.

키 자신의 동감도 배어 있다.[22] 이는 옐레츠키 공작을 통해서도 뚜렷하게
되는 메시지이다. 오페라 「돈조바니」의 돈 오타비오처럼 약혼녀에게 사랑
받지 못하는 옐레츠키 공작은 푸슈킨의 시 「나는 그대를 사랑했소」의 화
자처럼 사랑하는 대상을 배려하며 자신을 희생할 만큼 사랑한다고 되풀
이하여 노래한다. 그는 리자가 원한다면 무엇이라도 할 태세가 되어 있다
고, 그녀를 그 무엇으로도 구속하고 싶지 않기에 그녀가 원한다면 질투심
을 누르고 자신의 몸을 숨길 태세가 되어 있을 만큼 사랑한다고 말하고 또
「돈조바니」의 오타비오처럼 그녀를 위로하며 무슨 일이든지 하겠다고 말
한다. 차이코프스키는 푸슈킨의 사랑의 시를 「돈조바니」의 오타비오의 아
리오조와 연결하여 옐레츠키의 성격 — 상류층의 귀족으로서 약혼녀로부
터 사랑받지 못하면서 계속 사랑을 되풀이 맹세하는 무력한 남자 — 을 뚜
렷하게 하여 이성 간의 행복한 결합의 불가능성을 강조한다.[23] 이러한 메시
지는 노백작부인에 대한 이야기를 하는 톰스키의 발라드에서 그녀가 사랑
보다는 도박을 좋아하고 카드의 비밀을 알기 위하여 밀회를 제공하는 것
에도 나타난다. 그런데 실상 페테르부르그 상류층에서의 남녀 간의 행복

---

22 차이코프스키는 당시 이혼한 전(前) 부인이 다시 그를 괴롭히는 것 (아마도 그가 동성애자라는 사실
을 폭로하겠다고 협박한 것 같다. 그녀는 이혼할 때 돈을 요구했을 뿐만 아니라 계속 그를 괴롭히며 나
중에는 그녀가 다른 남자들과의 사이에서 낳은 아이들까지 그가 입양할 것을 요구했고 결국 정신 병원
에서 죽었다. 차이코프스키는 일기에 "Z를 많이 했다, 나는 어떤 괴물인가!"(1884년 4월 23일), "Z는 덜
아프고 X보다 아마도 역시 더 철저하다."(1884년 5월 12일), "Z의 강박을 느낀다."(1884년 6월4일)고 썼
는데 Z는, 뉴욕에서 차이코프스키 일기를 번역 출판한(1945년) Wladimir Lakond에 따르면, 차이코프스
키의 동성애에 대한 비밀암호라고 한다(Peter Tschaikowski, *Die Tagebücher*, Berlin, 1992). 그런 것 같
기도 하다. X가 무엇인지는 말할 필요가 없으리라.)을 피해 플로렌스에 와 있는 상태였다(Kadja Grönke,
Cajkovskijs Liza "Pikovaja dama" - eine Projektionsfigur, in: *Archiv für Musikwissenschaft 59*, Jahrg.,
H. 3, 2002, SS. 167-185).

23 차이코프스키가 가장 좋아한 오페라는 「돈 조바니」였다. 타루스킨은 모차르트와 차이코프스키 음
악의 친화성, 특히 오페라에 춤음악을 사용하는 데 있어서의 친화성에 주목하였다(Richard Taruskin,
Defining Russia Musically(Princeton University Press, 1997), pp. 291ff.).

하고 진정한 결합의 불가능성은 푸슈킨의 단편 전체에서 읽혀진다. 노백작부인의 결혼생활이나 귀족 젊은이들의 계산적인 결혼관에서도 볼 수 있는 이러한 메시지는 게르만이 노백작 부인에게 정부가 되어도 좋으니 카드의 비밀을 알려달라고 조르다가 그녀가 죽은 후 자신을 실패한 정부로 느끼면서 뒤쪽 계단을 통해 나가는 장면에서 가장 두드러진다. 오페라에서는 푸슈킨의 단편 속에서 게르만이 카드의 비밀과 에로티시즘을 교환하는 것이 유명한 소프라노 가수가 늙었을 때 담당하게 되는 노백작부인이라는 인물을 통하여 구체적으로 표현되었다. 이처럼 차이코프스키는 단편에서 여러 시대의 문화적 층위를 가진 도시 페테르부르그, 항상 권력과 부가 인간을 지배해 온 도시 페테르부르그에서 열정과 소외에 어린애처럼 휘둘리는 한 경직된 젊은이 게르만이 자기의식 속에 갇혀 혼란 속에서 파멸하게 되는 이야기를 읽어 내어 게르만과 리자의 불행을 오페라 장르의 법칙에 맞추어 선명하게 했다.[24] 나아가 그는 푸슈킨 단편의 게르만에게 내재해 있는 세기 말의 자기를 잃어가는 주인공들의 성격을 끌어내어 더욱 발전시켰고 리자베타의 낭만주의적 환상이 가져온 파멸을 강화하여 보여주었으며 푸슈킨의 단편에서 읽어낼 수 있는 페테르부르그 상류사회에서의 남녀의 행복하고 진지하고 진정한 결합의 불가능성을 가시화하였고 그(차이코프스키) 자신만의 테마인 죽음을 오페라에 삽입하여 페테르부르그 문화를 상징하는 작품으로서 러시아문화에 커다란 영향을 끼치는 (안드레이 벨르이의 소설『페테르부르그』 등) 빛나는 업적으로 남겼다고 할 수 있다.

---

24 이 오페라는 그의 오페라 작업의 결산으로 불릴 만큼 볼거리의 면에서나 음악의 면에서나 대본의 면에서 전통적 오페라 장르에 부합하는 어법들을 적절히 사용했다.

일차 자료 소개

1. 푸슈킨의 「스페이드 여왕」 텍스트는 1995년에 모스크바에서 나온 푸슈킨 전집 17권 중 제8권을 사용하였다.

2. 「스페이드 여왕」 리브레토는 1993년 Philips Classics Productions에서 나온 시디(발레리 게르기예프Valery Gergiev의 지휘)에 들어 있는 것을 사용하였다.

3. 「트리스탄과 이졸데」 리브레토는 1997년 Deutsche Grammaphon에서 나온 시디(칼 뵘Karl Böhm의 지휘)에 들어 있는 것을 사용하였다.

4. 논문에서 참고로 한 오페라 디비디는

- 1992년 발레리 게르기예프Valery Gergiev의 지휘와 유리 테미르카노프Yuri Temirkanov의 무대연출로 페테르부르그 마린스키 극장에서 공연한 것을 녹화한 것,

- 안드류 데이비스Andrew Davis의 지휘와 그래햄 빅Graham Vick의 무대연출로 1992년에 글린본에서 공연한 것을 녹화한 것,

- 게나디 로제스트벤스키Gennadi Rozhdestvensky의 지휘와 레프 도딘Lev Dodin의 무대연출로 파리국립오페라단이 2005년 바스티유에서 공연한 것을 녹화한 것이다.

돈조반니/돈주안/돈구안이 부르는 이름
"돈나 안나!"
모차르트와 호프만과 푸슈킨의 돈환*

1

이 글은 오페라 「돈 조반니Don Giovanni」(1787년 초연), 호프만(E. T. A. Hoffmann)의 단편 소설 「돈 주안Don Juan」(1812), 푸슈킨의 작은 비극 「석상 손님Каменный гость」(1830)을 나란히 놓고 살펴보며 세 작품의 상호 연관 속에서 남성 주인공 돈 조반니/돈 주안/돈 구안과 그들의 운명에 중요한 의미를 지니는 여인인 돈나 안나를 이해해 보려는 시도이다.[1]

대본 작가 다 폰테Da Ponte와 작곡가 모차르트Mozart의 이상적인 합작이

---

* 『러시아연구』 20권 1호(2010), 105–138.

1   「돈 조반니」는 이탈리아어 텍스트와 러시아어로 번역된 텍스트가 피아노 악보와 함께 적혀 있는 «Дон Жуан, или Наказанный распутник»/Don Giovanni, ossia Il dissoluto punito(2007), 「돈 주안」 은 E. T. A. Hoffmann, Don Juan(2002), 「석상 손님」은 Пушкин А. С.(1935)를 텍스트로 사용하였고 인용의 번역은 필자의 것이다. 인쇄되어 있는 리브레토 중에는 예전에 극장에서 자막이 번역되어 뜨기 이전 시절에 자국의 말로 노래 부르기 위해서 번역된 경우가 많아 원어 텍스트의 의미를 종종 부득이 훼손시켰기 때문에 이탈리아어 그대로 읽을 필요가 있다고 여겨졌기 때문이다.

라 평가되는[2] 오페라 「돈 조반니」[3]는 'Drama Giocoso(유쾌한 비극)'이라는 이름이 말해 주는 것처럼 희극적인 요소와 비극적인 요소가 어우러진 드라마로서 초연 이후 현재까지 매우 다양하게 수용되고 연출되어 온 바 이 전설의 바람둥이의 해석에 가장 큰 영향을 끼쳤다는 데에 대해서는 이견의 여지가 없다. 1813년에 음악 평론지에 발표된 호프만의 단편 「돈 주안」이나 푸슈킨의 '드라마 연구', '드라마 실험'인 작은 비극 「석상 손님」도 이러한 영향 아래 탄생한 작품이다. 이 두 작품에 대해서 다양한 해석들이 행해져 왔지만 이들이 오페라 「돈 조반니」와 긴밀한 관계를 가지고 있다는 점역시 이견의 여지가 없다.

작곡가이자 지휘자, 그리고 음악 평론가였던 호프만의 단편 「돈 주안」은 오페라 「돈 조반니」를 감상하는 한 여행가의 체험기이다. 호프만의 이여행하는 열광가의 오페라 감상기는 이로 인하여 오페라의 돈 조반니가본래의 모습을 벗어나 긍정적이고 영웅적으로 해석되고 연출된다는[4] 불만의 소리가 높을 만큼 이 오페라의 해석에 획기적인 영향을 미쳤다.

1826년에 구상된 것으로 보이는 푸슈킨의 「석상 손님」은 1830년 볼디노의 가을에 완성되었으나 푸슈킨의 사후 1839년에야 발표되었으며 1847년에 초연되었다.[5] 드라마 연구이자 드라마 실험인 작은 비극 「석상 손님」이, 이 바람둥이에 대한 전설과 연결된 작품들 중에서 몰리에르의 「돈 주

---

2 예를 들어 Starobinski, 42-53. 오페라 「돈 조반니」의 음악과 대본의 관계에 대한 연구가들의 견해는 다양하다. Viljoen은 음악과 대본의 충돌을 이야기하고 Casey는 대본에 대한 음악의 우위를 이야기하지만 "다 폰테의 대본이 모차르트의 음악에 열려 있어" 이상적인 합작을 이루었다는 스타로빈스키의 표현이 가장 적절하다고 여겨진다. 대본과 음악이 공히 수준이 높아야 오페라의 수준이 높은 것은 물론이다.

3 오페라 「돈 조반니」를 러시아나 독일에서는 보통 오페라 「돈 주안」이라고 부른다. 러시아어로 Дон Жуан, 독일어로는 Don Juan.

4 Borchmeyer, 142-194; Starobinski, 73-87.

5 나머지 작은 비극 세 편은 푸슈킨이 살아 있을 때 발표되었고 그중에서 「모차르트와 살리에리」만 푸슈킨이 살아 있을 때(1832년) 초연되었다.

앙」[6]과 모차르트의 오페라 「돈 조반니」의 영향을 받았다는 점은 푸슈킨 연구가들에 의해 항상 언급되어 왔다.[7]

오페라 「돈 조반니」의 영향을 받은 작품의 하나로서 작은 비극 「석상 손님」을 살펴보는 과정에서 오페라 「돈 조반니」의 영향을 받은 몇몇 작품들을 만나게 되면서 필자는 호프만의 단편 「돈 주안」이 「석상 손님」의 탄생 과정에 상당히 중요한 역할을 했을 수 있겠다고 여기게 되었다. 이것이 이 글의 첫머리에서 밝힌 바 이 세 작품의 상호 연관 속에서 주요 인물들의 이해를 시도한 계기이다.

2

기존 연구에서 푸슈킨의 「석상 손님」과 오페라 「돈 조반니」 및 호프만의 「돈 주안」과의 관계는 어떻게 다루어져 왔나?

오페라 「돈 조반니」와 푸슈킨의 「석상 손님」의 관계에 대해서는 안나

---

6 푸슈킨 시대에 이 작품은 「돈 주안 또는 석상 손님」이라는 제목으로 러시아어로 번역되어 알려져 있었다.

7 푸슈킨의 「석상 손님」은 다양하게 해석되면서도 「예브게니 오네긴」을 제외한 그의 다른 작품들에 비해 작가의 전기적 사실, 결혼을 앞둔 그의 심리와 연관하여 해석되는 경우가 많다. 잘 알려진 아흐마토바Ахматова, Bayley, 로트만Лотман의 연구를 위시하여 Greene, Gasparov의 연구에서도 이러한 경향이 나타나고 있다. 국내 학자들의 연구에서도 이 작품은 다양하게 해석되어 왔다. 예를 들어 김희숙은 돈 주안의 열정이 "서로 결합될 수 없는 것들을 결합시키려 하는 내적 모순에 의해 비극적 역설을 바탕에 깔고 있으며, 자신의 역을 자신 속에 동시에 포함하고 있는 행복은 비극의 내적 추동력으로 작용한다. 행복에서 불행으로 건너가는 것, 이것은 드라마를 드라마로 만드는 가장 핵심적인 계기의 하나이고 때문에 푸슈킨이 다름 아닌 '드라마적 연구', '드라마적 실험' 속에서 이 문제를 시험해본 것은 우연이라 할 수 없을 것이다." 라며 푸슈킨의 작은 드라마의 글쓰기의 저변에서 낭만주의적 움직임을 보았고 이현우는 프로이드적으로 이 작품에 접근하여 레포렐로를 작가 푸슈킨의 자아로 읽었다. 최선도 이 작품을 다루면서 돈 구안의 파멸의 원인이 현재를 충만하게 사는 데 주력하는 돈 구안과 규범 및 과거와 사랑하고 싶은 열정 사이에서 갈등하는 돈나 안나의 만남에 있다는 견해를 밝힌 바 있다.

아흐마토바, 토마셰프스키 등 주요 푸슈킨 연구가들에 의해서 항상 언급되어 왔으며 이 주제만을 다룬 단편적 연구도 있다.[8] 「석상 손님」 외에도 1830년대의 푸슈킨의 작품들 속에는 이 오페라의 영향이 나타난다고 여겨진다. 예를 들어 「모차르트와 살리에리」에서 눈먼 악사는 살리에리와 모차르트 앞에서 오페라 「돈 조반니」 중에 나오는 아리아를 켰고 그 눈먼 악사가 술집에서 켰다는 바이올린 곡 「Voi che sapete」도 카츠가 설득하듯이 당시 러시아에 잘 알려지지 않았던 「피가로의 결혼」 중에 나오는 케루비노의 아리아이기보다는 「돈 조반니」의 레포렐로의 카탈로그의 노래일 가능성이 크다.[9] 이때 푸슈킨이 레포렐로의 카탈로그의 노래의 끝에 반복적으로 나오는 구절 "voi sapete quel che fa 당신은 그가 하는 일을 아시지요"를 "voi che sapete 당신은 (그가 하는 일을) 아는 사람이지요"로 고쳐 쓴 것은 「모차르트와 살리에리」에 사용된 율격인 약강 5보격의 행에 맞추느라 그랬을 수 있다("……слепой скрыпач на трактире/Разыгрывал voi che sapete. Чудо!"). 『벨킨이야기』(1830)의 이곳저곳에도 오페라 「돈 조반니」를 상기시키는 표현들이 있다. 예를 들어 첫 번째 이야기인 「발사」의 앞부분에 실비오와 새로 전역 온 대위가 다툰 후 결투가 있었으리라고 예상한 동료들이 그가 나타났을 때 그에게 그가 죽었느냐고 묻는 장면의 해학성도 「돈 조반니」 처음 부분에서 돈 조반니와 기사장의 결투가 끝난 후 레포렐로가 돈 조반니에게 그가 죽었느냐, 노인이 죽었느냐 묻는 대사("Chi è morto, voi o il vecchio?")를 연상시키고 「역참지기」에서 삼손 브린이 두냐가 유혹당하고 버림받는 첫 번째 여자도 아니고 마지막 여자도 아니라고 말하는 부분도 레포렐로가 카탈로그의 노래를 부르기 전에 엘비라에게 하는 말("non siete voi, non foste, e non sarete, né la prima, né l'ultima 그대는 첫 번째 여자도 마지막 여자도 아니었고 아니고 아닐 거요")을 연상시킨다. 1830년에 탄생한 작은 비극

8 Степанов.

9 Кац, 120-124.

네 편은 실상 모두 오페라 「돈 조반니」와 연결된 것으로 보인다. 「모차르트와 살리에리」와 「석상 손님」은 스토리와 소재에서, 「인색한 기사」는 아버지와 아들의 대립과 결투의 테마를 다룬다는 점에서, 「페스트 기간 동안의 향연」에서는 죽음 앞의 향연이라는 삶의 진상을 날카롭게 보여준다는 의미에서 「돈 조반니」와 연결되어 있다. 그러나 가장 중요한 점은 오페라 「돈 조반니」가 푸슈킨 창작의 핵심인 삶의 모순성, 삶의 패러독스를 핵심 메시지로 하고 있다는 사실이다. 오페라 「돈 조반니」는 페테르부르그에서 1817-1819년에 독일어로 공연되었고 1828년 러시아어로 번역되어 공연되었다. 오도예프스키가 1823-1824년 평론에서 모스크바에서 공연되는 이탈리아 오페라는 로시니 것뿐이라고 비판한 후 1825년 1월 31일에 이탈리아 그룹이 모스크바에서 「돈 조반니」를 공연하였고 오도예프스키는 이에 열광하였으며 1826-1827년 수차례 공연되었다. 푸슈킨은 러시아어로 번역된 「돈 조반니」[10]는 물론 독일어[11]와 이탈리아어로 된 오페라 「돈 조반니」를 모두 보았을 것이고 당시 모차르트에 열광한 가까운 지기들의 덕분으로 모차르트나 그의 마지막 오페라 「돈 조반니」에 대한 것을 상당히 깊이 알고 있었던 것 같다.[12] 오페라 「돈 조반니」의 이탈리아어 공연은 당시 러시

---

10 Taruskin, 187. 타루스킨은 테너 바실리 사모일로프 Vasiliy Samoylov가 주인공을 맡은 이 오페라 공연을 보고 푸슈킨이 「석상 손님」을 썼다고 한다. 러시아어로 된 「돈 조반니」 리브레토가 「석상 손님」에 영향을 준 것은 사실이겠으나 번역된 리브레토는 러시아어로 노래하기에 알맞도록 만들어진 것이어서 당시의 번역 텍스트가 어땠는지 확인하지는 못했으나 러시아어로 번역되어 현재까지 이어져 오는 텍스트로 볼 때 번역만으로는 오페라에 나타나는 의미를 완전히 파악하기 어렵다고 여겨진다. 예를 하나만 들자면 2막에서 결혼을 미루면서 그녀가 자신의 내면을 저도 모르게 털어놓는 부분의 돈나 안나의 대사인 하늘이 나를 불쌍히 여길 날이 있을 거라고 ("Forse un giorno il cielo ancora sentirà pietà di me.") 하는 말은 러시아어 번역에서 생략되어 있다. 이렇게 되면 그녀의 내면적 갈등이 대본상으로는 잘 파악되지 않는다. 그러나 푸슈킨은 내면적 갈등을 그녀의 가장 큰 특징으로 보았다.

11 Томашевский, 565. 베를린에서 공연된 독일어로 된 「돈 조반니」 버전에서 돈 조반니가 수도사 복장을 한 것처럼 「석상 손님」에서 돈 구안이 수도사 복장을 하고 있다.

12 Томашевский, 530-531.

아 문화계에 커다란 의미를 지녔다.[13] 그것은 조국전쟁 이후 프랑스 오페라는 돌연 퇴조했을 뿐만 아니라 1812년에서 1829년 사이에 페테르부르그에서 오페라는 주로 러시아어와 독일어로만 공연되었기 때문이었다.[14] 푸슈킨의 텍스트도 이탈리아어 공연의 영향을 나타내고 있다. 「석상 손님」의 이탈리아어로 제사 "O statua gentilissima/ Del gran' Commendatore!.....Ah, Padrone! 오 위대한 기사장님의 정말 숭고하신 석상이시여!.... 아, 주인님!"부터가 그렇다. 푸슈킨은 초고에 이를 "O statua gentilissima/ Del gran' Commendator! ...Ah, Padrone!"로 썼었다. 연구자들은 Commendator!가 잘못 된 것이라고 옳게 지적하며 말줄임표 이후 이어지는 "Ah, Padrone!"도 오페라 대본에서 말줄임표 없이 이어지는 대사 "Padrone!"과 다르다고 지적한다. 이는 푸슈킨이 리브레토를 그대로 인용하지 않고 편집해서 인용했기 때문이라고 볼 수도 있고[15] 오페라 대본의 레포렐로의 대사들 중 서로 다른 두 부분에서 가져왔기 때문이라고 볼 수도 있다.[16] 이때 푸슈킨은 2행의 음절수를 비슷하게 조정하기 위해 "O statua gentilissima"(9음절)와 "Del gran' Commendator!..... Ah, Padrone!"(10음절)를 썼을 수도 있다. 여하튼 푸슈킨이 이탈리아어로 된 오페라 「돈 조반니」를 보았으며 이 오페라를 잘 알고 있었고 매우 좋아했다는 것은 분명한 사실이다. 푸슈킨이 살리에리에 대해서 말할 때 오페라 「돈 조반니」를 보고 비웃는 사람이라면 모차르트를 죽일 수도 있었을 거라고 생각한 부분에서도 잘 알 수 있다.

그러면 호프만과 푸슈킨의 관계는 어떤가? 호프만은 1820년대 중반부

---

13 러시아의 오페라 역사에 있어서 이탈리아 오페라의 위치에 대해서는 Taruskin, 186-235.

14 푸슈킨은 오데사에서 로시니의 이탈리아어로 된 오페라를 관람했고 감탄했었다.

15 Красухин, 133.

16 Степанов, 63. 스테파노프는 "O statua gentilissima Del gran' Commendatore!" 레포렐로가 석상을 초대하는 부분이고 "Ah, Padrone!"는 레포렐로가 석상이 나타났을 때 경악하는 부분이라고 지적한다. 「석상 손님」의 내용을 고려할 때 스테파노프의 견해는 설득력이 크다.

터 러시아 작가들에게 커다란 영향을 미치기 시작하여 고골, 도스토예프스키와의 연관이 주로 거론되는 작가이다. 호프만이 푸슈킨에게 끼친 영향은 환상성이 강한 「스페이드 여왕」에서 지적된 바 있지만[17] 그의 단편 「돈 주안」은 푸슈킨의 「석상 손님」과 마찬가지로 모차르트의 「돈 조반니」에 영향을 받은 작품으로 언급될 뿐, 토마셰프스키가 「석상 손님」 주석에서 간단히 언급한 것[18]에서 한 발 더 나아가 푸슈킨의 「석상 손님」과 호프만의 단편 「돈 주안」의 메타 텍스트적 관계를 구체적으로 다룬 연구는 없다. 오페라 「돈 조반니」에 대한 호프만의 애정은 이 오페라에 대한 이야기를 하는 사람이라면 괴테, 키에르케고르, 바그너, 차이코프스키, 카뮈가 오페라 「돈 조반니」에 대해 한 말을 인용하듯 한 번쯤 인용할 만큼 널리 알려져 있다. 그는 「돈 조반니」를 오페라 중의 오페라로 보았으며 악보를 구하여 피아노곡으로 되풀이하여 쳐보기도 하고 이 단편을 발표한 지 3개월 후 베를린의 오페라 극장에서 이 오페라를 지휘하였다. 그의 편지글이나 이 작품에 대한 몇 차례의 평론에서 보듯 그는 이 오페라의 완벽성과 높은 예술성에 감탄했다.[19] 그가 이 오페라에 대해 깊은 이해와 애정을 가진 만큼 그는 이 오페라에 대한 당시의 통상적인 해석에 커다란 불만을 품고 있었다. 무엇보다도 그는 당시 독일어로 공연되는 방식이 원어로 공연되는 것에 비해 훨씬 예술성이 훼손된다는 것을 평론에서도 말하고 이 단편 속에서도 화자를 통하여 말하고 있다. 푸슈킨이 「석상 손님」을 집필했던 1826-1830년 사이에 호프만의 단편 「돈 주안」의 프랑스어 번역이 1829년

---

17 Debreczeny, 326; Bayley, 319.

18 Томашевский, 573. 토마셰프스키는 호프만의 단편과 「석상 손님」에서 주인공의 성격이 다르기는 하지만 그와 돈나 안나의 사랑의 성격에는 유사한 바가 있다고 했다. 제4장 92행에서 102행에 이르는 돈 구안의 대사가 맨 나중에 지어졌고 호프만의 암시를 받았다고 말해도 불가능할 것은 없다고 완곡하게 표현했다. 그러나 토마셰프스키는 푸슈킨의 돈 구안은 감각적 쾌락을 계속 추구하며 호프만의, 항상 권태와 절망을 느끼는 돈 주안과 전혀 다르다고 보았다.

19 Markx; Чигарева.

『Revue de Paris』에 실렸다. 이는 1829년 5월부터 집중적으로 호프만의 작품이 소개되던 중 6번째 작품이었는데 이 잡지의 1829년 10월호에는 호프만에 대한 평론이 실렸었고 푸슈킨의 서재에 1829년 12월부터 나오기 시작한, 19권으로 된 호프만 전집이 있었다는 점으로 보아 푸슈킨이 호프만이라는 이름을 직접 거론한 적은 없어도 푸슈킨과 가까운 사이였던 작가들에게 호프만이 강한 영향을 준 것으로 보아 푸슈킨도 그에게 커다란 흥미를 가졌을 것이라고 여겨진다. 그가 「석상 손님」 창작 과정에서 작곡가 겸 지휘자이자 음악 평론가이자 소설가인 호프만의 「돈 주안」을 읽으며 모차르트의 오페라 「돈 조반니」에 대한 심도 있고 매력적인 해석에 접했을 것이라고 추측할 수 있다. 호프만과 푸슈킨이 공히 이 전설의 바람둥이를 주인공으로 하는 여러 알려진 작품들 중에서 모차르트의 오페라에만 나타나는 요소들을 작품의 핵심 소재로 하고 있다는 점도 이를 뒷받침하는 증거라고 여겨진다. 예를 들어 티르소 데 몰리나나 몰리에르의 드라마와 달리 오페라 「돈 조반니」에서는 돈 조반니의 하인 이름이 레포렐로이다. 뿐만 아니라 오페라와 푸슈킨의 「석상 손님」에 등장하는 이 레포렐로는 단번에 동일한 인물이라는 것을 알 수 있을 만큼 대사와 행동이 유사하다.[20] 또 돈 조반니는 결국 돈나 안나 때문에 기사장-석상의 손에 이끌려 지옥으로 간다. 석상의 손에 이끌려 파멸하는 것은 티르소 데 몰리나의 돈 후안이나 몰리에르의 동 주앙의 경우에도 같으나 이 작품들에서는 그의 파멸이 돈나 안나로 인한 것이 아니다. 레포렐로의 등장, 돈나 안나와 돈 조반니의 만남으로 인한 기사장 및 그 석상과 돈 조반니의 대결은 모차르트의 오페라에서만 나타나는 요소들인 것이다. 또 이 요소들은 호프만의 여행하는 열광가가 오페라를 볼 때 눈여겨 본 것들이다. 호프만의 「돈 주안」과 푸슈킨의 「석상 손님」과의 연결은 「석상 손님」에 이탈리아어로 된 레포렐로의 대사

---

20 레포렐로는 따로 다루어야 할 만큼 중요한 인물이나 그를 자세히 다루는 것은 이 글의 범위를 벗어난다. 이 인물은 이 글에서 다루는 세 작품에서 동일한 성격을 나타내어 세 레포렐로를 자세히 비교할 필요는 없어 보인다.

를 제사로 인용하며 시작한 것에서부터 나타난다(이 단편의 화자는 오페라 「돈 조반니」를 이탈리아어로 감상하는 것을 기뻐하였다). 두 작품의 주인공의 주요한 특징이라고 할 수 있는 권태는 「석상 손님」 맨 앞부분의 돈 구안의 첫 대사에서 나타나고 있다("...... я едва-едва/Не умер там со скуки. 난 그곳에서 권태로워 죽을 지경이었어.").[21] 오페라 「돈 조반니」와 호프만의 「돈 주안」, 푸슈킨의 「석상 손님」, 세 작품을 나란히 놓고 살펴보니 이 세 작품이 서로에게 조명하는 빛으로 인하여 남성 주인공과 여성 인물 돈나 안나가 서로의 운명에 가지는 의미가 나름 선명해지고 수수께끼 같은 여인 돈나 안나의 욕망과 열정이 더욱 비극적으로 드러난다. 이 세 작품을 나란히 놓고 이들의 상호 연관 속에서 주인공들을 살펴본 연구는 없으나 시의 화자와 그가 부르는 여인의 관계가 이 세 작품의 상호 연관 속에서 드러난다는 의미에서 필자의 눈길을 끈 것은 블록의 시 「Шаги командра기사장의 발걸음」(1910-1912)[22] 이다. 블록의 시 「기사장의 발걸음」의 화자는 죽음에 대한 예감 속에서 삶을 청산하고 있다. 돈나 안나는 무덤 속에서 깊은 잠에 빠져 있고("Донна Анна спит, скрестив на сердце руки,/Донна Анна видит сны...Анна, Анна, сладко ль спать в могиле?/Сладко ль видеть неземные сны?") 돈 주안은 오래된 운명에게 결투를 신청하듯 "Жизнь пуста, безумна и бездонна!/Выходи на битву, старый рок!삶은 공허하고 미쳤고 수렁 같아라! 싸우러 나오라, 오래된 운명이여!"라고 외치는데 눈보라 속에 흐른의 승리에 찬 사랑의 곡조("И в ответ - победно и влюбленно - /В снежной мгле поет рожок..")[23] — 오페라 제2막 피날레 도입부, 식탁이 준비되고 돈 조반니가 자유를 찬미하는

---

21 푸슈킨은 「'파우스트'의 한 장면」(1825)에서 파우스트의 특징을 권태로워하는 인간으로 보고 있는데 호프만이 돈 주안을 파우스트적인 인물로 보는 사실과 연결되어 흥미롭다.

22 Блок, 80.

23 이 경우 5연과 6연을 연결하여 рожок을 '자동차 경적'으로 이해하면 "승리에 찬 사랑의 곡조 победно и влюбленно"와 연결되지 않고 이 시를 헌정받은 Зоргенфрей가 말하는 "бесшумно пронесший мотор 소리없이 달려가는 자동차"(Блок, 529)와도 연결되기 어렵다고 여겨진다.

향연에 나오는 라장조 알레그로 비바체 부분에서 호른이 감미롭고 당당하게 울린다 — 가 그가 살았던 쾌락의 삶에 대한 기억과 함께 들리고 이윽고 결투선에 다가오듯 기사장 — 석상의 고요하고 무거운 발걸음 소리(라단조 안단테)가 들리고 문이 열리고 기사장 — 석상이 들어와 입을 열어 돈 조반니에게 준비되었느냐고 물을 때 그는 대답하지 않는다. 그는 돈나 안나를 부르지만 그녀는 대답이 없고 그는 자신이 죽을 때 그녀가 일어나리라는 것을 짐작하며 죽음으로 들어간다. 돈나 안나를 구원의 여신으로 여기고 빛의 처녀라고 칭하며 그녀의 이름을 다급하게 불러보는("Дева Света! Где ты, Донна Анна?/Анна! Анна!") 시의 화자는 『석상 손님』의 돈 구안을 연상시키며 자신이 죽을 때 돈나 안나가 일어나게 되리라는 마지막 구절("Донна Анна в смертный час твой встанет Анна/встанет в смертный час.//") 은 돈나 안나가 돈 조반니가 죽어야만 갈등에서 해방되리라는 입장, 즉 호프만의 단편의 열광가의 「돈 조반니」 해석과 연결된다. 19세기 후반 러시아문학에서 「돈 조반니」 테마가 예를 들어 톨스토이의 『안나 카레니나』처럼 성적 욕구와 윤리적 문제와 연결되어 다루어지는[24] 것과는 다르게 블록에게 있어서는 호프만이나 푸슈킨에게 있어서처럼 삶의 권태와 쾌락의 끝자락에 오는 삶의 청산으로서의 죽음이 문제였고 돈나 안나를 빛의 처녀로 살아남긴 채 죽음으로 들어가는 블록의 돈 주안이 부르는 마지막 이름은 돈나 안나였다.

3

그러면 오페라 「돈 조반니」, 호프만의 단편 「돈 주안」, 푸슈킨의 작은 비극 「석상 손님」, 이 세 작품에서 바람둥이의 대명사인 남성 인물 돈 조반

---

24 Buckler, 174-175.

니/돈 주안/돈 구안은 어떻게 형상화되어 있나? 오페라 「돈 조반니」는 공연 관계자 및 관객의 세계관 및 가치관에 따라 매우 다양하게 해석되고 공연되고 관람된다.[25] 공연에 따라서 주인공 돈 조반니의 금기를 뛰어 넘는 모습이 매우 잔혹하기도 하고 여성을 대하는 태도가 시니컬하기도 하고 가학적인 모습을 보이기도 한다. 돈 조반니는 돈나 안나와 진한 육체적 접촉을 가지기도 하고 이 문제가 아리송하게 처리되기도 하며 돈 조반니의 마지막 잔치의 장면도 다양하게 연출된다. 여자들과 함께 식사를 즐기는 것을 보여주는 연출[26]도 있고 혼자서 먹는 경우도 있고 하인이 식사를 대령하기도 하고 레포렐로가 가져오기도 한다. 요리도 최상급에서부터 인스턴트 스낵까지 다양하다. 또 돈 조반니가 레포렐로가 자신의 요리를 몰래 먹는 것을 알아채고 모르는 척 휘파람 불라고 하면서 골려주는 장면도 다양하게 연출되는데 돈 조반니가 나이프로 레포렐로의 손을 찌르는 모습을 보여주는 경우[27]도 있다. 이렇게 되면 돈 조반니의 잔인성이 강조되어 레포렐로의 식욕을 인정하고 인간의 본성을 이해하는 그의 특성은 약화된다. 2006년 잘츠부르크 공연[28]에서는 레포렐로가 돈 조반니를 찔러죽이기까지 한다. 이렇듯 다양하게 연출되는 이 오페라의 주인공 돈 조반니를 보는

---

25 오페라 감상의 대상인 오페라 텍스트는 주로 음악과 대본의 상호작용으로서 수용자에게 전달되는데 이때 대본과 음악의 관계는 보완, 대체뿐만 아니라 충돌 및 모순으로 보이기도 한다. 문학작품 속에서 아이러니나 인용적 성격이 전체의 맥락 속에서 의미가 뚜렷해지듯이 오페라 속의 인물의 아리아나 듀엣, 합창들, 레치타티보도 그렇다. 또한 어떻게 연출하고 어떻게 연주하느냐, 그것을 어떻게 받아들이느냐 하는 맥락에서 오페라라는 예술작품도 그것의 모든 구성요소들의 역동적 작용의 총합으로서 해석되고 수용된다. 오페라 「돈 조반니」의 경우 특히 많은 수효의 공연과 공연 녹화물이 쏟아져 나오는 만큼 매우 다양한 메시지를 얻게 될 가능성이 있다.

26 예를 들어 호프만의 열광가가 본 것이 그렇다.

27 2007년 Simon Keenlyside, Malin Hartelius, Eva Mei, Anton Scharinger, Piotr Beczala 출연의 스위스 공연.

28 Thomas Hampson, Ildebrando d'Arcangelo, Christine Schafer, Isabel Bayrakdarian, Melanie Diener 출연. 감독은 Martin Kusej.

관객의 눈도 매우 다양하다. 돈 조반니에 대한 견해는 크게 두 가지로 대별되는 바, 그를 악덕의 화신이자 병자로 끊임없이 쾌락을 추구하는 유아적인 인간, 부친 살해의 상흔에 시달리는 오이디푸스 콤플렉스로 인한 마니아의 심리증후군을 나타내는 사람으로 보는 견해와[29] 그를 기성 규범에 반발하여 자유를 추구하며 인간의 본성을 인정하는 비범한 인간, 이로써 경계선상에 있을 수밖에 없는 인간으로 보는 견해[30]로 나눌 수 있겠다. 이 두 견해가 끈질기게 이어지는 것은 결국 오페라의 돈 조반니가 모순성, 양가성을 지니기 때문일 것이다. 돈 조반니는 끝없이 자연적(본능적) 사랑을 갈구하며 그에게는 여성의 미를 본능적으로 파악하는 능력, 모든 여성에게서 미를 발견해 내는 능력이 있다.[31] 그는 교회의 육체 금기 및 육체를 악마적으로 보는 시각에 반발하고, 관습과 규범을 뛰어넘는다. 사랑을 위해서 청산유수처럼 거짓말도 하고 곤란에 빠졌을 때 놀랄 만한 임기응변 능력을 보이며 손을 쓰는 솜씨도 뛰어나다. 그는 그의 분신 같은 레포렐로는 물론 모든 인간들을 잘 이해하며 그들의 욕구와 본성을 인정한다. 자신을 모르고 운명에 휘둘리는 보통 인간들과 달리 그는 자신을 잘 알고 있고 끝까지 자신의 생활에 대해 당당한 태도를 보인다. 그에게 가장 중요한 것은 'libertà 리베르타'(자유)이다. 이 리베르타를 위하여 그는 아무것도 포기하려 하지 않는다. 돈 조반니는 끊임없이 새로운 여성을 유혹한다. 레포렐로가

---

29 Novellino; Rusbridger.

30 예를 들어 호프만이나 푸슈킨이나 키에르케고르의 견해가 이러하다.
「돈 조반니」의 아리아를 제사로 쓰고 리브레토에서 인용하며 사랑의 정체와 유혹의 문제를 다룬 키에르케고르의 유혹자의 일기는 어디에서도 호프만을 언급하지 않지만 그 속에 나타나는 결혼이나 약혼이라는 제도에 대한 경멸, 돈 조반니라는 인물의 핵심적인 성격인 '유혹'에 대한 사색에 있어서 호프만의 오페라 해석과 유사하다. 오페라 공연 녹화물들에서 보듯이 이러한 돈 조반니 해석이 사람들에게 큰 영향을 미쳐 왔고 미치고 있음을 알 수 있다.

31 이는 키에르케고르의 유혹자의 능력과 같다. 그는 모든 다양한 여성들의 아름다움을 보고 관찰하고 욕구하며 그 여성 안에서 천국을 본다. 키에르케고르, 484-485.

감탄하듯이 그는 아름다운 여자의 냄새를 기막히게 맡는다. 티르소나 몰리에르의 작품에서는 돈 후안/동 주앙이 여성과 사랑에 빠진 것 같지 않은데 모차르트의 돈 조반니는 다르다. 그는 항상 여성들을 갈구하며 찾아 헤매고 유혹하면서 자신도 사랑에 빠진다. 아름다운 여자를 보거나 냄새를 맡게 되면 그는 벌써 마음이 동하여 사랑에 빠지는 것이다. 그가 장난스레 말하듯이 그는 모든 여성과 사랑에 빠진다고 볼 수 있다. 그의 욕망은 항상 현재이다. 그의 가장 큰 특징은 자신의 삶, 그 삶의 꽃인 에로스를 즐기는 것으로 그는 규범을 깨뜨려서라도 이를 쟁취한다. 그는 에로스를 위해서라면 죽음과의 대면도 서슴지 않는다. 어떤 규범도 인정하지 않는 아나키스트인 그는 여자를 정복할 때나 기사장이나 죽은 기사장의 석상을 대면할 때 거리낌이 없다. 돈 조반니가, 돈나 안나가 약혼자와 함께 있을 때 그녀에게 상당한 열정을 가지고 헌신하겠다는 말을 할 때도 마찬가지이다. 돈 조반니는 그녀에게 약혼자가 있거나 없거나 상관이 없다. 그것은 체를리나를 유혹할 때도 마찬가지이다. 체를리나가 결혼을 앞두고 있기 때문에 그녀를 사귀려고 하는 것이 아니라 결혼을 앞두고 있는 그녀가 더욱 아름답고 새로웠기 때문일 것이다.[32] 마지막 장면에서 돈 조반니는 참회하라는 석상의 경고도 무시하고 두려움 없이 석상에게 손을 내민다. 그 손은 체를리나를 보호한다는 손("Oh, la Zerlina è in man d'un cavalier"), 체를리나와 사랑을 나누자던("Là ci darem la mano") 쾌락에 열린 바로 그 손이다. 기사장이 등장할 때의 무거운 음악은 체를리나와 서로 손을 맞잡자고 노래할 때의 달콤하고 경쾌한 음악에 날카롭게 대비된다.[33] 돈 조반니는 바로 자신

---

32 키에르케고르, 492-493.

33 모차르트가 석상의 발걸음에 아버지의 간섭을 생각했을 수도 있겠다고 여겨질 만큼 「돈 조반니」를 작곡할 당시의 모차르트의 내면은 자신의 자유로운 삶과 예술을 위협하는 제도와 관습이라는 현실적 제약 사이에서 도박이 이유이든지 경제적 관념이 없어서든지 수입이 적어서이든지 확실히 알 수 없으나 경제적 궁핍으로 인하여 극심한 고통을 받았다고 하는데 작품에 이러한 전기적 요소가 드러나지 않을 수 없었을 것이다. 엘리아스: Rusbridger.

의 삶의 신조를 지키고 자신의 삶을 완전하게 누리기 위해 스스로 죽음의 손길을 받아들인 점에서 삶의 모순성의 극점에 있다. 돈 조반니와 연결되는 보통 인간들은 그를 사랑하고 부러워하면서도 그것을 스스로 인정하지 않고 그를 증오하고 적대시한다. 돈 조반니가 세상의 이런저런 관습과 규범에 갇혀 부자유 속에서 살아가는 사람들을 우습게 여기는 것은 사실이다. 모두들 자유롭게 삶을 구가하는 생명력 있는 돈 조반니를 속으로 부러워하긴 하지만 관습과 규범 속에서 사는 보통 인간들에게 그는 규범을 깨뜨리고 세상의 도덕을 우습게 여기고 그들을 골탕 먹이는 괘씸한 방탕아일 뿐이다. 그들은 그를 악당, 거짓말쟁이, 배신자, 살인자라고 부른다. 그를 악덕의 화신으로 해석할 때 가장 나쁜 점으로 꼽히는 것은 그가 자신의 욕망의 충족을 위해 살인도 불사한다는 점이다. 돈 조반니가 살인자인가 아닌가 하는 점은 그의 인간성을 판단하는 데 중요한 요소이다. 과연 그는 살인자인가? 아니다. 그는 정당한 결투에서 사람을 죽였다. 그것도 기사장이 돈 조반니에게 결투를 청했고 그는 마지못해 응해서 결투를 하다 기사장을 죽이게 되었던 것이다. 결투라는 제도는 유럽에서 중세부터 귀족계급의 명예에 관련된 중요한 개념이었다. 결투에서 사람을 죽이는 것은 살인과는 구별되었다. 「돈 조반니」가 상연되었던 18세기 말 유럽에서 법적으로 결투가 금지되어 있었고, 프랑스의 보마르셰의 드라마 「Le barbier de Seville 세비야의 이발사」(1775)나 「Le mariage de Figaro 피가로의 결혼」(1783/4)에서처럼 귀족계급과 시민계급 간의 충돌에서 귀족계급의 도덕이 풍자되고 레싱, 실러, 피히테 등 진보적 지성층들의 진정한 내적 명예에 대한 논의와 함께 결투에 대한 비판이 일어났으나 아직 대부분의 귀족들은 명예를 위하여 결투를 하는 것이 통상적이었다.[34] 기사장의 죽음이 돈 조반니와의 결투로 인한 것이라는 점을 고려하면 돈 조반니가 그냥 살인자라는 견해나 프로이드적인 '부친 살해'는 그 근거가 약해진다. 그러나 연출에 따라서는

---

34 Burkhart 75-88.

예를 들어 2002년 리세우 공연[35]이나 2005년 테아트로 레알 마드리드 공연[36]에서는 돈 조반니가 결투로 기사장을 죽이는 것이 아니라 그냥 잔인하게 칼로 찔러버리는 것으로 되어 있어서 돈 조반니의 성격을 해석하는 데 있어서 고전적인 연출들, 예를 들어 1991년 프라하 공연,[37] 1999년의 비엔나 국립오페라 공연이나[38] 메트로폴리탄의 2000년 공연과는[39] 차이가 있다. 근자에도 고전적인 연출을 보여주는 공연들은 1954년 Furtvaengler 지휘의 비엔나 공연이나 1977년 런던 필하모니의 Glyndebourne 공연과 같이 결투의 장면이 들어 있다. 돈 조반니가 결투를 정당하게 행했다고 보게 되면 그를 살인자라고 부르는 것은 정당하지 못하다. 돈 조반니는 여인을 유혹하기 위해 옷을 갈아입고 거짓말을 하기는 하지만 여인들을 사랑하며 자유를 추구하다가 돈나 안나의 아버지가 대표하는 규범에 부딪혀 어쩔 수 없이 파멸하게 되는[40] 죽음을 두려워하지 않는 경계선상의 인간이지 살인자이고 극악무도한 악당이라고 하기에는 무리가 있다.

---

35 Gran Teatre del Liceu에서 공연되었고 English National Opera, Staatsoper Hannover가 함께 공연한 것으로 음악감독은 Bertrand de Billy이며 연광철이 레포렐로로 출연한다. 스페인 암흑가를 무대로 한 것이다.

36 심포니 오케스트라의 지휘자는 Viktor Pablo Perez였고 Carlos Alvarez, Lorenzo Regazzo, Maria Bayo, Sonia Ganassi, Jose Bros가 출연한다. 1940년대로 시대를 옮겼으며 돈나 안나가 상당히 육감적이다.

37 프라하 국립 극장 공연이며 녹화된 것들 중 가장 아름다운 돈 조반니가 나타난다. 호프만적인 해석이 돋보인다.

38 프라하 국립 극장 공연이며 녹화된 것들 중 가장 아름다운 돈 조반니가 나타난다. 호프만적인 해석이 돋보인다.

39 Anna Caterina Antonacci, Carlos Alvarez, Adrianne Pieczonka, Ildebrando d'Arcangelo이 출연하며 지휘는 Riccardo Muti가 맡았다.

40 돈 조반니는 기사장을 죽이게 된 후 그를 떠올리는 것을 극도로 꺼린다. 그는 할 말이 있다는 레포렐로에게 기사장 이야기만 말고는 무엇이든지 해도 좋다고 말한다. 그는 자신의 파멸이 그의 손에 의해 완결되리라는 것을 예상했는지 모른다. 그러나 막상 석상과 대결할 때는 거리낌이 없다.

호프만의 단편 「돈 주안」에서 오페라를 감상하는, 여행하는 열광가는 엘비라, 체를리나, 마제토의 등장에는 별 관심을 기울이지 않고 레포렐로, 돈나 안나와 돈 조반니에게 주 관심을 두었다. 그는 오페라에서 돈나 안나와 돈 조반니가 함께 등장하는 첫 장면, 기사장과 돈 조반니의 결투와 기사장의 죽음, 돈 조반니와 대비되는 돈 오타비오의 행동거지, 돈 조반니가 사랑과 삶을 찬미하고 추구하는 것, 그가 석상을 초대하고 그에게 끌려가는 장면을 눈여겨보았는데 이는 그가 오페라의 내용의 중심을 돈나 안나와 돈 조반니의 만남이라고 여겼고 극의 정점을 돈 조반니와 석상의 만남에서 보았다는 것을 말하겠다. 그는 우선 돈 조반니의 비범함에 주의를 기울인다. 그가 묘사하는 돈 주안은 자연이 신성에 가까운 육체적, 정신적 '뛰어남'을 부여한 무척 아름답고 강한 남자다("...den Juan stattete die Natur, wie ihrer Schoßkinder liebtes, mit alle dem aus, was den Menschen, in näherer Verwandtschaft mit dem Göttlichen"). 그의 외모는 그의 멋지고 강렬한 색채의 옷차림(망토 아래 은색으로 수놓은 빨간 자켓, 장검)처럼 매우 인상적이다.[41] 제1막의 끝에서 보듯 그는 용감한 영웅 롤란드가 포악한 거인 치모스코의 군대(사라센인들)를 물리치는 것처럼 천한 그들을 혼란시켜 장난스레 물리치고 빠져나가는 강한 남자이고(".... bahnt sich durch das gemeine Gesindel, das er wie der tapfere Rolland die Armee des Tyrannen Cymork, durcheinanderwirft, daß alles gar possierlich übereinanderpurzelt, den Weg ins Freie.") 공장에서 찍어낸 천한 속물들과는 다른 뛰어난 인간으로 표현되었다("...über den gemeinen Troß, über die Fabrikarbeiten, die als Nullen.... aus der Werkstätte geschleudert werden, erhebt."). 호프

---

41 오페라 「돈 조반니」 리브레토에서 돈 조반니는 자신의 옷차림을 망토("un gran mantello"), 하얀 깃털이 달린 모자("un cappello con candidi penacchi"), 장검("spada")으로 묘사하나 호프만의 단편에서는 레포렐로가 빨간 깃털이 달린 하얀 모자("in weißem Hut mit roter Feder")를 썼다는 것을 추가로 말한다. 푸슈킨의 석상 손님에서는 망토("плащ"), 모자("шляпа"), 장검("шпага")이 돈 구안의 옷차림으로 누구나 알아볼 만큼 눈에 띈다. 옷차림을 중시한 모차르트가 한번은 보석 테를 두른 빨강색(karmosinrot) 망토에 금줄로 장식한 모자를 쓰고 오페라 리허설에 나타난 적이 있다고 한다: Hennenberg, 47-48.

만의 열광가는 사랑만이 지상에서 인간을 진정으로 고양시킬 수 있다는 돈 주안의 생각에 동조한다("Es gibt hier auf Erden wohl nichts, was den Menschen in seiner innigsten Natur so hinaufsteigert als die Liebe"). 그가 본 돈 조반니는 항상 사랑을 추구하면서 항상 권태를 느끼는 파우스트적인 인물이다. 항상 새롭고 기이한 것을 추구하지만[42] 항상 실망하여 권태를 느끼고 점점 더 악마적인 면을 드러내는 불행한 인간이다. 그가 이마를 찡그릴 때는 메피스토펠레스를 연상시키는 구석이 있어 소름이 끼칠 정도이다. 그는 결혼하는 사람들 전체에 대한 경멸에서 약혼녀나 신부를 유혹함으로써(호프만의 여행가는 돈 주안이 체를리나를 원하는 것은 그녀가 결혼을 앞두고 있기 때문이라고 본다) 인간들의 운명을 손안에 쥐고 인간들에게 잔인한 유희를 하며 즐거워하는 잔인한 괴물에게 대항하여 승리한다. 그러나 승리했다고 생각하며 사는 동안 그는 점점 지옥에 가까워진다. 결국 죽었다고 생각한 돈나 안나의 아버지인 기사장은 실상 죽지 않는 제도와 규범으로 살아 있어 돈 주안에게 비극적 죽음을 안긴다. 호프만의 여행하는 열광가가 본 돈 조반니의 가장 큰 특징은 자신의 삶을 완전히 누리기 위해 세상과 운명을 관장하는 신에게 대항하지만 점점 더 권태의 수렁으로 빠져들어 가고 막상 그의 구원의 여인일 돈나 안나를 알아보지 못하고 그녀로 인하여 죽게 된다는 의미에서 인간 삶의 모순성의 극점에 있다는 점이다.

푸슈킨의 「석상 손님」은 수도원 묘지에서 돈나 안나와 돈 구안이 만나는 것으로 시작하여 라우라의 파티에서 돈 구안과 돈 카를로스의 결투가 일어나고 돈 구안이 돈나 안나에게 구애하여 밀회의 약속을 받아내고 돈나 안나의 죽은 남편(돈 알바르, 그는 돈 구안과의 결투에서 죽었다)인 기사장의 석상을 초대하고 돈나 안나의 사랑의 고백을 받고 난 직후 그가 석상의 손에 의해 끌려가는 것으로 끝난다. 「석상 손님」의 정점은 돈 구안에게 애

---

42 이 단편에서 "놀랄 만한", "기이한", "신비한", "경이로운", "불가사의한"을 의미하는 "wunderbar", "sonderbar", "seltsam", "geheim", "wundervoll" 같은 단어들이 자주 쓰였다. 뒤에서 언급되지만 「석상 손님」에서는 "기이한странный", "새로운новый"이 자주 쓰였다.

증의 감정을 느끼면서 갈등하는 돈나 안나에게 기사장이 석상으로 나타나 돈 구안을 지옥으로 이끌고 가는 부분이다. 결국 돈나 안나와 돈 구안의 만남과 돈 구안의 파멸이 극의 무게 중심이다. 푸슈킨은 오페라의 엘비라, 체를리나, 마제토, 오타비오를 아예 등장시키지 않고 대신 라우라와 돈 카를로스를 등장시켰다. 이들의 기능은 돈나 안나 및 돈 구안의 성격을 뚜렷하게 하는 데 있는 바, 라우라는 체를리나와, 돈 카를로스는 돈 오타비오 및 마제토와 유사하다고 볼 수 있다. 기사장이 돈나 안나의 남편으로 설정되어 돈 구안과 기사장-석상과의 세계관의 충돌 및 그들의 대결이 동시대적임이 날카롭게 드러난다. 「석상 손님」의 돈 구안의 성격의 가장 중요한 특징도 삶에 대한 사랑과 에로스의 추구이다. 그는 정열을 지니고 행동하여 현재의 삶이 최대로 충만하도록 만들면서 산다. 이를 위하여 그는 관습도 규범도 뛰어넘을 수 있고 아무것도 두려워하지 않는다. 그는 항상 새롭고 기이한 것에 끌리고 권태를 싫어한다("Странную приятность/ Я находил в ее печальном взоре/И помертвелых губах. Это странно. 슬픈 시선과 핏기 없는 입술에서 기이한 쾌감을 느꼈지. 그건 기이해."). 이는 결국 그로 하여금 가장 그의 마음을 끄는 기이한 과부 돈나 안나에 의해 파멸하게 한다("Что за странная вдова? 이 무슨 기이한 과부인가요?"). 그도 돈 조반니처럼 여성들과의 사랑을 지상에서 가장 중요한 것으로 여긴다. 그는 여인들의 아름다움을 기막힌 감각으로 알아내며 그녀들과 사랑을 즐기고 나서 또 새로운 사랑을 찾아서 그녀들을 유감없이 떠난다. 사랑에 있어서도 그는 항상 움직이며 열려 있다. 좋게 말하면 그는 매번 첫사랑을 할 수 있는 인간인 것이다. 그는 죽음을 두려워하게 되면 삶에 있어 완전한 자유가 없다는 것을 잘 알고 있다. 그의 삶에는 그래서 항상 죽음의 위협이 동반한다. 수많은 결투가 이를 대변한다. 과연 그는 악당이고 살인자인가? 라우라가 돈 구안이 결투에서 명예롭게(정당하게) 죽었다고("что Гуан на поединке честно убил"), 항상 말썽을 일으키나 항상 죄는 없다고("Вечные проказы - А все не виноват..") 하는 데서 알 수 있듯이 그는 결투에서 사람을 죽였을 뿐 국사범도 아니고 살인범도 아니다. 그는 자신의 삶을 완전하게 하기 위해 자신이 원하는 바를 거리낌 없이 실행할 뿐이다. 피 흘리는 돈 카를로스의 시체 앞에서 라우라에게 키스하는 것이나 기사장의 석상 앞에서 그의 아내인 돈나 안나에게 구애하는 것도 역시 그렇다. 그는 상상력이 풍부하다. 비록 돈나 안나가 베일을 쓰고 있어서 그녀의 아름다움을 제대로 보지 못했다고 하나 그녀가 보여준 날씬한 발뒤꿈치를 보았고 그는 자신의 상상력으로 여인의 아름다움을 완성시킨다. 상상력이 있기에 예술도 사랑도 가능하다. 한편 그는 유혹에 능한 사람이다. 특히 그의 언어는 유혹적이다. 라우라가 부르는 노래는 그가 지어낸 것이며 그의 청산유수 같은 말은 돈나 안나뿐만 아니라 독자들도 모두 진실인지 아닌지 잘 모를 만큼 유혹적이고 양가적이다. 그는 수도사의 복장을 하고 거짓으로 기도하며 돈나 안나를 거짓말로 유혹했다. 자신이 돈 구안이 아닌 것처럼 딴소리를 하고 돈 디에고라고 했다. 그는 오페라의 돈 조반니처럼 여인을 얻기 위해 변장을 하고 거짓말을 한다. 그러나 푸슈킨의 돈 구안은 나중에 그녀에게 자신이 남편을 죽인 사람이라고 고백한다. 왜 그는 돈나 안나에게 자기의 정체를 밝히는 것일까? 여기서 볼 수 있는 것은 욕망의 완전한 실현을 위해 끝없이 도전하는 돈 구안의 모습이다. 돈 구안은 돈나 안나로 하여금 남편과 결투하여 그를 죽이게 된 자신을 사랑하게 한다는 좀 더 완전한 승리를 원하는 것이다. 돈 구안도 돈 조반니처럼 제도권의 결혼이나 남편이라는 존재에 대해 부정적이거나 조소적인 입장이다. 특히 남편과 아내의 사랑이 결여된 결혼에 대해서 부정적이다. 이는 이네자의 죽음을 슬퍼하며 그녀의 남편이 잔혹한 사람이었다는 것을 상기시키는 것에서도 나타난다. 이제 돈 구안은 자신의 신조를 떳떳이 밝히며 돈나 안나와의 완전한 사랑을 원하는 것이다. 그리고 이 현장을 보러 오라고 기사장-석상을 초대한 것은 바로 기사장-석상에게 결투를 신청한 것에 다름 아니다. 푸슈킨은 돈 구안과 돈나 안나가 만나기 전에 이미 그녀의 남편인 돈 알바르나 돈 카를로스의 형이(그와 돈 알바르가 같은 인물일 수도 있다) 돈 구안과의 결투에서 이미 죽은 것으로 전제하고 있다. 또 돈 구안이 멀리 외국에 나가 있었던 것도 누군가와의 결투로 인한 것이다. 돈 알바르와의 결투는 아마도 원칙의 충돌이나 명예의 문제 때문에 일어났던 것 같고, 돈 카를로스와의 결투는 라우라로 인한 갈등이 근인(近因)이지만 결국 세계관의 충돌이 그 원인이다. 돈 카를로스나 돈 알바르는 돈 구안과 같은 인물을 참기 어렵다. 그래서 그들은 그에게 도전했을 것이고 돈 구안은 여러 사람을 죽이게 되는 것이다. 돈 구안을 용납할 수 없는 이들은 스스로 결투를 원했으며 돈 구안은 라우라가 말했듯이 그들을 결투에서 정당하게(명예롭게) 죽였다. 오페라 「돈 조반니」에서도 기사장이나 돈 오타비오는 돈 조반니를 적대시하며 돈 오타비오는 도전하지 않지만 기사장은 딸의 명예를 생각하고 집안의 명예를 생각하여 돈 조반니에게 도전하여 죽었다. 관습과 규범을 대표하는 기사장은 정당한 결투에서 패해서 죽은 후 집요하게 복수를 노리고 있다가, 레포렐로의 아내일지도 모르는 여자를 유혹한 것을 두고 돈 조반니가 그의 아내라면 더 좋았을 거라고 말했을 때[43], 입을 열어 먼저 돈 조반니에게 도전하고 돈 조반니의 응전하려는 의지에 응하여 그의 집으로 나타나 그와 겨룬다. 그러나 푸슈킨의 「석상 손님」에서는 돈 구안이 먼저 가만있는 석상에게 도전한 것이다. 그의 머릿속에는 그녀의 머릿속과 같이 그녀의 남편에 대한 생각이 떠나질 않았고 그는 그것을 벗어나고 그녀를 그것으로부터 벗어나게 하려고 석상을 밀회의 장소로 초대하여 끝장을 보고자 하는 마음을 가졌던 것으로 보인다. 돈 구안이 돈 알바르나 돈 카를로스와의 결투에서 아마도 그들의 도전에 응전하여 승리했다면 석상과의 대결에서는 먼저 도전하여 패한다. 이는 돈 구안이 그에게 감당하기 힘든 센 적인 석상, 돈나 안나에게

---

43 여인들이 돈 조반니나 돈 구안에게 매혹당하는 것을 보고 그 여인들의 남자들이 자기의 여인들에게 더 매력을 느끼는 경우가 있는 것을 말하는지도 모른다. 마제토가 그렇고 돈 카를로스가 그렇다.

드리워져 있는 전통, 과거, 규범을 표상하는 석상을 지나치게 의식하며 질투하고 그녀를 이에서 해방시키고자 너무 서둘렀기 때문이다. 실상 돈 구안은 기사장 자체보다는 그 석상이 그녀에게 드리운 거대한 과거, 규범과 대결하고 싶어 했다("Каким он здесь представлен исполином!/Какие плечи! что за Геркулес!../А сам покойник мал был и щедушен,/Здесь, став на цыпочки, не мог бы руку/До своего он носу дотянуть. 그가 여기 얼마만한 거인으로 세워져 있는지!/저 넓은 어깨하며! 무슨 헤라클레스 같아./그런데 고인 자체는 키가 작고 말랐었지/여기서 발끝으로 서도 손으로 자기 코를 만질 수 없을 정도였지."). 자기의 아내를 가두고 보초처럼 감시해온 돈 알바르가 돈 구안 같은 삶의 신조를 가지고 살아가는 남자를 싫어하며 도전한 결투에서 돈 구안이 이겼다면, 지금은 잠잠하게 서있는 돈 알바르의 석상은 돈 구안에게 힘겹도록 거대하게 보이는 것이고 그럴수록 그는 그를 물리쳐야겠다는 생각을 강하게 한 듯하다. 그래서 그는 석상에게 밀회장소인 돈나 안나의 집으로 보초서러 오라고 말함으로써 기사장-석상의 가장 예민한 곳을 건드린다. 모욕적인 도전에 응하지 않는다면 명예에 치명적인 손상을 입게 된다는 것이 당시의 통념이었다. 러시아에서는 결투가 엄격한 절차대로 행해졌으며 19세기 전반까지 빈번했다.[44] 석상은 도전에 응하여 나타나기는 했지만 결투를 정당하게 행하지는 않았다. 그는 나타나자마자, 쓰러진 돈나 안나 때문에 제대로 준비도 안 된 돈 구안에게 "모든 것은 끝났다 Все кончено"고 말하며, 당당히 맞서려는 돈 구안에게 손을 달라고 한 후 다짜고짜 그를 지옥으로 끌고 간다. 오페라에서는 돈 조반니의 집에 나타난 석상이 돈 조반니의 의사를 타진하고 손을 잡은 후에도 회개하라고 여러 번 요구하며 그와 겨룬다. 그러나 푸슈킨의 돈 구안에게 나타난 석상은 그렇지 않았다. 「석상 손님」에서 석상으로 표상되는 규범과 과거는 돈 구안의 현재의 삶과 겨루기 보다는, 자신의 논리를 가차 없이 실행할 뿐이다. 결국 현실세계의 논

---

44 Лотман, 529-538.

리에 약한 돈 구안이 성급하게 준비 없이 돈나 안나의 남편의 석상과의 대결을 시도한 것이 돈 구안에게 파멸을 안겨주었다고 하겠다.

4

돈 조반니/ 돈 주안/ 돈 구안의 죽음의 원인이 되는 돈나 안나는 어떤 여인인가?

오페라에서 돈나 안나는 돈 조반니를 좋아하는 여인들 중에서 제일 먼저 무대에 등장한다. 카탈로그의 여인들 및 돈나 안나를 비롯한 오페라에서 거론되는 여인들[45] ─ 돈나 안나, 돈나 엘비라, 체를리나, 레포렐로의 아내일지도 모르는 여자 등 ─ 은 아마도 모두가 에로스를 추구하는 여인들일 것이다. 이는 『피가로의 결혼』에 나오는 여자들이나 『코지 판 투테』에도 마찬가지로 적용되는 모차르트의 여성관이다. 돈나 엘비라가 그토록 돈 조반니에게 집착하면서 쫓아다니며 에로스를 추구함에는 이론의 여지가 없다. 그녀는 증오한다면서 실상 사랑하고 있고 또 그것을 드러낸다. 그녀는 돈 조반니가 지옥으로 가기 직전까지 그를 쫓아다니며 그에 대한 애증을 드러내며 잔소리를 한다. 체를리나 역시 돈 조반니의 유혹에 쉽게 빠지며 그녀가 먼저 돈 조반니에게 자기의 마음 변하기 전에 빨리("presto") 사랑하자고 말한다. 돈나 안나도 처음부터 돈 조반니를 더 알고 싶어 했고 복수한다면서 사랑하고 있다. 그러나 돈나 안나는 체를리나나 엘비라와 달리 수수께끼처럼 애매해 보인다. 오페라의 첫 장면에서 밖에서 망을 보며 투덜거리는 레포렐로 앞으로 돈나 안나는 돈 조반니를 뒤

---

45   레포렐로의 카탈로그에 있는 여인들 2065명 중 1800명은 엘비라처럼 버림받은 여자들이다. 돈 조반니가 버림받은 아가씨를 위로해 주겠다고 했을 때 레포렐로가 속으로 "Così ne consolò mile e ottocento 1800명을 위로한 것처럼"이라 말한 데서 알 수 있다. 돈나 안나가 그 속에 있는지 없는지는 알 수 없다.

쫓아 나온다. 그녀는 열정과 절망과 분노가 섞인 목소리로 돈 조반니를 붙잡고 늘어지며 자기를 죽이기 전에는 못 간다며("Non sperar, se non m'uccidi, ch'io ti lasci fuggir mai!") 절박하게 다가들며 절망의 분노를 느끼는 광포한 여인으로서 그를 계속 뒤쫓아 놓아주지 않으리라고("Come furia disperata ti saprò perseguitar!") 말하고 돈 조반니는 그녀로 인한 자신의 파멸을 예감한 듯 "Questa furia disperata mi vuol far precipitar! 이 절망의 분노가 나를 파멸시킬 것이네!"라고 말한다. 돈나 안나는 돈 조반니를 계속 뒤쫓아 큰길까지 나오며 소리를 질러("arditamente il seguo fin nella strada per fermarlo") 아버지 기사장을 깨우게 되고 기사장은 결투로 죽게 된다. 죽은 아버지의 시체를 보고 실신했다가 깨어난 그녀는 "Fuggi, crudele, fuggi! 가라, 잔혹한 자, 가라!"라고 한다. 이때 관객은 그녀가 오타비오를 보고 그러는지 아니면 아직 돈 조반니를 생각하며 소리 지르는지 알 수 없다.[46] 돈 조반니를 향하여 그를 알고 싶은 마음에 계속 더 그와 함께하기를 원하나 그가 도망가려 하자 그에 대한 원망으로 가득 차서 갈 테면 가라고 어서 가라고 그러는지, 오타비오에게 그가 싫어서 무의식 중에 그런 말을 하는지 이유도 잘 알 수 없다. 이어서 오타비오에게 복수의 맹세를 시키는 장면에서 "Fra cento affetti e cento vammi ondeggiando il cor. 백 가지 감정들이 가슴을 요동치게 한다네"라고 말하는 부분에서도 그녀의 내면에 무슨 복잡한 생각이 있을까 생각해 보게 만든다. 그녀는 무엇을 원하며 무슨 생각을 하였던 것일까? 돈나 안나가 오타비오에게 아버지가 죽은 날 밤 있었던 일을 이야기 하는 부분도 그녀의 이야기만으로는 사건의 진상은 물론 그녀의 내면을 알기 어렵다. 그 이유는 그녀의 말이 앞뒤가 잘 맞지 않기 때문이고 음악적으로도 그녀의 말을 액면 그대로 받아들이게 하지 못하는 점이 느껴지기 때문이다. 그녀는

---

46 "crudele 잔혹한 자"라는 표현은 엘비라가 돈 조반니를 지칭할 때 쓰는 단어이고, 돈 조반니 자신이 돈나 안나에게 "Ma voi, bella Donn'Anna, perchè così piangete? Il crudele chi fu che osò la calma turbar del viver vostro? 그러나 그대, 아름다운 돈나 안나, 왜 그리 울고 있소? 그대의 조용한 마음, 감히 어떤 잔혹한 자가 흩으러 놓았소?"라고 물을 때 그가 자신을 지칭하는 단어여서 흥미롭다.

방으로 들어온 남자가 오타비오인 줄 알았다가 곧 착각한 것을 알았다("..
un uom che al primo istante avea preso per voi. Ma riconobbi poi che un inganno era il
mio.")고 했는데 왜 그때 소리 지르지 않고 그가 그녀를 껴안은 후에야 소
리를 질렀을까? 힘이 강해서 기사장을 이기게 된 돈 조반니가 한 손으로
말을 못하게 하고 다른 손으로 억세게 껴안았는데 그녀는 어떻게 힘을 내
어 마침내 그에게서 벗어났을까? 결국 증오가 강한 힘을 주어 몸을 뻗고
구부리고 비비 꼬고 하여 해방되었다("Alfine il duol, l'orrore dell'infame attentato
accrebbe sì la lena mia, che a forza divincolarmi, torcermi e piegarmi,da lui mi sciolsi!")
는 구체적인 묘사가 무엇을 말하는 것일까?[47] 그녀가 그의 몸짓 하나 하나
를 상세히 기억하고 자기의 몸짓도 너무나 상세히 설명하는 것을 보면 그
녀의 머릿속에 그 밤의 기억이 어떤 이유에서든지 뚜렷한 색채로 깊숙이
박혀 있음이 분명하다. 이 이야기를 할 때 돈나 안나는 돈 조반니가 아버
지와 결투를 하기를 원하지 않았지만 아버지가 고집하여 결투를 하다 아
버지를 죽이게 된 사실을 인정하지 않고 그를, 아버지를 살해한 비열한 자
로 매도하며 오타비오에게 항상 아버지의 상처와 피를 생각하며 복수를
할 것을 맹세시킨다("Vendetta ti chiedo, la chiede il tuo cor. rammenta la piaga del
misero seno, rimira di sangue coperto il terreno. se l'ira in te langue d'un giusto furor.").
여기서 사용된 표현은 매우 강렬하다. 그녀는 이런 강렬한 표현을 구사하
며 최면 걸듯 오타비오에게 자기의 의사를 그대로 따르도록 되풀이 말한
다. 이 부분에서 그녀의 수사는 돈 조반니의 것 못지않게 화려하고 강하지
만 그녀의 내면을 보여주지 않는다. 아니, 오히려 그녀의 내면을 가리는 데
사용되는 것처럼 보인다. 그녀의 말은 사실 오페라 전체에서 이런 성격을

---

47 그녀가 '해방되었다'고 하는 부분에서 음악은 정지한다. 이를 그녀가 오르가즘에 도달한 상태로 연
출하는 경우도 있다. 피터 브룩 미장센(2002년 악상 프로방스 공연. Daniel Harding 지휘, Peter Brook
연출)의 「돈 조반니」를 녹화한 것에서 그녀가 이 부분을 이야기하는 동안 그녀의 머릿속에 그려지는 것
은 아버지의 숨이 끊어지는 장면이다. 이로써 에로스와 타나토스의 일치와 대비의 의미가 강화되는 셈
이다.

가진다. 1막의 끝에 가면을 쓰고 파티가 열리는 돈 조반니의 집으로 들어갈 때 돈나 안나가 "Il passo è periglioso, può nascer qualche imbroglio. Temo pel caro sposo, (a Donna Elvira) e per voi temo ancor. 우리가 가려는 길은 위험합니다. 불행이 일어날지도 몰라요. 사랑하는 약혼자가 걱정이에요. (엘비라에게) 그리고 여전히 당신도 걱정스러워요!"라고 할 때, 또 "Protegga il giusto cielo Il zelo – del mio cor! 공정하신 하늘이시여, 제 마음 속에 가득한 질투심을 보호해 주시옵소서!" 라고 돈 오타비오와 듀엣을 부를 때, 그곳에서 돈 조반니가 유혹하려는 체를리나를 보고 엘비라에게 죽을 것 같으며 ("Io moro!") 체를리나를 유혹하려고 마제토를 떼어내 버리려는 돈 조반니를 보고 그곳에 있는 것을 못 견디겠다고 ("Resister non poss'io!") 돈 오타비오에게 말할 때, 2막에서 레포렐로가 돈 조반니와 옷을 바꿔 입고 엘비라와 밀회하고 난 후 발각되기 직전 무대에 나타난 돈나 안나에게 돈 오타비오가 눈물을 거두라는 말을 했을 때 돈나 안나는 눈물을 흘리는 것이 위안이 된다면서 죽을 때까지 슬픔이 사라지지 않을 것("Lascia almen alla mia pena questo piccolo ristoro; Sol la morte, o mio tesoro, il mio pianto può finir.")이라고 말할 때, 이 모든 돈나 안나의 말은 애매하다. 이는 또다시 그녀가 결혼을 미루는 장면에서도 마찬가지이다. 이때 나오는 음악은 그녀가 그날 밤 있었던 일을 고백할 때와 비슷하다. 그녀의 머릿속에는 어쨌든 그날 밤의 그 남자, 돈 조반니가 자리하는 것이다. 여기서 그녀는 이렇게 슬픈 때 무슨 말을 하는 거냐고 하면서 아버지를 핑계 대고 결혼을 하면 세상 사람들이 무어라 하겠느냐고 ("O dei, che dite in sì tristi momenti?... Ma il mondo, o Dio! .... tu ben sai quant'io t'amai, Tu conosci la mia fe.") 돈 오타비오를 설득하면서 그를 향한 사랑과 자신의 정절을 주장하고 있다. 이렇게 사랑과 정절을 말하면서, 아버지의 슬픔을 내세우면서 죽어도 결혼을 못하겠다는 돈나 안나이다. 이때 그녀가, 하늘이 나를 불쌍히 여길 날이 있을 거라고("Forse un giorno il cielo ancora sentirà pietà di me.") 한다. 2막 마지막 부분에서 사라진 돈 조반니를 생각하며 그녀가 "Solo mirandolo stretto in catene alle mie pene calma darò. 그가 사슬에 꽉 묶인 것을 볼 수만 있다면 내 괴로움 누그러질 텐데"[48]라고 하거나 오타비오에게 상처를 씻을 수 있게 일 년만 더 기다려 달라고 하면서 사랑하는 이가 원하는 것을 진정한 사랑은 따라야 한다("Al desio di chi t'adora ceder deve un fido amor.")고 돈 오타비오와 이중창을 할 때도 그녀의 진정한 사랑은 누구일까, 끝까지 돈 조반니를 사로잡고 싶어 하는 이유는 무엇일까, 생각해 보게 만든다. 오페라 전체에 나타나는 그녀의 말들을 찬찬히 되씹어 보며 알 수 있는 것은 그녀가 돈 조반니에 대한 사랑과 증오를 동시에 품고 갈등한다는 점이다. 그녀는 돈 조반니를 집요하게 추적하는 돈나 엘비라나 결혼식을 앞둔 체를리나처럼 돈 조반니의 매력에 사로잡혀 있지만 결코 그것을 보이지 않는다. 그래서 돈나 안나가 돈 오타비오에게 아버지를 죽인 남자가 돈 조반니라며 그날 밤에 있었던 일을 이야기할 때 그녀의 욕구와 증오와 좌절과 슬픔이 더 강하게 전해져 오는 것이다. 마스크를 쓰고 체를리나가 있는 파티장에 나타나 질투의 감정을 느끼고 괴로워하며 체를리나를 보고 못 견뎌 하는 것, 돈 오타비오를 그렇게 사랑하는 것 같지 않으나 그에게 사랑과 정절을 주장하고 아버지로 인한 슬픔을 말하며 죽어야 이 고통을 잊으리라고 하며 돈 오타비오와의 결혼을 계속 미루며 눈물을 흘리는 이유는 그녀가 그를 사슬에 묶어서라도 잡아들이고 싶어 할 만큼 오직 돈 조반니만을 원하기 때문이다.[49] 그러나 중요한 것은 돈나 안나가 돈 조

48 러시아어로 번역된 리브레토에는 "Если живым его видеть не буду, может, забуду мести обет. 그가 살아 있는 것을 보지 않으면 복수의 맹세를 잊으련만."으로 되어 있다. 러시아어만 들으면 돈나 안나의 내면을 그대로 전달받기 어렵다.

49 페미니스트적인 연구 중에는 돈 조반니의 여성 편력 및 마초적인 성격을 비난하고 돈나 안나가 기꺼이 돈 조반니와 관계를 가졌다고 하는 주장이나 그녀가 돈 조반니를 끝까지 사랑한다는 이야기가 말도 안 되는 것이라고 비난하며 또 체를리나의 아리아 'Batti, batti, o bel Masetto 때려줘요, 때려줘요, 사랑하는 마제토……' 가 여성이 스스로 자기에게 폭력을 가해 달라고 말하는 것으로 몹시 심각한 문제라고까지 말하는 경우가 있다. 예를 들어 Curtis가 그렇다. 그녀의 해석은 예를 들어 2006년 잘츠부르그 공연에서와 같이 돈 조반니가 나이 어린 여자를 가장 선호하는 것을 나타낼 때 실제로 줄넘기를 하는 어

반니만을 원하고 기꺼이 돈 조반니와 관계를 맺으며 그를 잊지 못하고 있는 데 있는 것이 아니라 이 여인이 다른 모든 인물들보다 더 강한 내적 갈등을 겪고 있다는 점이다. 돈나 안나는 이 갈등으로 인하여 결국 파멸로 간다. 그녀가 자신의 슬픔이 죽을 때까지 지속될 것 같다고 하는 것으로 보아 이러한 모순된 감정에서 해방될 수 있는 것은 죽는 길뿐일 것이다. 돈 조반니가 지옥으로 간 후 결혼하자는 돈 오타비오에게 일 년만 더 기다려 달라고 하며 약혼자와 함께 부르는 듀엣에서 사랑하는 이가 원하는 것을 따라야 한다고 했을 때 그녀는 속으로 자신의 파멸을 예상하고 있는지도 모른다. 우리는 그녀가 파멸을 향하면서도 어쩔 수 없이 사랑하는 이 세상의 무엇과도 바꿀 수 없는 돈 조반니에 대한 그녀의 열정을 동정하게 된다. 그가 그녀의 아버지를 죽였고 여러 여자를 유혹하는 것을 알지만 그를 사랑할 수밖에 없었고 그 이외의 아무도 실상 원하지 않을 만큼 그녀의 열정의 정도는 강했고 그녀의 욕구는 집요했다. 돈나 엘비라 역시 돈 조반니를 쫓아다니지만 그녀는 가장 친밀한 상황에서 돈 조반니와 레포렐로를 구별하지 못하는 듯하고, 밀회가 끝난 후 레포렐로를 놓아주지 않으려고 하는 등 막무가내로 돈 조반니에게 눈먼 자신의 모습을 드러낸다. 그녀는 버려진다는 사실에 트라우마를 가지고 있고 동시에 성적 욕구가 충족되지 않기에 버려진 여자("abandonata")의 전형적인 특성을 보인다고 할 수 있다. 체를리나는 돈 조반니의 유혹에 가볍게 넘어가면서도 그에게 자신의 미래를 보장받을 계산을 해보는 여자였고 너무 늦기 전에 미래를 보장받을 수 있는 마제토에게 돌아온 영리한 여자이다. 그녀는 2막에서 돈 조반니가 만났다는 레포렐로의 아내나 연인인 여자처럼 늦기 전에 정신을 차렸던 것이다. 그러나 돈나 안나의 경우는 다르다. 그녀는 돈 조반니를 쫓아 거리까지 나와 공격하는 자가 되어 돈 조반니를 공격할 만큼("e sono assalitrice ed

린 소녀를 등장시킨다든지, 마제토가 체를리나를 먼저 때려 멍을 들게 한다든지 하는 공연에서 정당화된다고 할 수 있다. 그러나 돈나 안나와 돈 조반니가 사랑하는 사이이거나 둘이 성관계를 즐겼다는 주장은 호프만 이후 바그너나 베를리오즈에게서도 볼 수 있는 견해이다.

assalita") 그녀의 열정과 욕구는 강했다. 또 그녀의 열정만큼 그녀의 유려한 말솜씨도 변화무쌍한 노랫가락도 인상적이다. 이러한 강한 열정을 오로지 돈 조반니에게서만 느끼는 돈나 안나이기에 돈 조반니가 죽었을 때 그녀의 삶의 의미는 사라졌을 것이다. 그녀가 돈 오타비오와 결혼을 하거나 안 하거나 간에 그녀는 산송장과 다름없다. 돈나 엘비라는 자신의 갈등을 솔직하게 소리 내어 노래할 수 있지만("Che contrasto d'affetti, in sen ti nasce!") 돈나 안나의 갈등은 그녀 자신이 말하듯이 죽어야 끝이 나는 성질의 것이다. 그러면 돈 조반니에게 돈나 안나는 특별한 여자였을까? 그가 돈나 안나 때문에 결국 기사장-석상의 손에 이끌려 죽게 된다는 의미에서 그녀는 그에게 특별한 여자임은 확실하다. 그러나 그 자신의 양가적이고 수사적인 언어 속에서 그런 점을 발견할 수 있을까? 아래 부분들은 그것을 은연중에 드러내는 부분이라고 여겨진다.

* Ma voi, bella Donn'Anna, perchè così piangete? Il crudele chi fu che osò la calma turbar del viver vostro? 그러나 그대, 아름다운 돈나 안나, 왜 그리 울고 있소? 그대의 조용한 마음, 감히 어떤 잔혹한 자가 흐트러 놓았소?

* Perdonate, bellissima Donn'Anna; se servirvi poss'io, in mia casa v'aspetto. 정말 아름다운 돈나 안나, 용서해요. 만약 제가 당신을 위해 봉사할 수 있다면 당신을 집에서 기다리고 있을게요.

위 인용문에서 보듯 돈 조반니는 체를리나나 돈나 엘비라의 이름을 부를 때는 붙이지 않았던 "bella"나 "bellissima" 라는 수식어를 붙여 그녀의 이름을 부르며 그녀의 아름다움을 찬탄한다. 그는 자신도 모르게 돈나 안나를 특별히 생각했을지도 모른다. 그럴 만큼 그녀의 갈등과 열정은 강해 보인다: 그대, 정말 아름다운 돈나 안나!("voi," "bellissima Donn'Anna!")

호프만의 단편 「돈 주안」에서 돈나 안나는 매우 중요한 인물이다. 여행하는 열광가가 오페라 「돈 조반니」를 관람할 때 가장 눈여겨본 인물이 돈나 안나이고 실제로 그녀는 관람하는 열광가 앞에 나타나 대화를 나누는 여자이기까지 하다. 그녀는 음악을 진정으로 이해하는 열광가에게 음악 자체이고 열광가는 그녀에게 완전히 몰입하여 그녀의 슬픔과 고통을 나누고 그녀의 죽음을 알게 된다. 호프만의 열광가는 돈나 엘비라를, 책을 읽는 것처럼 말하는 지겨운 여인으로 처리하고, 체를리나는 별로 눈여겨보지 않는 반면 돈나 안나가 등장하는 장면을 자세히 묘사한다. 돈 조반니의 마지막 향연과 석상이 그를 지옥으로 끌고 가는 것을 묘사한 후에도 돈나 안나의 창백한 얼굴과 기진한 눈, 불안정한 목소리, 결혼을 미루는 그녀의 모습이 묘사되었다. 한밤에 오페라를 회상하면서 눈앞에 친구 테오도르를 보는 듯 그에게 돈 조반니와 돈나 안나에 대해 이야기할 때 열광가 중요하게 생각하는 것은 돈 조반니를 사랑하는 그녀의 내면의 갈등이다. 호프만의 여행하는 열광가의 마음을 사로잡은 것은 사랑과 증오가, 열정과 절망이 교차하는 돈나 안나의 강렬한 눈빛과 그녀의 자연스럽고 육감적인 아름다움이었다. 호프만은 돈나 안나 속에서 열정과 규범 사이에서, 사랑과 증오 사이에서 갈등하는 강한 열정을 가진 여인을 보았고 모차르트의 음악 속에서 그녀를, 그녀 자신이 말하듯이 음악 자체인 그녀를 역시 음악으로 그녀를 이해하는 열광가를 통하여 알아보며 그의 해석이 진정 모차르트의 오페라가 전하려는 메시지라는 점을 의심하지 않는다. 열광가는 그녀가 돈 조반니를 만난 이후 약혼자 돈 오타비오(21세 정도의 속물로 묘사된다)를 사랑하지 않는다는 것을 깨닫게 되고 그녀를 지배하는 감정은 돈 오타비오에 대한 권태와 돈 조반니에 대한 열정과 증오라고 보았다. 오타비오가 일깨우지 못한 열정을 일깨운 사람은 돈 조반니였기에 그녀는 심한 갈등 속에서 돈 조반니를 계속 쫓으며 돈 조반니의 죽음만이 그녀를 갈등에서 구해 줄 것을 안다. 결국 돈 조반니가 죽을 때 갈등에서 해방되지만 그녀는 존재 이유를 상실하는 것이다("Sie fühlt, nur Don Juans Untergang kann der vom tödlichen Martern beängsteten Seele Ruhe verschaffen; aber diese Ruhe ist ihr eigner irdischer Untergang."). 열광가는 돈나 안나가 돈 주안에 맞먹는 열정과 힘을 가진 여자로서 돈 주안에게 매혹되어 있는 것으로 보았고 이 운명적인 만남과 그녀의 갈등이 그의 파멸을 불렀고 또 결국 그녀의 파멸을 가져온 것이라고 해석하였다. 소시민적인 공연 관람객과는 전혀 다른 이 음악가는 23호라는 오페라 박스에서 현실과 이상 세계 사이의 특별한 경험을 한다. 누구와도 나누고 싶지 않은 이 혼자만의 예술 몰입의 공간에 돈나 안나가 들어와 그녀와 음악에 대한 대화를 나눈다. 그때 그는 행복한 꿈이나 경건한 신앙이 기이한 것, 초감각적인 것을 자연스레 일상적인 것 안으로 연결하듯이 멋지고 경이로운 여자("herrliche wundervolle Frau")의 곁에서 일종의 백일몽 상태에 있게 된다. 그와 동일한 생각을 하며 오페라를 대하는 그녀가 자신을 알아보는 것을 보고 그는 기쁨에 넘쳐 외친다.

"Wie, Du herrliche, wundervolle Frau-- du - du sollst mich kennen?"
아니, 그대, 멋지고 경이로운 여인, 그대, 그대가 저를 안다구요?

오페라 관람 이후 밤에 다시 23호 특별석에 앉아서 그녀를 생각하며 그는 현실 세계를 뛰어넘어 저 먼 신비한 지복의 세계로 가고 싶어 하며 막 이 내려진 무대를 향해 그녀의 이름을 부른다: "Donna Anna! 돈나 안나!" 오페라 관람 이후 속물들의 대화를 못 견디는 그는 현실 세계와 이상 세계(이상적 예술세계) 사이의 간극을 느끼는데 그가 느끼는 이러한 간극을 오페라의 두 인물 돈 조반니 돈나 안나도 모두 공유하는 것으로 파악하였다. 여행하는 열광가가 오페라를 보는 동안 그와 돈 조반니 그리고 돈나 안나는 체험을 공유하는 것이다. 돈나 안나는 돈 조반니처럼 다른 세계를 추구하는 힘과 열정을 가진 여인으로서 돈 조반니를 구원할 수도 있었는데 돈 조반니는 그녀를 알아보지 못하고 뿌리쳤고 큰길까지 뒤쫓아 나온 그녀를 뿌리칠 때 나타난 그녀의 아버지 기사장과 결투를 하다 그를 죽이게 된 것이다. 현실에서 용납되지 않는 그와 그녀의 열정의 힘이 낳은 결과로 돈나 안나의 아버지가 죽었으며 이러한 열정의 힘을 인정하지 않는 기사장-석상의 손에 돈 조반니는 죽게 되는 것이다. 그가 죽은 후 그녀는 존재 이유를 상실하는데 여기서 극적인 점은 돈나 안나의 역할에 완전히 몰입한 오페라 가수가 자살한다는 사실이다.[50] 오페라 속의 돈나 안나의 열정의 불길은 실제로 그 역할을 맡았던 여가수까지 삼키게 되었던 것이다: 그대, 멋지고 경이로운 여인, 돈나 안나! ("Du, herrliche wundervolle Frau", "Donna Anna!")

오페라 「돈 조반니」에 등장하는 여인들 중에서 돈 조반니의 죽음의 원인이 되는 수수께끼 같은 돈나 안나가 호프만의 「돈 주안」에서는 여행하는 열광가가 눈여겨본 여성 인물로 나타나고 그 역할을 한 여가수가 그의 환상에 나타나 그와 대화하는 신비한 인물로 등장한다면 푸슈킨의 「석상 손님」에서 그녀는 드라마의 여주인공이다. 오페라에서 돈나 안나 이외의 주요 여성 인물로 거론되는 돈나 엘비라, 체를리나 대신 푸슈킨의 드라마에는 라우라가 등장한다. 푸슈킨의 「석상 손님」에 등장하는 라우라는 삶과 젊음을 찬미하며 돈 조반니와 듀엣을 부르는 오페라의 체를리나와 비슷한 유형으로 볼 수 있다. 푸슈킨의 작품 속에서도 모차르트의 오페라에서처럼 라우라, 돈나 안나를 비롯한 모든 거론되는 여인들이 돈 구안의 매력에 굴복한다. 또 푸슈킨의 돈나 안나도 모차르트의 돈나 안나만큼이나 수수께끼이다. 푸슈킨의 돈나 안나는 남의 눈을 의식하며 규범의 중요성과 정절의 고귀함을 말한다. 그녀는 자기가 좋아해서라기보다는 경제적인 이유 때문에 또 어머니가 원했기 때문에 결혼했다고 하면서 남편이 죽

50　그녀가 죽은 시각이 새벽 두 시. 오페라 「돈 조반니」에서 돈 조반니가 아직 두 시가 안 되었으니 계속 즐겨야겠다고 말하는 부분은 시간이 언급되는 유일한 경우이다.

은 후에는 죽은 남편에게 정절을 지키는 듯 보인다. 호프만의 단편에 나오는 돈나 안나의 살짝 보이는 가슴이 육감적인 면을 드러낸다면 푸슈킨의 돈나 안나의 살짝 보이는 발뒤꿈치는 돈 구안으로 하여금 그녀의 육체의 아름다움을 상상하게 한다. 그녀의 수수께끼 같은 신비함과 상복 밑의 아름다움은 돈 구안의 뜨거운 관심을 받도록 한다. 그녀는 남편의 석상을 살아 있을 때보다 엄청나게 크게 만들어 세워 놓고 상복을 입고 매일 그곳으로 남편을 애도하러 와서 ("Здесь, став на цыпочки, не мог бы руку/До своего он носу дотянуть.")[51] 돈 구안으로 하여금 석상을 지나치게 의식하고 질투하도록 한다. 질투를 모르는 이 바람둥이에게 질투심, 그것도 힘겹도록 강한 석상에 대한 질투심과 대결 의식은 그를 파멸에 이르게 한 원인이 되었다. 돈 구안의 질투는 그가 돈나 안나가 기사장-석상의 권태를 없애주는 여인이라고 여기는 것에서 날카롭게 드러난다. 권태라는 것이 돈 구안에게 가장 치명적인 일임을 생각하면 그의 대사 "Без нее - Я думаю - скучает командор. 그녀 없이는 기사장이 권태로워할 거라고 생각해"는 이런 의미에서 매우 중요하다. 실상 그녀는 세상의 눈을 의식하지만 생명 없는 석상의 권태를 없애줄 만큼 생명력 있는 여인이다. 강한 생명력을 가진, 삶에 대한 강한 열정과 욕구를 느끼는 그녀는 아마도 기다려왔던 열정의 대상을 돈 구안 속에서 찾았을 것이다. 그녀는 그에게 자기 집으로 찾아오라고 먼저 제의한다. 이런 면에서는 돈 조반니의 유혹에 넘어간 체를리나가 "빨리 presto" 사랑하러 가자고 하는 것과 비슷하다.

Подите - здесь не место

Таким речам, таким безумствам. Завтра

Ко мне придите. Если вы клянетесь

---

51 이를 돈나 안나의 남성성에 대한 기대치로 풀이하는 학자도 있다: Stahl-Schwaetzer. Stahl-Schwaetzer는 돈나 안나가 남편이 죽은 후 새로운 멋진 남자를 기대하기에 돈 구안에게 발뒤꿈치를 보여주었다고 해석한다.

Хранить ко мне такое ж уваженье,

Я вас приму; но вечером, позднее, -

Я никого не вижу с той поры,

Как овдовела...

물러가세요. - 여기는 그런 말을,

그런 미친 말을 할 장소가 아닙니다. 내일

제게 오세요. 만약 당신이 제게 지금과

똑같은 존경을 유지하겠다고 맹세하신다면

전 당신을 받아들이겠어요. 그러나 저녁에, 좀 늦게요, -

과부가 된 이후 아무도 만나지 않았어요…….

　　인용한 바와 같이 그녀가 돈 구안에게 밀회를 허락할 때 하는 은밀한 말이나, 자신은 사월처럼 눈물과 미소를 섞는 과부라는 표현 등 그녀의 표현은 돈 구안의 그것과 맞먹을 정도로 유려하고 유혹적이다. 돈나 안나는 자기의 맞수 돈 구안을 이제야 만난 셈이다. 그와 그녀의 유사성은 동일한 단어의 적절한 배열로도 뒷받침된다. 예를 들어 제1장에서 그녀가 등장하며 사제에게 하는 첫 대사가 "열어요 отоприте"이고 제2장에서 돈 구안이 라우라의 집에 들어가서 하는 첫 대사도 "열어 Отопри"이며 두 경우 다 시행의 끝에 위치한다. 둘 다 갑갑한 세상에 대고 열라고 말하는 듯하다. 돈나 안나는 돈 구안을 알게 되면서 느끼는 희열과 그와 사랑하고 싶은 강한 욕구와 그가 바로 자기의 남편을 죽인 사람이라는 것에서 기인하는 죄의식 사이에서 갈등한다. 그녀는 돈 구안이라는 현재, 삶의 기쁨, 욕구의 충족 기대, 그것이 일깨운 자신의 열정에 압도당하지만 남편과 그의 석상이라는 규범과 과거에도 압도당한다(석상은 모든 그녀의 도덕관, 과거, 전통의 무거운 멍에로서 그녀에게 힘을 가지고 있었다) 노래도 사랑도 자유로이 심장이 부르는 대로 현재에 실행하는 라우라("Я вольно предавалась вдохновенью./ Слова лились, как будто их рождала/ Не память рабская, но сердце... 오늘 전 자유로이 영감에 따랐어요./노예 같은 기억이 아니라 심장이 탄생시킨 것처럼 /노랫말이 흘러나오네요.")[52]와 달리 그녀는 세상 사람들의 눈과 자신의 욕망 사이에서 갈등하는 여자로서 서로 대척적인 두 힘의 한가운데 휘말리게 된 것이다. 돈 구안이 돈나 안나의 방에서 대화하며 자기의 실체를 밝히자 돈나 안나는 애증의 감정 속에서, 돈 구안이라는 사람에 대한 상반된 판단 속에서 그녀가 이제껏 기다려 왔던 남자가 자기를 버릴지도 모른다는 사실에도 갈등하지만 그를 받아들인다. 그녀의 열정의 힘은 그만큼 컸다. 그녀의 열정은 그녀로 하여금 돈 구안을 받아들이게 했으나 결국 돈 구안도 그녀 자신도 삼켜버리게 한다. 돈 구안은 뜨거운 열정을 가진 그녀를 갈등에서 해방시키고자 석상을 밀회의 장소로 초대했고 석상은 돈 구안에게 정당하게 결투할 여지를 주지 않은 채 돈 구안을 다짜고짜 지옥으로 끌고 가게 된 것이다. 돈 구안은 죽으면서 그의 팜므 파탈의 이름을 불렀다: 오, 돈나 안나!("о Донна Анна!")

5

오페라 「돈 조반니」와 호프만의 단편 「돈 주안」, 그리고 푸슈킨의 작

52　라우라의 등장은 호프만의 「돈 주안」과 연결하여 볼 때 흥미롭다. 호프만의 「돈 주안」에서 돈나 안나의 역할을 하는 여가수가 오페라 「돈 조반니」와 주인공 돈 조반니의 성격을 진정으로 이해하는 여인으로 설정되어 있는데 라우라는 돈 구안의 성격을 잘 이해할 뿐만 아니라 그의 영감에 따라 지은 노래를 그 영감에 젖어 노래하는 여자인 점이 그렇다. 오페라 「돈 조반니」에서 모든 사람들이 돈 조반니의 영향 아래 춤을 추고 먹고 취하고 하는 것이 여기서는 라우라가 부르는 돈 구안이 영감을 준 노래를 사람들이 환호하며 듣는다. 또한 라우라가 삶을 찬미하면서 현재를 사는 태도는 체를리나가 부르는 노래의 내용과 비슷하다.

은 비극 「석상 손님」을 나란히 놓고 텍스트에 밀착해서 비교하며 세 작품의 상호 연관 속에서 주요 등장인물들을 살펴본 결과 남성 주인공 돈 조반니/돈 주안/돈 구안의 가장 큰 특징은 그가 항상 에로스와 자유를 추구하고 규범에 묶이지 않으며 인간의 본성을 인정하며 상상력이 강하며 죽음까지 두려워하지 않는 것 때문에 항상 세상과 갈등 관계에 있고 자신이 추구하는 완전한 삶을 실현하기 위하여 결국 죽음을 만나게 되는 모순에 빠질 수밖에 없다는 점이다: "오, 항상 말썽꾸러기, 항상 죄는 없는데도... Вечные проказы - А все не виноват.."

　세 작품에서 남성 주인공의 성격을 부각시키는 레포렐로는 거의 동일한 반면 호프만의 돈 주안과 푸슈킨의 돈 구안은 오페라의 돈 조반니와 약간 다르다. 그런 점으로는 호프만의 돈 주안과 푸슈킨의 돈 구안이 기이하고 새로운 것을 추구하고 권태를 싫어한다는 점이 텍스트에 가시적으로 드러난다는 사실을 들 수 있겠다. 또 호프만의 돈 주안은 신에게 반항하는 방편으로 결혼을 앞둔 여인들을 유혹한다는 점에서 푸슈킨의 돈 구안과 다르며 푸슈킨의 돈 구안만이 가진 특성으로는 예술적 능력과 상상력을 꼽을 수 있다.

　세 작품에 나오는 돈나 안나는 그녀가 자신이 원하던 남성을 찾아 그를 사랑하게 되었으나 그는 사랑해서는 안 될 사람이었다는 점에서, 그 남성만을 원하는 그녀로부터 그의 가장 큰 적인 관습과 규범을 대표하는 석상이 나타나 그 남성을 파멸시키게 한 원인이 바로 그녀의 뜨거운 열정이었다는 점에서, 그리고 그녀의 열정은 결국 자신까지도 빈사 상태로 남게 하거나 죽게 한다는 점에서 유사하다. 그렇다! 그녀의 이러한 뜨거운 열정이 돈 조반니/돈 주안/돈 구안에게 그녀를 다른 여자와는 다르게 특별한 운명의 여자로 남게 했으며 그들에게 특별히 그녀의 이름을 부르게 한 것이다.

그대 정말 아름다운 돈나 안나! 그대 멋지고 경이로운 여인, 돈나 안나!

오 돈나 안나!

Voi, bellissima Donn'Anna! Du, herrliche wundervolle Frau, Donna Anna!

о Донна Анна!

참고문헌

김희숙(1999), 「메타 움직임의 텍스트 – 푸슈킨의 <석상 손님>」, 『러시아연구』, 제9권 제2호, 41-76.

노베르트 엘리아스(1999), 『모차르트』 박미애 옮김, 문학동네.

이현우(2005), 「푸슈킨의 <석상 손님> 다시 읽기 – 레포렐로 – 푸슈킨의 내적 드라마」, 『러시아어문학연구논집』, 제18집, 213-247.

최선(1996), 「뿌슈낀의 돈후안의 파멸의 원인」, 『러시아어문학연구논집』 제2집, 521-542.

키에르케고르(2007), 『불안의 개념/죽음에 이르는 병/유혹자의 일기』, 강성위 옮김, 동서문화사.

Алексеев М. П.(1935), Комментарии к «Моцарту и Сальери». — В кн.: Пушкин А. С. Полн. собр. соч., т. VII. Изд. АН СССР, сс. 523-546.

Ахматова Анна(1947), " Каменный гость Пушкина" // Поэма без Героя. М. :Изд-во МПИ, 1989, сс. 163-180.

Блок А. А.(1960), Собрание сочинений в 8 томах. т. III. Гос. Изд. художественной литературы. Москва-Ленинград.

Кац Б. А.(1982), "Из Моцарта нам что-нибудь!" // Временник Пушкинской комиссии / АН СССР. ОЛЯ. Пушкин. комис. — Л.: Наука. Ленингр. отд-ние. — сс. 120—124.

Красухин Г.(2001/5), "Над страницами маленьких трагедий Пушкина": Вопросы литературы, сс. 101-134.

Лотман Ю. М.(1995), Пушкин, Санкт-Петербург.

Моцарт/да Понте (4462 Mozart W. A. Don Giovanni ossia Il dissoluto punito.); Русский текст Н. Кончаловской(2007), Дон Жуан или Наказанный распутник. Опера в двух действиях: клавир Издательство <Композитор Санкт-Петербург>.

Пушкин А. С., Полн. собр. соч., т. VII.(1935). Изд. АН СССР.

Степанов Л. А.(1989), Опера Моцарта «Дон Жуан» и трагедия Пушкина «Каменный гость» // Пушкин: Проблемы творчества, текстологии, восприятия. Калинин, сс. 60—73.

Томашевский Б. В.(1935), Комментарии к «Каменному гостю». — В кн.: Пушкин А. С. Полн. собр. соч., т. VII. Изд. АН СССР (первоначальный комментированный вариант тома), сс. 547-578.

Чигарева Е. И.(1990), «Дон Жуан» Моцарта и Гофмана // Проблемы романтизма (Сб. научных трудов). Тверь. сс. 42-50.

Bayley, J.(1971), "Pushkin: A Comparative Commentary" Cambridge.

Borchmeyer, Dieter(2005), "Mozart oder Die Entdeckung der Liebe, Frankfurt am Mein und Leipzig," SS. 142-194.

Buckler, Juli(2000), The literarary Loprnette, Stanford University Press.

Burkhart, Dagmar(2006), Eine Geschichte der Ehre, Darmstadt.

Casey, T. G.(2007), "Mozart's Don Giovanni and the Invitation to Full Freedom," New Blackfriars, vol. 88, pp. 288-299.

Curtis, Lian(2000), "The sexual politics of teaching Mozart's Don Giovanni," NWSA Journal, vol. 12:1, pp. 119-142.

Debreczeny, Paul(1983), The Other Pushkin, Stanford University Press.

Deppermann, M.(1993), "Puschkins Drama Der Steinerne Gast. Eine russische Variante der Don-Juan-Tradition," Wort und Musik, Vol.18:1, SS. 269-278.

Eder, A.(1993), "Don Giovanni – Rebell für das `Naturrecht der Leidenschaft'?" Wort und Musik, vol. 18:1, SS. 235-250.

Gasparov, B.(2006), "Don Juan in Nocholas Russia(Pushkin's The Stone Guest)," The Don Giovanni Moment, Columbia University Press, pp. 47-60.

Goertz, H.(1993), "Der Eros im Gewand der Lüge. Zur Diktion von Da Pontes Don Giovanni", Wort und Musik, Vol. 18, No. 1, SS. 203-218.

Greene, R.(2008), "Othello Meets Don Juan: Shakespeare, Pushkin, and The Stone Guest" CLA journal, Vol. 51:3, pp. 265-283.

Hennenberg, F.(2005), Wolfgang Amadeus Mozart. Rowohlt Taschenbuch Verlag.

Hoffmann, E. T. A.(2002), Don Juan. In: Rat Krespel. Die Fermate. Don Juan. Reclam TB 5274. Stuttgart.

Kott, J.(1995), "Don Juan oder Über die Begierde," Merkur, SS. 509-520.

Lowe, D. A.(1982), "Vladimir Odoevskii as Opera Critic," Slavic Review, Vol. 41, No. 2, pp. 306-315.

Markx, F.(2005), "E. T. A. Hoffmann's Don Juan: Views of an Eccentric Enthusiast?" Seminar – Toronto, Vol. 41:4, pp. 367-379.

Novellino, M.(2006), "The Don Juan Syndrome: The script of the great losing lover," Transactional analysis journal, vol. 36:1, pp. 33-43.

Panfofsky, G. S.(2000), "Puškin's 'Kamennyj gost' and its prototypes," Russian Literature 46, pp. 313-340.

Röder, B.(2001), "Ich sah aus tiefer Nacht feurige Dämonen ihre glühenden Krallen ausstrecken", The Problem of the Romantic Ideal in E.T.A. Hoffmann's Don Juan, Colloquia Germanica, Vol. 34, No. 1, SS. 1-14.

Rusbridger, R.(2008), "The internal world of Don Giovanni," The International journal of psycho-analysis, Vol. 89, No. 1, pp. 181-194.

Stahl-Schwaetzer. H.(2002), "Die verborgene Handlung in Puškins "Kamennyj gost'," Zeitschrift für Slawistik 47, 4, SS. 432-457.

Starobinski, J.(2008), "Enchantment. The seductress in opera," Columbia University Press, pp. 43-54, pp. 73-87.

Taruskin, R.(1997), "Defining Russia Musically", Princeton University Press, pp. 186-235.

Viljoen, M.(2006), "An ambiguous partnership of word and tone: media confrontation in Mozart's Don Giovanni," ACTA ACADEMICA, Vol. 38, No. 2, pp. 128-154.

푸슈킨의 창의성*

1

알렉산드르 세르게예비치 푸슈킨(1799-1837)은 다른 모든 러시아 작가들이 그 주위를 돌고 있는 러시아문학의 태양이라고 은유되어 옵니다. 그는 영국의 셰익스피어, 독일의 괴테에 비견되는 러시아의 국민시인입니다. 우리나라에서 시를 잘 모르는 사람들일지라도 소월의 시를 암송할 수 있듯이 러시아인들은 그의 시를 즐겨 암송하지요.

그의 대표시 「나 그대를 사랑했소」를 소개합니다.

이 시의 번역 (3)을 먼저 읽고 이 시를 라틴자로 고친 것 (2)를 한번 읽어 보세요. 노래로도 작곡되어 있답니다. 레퍼터리로 만들기를 한번 도전해 보세요! 러시아어 원문 (1)은 그림 삼아 보세요,

---

* 서울대학교 공과대학 신공학관 302동 816호에서 2011년 4월 5일 화학생물공학부 학생을 대상으로 한 세미나 자료. 강의할 기회를 주었던 이정학 교수와 강의에 끝까지 자리해 주셨던, 나의 아버지께서 무척 아끼셨던 제자 문상흡 교수님께 감사드린다. 이 세미나는 나의 아버지, 서울대학교 공과대학 화공과 교수로 1955년에서 1990년까지 재직하셨던 최웅(1925-2007) 교수님을 느낄 수 있는 자리여서 필자에게 특히 소중한 기억으로 남아 있다.

(1) Я вас любил: любовь ещё, быть может,

В душе моей угасла не совсем;

Но пусть она вас больше не тревожит;

Я не хочу печалить вас ничем.

Я вас любил безмолвно, безнадежно,

То робостью, то ревностью томим;

Я вас любил так искренно, так нежно,

Как дай вам Бог любимой быть другим.

(2) Ya vas lyubil: lyubov' yeshcho, bit mozhet,

V dushe mo(a)yei ugasla ne so(a)vsyem;

No pust' o(a)na vas bol'she ne trevozhet;

Ya ne kho(a)chu pechalit' vas ne(i)chem.

Ya vas lyubil bezmolvno, beznadezhno,

To robostyu, to revnostyu to(a)mim;

Ya vas lyubil tak iskrenno, tak nezhno,

Kak dai vam bog lyubimoy bit drugim.

(3) 나 그대를 사랑했소. 사랑은 아직, 아마도
내 영혼 속에서 완전히 꺼지지 않았으리니
허나 내 사랑이 그대를 더 이상 번거로이 하랴.
그대를 무엇으로도 슬프게 하고 싶지 않소.

나 그대를 사랑했소, 말없이, 희망도 없이.

혹은 수줍음이 혹은 질투가 나를 괴롭혔으나
나 그대를 그토록 진정으로, 속 깊이 사랑했소.
다른 이들에게도 그대가 부디 사랑 받기를 바랄 만큼.

이 시는 그 정서에 있어서 소월의 진달래꽃과 매우 유사합니다. 사랑하는 사람이 떠나갈 때 마음이 번거로울까봐 눈물도 보이지 않고 그녀가 고이 자유롭게 떠날 수 있도록 보내준다는 마음이 드러납니다. 또 4행씩을 한 연으로 8행으로 만들어 러시아어로 번역해서 읽어보면 리듬조차 비슷한 데가 있지요. 이 기회에 우리 시도 다시 음미해 보세요.

나 보기가 역겨워 / 가실 때에는 /
말없이 고이 보내 드리우리다. /
영변에 약산 / 진달래꽃 /
아름 따다 가실 길에 뿌리우리다. //

가시는 걸음걸음 / 놓인 그 꽃을 /
사뿐히 즈려밟고 가시옵소서. /
나보기가 역겨워 / 가실 때에는/
죽어도 아니 눈물 흘리우리다. // 1922년
(『김소월 전집』, 김용직 편, 문장사, 1981년, 145면)

Азалия

Как, меня ненавидя, хочешь ходить,
тебя пущу безмолвно и смиренно.
Тропу твою покрою я Азалиями

в горе Як-сан на берегу Йон-Бйон.

Ступи ты нежно эту красотуживую,

тебе мною положенную под ноги.

Как, меня ненавидя, хочешь ходить,

лить слёзы ни за что я не решусь.

2

푸슈킨은 일반 러시아인들에게 친근할 뿐만 아니라 러시아 문학인과 사상가들에게도 깊은 영향을 끼치며 널리 사랑을 받아 왔고 예술의 모범이자 스승이라고 칭송되어 왔지요.

19세기의 거성들, 톨스토이, 도스토예프스키, 체호프는 물론 소비에트 시대의 위대한 시인들, 만델슈탐, 안나 아흐마토바, 파스테르나크, 츠베타예바, 그리고 조센코, 플라토노프, 불가코프, 나보코프 같은 소설가들……, 이 모든 이들의 푸슈킨에 대한 애정은 그들로 하여금 억압의 시대에, 또 조국을 떠나 있어도 작가 정신을 잃지 않고 글을 쓰게 한 힘이 되었습니다. 이들이 작가 수업을 시작할 때 벗한 작품들이 또한 푸슈킨의 것이었음은 물론이지요. 러시아가 있다는 것을, 또 있으리라는 것을 확신하려면 푸슈킨을 상기하면 된다고 말하듯이 푸슈킨은 러시아 정신의 대표이며 원천입니다. 푸슈킨이 이렇듯 러시아인들의 사랑을 받는 이유는 무엇일까요? 그것은 그가 유럽의 문학을 창조적으로 수용하여 러시아인들에게 유용한 문학, 러시아인들에게 그들이 누구이고 그들은 어디로 가며 어떻게 살아야 하는가를 생각하게 해주는 문학을 만들어 냈기 때문입니다. 여기에 그의 창의성이 있습니다. 그의 창의성이 만든 작품들은 또 다른 창조적 수용을 빚어서 다른 문학작품에 영향을 끼치고 오페라나 발레로 만들어져서 유럽 인들에게는 물론 세계의 모든 사람들에게 감동을 주게 되었지요.

3

세계문학을 받아들여 작품을 만들어 냈고 그의 작품이 세계 문화에 기여하는 데 큰 역할을 한 것이 푸슈킨의 가장 중요한 문학사적 의의입니다. 푸슈킨은 모차르트의 오페라 「돈 조반니」, 셰익스피어의 작품들 -「맥베스」, 「자에는 자로(되는 되로)」, 「루크레치아의 강간」, 괴테의 『파우스트』 등을 창조적으로 수용하였습니다(공과대학의 언어로 '응용'이라고 할 수 있겠습니다^^.) 그러면 푸슈킨이 오페라 「돈 조반니」를 보고 쓴 희곡 「석상손님」과 푸슈킨의 명품 운문 소설 『예브게니 오네긴』의 형식을 살펴봄으로써 그의 창조적 수용의 모습을 살펴보기로 하겠습니다.

3.1 오페라 「돈 조반니」와 희곡 「석상손님」을 비교하며 살펴본 푸슈킨의 창조적 수용

1) 오페라 「돈 조반니」의 돈 조반니

오페라 돈 조반니는 대본 작가 다 폰테Da Ponte와 작곡가 모차르트Mozart의 이상적인 합작 「Drama Giocoso(유쾌한 비극)」(희극적인 요소와 비극적인 요소가 어우러진 오페라)으로서 이 전설의 바람둥이 돈환의 해석에 가장 큰 영향을 끼쳤습니다. 초연 이후 현재까지 매우 다양하게 수용되고 연출됩니다. 주인공인 바람둥이 돈 조반니가 금기를 뛰어넘으며 규범의 틀 안에 갇힌 답답한 인간들을 놀리는 멋진 부러운 인간으로 나타나기도 하고, 금기를 뛰어넘는 모습이 매우 잔혹하기도 하고 여성을 대하는 태도가 시니컬하기도 하고 가학적인 모습을 보이기도 하지요. 돈 조반니를 보는 눈, 돈 조반니에 대한 견해는 크게 두 가지로 대별되는 바, 그 하나는 돈 조반니를 악덕의 화신이자 병자로 끊임없이 쾌락을 추구하는 유아적인 인간, 부친 살해의 상흔에 시달리는 외디푸스 콤플렉스로 인한 마니아의 심리증후군을 나타내는 사람으로 보는 견해이고 다른 하나는 기성 규범에 반발하여 자유를 추구하며 인간의 본성을 인정하는 비범한 인간, 이로써 경계선상에 있는, 있을 수밖에 없는 인간으로 보는 견해이지요.

돈 조반니는 당시 교회의 육체 금기에 반발하고, 관습과 규범을 무시하고 자연적(본능적) 사랑을 갈구하며 여성의 미를 본능적으로 파악하며 사랑을 위해서 청산유수처럼 거짓말도 하고 곤란에 빠졌을 때 놀랄 만한 임기응변 능력을 보이면서 인간들을 잘 이해하며 그들의 욕구와 본성을 인정합니다. 또 그는 자기 자신을 잘 알고 있고 자신의 생활에 대해 당당하며 그에게 가장 중요한 것은 'libertà 리베르타'(자유)이고 이를 위하여 그는 아무것도 포기하려 하지 않습니다. 그의 욕망은 항상 현재이지요. 그래서 그의 행위는 항상 사회규범과 부딪히게 되고 그는 보통 '나쁜 남자'로 불린답니다. 그는 삶의 자유를 위해서라면 죽음과의 대면도 서슴지 않아요.

오페라의 마지막 장면에서 돈 조반니는 참회하라는 석상의 경고도 무시하고 자신의 삶의 신조를 지키고 자신의 삶을 완전하게 누리기 위해 석상이 내민 손을 잡고 회개를 거부하며 스스로 죽음의 손길을 받아들이지요. <참회하라-못하오-하라-못하오 Pentiti!-No!-Si!-No!>

2) 푸슈킨의 「석상손님」의 돈 구안

푸슈킨의 석상손님의 돈 구안(돈 환)도 삶에 대한 사랑과 에로스의 추구가 그의 성격의 주 특징입니다. 그는 관습도 규범도 뛰어넘고 죽음도 두려워하지 않습니다. 그는 항상 새롭고 기이한 것에 끌리고 권태를 싫어합니다. 돈 조반니처럼 여성들과의 사랑을 지상에서 가장 중요한 것으로 여깁니다. 여인들의 아름다움을 기막힌 감각으로 알아내며 사랑을 즐기고 또 새로운 사랑을 찾아서 유감없이 떠납니다. 좋게 말하면 그는 매번 첫사랑을 할 수 있는 인간이지요.

그도 오페라의 돈 조반니처럼 여인을 얻기 위해 변장을 하고 거짓말도 잘 하며 '나쁜 남자'로 통한답니다.

그런데 푸슈킨의 돈 구안에게는 오페라의 돈 조반니와 다른 점이 있어요. 아래의 세 대사에서 뚜렷하게 다른 점들이 나타나지요.

* 돈 구안은 돈나 안나에게 자신의 정체를 밝히며 그녀에게 "돈나 안나, 그대의 단도가 어디 있소? 내 가슴을 찌르시오"라고 말합니다 (오페라에서는 돈 조반니가 돈나 안나의 아버지를 죽인 사람인 데 비해 희곡에서는 돈 구안이 돈나 안나의 남편을 죽인 사람입니다).

* "기사장, 내일 내가 가 있을 자네 과부 집으로 와서 문에서 보초 서기를 청하네." 이렇게 돈 구안이 먼저 가만있는 석상에게 도전하여 돈나 안나의 죽은 남편을 밀회의 장소로 초대하여 끝장을 보고자 합니다. 전통, 과거, 규범을 표상하는 석상을 지나치게 의식하며 질투하고 그녀를 이에서 해방시키고자 밀회 장소로 보초 서러 오라고 말함으로써 기사장-석상의 가장 예민한 곳을 건드리지요.

* 돈 구안이 마지막 장면에서 돈나 안나의 이름을 부르며 죽어간다는 점 "오, 돈나 안나!"

돈 구안은 돈나 안나를 사랑하며 죽어갔다는 점이 그렇습니다.

이러한 차이점으로부터 「석상손님」에서 석상으로 표상되는 규범과 과거는 오페라 「돈 조반니」에서보다 훨씬 더 잔혹하고 준엄하다는 메시지가 전해지지요. 푸슈킨의 희곡에서 석상은 돈 구안의 현재의 삶과 겨루기 보다는, 자신의 논리를 가차 없이 실행할 뿐입니다. 이는 푸슈킨이 살았던 시대의 러시아가 모차르트/다 폰테가 살았던 유럽보다 훨씬 더 부자유스러웠고 자유를 추구했던 푸슈킨에게 답답한 질곡으로 전해져 왔음을 나타내는 것이기도 하지요. 더 비극적인 것은 푸슈킨의 돈 구안은 오페라의 돈 조반니와 달리 마지막으로 자신이 가장 사랑하는 여인을 드디어 발견하였고 그 여인의 이름을 부르면서 죽어간다는 점입니다. 이로써 푸슈킨은 오페라의 주인공 남성 돈 조반니의 가볍고 장난스런 애정행각과 규범과 상식과의 대결과 그의 죽음의 이야기를 자신의 러시아 현실('국사범' 언급 등)에 가까이 끌어 당겨 자유와 사랑을 추구하는 인간이 규범과 전통의 무게에 눌려 버둥거리며 부자유스러운 현실에 반항하다가 파멸하게 되는 비극적 이야기로 만들어 내었지요.

3) 오페라의 여성들

돈나 안나를 비롯한 모차르트의 오페라에 등장하거나 거론되는 여인들 — 돈나 안나, 돈나 엘비라, 체를리나, 레포렐로의 아내일지도 모르는 여자, 카탈로그의 여인들(2065명)은 모두 에로스를 추구하는 여인들입니다.

돈나 엘비라는 돈 조반니에게 집착하면서 쫓아다니며 에로스를 추구합니다. 그녀는 돈 조반니를 증오한다고 목청을 높이지만 실상 사랑하고 있고 그것을 드러내기도 하면서 돈 조반니가 지옥으로 가기 직전까지 그를 쫓아다니며 그에 대한 애증을 드러내며 잔소리를 하지요.

시골 처녀 체를리나도 마찬가지입니다. 그녀는 약혼자 마제토에게 사랑의 비밀을 알려주며 사랑에 쉽게 빠지는 여자인 것 같아요. 그녀가 돈 조반니에게 사랑을 느끼게 되자 먼저 그에게 자기의 마음 변하기 전에 빨리("presto") 사랑하러 가자고 말하지 않나요!

오페라에 여성 인물로 처음 등장하는 돈나 안나도 돈 조반니를 더 알고 싶어 했고 복수한다면서 사랑하고 있습니다. 하지만 돈나 안나는 체를리나나 엘비라와 달리 수수께끼처럼 애매해 보입니다. 오페라의 첫 장면에서 열정과 절망과 분노가 섞인 목소리로 돈 조반니를 붙잡고 늘어지며 자기를 죽이기 전에는 못 간다며("Non sperar, se non m'uccidi, Ch'io ti lasci fuggir mai!") 절박하게 다가들고 절망의 분노를 느끼는 광포한 여인으로서 그를 계속 뒤쫓아 놓아주지 않으리라("Come furia disperata ti saprò perseguitar!")고 소리치지요. 아버지가 나타나고 돈 조반니의 칼에 죽게 된 후 죽은 아버지의 시체를 보고 실신했다가 깨어난 그녀는 "Fuggi, crudele, fuggi! 가라, 잔혹한 자, 가라!"라고 말하는데 이때 관객은 그녀가 오타비오를 보고 그러는지 아니면 아직 돈 조반니를 생각하며 소리 지르는지 알 수 없어요. 돈 조반니를 향하여 그를 알고 싶은 마음에 계속 더 그와 함께 하기를 원하나 그가 도망가려 하자 그에 대한 원망으로 가득 차서 갈 테면 가라고 어서 가라고 그러는지, 오타비오에게 그가 싫어서 무의식 중에 그런 말을 하는지도 잘 알 수 없어요. 돈나 안나가 오타비오에게 아버지가 죽은 날 밤 있었던 일을 이야기하는 부분("..un uom che al primo istante avea preso per voi. Ma riconobbi poi che un inganno era il mio.")에서 왜 그녀는 그녀 방으로 들어 온 남자가 오타비오가 아닌 줄 안 후에 바로 소리 지르지 않고 그가 그녀를 껴안은 후에야 소리를 질렀을까요? 힘이 강한 돈 조반니가 한 손으로 말을 못하게 하고 다른 손으로 억세게 껴안았을 때 그녀는 어떻게 그를 벗어났을까요? "결국 증오가 강한 힘을 주어 몸을 뻗고 구부리고 비비 꼬고 하여 해방되었다"("Alfine il duol, l'orrore dell'infame attentato accrebbe sì la lena mia, che a forza divincolarmi, torcermi e piegarmi, da lui mi sciolsi!")고 하며 그의 몸짓 하나하나를 상세히 기억하고 자기의 몸짓도 너무나 상세히 설명하는 것을 보면 그녀의 머릿속에 그 밤의 기억이 어떤 이유에서든지 뚜렷한 색채로 깊숙이 박혀 있음이 분명합니다. 돈나 안나가 눈물을 흘리는 것이 위안이 된다면서 죽을 때까지 슬픔이 사라지지 않을 것("Lascia almen alla mia pena questo piccolo ristoro; Sol la morte, o mio tesoro, il mio pianto può finir.")이라고 말하거나, 그녀가 결혼을 미루는 장면에서는 그녀의 속마음을 알기가 어렵습니다. 이때 나오는 음악은 그녀가 그날 밤 있었던 일을 고백할 때와 비슷하지요. 그녀의 머릿속에는 어쨌든 그날 밤의 그 남자, 돈 조반니가 자리하고 있어요. 그녀는 결혼하자는 오타비오에게 '이렇게 슬픈 때 무슨 말을 하는 거냐', '아버지를 핑계 대고 결혼을 하면 세상 사람들이 무어라 하겠느냐'라고 말한 후("O dei, che dite in sì tristi momenti?...Ma il mondo, o Dio! .... tu ben sai quant'io t'amai, Tu conosci la mia fe.") 결혼을 미루자고 돈 오타비오를 설득하면서 사랑과 정절을 강조하지요. 그러면서도 죽어도 결혼을 못하겠다는 돈나 안나는 "하늘이 나를 불쌍히 여길 날이 있을 거예요"("Forse un giorno il cielo ancora sentirà pietà di me")라고 말해요.

후반부에서 돈 조반니가 파멸할 즈음에 "Solo mirandolo stretto in catene alle mie pene calma darò. 그가 사슬에 꽉 묶인 것을 볼 수만 있다면 내 괴로움 누그러질 텐데"라고 말하는 등 오페라 전체에 나타나는 그녀의 말들은 돈 조반니에 대한 사랑과 증오를 동시에 품고 갈등한다는 것을 나타내며 그녀가 이 갈등으로 인하여 파멸하게 된다는 것을 알려줍니다.

돈 조반니가 지옥으로 간 후 결혼하자는 돈 오타비오에게 일 년만 더 기다려 달라고 하며 사랑하는 이가 원하는 것을 따라야 한다고 했을 때 그녀는 속으로 자신의 죽음을 원하고 있었는지도 모르지요. 돈 조반니가 그녀의 아버지를 죽였고 여러 여자를 유혹하는 것을 알지만 그를 사랑할 수밖에 없었고 그 이외의 아무도 실상 원하지 않을 만큼 그녀의 열정의 정도는 강했고 그녀의 욕구는 집요했어요.

4) 푸슈킨의 「석상손님」에 등장하는 여인들

푸슈킨의 희곡에서 돈나 안나는 드라마의 여주인공이고 오페라와 달리, 엘비라나 체를리나가 등장하지 않고 대신 라우라가 등장합니다. 둘 다 돈 구안의 매력에 굴복하는 여인들이지만 그 성격이 달라요.

라우라는 삶과 젊음을 찬미하며 돈 조반니와 듀엣을 부르는 오페라의 체를리나와 비슷한 점이 있지만 그녀보다 훨씬 독립적이고 직선적이며 스스로 자신의 쾌락과 자유를 추구한다는 점에서 돈 구안의 여친으로 제격이지요.

푸슈킨의 돈나 안나도 모차르트의 돈나 안나만큼이나 수수께끼입니다. 푸슈킨의 돈나 안나는 남의 눈을 의식하며 규범의 중요성과 정절의 고귀함을 말해요. 그녀의 수수께끼 같은 신비함과 상복 밑의 아름다움은 돈 구안의 뜨거운 관심을 받도록 합니다(그녀는 남편의 석상을 살아 있을 때보다 엄청나게 크게 만들어 세워 놓고 상복을 입고 매일 그곳으로 남편을 애도하러 와서 돈 구안으로 하여금 석상을 지나치게 의식하게 하지요). 질투를 모르는 이 바람둥이에게 질투심, 그것도 힘겹도록 강한 석상에 대한 질투심과 대결 의식은 그를 파멸에 이르게 한 원인이 되었어요.

"…… 전 당신을 받아들이겠어요, 저녁 좀 늦게 제게 오세요."

"사월처럼 눈물과 미소를 섞으면서 상실을 기억해요" 등의 그녀의 대사는 돈 구안의 그것과 맞먹을 정도로 유려하고 유혹적입니다. 그녀는 자신에 걸맞은 돈 구안을 사랑하고 싶은 강한 욕구와 규범 사이에서 갈등하지요. 이런 면에서 이런 갈등을 모르는 라우라와 다르지요(라우라: "오늘 전 자유로이 영감에 따랐어요./노예 같은 기억이 아니라 심장이 탄생시킨 것처럼/노랫말이 흘러나오네요.").

돈나 안나의 열정은 돈 구안과의 밀회를 승락했고 그가 남편을 죽인 사람이라는 것을 알게 되자 죄의식에 시달리면서도 그를 받아들이나 그럼으로써 돈 구안도 그녀 자신도 파멸합니다.

오페라와 희곡의 인물들의 차이점은 이 두 작품의 결말을 다르게 이끌고 갔지요. 푸슈킨의 돈 구안은 뜨거운 열정을 가진 그녀를 갈등에서 해방시키고자 석상을 밀회의 장소로 초대했고 석상은 돈 구안에게 정당하게 결투할 여지를 주지 않은 채 지옥으로 끌고 갔는데 죽으면서 돈 구안은 자신의 팜므 파탈의 이름을 불렀습니다: 오, 돈나 안나!("о Дона Анна!") 이러한 다른 결말은 돈 환을 이해하는 또 다른 시각을 열어주었다고 할 만하지요.

3. 2. 푸슈킨의 운문소설 『예브게니 오네긴』의 형식으로 본 푸슈킨의 창조적 수용

『예브게니 오네긴』은 푸슈킨이 살았던 당시 러시아 젊은 지성인들의 삶과 그들의 엇갈린 사랑의 이야기를 다룬 운문소설로서 1823년에 시작해서 1833년에 출판한 소설입니다. '오네긴 연(聯)'이라 불리는 14행의 연 366개가 들어 있지요. 그런데 오네긴 연은 푸슈킨이 14행의 소네트를 변형한 형식입니다. 각운 배열을 살펴보면

페트라르카, 단테의 소네트: abab abab cdc cdc(이런 표시는 14행의 앞 8행에서 제1행, 제3행의 끝소리가 같고(a), 제2행, 제4행의 끝소리가 같으며 이것이 다시 한 번 반복되고 나머지 6행에서 제9행과 제11행의 끝소리가 같고(c) 제10행의 끝소리가 다른데(d) 이것이 다시 한 번 반복되어 모두 14행을 이룬다는 뜻이다. 14행 안에 교대운의 각운 배열 abab가 동일한 소리로 반복되고, 3행짜리 각운 cdc도 동일한 소리로 반복됩니다(그러면 아래의 것도 이에 따라 살펴보세요).

셰익스피어의 소네트: abab cdcd efef gg(각기 다른 소리로 된 교대운의 각운 배열이 3개, 쌍운이 한 개).

괴테의 소네트: aabb ccdd eeff gg(각기 다른 소리로 된 병렬운이 3개, 쌍운이 한 개).

이러한 소네트를 기반으로 만들어진 푸슈킨의 오네긴 연은 abab ccdd effe gg 로서 앞의 4행은 교대로 끝소리를 일치시키고(교대운) 그 다음 4행은 병렬적으로 두 개씩 끝소리를 일치시키고(병렬운), 그 다음 4행은 고리로 만들어지게 일치시키고(고리운), 나머지 두 행의 끝소리를 일치시켰음(쌍운). 그 이전의 페트라르카, 단테, 셰익스피어, 괴테의 소네트와는 달리 푸슈킨은 오네긴 연 14행 안에 각기 다른 네 종류의 각운 배열을 가지고 있고 그것도 순서대로 항상 교대운, 병렬운, 고리운, 쌍운의 차례를 지켰음. 푸슈킨은 이러한 엄격한 형식으로 된 정교한 오네긴연 366개로 운문소설을 써냈습니다.

그러면 이들의 소네트와 푸슈킨의 오네긴 연을 비교해 보기 위해 아래 세익스피어와 괴테의 소네트, 푸슈킨의 오네긴 연의 원문과 번역을 살펴보기로 해요. 소리 내서 읽어 보세요. 각행의 맨 마지막에 있는 소리에 유의하면서 읽어 보세요. 오네긴 연의 경우 러시아어를 읽을 수 없는 사람은 눈으로만 보세요.

윌리엄 셰익스피어: 소네트 12번

When I do count the clock that tells the time

And see the brave day sunk in hideous night,

When I behold the violet past prime

And sable curls all silvered o'er with white,

When lofty trees I see barren of leaves

Which erst from heat did canopy the herd,

And summer's green, all girded up in sheaves,

Borne on the bier with white and bristly beard:

Then of thy beauty do I question make

That thou among the wastes of Time must go,

Since sweets and beauties do themselves forsake

And die as fast as they see others grow;

And nothing' gainst Time's scythe can make defense

Save breed, to brave him when he takes thee hence.

시간을 알리는 벽시계의 괘종 소리를 세며

빛나는 낮이 무서운 밤 속으로 사라지는 것을 보고

오랑캐꽃들이 한창 시절을 넘겨 시들어 가며

검은 머리가 백은으로 변하는 것을 보고,

가축들에게 그늘을 만들어 주던

거목의 잎새들이 다 떨어져 버린 것을 보고

짚단으로 묶인 여름의 초목이 허옇고 껄껄한

수염을 휘날리며 수레에 실려 나가는 것을 보고

나 그대의 아름다움에 대해 생각한다오.

그대 또한 시간의 쓰레기에 섞여 가야 하리.

달콤한 것도 아름다운 것도 제 모습 다 잃고

다른 것들이 자라듯 그렇게 빨리 사라지니.

시간의 낫에 견딜 것은 아무 것도 없어라

그대를 베려는 그 낫, 후손만이 막아내리라.

요한 볼프강 폰 괴테

Wunsch eines kleinen Mädchen

Ach, fände für mich

Ein Bräutigam sich!

Wie schön ist's nicht da,

man nennt uns Mama,

Da braucht man zum Nähen,

Zur Schul' nicht zu gehen,

Da kann man befehlen,

Hat Mägde, darf schmälen

Da schickt man zum Schneider,

Gleich bringt der und Kleider.

Da läßt man spazieren,

Auf Bälle sich führen

Und fragt nicht erst lange

Papa und Mama.

<어린 소녀의 소원>

아이, 신랑이 하나

내게 생길 수 없나!

그럼 정말 멋지겠지,

날 엄마라고 불러 주겠지.

그럼 바느질 안 배워도 되고

학교에 안 가도 되고,

명령만 하면 되지,

하녀가 있으니 야단쳐도 되지,

재단사에게 시키면 바로

옷을 만들어 올 테고

마부에게 산책하러 나가자고,

무도회에도 가자고 하고,

무엇보다 먼저 엄마 아빠에게 한참

조르지 않아도 되잖아, 참.

푸슈킨: 『예브게니 오네긴』 중에서
1장 16연

Уж темно: в санки он садится.

"Пади, пади!" - раздался крик;

Морозной пылью серебрится

Его бобровый воротник.

К Talon помчался: он уверен,

Что там уж ждет его Каверин.

Вошел: и пробка в потолок,

Вина кометы брызнул ток;

Пред ним roast-beef окровавленный,

И трюфли, роскошь юных лет,

Французской кухни лучший цвет,

И Страсбурга пирог нетленный

Меж сыром лимбургским живым

И ананасом золотым.

벌써 어둡다. 그는 썰매에 오르고

"비켜요, 비켜요!" 사동이 목소리를 높인다.

그의 해리털 외투 깃은 언 서리김으로

은가루 뿌린 듯 반짝거린다.

그는 탈롱으로 달려간다. 그곳에서

필시 카베린이 기다리고 있겠지. 벌써.

들어가니 코르크 마개가 천장에 부딪히고

혜성주가 거품을 내며 넘쳐흐르고.

그 앞에는 피가 뚝뚝 떨어지는 로스트비프와

프랑스 요리의 최고 음식,

청년들이 즐겨 먹는 미식,

송로버섯, 또 림브르그 블루치즈와

금색 파인애플 한 조각 사이에 놓인

불후의 푸아그라, 스트라스부르그산.

1장17연

Еще бокалов жажда просит

Залить горячий жир котлет,

Но звон брегета им доносит,

Что новый начался балет.

Театра злой законодатель,

Непостоянный обожатель

Очаровательных актрис,

Почетный гражданин кулис,

Онегин полетел к театру,

Где каждый, вольностью дыша,

Готов охлопать entrechat,

Обшикать Федру, Клеопатру

Моину вызвать (для того,

Чтоб только слышали его).

커틀렛의 뜨거운 기름을 식히게

몇 잔 더 마시고 싶게 갈증이 나나

어김없는 브레게 시계,

새 발레가 시작된다 알리는구나.

극장을 손안에 쥐고 흔드는 심술꾼이자

무대 뒤의 존경할 만한 시민이자

매혹적인 여배우들의

변덕스런 숭배자인 우리의

오네긴이 달려간다, 극장으로,

모두가 자유의 공기를 숨 쉬는 곳,

앙트레샤를 박수로 맞으려는 곳,

(자기 목소리가 들리게 하려는 목적만으로)

페드로와 클레오파트라에게 야유하고

모이나를 소리 높여 불러내는 곳으로.

위에서 소리 내어 읽어 보았듯이 푸슈킨은 유럽의 전통적 소네트를 변

형시켜 오네긴 연으로 만들어 자기 주변의 이야기를 담은 소설을 씀으로써
창조적 수용의 탁월함을 보여 주었습니다. 이제 여러분들이 소설의 내용이
궁금해져서 언젠가 읽기를 바라면서 몇 연만 더 번역으로 소개합니다.

3장 7연

타티아나는 유감스러워하며
이런 소문을 다 들었다.
허나 속으로는 알 수 없는 기쁨을 느끼며
자기도 모르게 그것에 대해 생각하기 시작했다.
그러자 가슴 속에서 생각이 싹텄다.
때가 왔고 그녀는 사랑에 빠졌던 것이다.
대지에 떨어진 씨앗이
봄볕에 생명으로 살아나듯이.
오래전부터 그녀의 상상은
달콤한 도취와 동경으로 불붙었으며
독이 든 음식을 기대하고 있었으며
오래전부터 마음의 고통은
젊은 가슴은 죄어 왔던 것이고
영혼은 기다리고 있었으니, 누구라도.

6장 11연

감정을 솔직히 털어놓아야 했지.
짐승처럼 털을 곤두세우지 말았어야 했다.
렌스키의 젊은 심장을 무장해제
시켰어야 했다. "허나 이제는 늦었다,
이미 늦어 때를 놓쳤다…….

게다가 여기에 ― 그는 생각한다 ―
늙은 결투쟁이가 개입을 했지.
심술쟁이에 말재기에 수다쟁이지.
물론 그의 장난 같은 말에는 그저 '체'
경멸하는 게 알맞은 값이지만……. 에이,
또 바보들이 숙덕거리고 비웃을 테니……."
자, 이것이 바로 여론이라는 물건이다! 체,
공명심의 태엽이자 우리의 우상인 바로
이 축 위에 세상이 돌아가는 법이고!

8장 14연
헌데 여기 군중들이 요동하고
홀 전체에 속삭이는 소리가 지나간다…….
한 귀부인이 여주인에게 다가오고
그 뒤를 당당한 장군이 따른다.
그녀는 서두르지 않았으며
차갑지 않았고 말 수가 없었으며
과하게 여길 만큼 빤히 쳐다보고
함부로 시선을 던지지 않았고
자신의 성공을 과시하지도 않았다.
이 모든 작은 흠도 없이
모방하려는 의도도 없이…….
그녀의 모든 것은 고요하고 단순했다.
바로 뒤 콤므 일 포(용서해요, 쉬슈코프, 나
번역 못하겠어요)의 진정한 재생이었다.

4

강의를 마치며 마지막으로 인생길에서 기억하고 싶은 푸슈킨의 시 한 편을 소개합니다. 소리 내어 읽어 주세요.

삶이 그대를 속일지라도
슬퍼하거나 노하지 말라!
우울한 날들을 견디면
믿으라, 기쁨의 날이 오리니.

마음은 미래에 사는 것
현재는 우울한 것
모든 것은 순간적인 것, 지나가는 것이니
그리고 지나가는 것은 훗날 소중하게 되리니. (1825년)

『푸슈킨 선집: 희곡, 서사시 편』 역자 해설*

　알렉산드르 세르게예비치 푸슈킨은 러시아 문학의 아버지라고 불릴 만큼 서정시, 서사시, 희곡, 소설 모두에서 말 그대로 러시아 문학을 태동시켜 자신의 길을 갈 수 있게 한 작가이다. 푸슈킨은 고대 그리스, 로마 및 중세의 중요한 작품들과 중세 이후 13~14세기부터 단테와 페트라르카로 널리 알려진 이탈리아 문학, 15~16세기의 라블레와 몽테뉴의 전통 속에 있는 프랑스 문학, 16~17세기 말로와 셰익스피어가 대표하는 영국 문학, 세르반테스의 스페인 문학, 18세기부터 괴테, 실러로 널리 알려진 독일 문학 등의 영향을 받아 말 그대로 러시아 문학의 전통을 일구었다. 그리고 이를 토대로 19세기 고골, 도스토예프스키, 투르게네프, 톨스토이, 체호프, 나아가 20세기 부닌, 불가코프, 플라토노프, 파스테르나크 같이 러시아 내에 머물렀던 작가들이나 나보코프, 솔제니친, 브로드스키 같은 망명 작가들을 배출하여 세계 문학에 커다란 기여를 하도록 한 작가이다.

　이 책에는 푸슈킨의 대표 작품들을 희곡 편과 서사시 편으로 나누어 집필 연대순으로 수록했다. 이들 중 「『파우스트』의 한 장면」은 통상 서정시 편에 수록되나, 그 장르가 희곡인 까닭에 이 책에서는 희곡 편에 포함시켰

---

*　『푸슈킨 선집 - 희곡, 서사시 편』 이라는 제목으로 2011년 민음사에서 나온 번역서에 붙인 글이다.

다. 푸슈킨의 창작 생애 전체에 걸쳐 탄생한 이 작품들은 당시 아예 출판되지 못하기도 했고, 수정되어 출판되었다가 푸슈킨 사후에 복원되어 출판되기도 했고, 초판이 20세기에 들어서야 출판되기도 했다. 이들 중에는 100년 가까이 지나서야 제대로 복원된 것도 있다. 이 작품들에 대한 평론도 러시아 역사만큼이나 극에서 극을 달린다. 그러나 이것들이 소중한 가치를 지니는 영원한 고전이라는 점에는 모두가 동의한다.

러시아 문학의 핵을 이루는 소중한 자산인 이 작품들은 유럽에서는 푸슈킨이 살아 있을 때부터 번역되기 시작해 널리 알려졌고 오페라나 발레 등 공연 예술들로 소개되어 유럽 문화의 일익을 담당해 왔다. 우리나라에서도 20세기 초 일본에서 유학한 사람들을 통해 푸슈킨의 작품이 소개되고 번역되기 시작해 독자들에게 그 이름이 친숙하다. 푸슈킨의 작품들은 21세기에 와서 점점 더 재미있고 풍성하게 읽힐 수 있게 되었는데, 그것은 과거에 유럽 상류 사회만이 즐길 수 있었던 오페라나 발레 등 질 높은 공연들이 상당히 대중화되었고 미디어가 발달하여 이들 공연을 영상으로도 쉽게 접할 수 있기 때문이다. 특히 푸슈킨의 작품들은 오페라로 만들어진 것들이 많은 데다 당시 푸슈킨이 관람한 오페라들, 또 푸슈킨 작품의 영향이 나타나는 유럽의 오페라들을 우리나라에서도 어렵지 않게 볼 수 있게 되었으니 참으로 행복한 일이다. 푸슈킨의 작품들은 당시 유럽 문화에 뒤늦게 진입한 러시아 문화의 수립 과정에서 그가 한 치열한 사유와 고민, 러시아에 대한 진정한 애정의 결과물로서, 유럽 문학 및 유럽 문화의 첨예한 문제들을 포섭하며 이들과의 연관 속에서 탄생시킨 것이다. 이러한 점을 염두에 두고 그의 작품들을 살펴볼 때 더욱 풍성한 의미를 찾을 수 있다. 우리나라의 번역 문학이 발달하면서 푸슈킨에게 영향을 주었거나 그와 영향을 주고받은 프랑스나 독일, 영국, 이탈리아의 작품들 다수를 우리말 번역으로 만날 수 있게 된 데다 더욱이 이들을 다른 예술 장르로 만든 것들까지 용이하게 접할 수 있어서 푸슈킨 문학을 이해하고 푸슈킨을 우리 독자에게 알리는 데 좋은 여건이 만들어져 간다고 할 수 있겠다. 러시아 문학의 아버지이면서 동시에 유럽 문학과 유럽 문화 한가운데 자리하는 푸슈킨에 대한 균형 잡힌 시각이 우리 독자들에게 자연스레 주어진다고 생각하니 여기 푸슈킨의 희곡과 서사시들을 새로이 우리말로 옮기면서 든든하고 행복한 느낌이 든다.

I. 희곡 편

1. 『보리스 고두노프』 - 『보리스 황제와 그리슈카 오트레피에프에 대한 희극』

장편 희곡 『보리스 고두노프』는 푸슈킨이 셰익스피어 등 고전 작가의 역사물을 읽고 자신의 역사 쓰기를 실험해 본 천재적인 작품이다. 『보리스 고두노프』에서 가장 중요한 점은 푸슈킨이 현실 정치에 대한 셰익스피어나 마키아벨리의 견해에 주목해 이를 통해 러시아 역사를 살펴보고 이 관점을 전면에 구체화했다는 사실이다. 푸슈킨은 남부 유배 시절(1820~1824년)을 끝내고 1824년 8월부터 어머니의 영지인 북부 미하일로프스코예에 머무르면서 25장으로 된 이 장편 희곡을 1824년 12월에 시작해 1825년 11월 7일에 끝냈다. 이 수고(手稿) 완성본의 제목은 '보리스 황제와 그리슈카 오트레피에프에 대한 희극'이었는데 1831년에 한 권의 단행본으로 출판될 당시 제목이 『보리스 고두노프』로 바뀌었고 세 장면이 빠졌으며 군데군데 삭제 또는 수정되었다. 이렇게 된 곡절은 매우 복잡하지만 주된 원인은 1825년 판이 황제의 검열을 통과하지 못했는데 당시 푸슈킨이 황제의 제의를 받아들여 원고를 수정할 의사가 없었기 때문일 것이다. 푸슈킨이 자신을 사사건건 못살게 굴던 경찰 총감 벤켄도르프나 소설가 불가린의 방해로 출판을 포기하려던 차에 1831년 황제의 허락을 받아 이 작품을 출판할 당시에는 이것이 무대에 오르리라는 것을 기대하지 않고 독자에게 읽히는 희곡으로서의 기능을 더 고려했던 것 같다. 관객에게 사건의 진상을 좀 더 친절하고 구체적으로 보여 주는 장면이나 대사, 지문들을 뺀 점도 이와 무관하지 않을 듯하다. 이와 함께 작품이 전달하는 메시지 자체가 달라진 것도 틀림없는 사실이다. 푸슈킨 사후 이 작품은 『보리스 고두노프』라는 제목의 1831년 판에 1825년 판의 세 번째 장면을 첨가하여 23장으로 출판되는 경우가 많았고 스탈린 집권 이후 소비에트 시절에는 이를 정본으로 여겼다. 그래서 이 작품은 보통 23장으로 읽혀 왔다. 러시아의 푸슈킨 연구소에서는 1993년에 『보리스 황제와 그리슈카 오트레피에프에 대한 희극』을 제목으로 하여 1825년 판대로 25장을 출판했고, 1996년에는 『보리스 고두노프』라는 제목에 비극이라는 부제를 붙여 1831년 판을 당시처럼 22장으로 출판했다. 이는 소비에트 시절 소위 정본이라고 여겨진 23장으로 된 『보리스 고두노프』에서 벗어나 푸슈킨의 원래 의도에 좀 더 가깝게 출판해 보려는 시도들이다. 거의 같은 내용의 작품을 푸슈킨이 희극으로 부르기도 하고 비극으로 부르기도 했다는 사실, 사후 출판에서 여러 가지 다양한 모습으로 출판되었고 특히 소비에트 출판에서는 두 판본의 절충인 23장으로 된 『보리스 고두노프』가 정본으로 여겨진다는 사실 등 상당히 복잡한 출판 역사를 가진 작품이니만큼, 무대 공연의 역사도 매우 복잡하고 해석이 다양하다. 따라서 좋게 말하면 작품의 메시지도 계속 풍성해져 왔다고 할 수 있다. 1866년까지는 이 작품의 상연이 완전히 금지되었고 그 후에도 이곳저곳 잘린 채 무대에 올랐다. 이 작품이 세계에 널리 알려진 것은 모데스트 무소르그스키의 오페라 「보리스 고두노프」를 통해서이다. 무소르그스키는 푸슈킨 희곡의 초고, 출판본, 카람진의 역사서를 모두 참고하여 오페라 대본과 음악을 만들었는데, 1869년 초판 공연을 거절당한 뒤 1872~1874년 사이에 개정판을 만들었다. 이 오페라는 1874년 페테르부르크의 마린스키 극장에서 초연되었다. 이후에도 이 오페라는 림스키-코르사코프, 차이코프스키, 쇼스타코비치 등 많은 작곡가들에 의해 일부 변형되기도 했고 공연 때마다 다양한 연출로 신선한 충격을 안겨주고 있는데, 이 역시 이 극이 함축하는 내용의 풍성함 덕분일 것이다.

푸슈킨은 사건의 진행을 카람진의 『러시아 국가사』(1816~1829년 사이에 출판)에서 따왔다. 『보리스 고두노프』의 1831년 초판본에는 푸슈킨이 제정 러시아의 소설가 카람진에게 부치는 다음과 같은 헌사가 포함되어 있었다.

니콜라이 미하일로비치 카람진에 대한 러시아인들의 소중한 기억에 그의 천재성에서 영감을 받은 이 작품을 존경과 감사의 마음으로 바치며. —알렉산드르 푸슈킨

푸슈킨은 카람진의 『러시아 국가사』 중 1824년에 출판된 10권 3장, 11권 1, 2, 3장을 참고했는데, 내용인즉 이러하다. 1598년 1월 7일 표도르가 사망하자 백성들은 그의 영혼이 유약했던 것을 잊고 그가 통치하던 행복한 시절에 대해 감사하고 그를 아버지라 부르며 죽음을 애통해한다. 옥좌가 주인을 잃고 비어 있자 황후 이리나는 남편의 유언인지 자신의 의사인지 아마도 보리스 때문인지 왕좌에 오르려 하지 않았고, 후계자가 될 디미트리 황태자를 그 전에 벌써 살해한 보리스는 미리 자기 사람들을 곳곳에 배치해 자신의 뜻대로 움직이게 한다. 이리나는 수녀원으로 들어가고 보리스도 같이 들어가는데, 1598년 2월 17일 러시아의 국가 대표들이 보리스를 황제로 추대하기로 결정하고 2월 20일 통보하나 보리스는 거절하다가 결국 왕관을 받아들인다. 그런데 보리스 통치 중 위장 디미트리가 나타나 폴란드와 가톨릭 세력을 업고 러시아를 침공한다. 결국 1605년 6월 모스크바 폭동이 일어나고, 귀족들은 보리스의 아내와 아들 페오도르를 죽이고 위장 디미트리를 황제로 모신다.

작품에서 가장 눈에 띄는 특징은 스물다섯 개 장면들 가운데 거울이

위치하는 구조이다. 13장을 축으로 1장과 25장, 2장과 24장……이런 식으로 마주보는 두 장면이 대칭 구조를 이룬다. 이러한 대칭 구조는 작품의 제목과 이 작품의 맨 끝에 나오는 서술문의 유사 관계(처음에 희극이라고 시작하고 끝에도 희극이라고 말하며 끝나는 것)로 인해 더욱 강화된다. 위와 같은 정교한 대칭 구성에서 거울이 있는 의상실을 배경으로 하는 13장이 가장 정점에 위치해 대칭되는 두 장면을 서로 반사하는 거울 역할을 한다는 사실은 이 장이 의미적으로 중요한 무게를 지닌다는 것을 말해준다. 이 장을 중심으로 하는 대칭 구조는 두 인물의 등가 관계를 증명할 뿐만 아니라 극이 전달하는 메시지에서 역사의 반복성과 순환성을 강화하는 역할을 한다. 이는 각 장면의 길이가 이루는 리듬에서도 나타난다. 이러한 틈 없는 대칭 구조에서 가장 두드러지는 장면은 5장, 13장, 21장이며 그중에서도 13장이 구조적으로 가장 두드러지고 가장 무거운 의미를 지니게 된다. 안드레이 타르코프스키가 연출한 모데스트 무소르그스키의 오페라 1872년 판본 「보리스 고두노프」에서도 '마리나의 의상실' 장면의 합창이 210분가량의 전체 극에서 한가운데 위치하는 것은 우연한 일이 아닐 것이다. 그러면 가장 두드러지는 지점에 위치하는 13장에서 무슨 일이 일어나는가? 사건의 장소는 국경에 가까운 도시 산보르, 그것도 집 안 깊숙한 곳에 있는 옷을 갈아입는 공간이다. 이곳에서 마리나는 참칭자의 정체를 모두 아는 사람들에 둘러싸여 다이아몬드 관을 쓰고 옷 치장을 하면서 진상을 알아보고 자신의 욕구를 이루겠다는, 즉 참칭자를 유혹해 황후가 되겠다는 강한 의지를 보인다. 중요한 것은 어떤 옷을 입고 어떤 옷을 입는 사람을 만나느냐 하는 것이다. 그렇다면 그리고리의 정치적 행위와 의상실 및 옷의 관계는 무엇일까? 이 극에서 황제 되기와 옷 갈아입기는 무슨 관계가 있을까? 결론부터 말하면 황제가 되기 위해서는 옷을 갈아입으면 된다는 것이다. 누구든 황제의 옷을 걸치고 옥좌에 앉으면 통치자가 된다는 사실에 대해 푸슈킨은 깊이 생각한 것 같다. 정통성, 통치자에 대한 문제는 작품 집필 당시 푸슈킨이 깊은 관심을 가진 문제였다. 당시는 알렉산드르 1세가 옥좌에 오르려고 아버지를 살해했으리라는 소문이 아직 떠돌던 시기, 또 푸슈킨이 젊은이들과 함께 진보적 정치사상을 논하며 이상적인 정치 형태를 모색하고 통치자의 정체성에 강한 관심을 보이던 시기였다. 푸슈킨은 필시 카람진의 역사서를 이러한 관점에서 읽었을 것이다. 1825년을 전후하여 푸슈킨은 셰익스피어 문학에 심취하기 시작하는데, 그는 셰익스피어의 역사물들을 읽으면서도 역시 통치자 문제에 대해 골똘하게 생각한 것으로 보인다. 셰익스피어가 『맥베스』를 비롯한 역사물에서 찬탈자로서의 왕을 다루었듯 푸슈킨은 이 극에서 찬탈자 황제 보리스와 위장 디미트리인 그리슈카 오트레피에프를 다룬 것이다. 실상 이 작품 전체에서 가장 두드러지는 것은 왕의 실체와 외형의 괴리, 나아가 정치 무대에서 인간의 겉과 속이 다르게 나타나는 양상이다. 이 희곡은 비어 있는 옥좌에 오르는 것을 번거롭다 마다하며 연극을 하는 보리스와 속으로 반란을 꾀하면서도 겉으로는 신하의 역할을 연기하는 귀족들의 모습으로 시작된다. 극 전체에서 그리고리나 백성들, 귀족들의 행위의 특징은 연극과 가장이다. 정치 무대에서 실체와 외형의 괴리는 전제된 사실이며 통치 행위는 짜인 연극이라는 메시지가 이 극 전체에 배어 있는 것이다. 서두부터 빈 옥좌에 오르는 문제와 그 자리에 오를 사람의 자격 시비, 그리고 통치자가 될 사람의 위장과 연극에 대한 말이 전면에 부상된다. 보로틴스키가 슈이스키에게 이 소동이 어떻게 끝날 것 같으냐고 물었을 때, 슈이스키는 서슴없이 이 모든 것이 연극이며 모두가 그 안에서 역할을 맡고 있다고 생각하는 바를 밝힌다. 보리스는 자신이 탁월한 연기자일 뿐만 아니라 다른 사람들까지 연기를 하도록 하는 게임의 명수이다. 슈이스키는 그렇게 하지 않을 경우 자신에게 다가올 위협을 잘 아는 사람이기에 함께 연극을 하는 것이다. 슈이스키는 보리스가 도살자의 사위이고 보리스 자신도 겉으로는 다르게 보일지 몰라도 도살자라고 말하며 그가 옥좌에 앉는 것보다 자신들이 옥좌에 앉을 권리가 훨씬 더 많다고 생각한다. 보로틴스키와 슈이스키는 보리스가 백성들에게 사랑과 공포를 불러일으켜 그들을 사로잡을 줄 알았다는 것을 인정하고 또 그 자리에 앉는 것은 그가 대담하기 때문이라는 것을 안다. 푸슈킨은 정통성이 통치자와의 혈연관계에서 나오는 것이 아니고 마키아벨리가 주장한 바, 군주로서의 자질인 공포와 애정으로 백성들을 사로잡을 수 있는 기질과 능란한 거짓말과 위선으로서 강력한 통치를 할 수 있는 대담한 사람이 옥좌에 오른다는 것을 보로틴스키와 슈이스키를 통해 말하는 것이다. 이러한 생각은 극의 끝에 그리고리가 옥좌에 오름으로써 그 정당성이 증명된다. 보리스가 계속 옥좌에 오르기를 거절하다가 백성들이 애원하자 결국 못 이기는 척 받아들이는 1장에서 4장까지의 사건은 전체가 연극적인 성질을 띠고 있는데, 이는 극 전체의 음조를 지배하고 있다. 보리스나 귀족들, 성직자들, 백성들, 위장 디미트리까지 모두 거대한 드라마에서 하나의 역할을 담당하고 있고 또 그것을 의식하고 있다. 보리스가 권력을 위해 황태자를 살해한 이후 옥좌에 오르기를 거절하고 사양하는 것은 셰익스피어의 작품에서도 자주 나타나는 정통화의 전략이다. 그의 거절은 백성들이 그에게 옥좌에 오를 것을 애원하게 만들고 그가 백성들에 의해 정당한 방법으로 추대되었다는 말을 할 수 있게 한다. 그래서 보리스에게 울며불며 애원하는 백성들을 그린 3장은 특히 이러한 아이러니를 강조하는 역할을 한다. 의미도 모르는 채 게임에 참여하느라 아이를 바닥에 내팽개치는 어머니, 또 양파를 눈에 문질러 눈물을 짜내려는 사람들……. 모두가 연극을 하는 것이다. 가장이 지배하는 정치 무대의 한가운데 위치한 보리스는 실체가 아니라 외양이, 내면의 진실보다 바깥에 보이는 것이 중요하며 정통성 자체보다는 정통화의 과정이 중요하다는 것을 잘 알고 있는 통치자이다. 그런 면에서는 그리고리도 마찬가지이다. 훌륭한 군주란 권력 투쟁을 효과적으로 수행하여 권좌에 이르고 그것을 잘 유지하는 사람이다. 진실이나 덕을 지니는 것보다 더 중요한 것은 그렇게 보일 수 있도록 게임을 잘하는 것이며 게임의 규칙을 이해하고 계산적으로 행동하는 것이다. 그리고리도 보리스만큼이나 통치자의 자질을 잘 알고 백성들의 속성은 물론 귀족들의 속성도 잘 알며 여론을 의식하는 점에 있어서도 그러하다.

1825년 9월 13일 푸슈킨은 뱌젬스키에게 보내는 편지에서 "정치적인 관점에서 보리스를 보았다"라고 말했다. 그는 정치적 인물로서의 보리스에 관심을 가졌고, 여러 가지 사회 계층적 갈등 속에서 구제도를 파기하고 신제도를 도입하는 과정에 놓인 유능한 정치가로서 보리스를 바라본 것이다. 푸슈킨은 카람진이 이반 4세의 행위를 부정적으로 묘사하는 것이 유치하고 순진하다고 보았으며 살해도 정치적 투쟁의 일환으로 보았다. 타키투스가 전제 군주 티베리우스를 단죄하듯 묘사한 것에 그가 불만을 표한 것도 이러한 이유에서였을 것이다. 또 푸슈킨은 보리스가 아들에게 옥좌를 넘겨주는 장면에서도 마키아벨리적인 통치 수단의 필요 불가결성을 숙지한 유능한 통치자의 면모를 보여준다. 보리스는 아들에게 정통성이 있는 옥좌를 넘겨준다는 사실을 강조하면서도 이것이 반역과 반란을 막는다는 보장을 전혀 할 수 없음을 경고하고 권력 유지에 대한 충고를 한다. 그는 아들에게 슈이스키를 고문으로 추천하고 유능한 바스마노프로 하여금 군대를 지휘하도록 하라고 유언한다. 보리스 자신도 "믿을 수 없다"라고 말한 슈이스키, "공손하면서도 대담하고 교활한 자"인 슈이스키의 자질을 높이 사고, 일 처리에 있어 믿을 만하고 냉철하며 좋은 가문의 노련한 사람을 쓰라고 말하는 데서, 그가 인격과는 상관없이 겉으로 나타나는 특징을 높이 사면서 현실 정치의 능력만이 중요하다고 판단한다는 사실이 드러난다. 푸슈킨은 이렇게 현실 정치의 감각을 지닌 보리스가 파멸로 치닫는 것은 찬탈자로서의 정통성 부재 때문이라기보다는 그 자신이 통치자로서의 정체성을 상실한 데 있다고 여겼다. 자기 내부의 모순이 그를 결국 파멸로 이끌고 간 것이다. 이는 그리고리가 마리나를 향한 사랑 때문에 모순된 행동을 하며 위기에 처하는 것과 비슷하다. 그리고리는 극이 진행되는 동안 계속 옷을 갈아입는다. 수도승의 두건 아래서 황제가 되려는 꿈을 꾼 후 평민의 옷을 갈아입었다가 황태자의 외관을 갖추며 드디어 황제의 옷을 입게 된다. 어전 회의에서 대주교는 그리고리가 황태자의 이름을 훔쳐 입은 옷처럼 입었다고 말하며 그 옷을 찢기만 하면 실체가 드러나리라고 말한다. 그러나 옷 자체는 아무나 걸칠 수 있는 것이라는 것을 독자들은 이미 보리스의 경우를 통하여 알고 있을 것이다. 보리스와 마찬가지로 그리고리 역시 외관과 실체 사이에서 분열을 겪는다. 사랑에 빠진 그리고리가 자신의 실체를 드러내는 것은 마리나에게 사랑을 고백하는 장면에서이다. 그는 자신의 모든 계획이 수포로 돌아갈 것을 감수하고 위장과 연극을 벗어 던진다. 그러나 13장에서 보듯 황후가 되려는 강한 목적의식을 가진 차갑고 계산적인 마리나는 그가 실체를 내보이는 것을 원하지 않는다. 그것은 게임의 법칙에 어긋나는 것이다. 그녀에게 중요한 것은 외관이지 그의 실체가 아니다. 그리고리가 우려한 대로 그녀는 그 자신이 아니라 그의 옷을 선택한 것이었다. 사실상 마리나뿐만 아니라 모든 사람들이 그리고리의 실체에는 관심이 없고 그의 외관으로 인해 일어날 수 있는 실제 이익에만 관심이 있다. 그리고 그것은 그리고리 자신이 알고 있다. 그리고리가 옥좌에 오르는 것은 어떤 영웅적 행위로 인해 이루어지는 것이 아니다. 그것은 그리고리가 기회를 포착해 연극 계획을 세우고 잘 연출하면 되는 것이다. 그래서 그는 전투에 패배한 뒤에도 편히 잠이 든다. 이제 필요한 것은 그리고리가 황제로 선언되는 절차뿐이다. 정통성의 외관을 갖추고 허구를 사실로 만들고 참칭자를 황제로 변하게 하는 성공적 연기만이 요구되는 것이다. 극에 나오는 귀족 푸슈킨이 이러한 계기를 만들어낸다. 그는 그리고리를 황제로 선언하고 그리고리는 몇 마디 말과 몸짓으로써 참칭자에서 황제가 되는 것이다. 여기에서 다시 한 번 종교는 권위의 정통성을 위해 이용되고 그리고리는 정통성의 피를 갖는, 신이 인정한 군주가 된다.

　이제 보리스가 잠시 차지했던 옥좌는 다시 그리고리에게로 넘어가고 그가 잠시 빌려 입었던 옷은 그리고리가 입게 된다. 그리고 이것이 모든 인물이 연기한 연극의 결과이다. 작품의 원래 제목이 '황제 보리스와 그리슈카 오트레피에프에 대한 희극'이듯이 이 작품은 두 통치자의 유사성과 그들이 이루어 가는, 또 그들과 함께 이루어지는 역사에 대해 아이러니한 웃음을 보내는 푸슈킨의 시선이 담겨 있다.

　더욱이 과감한 것은 그리고리의 옷 갈아입기가 바로 피멘의 수도원에서 일어난다는 점이다. 피멘은 그리고리에게 왕관이 무거워지면 수도복으로 갈아입는 왕들에 대한 이야기와 친위대원까지 두건을 쓰고 수도복으로 갈아입는다는 이야기를 한다. 그가 군주와 수도승의 옷 갈아입기가 가능하다고 여긴다면 그 역도 가능하다고 보는 것은 아닐까? 피멘은 가장과 투쟁의 마키아벨리적인 세계에서 멀리 떨어져 있는 사람이 되기를 자처한다. 그는 이러한 세계에서 물러나 수도원으로 들어온 사람으로 그리고리가 보기에 객관적이고 편견 없는 모습으로 세상일을 판단하고 기록한다. 그러나 피멘 자신이 언급하고 있듯이 아직 세속에 대한 미련이 꿈에 나타나며 그의 기억은 불완전하고, 지나간 것 중에서 그가 기록하는 것은 일부일 뿐이다. 그의 역사관은 매우 보수적이어서 황제가 신 바로 아래 존재하는, 보통 인간과는 다른 사람이며 그 인격은 신성하다는 견해를 보인다. 그러면서도 다른 한편 피멘은 군주가 옷을 벗고 수도승의 옷을 입을 수 있으며 군주와 수도승은 서로 역할을 바꿀 수 있다고 생각한다. 그는 이반 뇌제가 수도원장 같은 모습을 하고 이반 뇌제의 악명 높은 친위대원들이 수도승의 옷으로 갈아입은 것을 긍정적으로 평가한다. 자신이 스스로 의도하지 않았더라도 그리고리로 하여금 수도복을 평민 복장으로 또 황제의 옷으로 갈아입게 하는 사람도 바로 피멘인 것이다. 또 그는 신심이 깊은 황제를 훌륭한 황제로 보고 정통성이 없다는 이유로 보리스를 악당으로 여긴다. 여기서 우리는 군주의 권위와 통치자의 정통성이 신으로부터 부여되는 것이라는 군주관을 볼 수 있는데, 이러한 피멘이 결과적으로 그리고리를 참칭자로 변하게 하는 것은 그의 군주관에 정면으로 위배되는 모순이다. 그도 실체와 외형의 괴리가 지배하는 정치 세계를 벗어날 수 없을 뿐만 아니라, 오히려 세속에서 떨어진 수도원 승방이 현실 정치를 움직이는 중요한 지점이 되는 모순적 현실의 한가운데 있는 것이다. 성직자가 의식했건 하지 않았건 종교가 정치적인 수단이 되고 있음을 작품 이곳저곳에서 확인할 수 있다. 극의 시작에서 보리스가 수도원에 틀어박혀 옥좌에 오르기를 거절하는 것이나 아들에게 성당의 계율을 수호하라고 하는 것은 그가 종교의 세력이 정치에 미칠 수 있는 영향을 잘 알고 있음을 보여 준다. 보리스가 참칭자에 대처할 방안을 의논할 때 대주교가 디미트리의 유골을 크레믈린으로 옮기자고 하자 슈이스키는 그것이 종교의 정치적 이용임을 간파하는데, 사실 이는 대주교 스스로가 종교를 권력 유지의 필요수단으로 삼으려 한 것이라고 볼 수 있다. 종교 및 성직자와 정치의 긴밀한 관계를 보여 주는 이러한 메시지는 1831년 판에는 빠진 6장, 즉 사악한 수도승이 직접적으로 그리고리에게 참칭을 사주하는 장면에서 더욱 뚜렷하게 전달된다. 카람진의 역사서에서는 드네프로 수도원의 수도승 피멘이 참칭자를 라트비아로 국경을 건네줬으며, 키예프의 수도원장 피멘에게 그 참칭자가 자신이 디미트리라고 고백했다는 기록이 있다. 이와 같이 카람진의 역사서에서 피멘은 그리고리가 국경을 건너가 참칭을 하도록 하는 인물의 이름이자, 참칭자로부터 자신이 디미트리라는 고백을 듣는 수도원장의 이름이기도 하다. 푸슈킨은 이러한 인물인 피멘을 역사를 기록하는 은둔자로 설정했다. 푸슈킨의 피멘은 잠잠해진 바다 같은 역사를 객관적으로 돌아보며 역사 쓰기만을 본분으로 알고 진실을 말한다고 자처하나, 시야의 한계를 보일 뿐만 아니라 그 자신이 역사의 소용돌이 속 태풍의 눈이 되는 양면성을 보인다. 6장에 등장하는, 수도승의 옷을 입었으나 황제가 되어 참칭을 하라고 그리고리를 사주하는 사악한 수도승은 따라서 피멘의 분신 이라고까지 말할 수 있다.

이렇듯 이 작품에서 두드러지게 전달되는 메시지는 정치 무대에서의 실체와 외관의 괴리이다. 여기에 그려진 정치 무대란 통치자, 귀족, 백성, 성직자까지 모두가 실체와 외관의 괴리를 보이는 아이러니한 세계, 희극 적인 세계이다. 그리고 이러한 희극이 역사적으로 반복된다는 점, 이 희극 적인 세계 한가운데 옷 갈아입는 공간이 위치한다는 점을 푸슈킨은 강조 하고 싶었던 것으로 보인다.

2. 『파우스트』의 한 장면

약강 4보격의 112행으로 된 「『파우스트』의 한 장면」은 1825년에 완성 된 작품으로 괴테의 시극 『파우스트』와의 관계가 흥미롭다. 괴테의 『파우 스트』 1부 '숲과 동굴'(3217~3373행)이나 '흐린 날, 벌판'(작품 전체에서 유 일하게 산문으로 되어 있는 장면)을 연상시키는 이 작품은 푸슈킨이 괴테 의 『파우스트』 1부(1808년 출판)를 스탈 부인의 『독일론』(1810)을 통해 알 게 되면서 권태라는 문제에 주목했음을 보여 준다. 권태는 푸슈킨이 항상 관심을 가진 문제이나, 그가 청년 시절, 특히 1823~1825년 사이에 이 문제 로 몹시 고통을 느꼈던 만큼 괴테의 『파우스트』 1부에서 특히 권태라는 문 제에 주목한 것 같다. 푸슈킨의 파우스트는 그가 그토록 원하던 지식, 명 예, 사랑을 얻었을 바로 그때 권태를 느끼기 시작하는데, 권태는 그의 마음 에 흡족하지 않은 모든 것들을 전혀 참아 내지 못하고 그것들을 파괴하고 싶은 욕구들로 이어지며 메피스토펠레스는 그의 명령을 받들어 이를 행한 다. 그런데 흥미로운 점은 1831년에 완성된 괴테의 『파우스트』 2부에 푸슈 킨의 「『파우스트』의 한 장면」을 연상시키는 부분이 있다는 사실이다. 예를 들어 '궁전'('파우스트' 11143~11287행)이 그렇다. 괴테가 푸슈킨을 알고 있 었던 것은 확실하지만 이 희곡을 읽었는지는 의문이다. 어쨌거나 괴테의

『파우스트』나 푸슈킨의 「『파우스트』의 한 장면」 모두 인간의 속성 중 하나가 권태라는 것, 또 권태의 늪에서 무슨 일이 일어날 수 있는가 하는 것을 보여 준다는 점은 확실하다.

3. 작은 비극 네 편

작은 비극 네 편(「인색한 기사」, 「모차르트와 살리에리」, 「석상 손님」, 「페스트 속의 향연」)은 모두 1830년, 소위 '볼디노의 가을'에 완성된 작품들이다. '볼디노의 가을'은 푸슈킨이 결혼을 앞두고 볼디노에 가서 경제적 문제를 정리하려다 콜레라가 돌아 모스크바로 돌아가지 못하고 3개월간 그곳에 머물던 때를 말한다. 여기서 3개월을 보내는 동안 그의 창작은 만개를 이룬다. 마치 결혼한 후로 더 이상 작품을 많이 쓰지 못할 것을 예견이나 한 듯이 그는 인간과 세계에 대한 깊은 이해를 보여 주는 주옥같은 작품들을 수없이 많이 썼다. 작은 비극 네 편을 비롯해 장편 운문소설 『예브게니 오네긴』이 거의 완성되었고, 단편집 『벨킨 이야기』, 서사시 「콜롬나의 작은 집」을 비롯해 아름답고 깊이 있는 많은 서정시들이 이때 탄생했다.

작은 비극은 푸슈킨의 희곡 연구이자 실험이다. 푸슈킨의 희곡 이해는 우선 프랑스 신고전주의가 주도한 당시 극장과의 투쟁에서 출발한다. 19세기 초까지 러시아 극장은 여전히 프랑스 신고전주의 연극과 그 수많은 모방작들이 지배하고 있었다. 관객은 악행이나 고통을 극화해도 이미 그것에 무뎌져 있었으며 살인과 처형에도 익숙해져 있었고 영혼의 열정을 분출하는 것도 냉담하게 바라보았는데, 관객들이 이미 신고전주의에 식상해졌기 때문이다. 푸슈킨은 희곡을 인간과 민중의 운명을 나타내는 것으로 보았고, 인간의 열정, 욕망과 본질, 그것으로 인해 분열된 자아의 모순을 드러내는 것, 즉 인간의 내적 갈등을 드러내는 것을 비극의 핵심으로 보았다. 푸슈킨은 자신의 희곡 실험에서 두 인간의 대립만이 아니라 한 인물 안에서의 갈등, 대립성을 보여 주며 이러한 내적 갈등이 외적 조건에 의해

촉발되는 양상을 빈틈없이 그렸다. 이 작품들에서 푸슈킨이 당시 유럽 문학 및 문화계의 첨예한 문제에 주목했다는 사실이 섬세하게 드러난다.

1) 「인색한 기사」에는 '첸스톤의 희비극 『인색한 기사』에서 몇 장면'이라는 부제가 붙어 있다. 몰리에르의 『수전노』(1668)가 러시아에서 1810년대에 번역된 데 이어 1828년 악사코프에 의해 새로 번역될 만큼 이 주제가 러시아 문단에서 흥미를 끌 무렵 「인색한 기사」가 탄생했다. 이 작품은 푸슈킨이 셰익스피어의 『베니스의 상인』에 등장하는 샤일록과 몰리에르의 『수전노』에 등장하는 아르파공, 골도니의 『진정한 친구』나 『질투쟁이 노랑이』 속 여러 인물들, 호프만의 『장자 상속』의 로데리히, 월터 스콧의 『퍼스의 아름다운 여인 혹은 밸런타인데이』에 등장하는 드와이닝과 같은 인색한 인물들을 평론이나 번역물을 통해 또는 원전으로 접하여 이 주제에 천착한 결과물로, 또 다른 인색한 인간의 유형을 보여 준다. 부제 '첸스톤의 희비극 『인색한 기사』에서 몇 장면'은 푸슈킨이 지어낸 말이다. 당시 잘 알려진 영국인 첸스톤이 인색함에 대해 쓴 글을 푸슈킨이 눈여겨보았기에 이 희곡이 자신의 작품이 아니라 그의 작품이라는 것을 암시하려고 이런 부제를 붙였을 수 있다. 다른 한편으로 이 작품은 푸슈킨과 그의 아버지 간의 오랜 갈등을 보여 준다. 이 작품에서 알베르와 남작 둘 다 돈에 대해 정상적인 태도를 취하지 못한다. 알베르는 돈을 낭비하며 빚을 지고, 남작은 돈을 모으기만 한다. 알베르가 돌아다니며 무질서하게 돈을 소비하면서도 '인색함'이라는 행동 양식을 보이는 반면, 남작은 '인색함' 때문에 지하의 돈 궤짝 앞에서만 삶의 쾌락을 느끼는데, 그 쾌락은 돈이 가져다줄 수 있는 것들에 대한 무질서한 상상이다. 이러한 모순 속에 있는 아버지와 아들은 둘 다 소비와 인색함에 있어서 정상적인 태도를 취하지 못한다. 많은 인간들이 그렇듯이. 이들은 이러한 모순 때문에 인간으로서의 가치를 상실해 간다. 남작이 기사로서, 아버지로서 본연의 자세를 잃듯이 알베르도 속으로 남작의 독살을 꿈꾸기에 기사로서, 아들로서의 자세를 잃게 된다. 부딪

칠 수밖에 없는 상황에 있는 두 사람의 행동 양식이 대척적인 관계에 있기 때문에 둘은 결국 파멸로 치닫게 되는 것이다.

이 작품은 라흐마니노프에 의해 오페라로 만들어졌는데(1903년 초연) 푸슈킨의 원전을 그대로 리브레토로 썼다.

2) 「모차르트와 살리에리」는 모차르트에 대한 푸슈킨의 커다란 관심의 산물이다. 모차르트의 오페라 「돈 조반니」는 「석상 손님」에 가장 큰 영향을 끼쳤으나 그 외에도 1830년대에 창작된 푸슈킨의 작품들에 강한 영향을 끼쳤다. 『벨킨 이야기』(1830)에도 곳곳에 오페라 「돈 조반니」를 상기시키는 표현들이 있으며, 1830년에 탄생한 작은 비극 네 편은 실상 이리저리 모두 오페라 「돈 조반니」와 연결된 것으로 보인다. 「모차르트와 살리에리」와 「석상 손님」은 물론이고 「인색한 기사」는 아버지와 아들의 대립과 결투를 다룬다는 점에서, 「페스트 속의 향연」에서는 죽음 앞의 향연이라는 삶의 진상을 날카롭게 보여 준다는 점에서 「돈 조반니」와 연결되어 있다. 오페라 「돈 조반니」는 1817~1819년에 페테르부르그에서 독일어로 공연되었고, 1825~1827년 이탈리아어로 수차례 공연되었으며 1828년에는 러시아어로 번역되어 공연되었다. 푸슈킨은 러시아어로 번역된 「돈 조반니」는 물론 독일어와 이탈리아어로 된 「돈 조반니」를 모두 보았고, 당시 모차르트에 열광하던 가까운 지기들 덕분에 모차르트나 그의 마지막 오페라 「돈 조반니」에 대해 상당히 깊이 알고 있었던 것 같다. 「모차르트와 살리에리」는 푸슈킨이 1825년에 살리에리가 죽으면서 자신이 모차르트의 죽음에 책임이 있다는 말을 했다는 잡지 기사, 모차르트의 죽음을 둘러싼 소문들, 그리고 오페라 「타라레」의 대본을 쓴 보마르셰가 자신의 전집 1권에서 이 오페라를 작곡한 살리에리를 격찬한 글(1828년), 유럽의 예술과 문학 작품들과 그 번역본을 읽은 결과가 응축된 작품이라고 할 수 있다(예를 들어 1796년 베를린에서 익명으로 출판된 『빌헬름 바켄로더와 티크의 예술을 사랑하는

수도승의 고백』이 1826년 셰브료프 등에 의해 번역, 출판되었다. 이 책에는 요제프 베글링거라는 예술가의 이야기를 비롯해 화가 라파엘의 이야기가 들어 있는데, 푸슈킨의 작은 비극에 커다란 영향을 끼친 것으로 여겨진다).

모차르트는 천상의 음악을 만들어 내지만 자신은 그것을 의식하지 못하고 자신을 소진해 버리는 천재 예술가고, 살리에리는 금욕 속에서 자신에게는 부여되지 않은 천상의 음악을 추구하며 그것을 가진 자를 질투하는 예술가이다. 이런 의미에서 둘은 자기 내부에 모순을 가지고 있다. 금욕적 노력형의 예술가 살리에리와 삶을 즐기는 무방비한 천부적 재능의 예술가 모차르트, 두 예술가 유형의 부딪힘은 결국 두 사람 모두의 파멸을 가져오게 된다.

이 작품도 림스키-코르사코프에 의해 1898년 오페라로 만들어졌다.

3) 「석상 손님」은 오페라 「돈 조반니」 중에서 제사를 가져왔으며 그 주인공인 바람둥이를 직접 소재로 다루고 있다. 푸슈킨의 텍스트에는 1825년에 있었던 이 오페라의 이탈리아어 공연에서 받은 영향을 뚜렷이 나타낸다. 이탈리아어로 된 「석상 손님」의 제사 "오, 위대한 기사장님의 최고로/ 경애하옵는 석상이여! ……아, 주인님!(O statua gentilissima/ Del gran' Commendatore! ……Ah, Padrone!)"부터가 그렇다. 푸슈킨이 살리에리에 대해서 말할 때 "오페라 「돈 조반니」를 보고 비웃는 사람이라면 모차르트를 죽일 수도 있었을 것"이라고 한 데서도 알 수 있듯이 푸슈킨은 이 오페라를 매우 높이 평가했다. 한편 이 작품은 호프만과도 깊이 연관되어 있다. 호프만은 1820년대 중반부터 러시아 작가들에게 커다란 영향을 미치기 시작했다. 그의 단편 「돈 주안」은 푸슈킨의 「석상 손님」과 마찬가지로 모차르트의 「돈 조반니」에 영향을 받은 작품이다. 호프만은 오페라 「돈 조반니」를 "오페라 중의 오페라"라고 칭송했고, 이 오페라에 각별한 애정을 보였다. 괴테, 키르케고르, 바그너, 차이코프스키, 카뮈가 그렇듯 호프만도 그

매력에 빠졌던 것이다. 그는 오페라 「돈 조반니」의 악보를 구해 피아노곡으로 되풀이해 연주하기도 했고, 이 단편을 발표하고 3개월 후 베를린의 오페라 극장에서 이 오페라를 지휘했다. 호프만의 편지글이나 이 작품에 대한 몇 차례의 평론에서 보이듯 그는 「돈 조반니」의 완벽성과 높은 예술성에 대해 감탄했다. 푸슈킨이 「석상 손님」을 집필 중이던 1829년에 호프만의 단편 「돈 주안」의 프랑스어 번역이 『레뷰 드 파리』에 실렸는데, 이는 그해 5월부터 집중적으로 소개되던 호프만의 여섯 번째 작품이었다. 1829년 10월호에 호프만에 대한 평론이 실렸고, 1829년 12월부터 나오기 시작한 열아홉 권짜리 호프만 전집이 푸슈킨의 서재에 있었던 점으로 보아, 푸슈킨이 호프만이라는 이름을 거론한 적은 없지만 그가 「석상 손님」의 창작 과정에서 음악가이자 평론가, 소설가인 호프만의 「돈 주안」을 읽으며 모차르트의 오페라 「돈 조반니」에 대한 심도 있고 매력적인 해석을 접했을 것이고 이것이 푸슈킨의 「석상 손님」 창작에 영향을 끼쳤을 것이다. 푸슈킨은 이 두 작품에 나타난 돈 조반니와 돈 주안을 토대로 자신만의 고유한 인물인 돈 구안을 만들어 냈다. 그의 돈 구안은 자유를 추구하며 현재를 충만하게 살려는 원칙을 가진 남자이지만, 돈나 안나라는 여인을 진심으로 사랑하게 되었을 때 그녀에게 드리운 과거와 규범에 집착하여 석상에게 결투를 청하는 모순적인 행동으로 파멸에 이르게 된다. 돈나 안나는 '사랑'과 '규범 및 과거' 사이에서 '미소'와 '눈물'을 섞으며 사는 날카로운 모순을 보이는 여자이다. 둘의 만남은 결국 서로를 파멸로 이끈다.

오페라에 영향을 받은 이 작품 역시 다르고미주스키에 의해 1872년 오페라로 만들어져 초연되었다.

4) 「페스트 속의 향연」에는 '윌슨의 비극 『페스트의 도시』 중에서'라는 부제가 달려 있다. 존 윌슨의 『페스트의 도시』는 1816년에 출판되었는데 푸슈킨은 이 작품을 1830년에 읽은 것으로 보인다. 당시 콜레라 때문에 모

스크바로 돌아갈 수 없었던 그가 이 작품을 읽으며 치명적인 전염병이라는 소재를 자신의 비극으로 재창작하게 된 것이다. 존 윌슨의 비극이 페스트의 도시에서 사람들이 느끼는 죽음 앞의 공포, 죽음을 마주하는 사람들의 상반된 태도, 즉 경건하게 받아들이려는 사제와 신성모독적인 향연을 즐기는 사람들의 태도가 중심이라면, 푸슈킨의 작은 비극에서는 페스트의 도시에서 월싱엄이 죽음을 직시하며 그것과 싸우는 것 자체에 즐거움을 느끼는 것, 사제와 월싱엄의 상반된 태도에서 나아가 월싱엄이 사제의 말을 알고 있으나 이러한 모순 가운데 자신의 길, 즉 고통 받고 죽어가는 사람들(그 자신을 포함하여)에게 죽음을 직시하며 그것과 싸운 데서 즐거움을 맛보게 하는 길을 가야만 한다는 생각을 하는 것으로 의미의 무게 중심이 옮겨졌다. 이 작품은 1900년 큐이에 의해서 오페라로 만들어졌다.

푸슈킨은 「『파우스트』의 한 장면」을 비롯한 작은 비극 속에서 자신의 작품과 유럽의 고전들과의 연관을 드러냄으로써 당시 유럽 문학에서 화두가 된 문제에 대한 자신의 입장을 보여 준다. 그는 인색한 인간과 낭비하는 인간, 금욕적 몰두형의 예술가와 삶을 즐기는 천부적 예술가, 관습을 뛰어넘고 자유를 구가하려는 인간과 관습의 억압을 표상하는 인간, 죽음을 앞둔 인간들이 죽음에 임하는 대척적인 태도를 연구하여 이렇게 대비되는 인간들의 팽팽한 부딪침을 극화하고 있다. 그러나 좀 더 깊이 읽어보면, 이 부딪침 속에 있는 인간들 모두가 돈이나 예술, 관습과 과거, 죽음을 보는 태도를 둘러싸고 스스로 모순적인 행동을 보인다는 것을 알 수 있다. 인간의 삶 자체가 보이는 이러한 모순성이 「『파우스트』의 한 장면」을 비롯한 작은 비극 속에서 푸슈킨이 궁극적으로 표현하고자 한 것이라고 여겨진다.

『보리스 고두노프』(산문으로 된 장면들도 있고 다른 율격을 사용한 장면들도 있으나 대체로 약강 5보격으로 각운이 없다)와 작은 비극 네 편(모두 약강 5보격으로 각운이 없다)을 번역할 때는 원문과 행수를 맞추었다. 「『파우스트』의 한 장면」(약강 4보격의 운문으로 각운이 있다. 첫 행과 맨 마지막 행을 제외하고는 대부분 4행의 각운 배열을 이루고 있다)을 번역할 때는 원문과 행수를 맞추고 각운에도 나름대로 신경을 썼다.

번역은 『보리스 고두노프』의 경우 1993년 러시아의 푸슈킨 연구소에서 나온 『보리스 황제가 그리슈카 오트레피에프에 대한 희극』을 원전으로 하여 1935년 소련 학술원에서 나온 『푸슈킨 선집』 7권을 참조했다. 「『파우스트』의 한 장면」은 1975년에 모스크바에서 출판된 『푸슈킨 전집』 중 2권 서정시 편에 수록된 것을 원전으로 사용했고, 작은 비극 네 편은 1935년 소련 학술원에서 자세한 해설과 함께 나온 『푸슈킨 전집』 7권의 원전을 번역했다.

II. 서사시 편

1. 가브릴리아다

「가브릴리아다」는 동정녀 마리아가 예수를 낳은 이야기(「누가복음」 1장 26~38절)와 아담과 이브의 원죄에 대한 이야기(「창세기」 3장 1~7절)를 패러디한 것이다. 천사 가브리엘이 마리아를 방문해 예수의 탄생을 알린다는 복음서의 내용이 푸슈킨의 이 서사시에서는 마리아가 사탄과 가브리엘과 신의 유혹을 동시에 받았다는 이야기와 그 후 탄생한 예수를 신이 자신의 아들로 인정했다는 이야기로 바뀌었다. 어찌 보면 과감하고 불경한 이 이야기는 푸슈킨이 페테르부르그에 머물던 시절의 생각이나 행동과 연결해 이해해 볼 수 있을 것이다.

1817년 18세에 귀족 자제를 위한 기숙 학교를 졸업한 푸슈킨은 외무성의 서기로 취직했고 페테르부르그의 콜롬나에 있는 좁고 평범한 집에서 부모와 함께 살았다. 그는 페테르부르그 사교계를 드나들며 재능 있고 재기 넘치는 젊은이로서 인기를 누렸다. 당시 그는 '초록등'이라는 모임의 일원이었는데, 이 모임은 자유사상의 온상이었다. 초록등의 젊은이들에게 자유는 곧바로 기쁨과 연결되며 자유의 이상을 실현한다는 것은 삶을 축제로 받아들이는 것을 의미했다. 그들에게 있어 자유, 사랑, 술은 동의어였다. 이들은 아나크레온풍의 삶의 쾌락과 달콤함, 기쁨을 노래했고 감각적 사랑을 찬양했으며 금기를 우습게 여겼다. 자유를 방해하는 것들에 대한 증오는 신성모독, 반항적인 자유방임을 찬양하는 것에까지 이르렀고 모든 사회적 규범에 대한 도전으로까지 이어졌다. 이러한 경향을 적나라하게 드러내는 「가브릴리아다」를 쓴 후 푸슈킨은 이 작품을 가까운 지기들에게 보여주었다. 1826년에 헌병대장 비비코프가 이것을 "종교의 신성함을 조롱하는 위험하고도 배덕적인 무기로 반란을 부채질하는 선동적인 시"라고 상부에 보고했고, 1828년 페테르부르그의 주교가 이 작품에 대한 조사를 의뢰했다. 그리하여 푸슈킨은 조사 위원회에서 심문을 받게 되었는데, 거기서 자신이 이 작품을 복사했을 뿐이라며 사실을 부인했다. 그러나 재조사 중에 그는 직접 황제에게 편지를 썼고 사건은 종결되었다. 편지는 123년 후인 1951년에 발견되었는데, 푸슈킨이 황제에게 자신이 이 작품을 썼다는 것을 인정하는 내용이었다. 이 작품은 교회의 금기에 도전한 신성모독적인 성격 때문에 엄청난 파문을 일으킨 작품으로 20세기에 와서야 출판되었다. 육체적 사랑의 기쁨과 본성의 인정, 신비주의적인 것에 대한 반발, 정치적인 권위와 종교적인 권위에 대한 도전이 두드러지는 작품이다. 이런 신성모독적인 요소와 신비주의에 대한 반발은 푸슈킨의 작품이 패러디의 전통에 뿌리박고 있는 프랑스 작가 파르니의 작품 및 경외 성경들과 관계가 있다는 것을 보여준다. 푸슈킨이 성서를 패러디하며 풍자한 것은 당시 알렉산드르 1세 치하에서 득세한 반계몽주의적 신비주의 종파와 기존 정교회 세력 때문이었다. 도구화된 기독교의 신과 달리 그리스 신을 연상하게 하는 작품 속 신의 모습은 당시 정교회와 정치의 결탁이 가져온 억압적인 분위기에 대한 푸슈킨의 치열한 비판의식이 발현된 것이라고 할 수 있다.

2. 집시

푸슈킨이 1825년에 완성해 1827년에 출판한 「집시」는 그의 남부 시절을 청산하는 작품이다. 푸슈킨은 페테르부르그 시절 사교계에서 정신없이 지내다 어느덧 그 생활에 권태와 환멸을 느낀다. 게다가 그는 황제를 겨냥한 날카로운 풍자시를 썼다는 이유로 시베리아 유형까지 갈 뻔하나 친지들이 간원한 덕에 남부로 좌천되어 남부 키시뇨프, 크리미아, 오데사에 머무르게 된다. 이 시기에 그는 남부 지방의 풍광과 습속을 알게 되었고 유럽적인 세계와 다른 그들의 삶을 접하게 되었다. 이때 탄생한 소위 남부 서사시 네 편에는 이국 풍경, 바이런의 영향, 동방 요소가 공통적으로 나타난다. 이 작품들의 공통 관심사는 자유와 열정의 문제로, 문명사회의 부자유, 공식적인 사회의 부자유에 대한 인식과 더불어 문명사회가 아닌 다른 사회에는 자유가 있는가를 타진한다. 주인공들은 '다른 곳'을 추구하는 길 위의 인간으로 '다른 것'에 대한 동경과 지향을 지닌다. 자신의 세계에서 생긴 열정의 상흔과 권태감을 안고 다른 세계에서 자유를 추구하나 그곳에서도 역시 규범(법, 윤리)과 열정으로 인한 부자유에 부딪힌다. 「집시」의 알레코도 '다른 것'을 추구하나 결국 자신을 벗어나지 못하고 다른 문화와 부딪쳐 타인의 죽음을 부른다. 알레코에게 자유는 우선 문명의 속박, 사회의 위선과 정치적 억압을 벗어나는 것이었다. 자유를 찾으려던 그는 자신이 원하는 것을 찾지 못하지만 집시 사회에서 얼마간 행복을 느낀다. 그러나 가슴 속 깊은 열정의 상처는 지울 수가 없었다. 그러다가 다른 문화와 충돌하고 갈등을 느꼈을 때 그리고 열정이 다시 일깨워졌을 때 다른 사람을 살인하게 된다. 결국 자신을 벗어날 수 없었던 것이다. 낭만주의적 도피 이후 자기 인식과 실제 사이의 괴리에 대한 회한이 맨 마지막 장면에서 나타난다. 결국 문화 충돌이란 나와 타인의 충돌일 것이다. 자신의 문화를 이해하고 다른 문화에 대해 생각하며 보다 큰 보편의 척도를 갖추어야 하겠으나 인간은 그렇지 못하기 때문에 고민하고 갈등하다 죽이고 자살하기에 이른다. 푸슈킨은 남부 시대 서사시 네 편에서 다른 문화에 속한 사람과의 갈등, 사회 규범으로부터의 자유와 보편 윤리의 갈등, 다른 세계를 추구하나 결국 실제의 벽에 부딪혀 겪는 갈등, 자유 추구와 자기 안의 한계의 충돌 등을 그리면서 자유에 대해서도 좀 더 복잡하고 심도 있는 생각을 하게 되는데, 그중 마지막 작품인 「집시」에서 열정이 어디서나 파국을 부른다는 점이 가장 두드러지게 나타난다. 1825년 북부 미하일로프스코예로 옮겨 와서 완성한 이 작품에는 복합적이고 불완전하고 불합리한 인간과 현실에 대한 푸슈킨의 깊어진 인식이 보인다.

이 작품은 오페라 「카르멘」과의 연관이 두드러지는 작품이기도 한데, 러시아 오페라단들이 이 오페라를 종종 단골 레퍼토리로 삼는 것도 푸슈킨과 무관하지 않을 것이다. 메리메의 소설 『카르멘』(1845년 발표)이 오페라로 만들어졌을 때 대본 작가들(메이야크와 알레비)이 메리메가 프랑스어로 번역한(1852년) 푸슈킨의 서사시 「집시」에서 몇몇 구절을 가져다 썼다는 사실도 흥미롭다. 메리메가 「카르멘」을 쓰기 이전에 푸슈킨의 「집시」 프랑스어 번역본을 읽었을 수도 있지만(당시 두 종의 번역(1829년 판, 1833년 판)이 출판되어 있었다) 확실한 것은 알 수 없다. 어쨌든 메리메가 푸슈킨을 매우 높이 평가했다는 것은 알려진 사실이다. 1880년 모스크바 푸슈킨 동상 제막식에 즈음하여 행한 축사에서 투르게네프는 메리메가 빅토르 위고 같은 대가와 함께 있는 자리에서 서슴없이 푸슈킨을 "당대의 가장 위대한 작가"라고 했다는 말을 전하며 메리메가 "푸슈킨에게서는 가장 건조한 산문에서 저절로 놀랄만한 방식으로 시(문학성)가 꽃핀다"라고 한 말, 푸슈킨의 "곧장 쇠뿔을 잡는" 능력에 감탄하며 그런 예로 희곡 「석상 손님」을 꼽는다고 한 말을 인용했다(메리메는 1849년에 푸슈킨의 단편 소설 「스페이드 여왕」을 번역했다).

극작가이자 연출가인 네미로비치-단첸코가 「집시」를 각색하여 오페라 리브레토를 만들었는데, 중요한 대사나 화자의 말들은 푸슈킨의 것을 그대로 살렸다. 오페라의 특성상 서사시의 화자가 말하는 부분이 여러 인물들에 의해 나뉘어 노래로 불리는데, 라흐마니노프가 곡을 붙였다. 이 오페라는 「알레코」라는 제목으로 1893년에 초연되었다.

3. 눌린 백작

「눌린 백작」은 푸슈킨이 발표(1827년)한 최초의 사실주의 작품으로 평가된다. 푸슈킨은 1824년 가을부터 남부에서 옮겨와 어머니의 영지가 있는 미하일로프스코예에 머물면서 그해 11월에 끝낸 『보리스 고두노프』와 『예브게니 오네긴』의 중요한 장들인 4장 '시골'과 5장 '명명일'을 썼는데, 이 역시 같은 시기에 나왔다. 이들과 마찬가지로 「눌린 백작」도 인간과 사회를 보는 폭이나 깊이에 있어서 성숙한 사유를 보여 주는 사실주의적 작품이다. 비록 이 작품이 이틀 동안에 쓴 것이긴 하나 푸슈킨이 무척 공을 들이고 아낀 작품 중 하나라는 것은 러시아 문학 비평가인 게르셴존 이래 연구자들의 공통된 견해이다. 또 푸슈킨이 그가 높이 평가하던 시인 바라틴스키의 「무도회」와 함께 이 작품을 출판한 사실로 보아도 이 작품을 자신의 중요한 작품으로 여겼다는 것을 알 수 있다. 푸슈킨은 이 작품에 대해 1830년으로 추정되는 언급에서 아래와 같이 썼다.

"1825년 말 나는 시골에 있었다. 셰익스피어의 다소 약한 작품인 『루크레치아』를 다시 읽으면서 나는 생각했다. 만약 루크레치아의 머릿속에 타킨의 뺨을 때리는 생각이 떠올랐다면 어떻게 되었을까 하고. 아마도 그것이 타킨의 욕구를 식게 했을 것이고, 그랬다면 그는 수치스럽게 물러날 수밖에 없지 않았을까? 루크레치아는 자신을 찌르지 않았을 것이고, 푸블리콜라는 분노로 떨지 않았을 것이고, 브루투스는 황제들을 몰아내지 않았을 것이고, 세계와 세계 역사는 달라졌을 것이다. 그러니까 공화정도, 집정관도, 독재자도, 카토도, 시저도 모두 얼마 전 우리 이웃 노보루제프스키 현에서 일어난 유혹의 사건과 비슷한 결과인 것이다. 역사와 셰익스피어를 패러디하고 싶은 생각이 떠올랐고 이 이중적인 유혹을 이기기 어려워 이틀 아침 동안 이 단편을 썼다.

나는 내 원고들 위에 연도와 날짜를 써 두는 버릇이 있다. 「눌린 백작」은 12월 13일과 14일에 쓴 것이다. 정말 이상한 친화 관계다."

푸슈킨이 살아 있을 당시에는 이 언급이 알려지지 않았고, 당시 비평가 나데주딘이 이 작품의 냉소적 성격을 비판한 데 비해 벨린스키가 이 작품의 사실적 성격을 옹호하며 맞섰을 때, 이 둘은 모두 셰익스피어와의 연관성을 생각하지 못했다. 이는 이들의 문학적 소양이 푸슈킨의 기대에 많이 뒤진다는 것을 보여주기도 하지만, 다른 한편 그러한 연관성 없이도 이 작품이 당시 독자들에게 충분히 문제성 있는 메시지를 전달했다는 것을 말해 주기도 한다. 1855년 안넨코프에 의해 위와 같은 푸슈킨의 언급이 알려진 이후 이 작품은 셰익스피어와의 연관성 아래에서 연구되기 시작했다. 과연 푸슈킨은 셰익스피어 작품의 어떤 면을 패러디하고 싶었을까? 또 역사에 대한 패러디를 쓰고 싶다는 것은 어떠한 의미일까?

셰익스피어의 『루크레치아의 강간』과 푸슈킨의 「눌린 백작」, 두 작품의 공통된 줄거리는 남편이 부재중인 상황에서 부인이 다른 남자를 손님으로 맞아 저녁을 대접하며 서로 이야기하는 것, 그리고 그 남자가 부인에게 욕망을 느껴 그녀의 침실로 다가드는 것이다. 원작에서는 남자가 강제로 부인을 범하고 회한을 품으며 결국 파멸하지만, 패러디에서는 남자가 성공하지 못하고 아쉬워하다가 싱겁게 떠나고 만다. 셰익스피어 작품에서 가장 중요한 메시지는 여성의 정절을 강탈한 타킨이 시민의 분노를 사서 역사가 바뀌었다는 것이다. 푸슈킨은 패러디를 통해 이러한 사건은 흔히 일어나는 일상적인 이야기를 쓰듯 다루어야 한다는 것을 보여주며, 셰익스피어가 역사에 전해 오는 대로 그 이야기를 믿은 것 자체를 공격한다고 하겠다. 그렇게 자연스럽지 못한 이야기를 서사시의 장르에 담아 비장한 어조로써 중요한 역사적 사건으로 이야기하는 셰익스피어 서사시의 기본 구조를 패러디로 공격한 것이다.

'역사에 대한 패러디'라는 언급에서 역사는 역사 기술을 의미하기도 하고 역사 자체를 의미할 수도 있겠는데, 우선 역사 기술에 대한 패러디로 볼 때 푸슈킨의 패러디가 겨냥하는 바는 셰익스피어의 작품이 그렇듯 허위에 기반을 둔 로마사 기술 자체이다. 그는 정통성을 위한 신화 창조로서의 정통사에 도전하기 위해 신화와 전혀 다른 상황을 제시했다고 볼 수 있다. 신화와 달리 여인은 정절과 금욕의 화신도 아니고, 남자는 욕망 때문에 파멸하는 사람도 아니며, 또 정절의 문제 때문에 역사는 전혀 뒤집어지지 않는다(나탈리야에게는 정부가 있지 않은가?). 나중에 나탈리야가 눌린에 대해 동네방네 이야기하고 자신의 정절에 대해 자랑하고 남편을 비롯하여 많은 사람들로 하여금 그대로 믿게 하지만, 진정한 사정(그녀에게 젊은 정부가 있는 사정)은 다르다는 것에서, 알려진 사실의 비진실성에 대한 푸슈킨의 견해가 다시 한 번 나타난다고 볼 수 있다. 역사 자체에 대한 패러디라고 본다면, 경직된 고대 인간 세계의 현실, 인간의 본성에 기반을 두지 않는 부자연스러운 현실에 대해서 유머러스한 태도를, 정통성을 내세우며 사실의 진위에 관계없이 움직이는 역사 진행에 대해서 비판적인 태도를 패러디로써 드러낸 것이라고 할 수 있다.

마지막으로 이 작품을 12월 13일과 14일에 썼다며 '12월 봉기'와의 연관을 조롱조로 시사하는 푸슈킨의 언급은 그가 이 패러디로써 셰익스피어의 작품과 역사에 대해 공격적인 태도를 취하는 동시에 이 패러디를 도구 삼아 당시 러시아 귀족 사회를 겨냥한 풍자를 시도한 것이라고 할 수 있겠다. 작품 속에는 그 시대 귀족들의 일반적인 모습이 희화화되어 있다. 시골 지주들의 생활상, 외국식 교육을 받았거나 외국 물을 먹은 인텔리 귀족층의 공허하고 무의미한 삶, 지주 부인이나 눌린 백작이 받은 교육의 무용성, 러시아의 시골에서 외국 유행에만 관심을 기울이는 얕은 문화 의식, 그들에게 유용한 일을 제공하지 못하는 발달되지 못한 러시아 사회, 또 그 사회 속에서 의미 있는 일을 찾으려고 애쓰며 일하지 않는 귀족층의 무위도식, 금욕과는 거리가 먼 그들의 감정생활, 그들의 감정적 유희와 본능적 삶에 대한 애착이 적절한 세부 묘사를 통해 사실적으로 그려진다. 어쩌면 12월 당원들과의 연결에 대한 언급은 역사 왜곡의 문제에 대한 암시인지도 모른다. 민중에게 정통성을 확립시킬 수 있는 신화를 창조하고 유포할 현실적인 힘이 있느냐 없느냐에 권력이 바뀌느냐 바뀌지 않느냐 하는 문제가 걸려 있는데, 12월 당원들은 그렇지 못했고 그들의 드높은 이상은 묻힐 수밖에 없구나 하는 것을 푸슈킨이 말하려 한 것일 수도 있다. 아니면 푸슈킨은 오히려 당시(1825년 이전) 러시아 귀족층의 의식 및 행동과 12월 봉기의 실패 사이에 긴밀한 관계가 있다고 생각했을지도 모른다. 그는 러시아 귀족층의 의식이 아직 역사를 바꿀 수 없다는 것을 알고 있었던 것 같다.

4. 폴타바

1825년 12월 귀족 청년 장교들의 봉기가 실패하자, 푸슈킨의 가까운 친구들이 시베리아로 유형을 가게 되었고 잘 알고 지낸 다섯 명은 교수형을 받게 되었다. 얼마 후 니콜라이 1세는 푸슈킨을 모스크바로 불렀다. 자신의 재능에 대한 찬양가를 필요로 했던 것이다. 1826년 9월 8일 모스크바에서 황제와 만난 이후 그는 황제의 검열을 받으며 작품 쓰기를 허락받았다. 1828년에는 앞서 언급했듯이 푸슈킨이 1821년에 완성한 서사시 「가브릴리아다」의 신성모독성이 문제가 되었을 때로, 그가 황제에게 이 문제를 의논하여 대외적으로는 자신의 저작이 아니라고 부인하고, 황제가 이를 감싸줌으로써 푸슈킨은 더욱 황제에게 매이게 되었다. 「폴타바」는 이 시기, 1828년에 집필하여 1829년에 발표한 작품이다. 영국의 낭만파 시인 바이런의 「마제파」와 달리 「폴타바」에서는 마제파가 악당으로, 표트르 대제가 긍정적인 인물로 그려졌으나 실상 두 사람의 복합적인 성격이 사실적으로 나타난다. 역사적 사건인 폴타바 전투에 대해 많은 주석을 붙여 가며 재현하려 한 이 작품에서 적국 스웨덴의 왕 카를이나 그를 도운 우크라이나의 통치자 마제파, 마제파를 사랑한 마리야, 마리야를 숭배하던 카자크 젊은이……. 모두가 실상 열정으로 인하여 파멸한다. 이로써 열정과 파멸의 관계는 개인사에나 역사에나 공히 통용된다는 메시지가 전달된다. 인물 설정이나 표현에 있어서는 부분적으로 셰익스피어의 『오셀로』나 『햄릿』의 영향이 나타나기도 한다. 이 서사시는 차이코프스키에 의해 오페라로 만들어졌는데, 제목은 '마제파'로 늙은 마제파와 마리야의 열정과 사랑, 마제파 자신의 권력과 사랑 사이의 갈등, 전쟁과 정치의 남성적 세계와 사랑의 원칙이 우세한 여성적 세계의 대립에 초점이 맞추어져 있다. 폴타바 전투 장면은 전혀 나오지 않지만 많은 대사를 푸슈킨의 작품에서 그대로 취했다.

5. 안젤로

「안젤로」는 「청동 기사」, 「황금 수탉」과 함께 푸슈킨의 창작 생애 마지막에 탄생한 걸작으로 꼽힌다.

푸슈킨의 마지막 창작 생애는 1831~1837년까지 결혼 생활을 한 6년 정도에 해당한다. 결혼 생활에 불편을 느끼게 된 푸슈킨은 1833년 8월에서 9월까지 푸가초프 반란의 근거지들을 답사하고 10월 1일부터 두 번째 '볼디노의 가을'을 보낸다. 여기서 그는 단편 「스페이드 여왕」을 비롯하여 「안젤로」, 「청동 기사」를 쓰는데, 이 작품들에는 인간과 역사의 관계에 대한 깊은 관심이 드러난다.

「안젤로」는 푸슈킨이 셰익스피어의 『자에는 자로 Measure for Measure』를 번역하다가 탄생한 작품으로, 1833년에 집필해 1834년에 발표한 작품이다. 「안젤로」나 『자에는 자로』는 서로 시각 차이는 있으나 역사의 진행과 위정자의 통치 간의 관계에 대한 메시지가 들어 있고 두 작품 모두 인간이 스스로 설정한 절대적 원칙의 허구성을 다룬다. 규범과 관습이 현실의 복잡성, 본성의 진실 앞에서 힘을 잃는 것, 규범이나 법의 추상성과 현실의 구체성, 객관성과 주관성, 보편성과 개별성 사이의 문제를 보여준다. 푸슈킨은 이러한 문제와 관련하여 개인이 어떻게 위기를 맞고 내면의 갈등이 표출되는가 하는 것을 셰익스피어의 『자에는 자로』에서 읽어 냈다. 마치 옛날이야기를 하는 듯한 어조로 "행복한 이탈리아"라고 함으로써 비엔나의 어두운 분위기에 대비되는 밝은 느낌을 주는 동시에 시간과 공간이 그리 중요하지 않은 느낌을 주는 것이다. 셰익스피어의 『자에는 자로』는 비엔나라는 부패와 방종과 윤리적 타락의 도시에 대한 이야기이고, 푸슈킨의 「안젤로」에서는 무대가 되는 사회의 성격이 뚜렷이 부각되지 않는다. 이는 푸슈킨이 구성과 장르를 변경한 것과 같은 이유로 인물들의 내면 문제에 집중하고 싶었고 사회 전체의 문제에 대해서 쓰려는 것이 아니었다는 점 때문인 것으로 보인다. 축약하는 과정에서 푸슈킨은 여러 부차적인 기능을 하는 구성을 없애 버리고 오보던 여사, 폼페이와 다른 소인물들이 나오는 장면을 없앴는데, 그 결과 사회와 인간의 타락상, 짐승 같은 본능의 세계가 푸슈킨의 작품에서는 전혀 두드러지지 않게 된다. 안젤로의 욕망도 푸슈킨의 경우에는 덜 어둡다. 푸슈킨이 그린 안젤로의 애정은 정신적인 것과 육체적인 것 둘 다를 포함하는데, 셰익스피어의 안젤로는 육체적인 욕구를 강하게 느끼고 스스로를 타락한 인간이라고 본다. 셰익스피어의 안젤로에게 정욕이 문제라면 푸슈킨의 안젤로에게는 열정과 사랑이 문제인 것이다. 셰익스피어의 이사벨라는 오빠와 다툰 후에도 계속 순결이 오빠의 목숨보다 중요하다고 고집스레 말한다. 이러한 경직성이 푸슈킨의 이사벨라에게는 없다. 결과적으로 푸슈킨의 인물들은 셰익스피어의 인물들이 타락의 늪에서 허우적거리고 그것에 대한 극도의 경계심(자신에 대해서나 남에 대해서나)을 보이는 것과는 조금 다르게 인간을 사랑하는 마음과 용서하는 마음을 가진 사람들이라는 점이 두드러진다. 셰익스피어의 공작은 신성 로마 제국의 황제인 막시밀리안과 로마 황제 세베루스를 혼합한 것으로 보인다. 당시에는 로마 황제 세베루스가 가장을 하고 다녔다는 이야기가 널리 퍼져 있었다. 그래서 셰익스피어는 이 극의 무대를 독일적이면서도 로마적인 신성 로마제국의 수도 비엔나로 택한 것이라고 하겠다. 셰익스피어 작품 속에서 신성한 통치자는 대행인 안젤로에 대비되고 있다. 푸슈킨은 공작을 덜 정치적인 인물로, 좀 더 낭만적이고 엄격하지 않은 인물로 그렸다. 셰익스피어의 공작이 현세적으로나 정신적인 측면에서나 통치자로 또한 중매인으로 완전한 권위를 갖고 있는 데 비해 푸슈킨의 공작은 그렇지 않은 것이다. 푸슈킨의 공작은 무엇보다도 자비로운 인물로서 예술과 학문을 사랑하고 덕치를 주로 하는 사람이지만 셰익스피어의 공작은 진정한 의미의 법과 정의를 실현하는 인물이다. 셰익스피어의 공작은 훨씬 더 강한 법의식을 지니고 있다. 셰익스피어의 공작은 말한다. "자비를 바탕으로 한 이 나라의 법이 이렇게 소리 높이 외치는 데야 어쩌겠소. '클라우디오는 안젤로에게 앙갚음하고 죽음에는 죽음으로 갚아야 하느니라. 또 급한 것에는 급한 것으로, 여유에는 여유로, 비슷한 것은 비슷한 것으로. 말은 말로 되는 되로 갚는 것이 법의 정신이다.'라고 말이오."

결국 셰익스피어의 공작은 신성한 정의를 사용하는 사람이고 모든 면에 있어서 공정하려고 하며 정의와 자비를 조화하려고 한다. 법의 적용을 형평에 맞게 하겠다는 통치자의 법의식과 마찬가지로 셰익스피어의 이사벨라도 법의식을 드러낸다. 또 셰익스피어 극에서는 클라우디오와 줄리엣의 결혼, 안젤로와 마리야나의 결혼, 공작과 이사벨라의 결혼이 희극적인 해결을 가져오는데 이는 갈등과 뒤틀림의 해결과 조화와 질서의 세계로의 복귀를 의미한다. 희극적 결말의 원리는 모든 인물들이 정의와 자비의 균형 속에서 응분의 징벌이나 보상을 받는 것이다(그러나 셰익스피어의 극에서 결말이 모순적인 것은 사실이다. 안젤로의 경우가 그러하다. 안젤로는 응분의 징벌을 받았는가? 그의 죄가 너무 가볍게 취급된 것은 아닌가?). 또한 공작과 이사벨라의 결혼이 어떤 의미에서는 좀 어색한 데가 있는데 푸슈킨 극에서는 그렇게 진행되지 않는다. 푸슈킨은 공작을 매우 늙은 사람으로 설정하여 둘의 결혼의 가능성을 배제하였다. 푸슈킨은 결말에서 정의에 관한 부분에 관여하지 않는다. 결말은 정의보다는 자비와 용서에 연관되어 있고 이 용서는 죄의 계량이나 응분의 대가의 성격을 지니기보다 무조건적이다. 법이란 인간사의 복잡성을 판단하는 데 부적합하다고 말하는 듯한 느낌이다. 두 작품은 공히 인간의 외면적인 삶을 규제하고 지탱하는 그릇된 이상이나 원칙이 무너질 수밖에 없는 것, 또 인간의 본성이란 어떤 경직된 코드로서 포괄될 수 없는 것이라는 생각을 드러내 보인다. 안젤로의 순결에 대한 자만심, 그의 독신 생활, 이사벨라의 순결, 클라우디오의 명예, 이 모든 것이 그들의 내면에 자리한 본성의 힘 앞에는 무력하다는 것을 보여 준다. 안젤로의 욕망이 이사벨라를 만나며 표면에 떠올라 갈등을 일으키는 것, 이사벨라의 말과 행위의 모순, 죽음 앞에서 클라우디오의 명예에 대한 의무가 눈 녹듯 사라지는 것, 이 모든 것은 본인 자신들에게도 놀라운 것이었으며 이는 인간의 본성을 작가가 그대로 조명한 것이다. 셰익스피어의 『자에는 자로』의 주인공 안젤로라는 인물에 대한 푸슈킨의 관심과 『자에는 자로』를 바탕으로 한 「안젤로」라는 작품의 창조는 그가 1825년 「눌린 백작」에서 셰익스피어의 『루크레치아의 강간』을 패러디했을 때의 관심과 그 바탕을 같이 한다. 「눌린 백작」에서 푸슈킨은 정절의 화신으로 여겨지는 루크레치아의 신화를 폭로하려고 했다. 그는 루크레치아 신화가 인간의 본성의 진실에 기반을 두지 않은, 남자들에 의해서 만들어진 신화라는 것을 보여 주었다. 루크레치아의 강간과 그로 인한 죽음이 자신과 남편의 명예에 대한 옹호라는 측면에서 어색하게 제시된 이야기라고 파악한 푸슈킨은 이를 패러디함으로써 명예나 정절을 영광으로 만드는 것의 무의미함을 드러내려고 하였다. 또한 정절이 통치 이데올로기로 등장한 점, 정절이 사회화된 점에 대한 비판도 마찬가지로 읽을 수 있다. 마찬가지로 진실에 관계없이 통치하고 진실에 관계없이 역사가 진행될 수 있다고 믿는 안젤로의 허위성에 대한 폭로로 루크레치아 신화를 깨뜨리려는 의도의 연장으로 볼 수 있다. 푸슈킨은 『자에는 자로』를 읽으며 이렇게 「눌린 백작」을 쓸 때와 동일한 문제를 생각했던 것으로 보인다. 즉 인간의 본성에 어울리지 않는 원칙이나 관념의 우상을 파괴하려는 의도를 가지고, 인간이 스스로 설정한 절대적 규준이나 그 둘이 추구하는 원칙들이 인간 본성에 비추어 볼 때 얼마나 거짓되고 잘못되었는가 하는 것을 보여 주고 싶었던 것이다. 그런 것들을 정식화하고 경직화하고 절대화하는 것은 그야말로 푸슈킨이 본질적으로 반대하는 바다. 푸슈킨은 항상 닫힌 인간의 아집, 허위의식, 고정관념을 부수려고 도전해 왔다. 그리고 셰익스피어의 『자에는 자로』에서 푸슈킨은 다시 한 번 이러한 메시지를 표현할 기회를 보았던 것이다. 이번에는 경탄하면서, 그리고 그가 재창조한 작품에는 그 세계의 지혜를 자기화하여 자연스럽게 표현하는 능력 덕분에 러시아 독자들이 이해하기에 좀 더 친숙한 러시아성이 나타나게 되었던 것이다. 즉 사랑과 자비, 그리고 삶에 대한 경외가 나타나도록 보다 애정을 갖고 부드럽게 인간을 이해한 것이다.

바그너의 초기 오페라 「연애 금지」(1836년 초연)도 이 주제를 다루고 있는데 그가 푸슈킨의 「안젤로」에 대해 알고 있었는지는 알 수 없으나 두 작품의 연관이 두드러지는 것은 사실이다. 셰익스피어의 5막 극을 푸슈킨이나 바그너는 대폭 축약하여 부차적인 기능을 하는 여러 사건들과 소인물들을 없애고 이사벨라, 안젤로/프리드리히에 초점을 맞춰 두 인물이 부딪치는 순간들에 집중했다. 사건의 무대도 셰익스피어의 작품에서는 비엔나인 데 반해 푸슈킨과 바그너의 작품에서는 이탈리아인 점, 셰익스피어의 작품에서는 마리야나가 안젤로의 약혼녀였을 뿐 처녀이지만 푸슈킨이나 바그너의 작품에서 마리야나는 이미 안젤로/프리드리히와 결혼한 사이인 점, 푸슈킨이나 바그너의 작품은 결말이 정의보다 용서와 화해에 연관되어 있으며 이 용서는 죄의 계량이나 응분의 대가의 성격을 지니지 않고 무조건적이라는 점 등이 그러하다. 푸슈킨의 공작은 자비로써 안젤로마저 용서한다(푸슈킨은 법이란 인간사의 복잡성을 판단하는 데 부적합하다고 말하는 셰익스피어의 메시지를 더욱 강화한 것으로 보인다. 셰익스피어의 작품 속 자비와 용서, 그리고 이사벨라와의 결혼은 전적으로 공작의 의사에 달려 있다). 바그너에게 있어서는 모든 시실리 사람들이 본성을 인정하고 용서하는 것으로 끝난다. 푸슈킨이나 바그너가 셰익스피어의 작품에서 그대로 따온 부분들이 동일하다는 점도 눈에 띈다. 이사벨라와 안젤로/프리드리히가 만나는 두 차례의 장면에서 오간 대화, 그리고 이사벨라와 오빠 클라우디오 간의 대화, 안젤로/프리드리히의 독백은 안젤로/프리드리히라는 인물의 복합성을 드러내는 부분이 그러하다.

6. 청동 기사

481행으로 되어 있는 「청동 기사」는 1833년 집필되었으나 검열로 인해 발표되지 못하다가 푸슈킨 사후에 주코프스키가 고쳐서 발표한 작품으로 페테르부르그 및 그 건설자 표트르 대제, 1824년 대홍수와 관련된 러시아의 문학 작품 및 기사들, 당시 유명한 폴란드 작가 미츠키예비치가 이 주제에 대해 쓴 시들을 독자의 의식 속에 의도적으로 불러일으키며 이들과 대화하고 있다. 러시아의 역사적 영웅인 표트르 대제는 18세기 초 강력한 통치자로서 스웨덴의 위협을 물리치고(이는 「폴타바」에서 다루었다) 유럽의 문물을 받아들여 러시아를 유럽의 강국으로 만드는 데 기초를 마련한 인물이다. 러시아를 서구 모델에 따라 개혁한다는 그의 서구화 정책의 중심에는 페테르부르그 건설이 있다. 늪지에서 화려하게 솟아난 수도의 그늘에는 많은 사람들의 고통이 있었고 특히나 배수가 안 되는 관계로 홍수 피해가 컸다. 푸슈킨은 이 작품에서 표트르가 건설한 도시의 아름다움과 웅장함을 그리는 동시에 1824년 대홍수의 피해를 그림으로써 화려하고 웅장한 수도 건설의 이면에 대해서, 나아가 권력과 민중의 관계, 이성과 자연의 관계에 대해서, 또 이들 요소가 어우러져 역사의 흐름을 이루는 것에 대해서 생각해 보도록 했다. 그런 의미에서 이 작품은 역사에 대한 푸슈킨의 끈질긴 사유가 응집된 결과물이라고 할 수 있겠다. 표트르의 의지와 그의 도시 건설로 인해 개인적 불행을 맞게 된 민중, 그 민중이 그에게 고개를 쳐들었을 때 그가 행하는 잔인한 응징, 자연력을 거슬렀을 때 분노하는 자연 등 통치자와 자연, 민중의 관계, 그리고 이들이 어우러져 역사의 흐름을 이루는 것에 대해 생각하게 만든다.

7. 황금 수탉

1834년 집필해 1835년 발표한 「황금 수탉」은 다른 우화들에 비해서 무엇을 말하려고 하는 것인지 뚜렷하게 알기 힘든 작품으로 여겨져 왔다. 확실한 것은 이 작품이 검열을 받았고 그 검열받은 부분으로 보아 이는 필시 푸슈킨과 황제의 갈등을 보여 준다는 사실이다. 발표하기 전에 검열로 고친 부분은 맨 마지막 "……우리 착한 청년들에게 주는 교훈이라"라는 부분을 첨가한 것, 그리고 "황제와 다투는 것은 해로웠다"라는 부분에 "황제" 대신 "그 어떤 사람"을 넣은 것이다. 이 작품이 검열 때문에 애를 먹은 것은 작품 속에 황제에 대한 비판이 들어 있었기 때문일 것이다. 훌륭한 무사였던 황제는 나이가 들어 예언자가 가져다 준 황금 수탉에 의지하여 편안히 잠들다가 지붕 꼬챙이에 꽂아 놓은 황금 수탉이 울고 동쪽으로 몸을 돌릴 때마다 아들들을 보내거나 본인이 움직이게 된다. 황제는 수탉이 울어 아들들을 뒤쫓아 가 아들들이 샤마한의 공주 때문에 서로 싸우다가 죽은 것을 보았으나, 곧 죽은 아들들도 잊고 그녀에게 유혹당하여 그녀를 데리고 궁전으로 돌아온다. 황제는 결국 무엇이든지 들어 주겠다고 했던 약속도 무시하고 그녀를 요구하는 예언자를 죽인 탓에 황금 수탉에게 쪼여 죽는다. 당시 푸슈킨의 처지를 감안해 보면 아마도 이 작품이 황제와 푸슈킨의 아내와 푸슈킨의 관계를 어렴풋이 암시하는 것일 수도 있겠다. 황제는 푸슈킨의 아내를 좋아했고 푸슈킨은 현자로서 황제에게 불려 온 사람이지만 황제에게 배반을 당했다고 느꼈을 수 있으며 특히 황제가 자신의 아내를 좋아하게 된 것을 과장하고 극화하여 황제와 샤마한의 공주의 관계에 빗대어 이야기한 것일 수도 있다. 황제는 푸슈킨의 말을 듣지 않았을 것이고 푸슈킨은 자신이 거세된 느낌을 받았을 수도 있겠다. 그럴 때 "우리 착한 청년들에게 주는 교훈이라" 하는 것은 우선 황제의 아들들에게 주는 교훈이겠으나 내용적으로 황제나 거세된 조그만 늙은이 예언자에게도 해당된다. 이는 당시의 상황(황제도 푸슈킨도 아직 젊다)과 연관되어 흥미롭다. 가장 중요한 메시지는 황제의 본분과 약속, 여인에게 매혹당하여 눈멀게 되는 남자들에 대한 경고로 보인다. 지붕 위의 꼬챙이에 앉은 닭은 거창하게 말하면 역사 정신을 말하는지도 모른다. 이 작품의 내용이 결국 불가사의한 것처럼 이 작품의 화려하고도 정제된 표현도 불가사의할 만큼 신비롭다. 샤마한의 공주가 그렇듯이. 오페라는 벨스키에 의해 리브레토로 만들어져 1907년 림스키-코르사코프의 작곡으로 초연되었다. 오페라에서는 나라가 위기에 처했을 때 신하들이 우왕좌왕하는 모습, 샤마한 공주의 고혹적인 아름다움에 유혹당하는 황제의 모습이 구체적으로 그려졌다. 또 예언자와 황금 수탉이 그를 거스르는 황제를 파멸시키는 것에서 역사의 준엄한 심판을 떠올리게 한다. 예언자와 그의 황금 수탉은 결국 같은 편, 황제가 예언자를 죽였을 때 황금 수탉이 황제를 죽이지 않았는가?

「가브릴리아다」는 약강 5보격, 「안젤로」는 약강 6보격이고 나머지 서사시들은 약강 4보격이며 모두 각운이 있다. 각운 배열은 대부분 4행을 단위로 교대운이나 병렬운, 고리운으로 되어 있고 그렇지 않은 경우의 행들은 앞의 4행 중 각운을 이루는 두 종류의 어미들 중 하나와 동일하게 되어 있다. 간혹 2행이 쌍운으로 되어 있는 경우도 있다. 번역에서는 원문과 행수를 맞추었고 각운에서 할 수 있는 만큼 신경을 썼다.

번역에 사용한 원전은 1975년 모스크바에서 나온 열 권짜리 『푸슈킨 전집』 중 3권에 수록된 것들이다.

「트리스탄과 이졸데」와 「강아지를 데리고 다니는 귀부인」 - 바그너와 체호프의 사랑 이야기*

1. 서론

본 논문은 체호프의 단편 소설 「강아지를 데리고 다니는 귀부인(Дама с собачкой)」과 바그너의 「트리스탄과 이졸데(Tristan und Isolde)」 및 이 작품의 모태가 된 고트프리트 폰 슈트라스부르크(Gottfried von Straßburg)의 『트

---

* 『러시아연구』 22권 2호(2012), 87-118. 이 글을 쓸 때 고트프리트 폰 스트라스부르크의 『트리스탄과 이졸데』 인용 부분에 대해서 자문을 해준, 베를린 학창시절부터 지금까지 속마음을 주고 받는 코르넬리아 에스너 Cornelia Essner 에게 감사한다. 인생살이 어려움 속에서도 꾸준히 글쓰기를 이어가는 그녀에게 박수를 보낸다.

1   1899년 12월 『러시아사상』에 발표. А. П. Чехов(1984) *Сочинения в 4 томах*, Т. 3, М.: «Правда», С. 378-395.

2   음악극/오페라(Musikdrama), 1865년 초연. 바그너 자신은 이 텍스트를 1859년 초에 출판할 때나, 1871년 전집을 낼 때도 아무런 장르 표시 없이 그냥 '트리스탄과 이졸데'라고 칭했고 1860년 오페라 총보를 출판했을 때는 '3막의 극'이란 부제를 달았다. R. Wagner(2003) *Tristan und Isolde*, Stuttgart: Philipp Reclam jun. S. 133. 본 논문에서 이 오페라를 인용할 때는 행수가 표시되어 있는 이 책을 따랐다.

리스탄과 이졸데(Tristan und Isolde)』(대략 1210년)[3]와의 연관성을 논하는 글이다.

여러 가지 해석을 낳은 경이로운 단편 소설 「강아지를 데리고 다니는 귀부인」은 트리스탄과 이졸데의 이야기에 연원을 두는 여러 유명한 작품들—『마담 보바리』,『에피 브리스트』,『안나 카레니나』— 처럼 불륜의 주제를 다루고 있다. 필자에게 이 단편은 위에서 언급한 소설들보다 훨씬 더 트리스탄과 이졸데의 사랑 이야기에 접근하고 있다고 여겨진다. 그것은 필자가 이 단편의 무게중심이 바로 고트프리트와 바그너의 「트리스탄과 이졸데」에 담겨 있는 것과 동일한 메시지, 즉 진정한 사랑의 눈뜸, 인간 존재의 진정한 가치에 대한 자각, 허위적 현실과 사랑의 대척적인 관계, 사랑으로 인하여 가능해지는 현실의 허위성에 대한 자각, 자신에 대한 성찰과 연민의 과정에 있다고 읽었기 때문이다. 그러나 체호프가 고트프리트 폰 슈트라스부르크나 바그너의 「트리스탄과 이졸데」는 물론, 바그너 자체에 대해서 직접 언급한 바가 있는지에 대해서는 전혀 알려진 바 없다. 예를

3　체호프가 살아 있었을 당시, 고트프리트 폰 슈트라스부르크(Gottfried von Straßburg)의 트리스탄과 이졸데의 사랑 이야기는 세 종류의 신고독일어번역이 있었다. 1855년 짐록(Simrock)의 번역 — Gottfried von Straßburg(1855) *Tristan und Isolde*, übersetzt von Karl Simrock, Leipzig: Brockhaus. – http://gutenberg.spiegel.de/buch/3160/1(검색일: 2012.10.16) — 과, 1877년 헤르츠(Hertz)의 번역 — Gottfried von Straßburg(1877) *Tristan und Isolde*, neu bearbeitet und nach den altfranzösischen Tristanfragmenten des Trouvere Thomas, ergänzt von Wilhelm Hertz, Stuttgart: Verlag von Gebrüder Kröner, – 그리고 1844년 쿠르츠(Kurtz)의 번역 — 제2판이 1847년, 제3판이 1877년에 출판되었다 — 이 그것이다. 이 논문에서는 바그너와 체호프가 관심을 가지고 읽었을 법한 쿠르츠의 번역 — Gottfried von Straßburg(2009) *Tristan*, nach der Übertragung von Hermann Kurz, herausgegeben von Alfred Heinlich(1925), überarbeitet von Stephan Dohle, Köln: Anaconda; Gottfried von Straßburg(1979) *Tristan und Isolde*, nach der Übertragung von Hermann Kurtz, bearbetet von Wolfgang Mohr, Göppingen: Kümmerle Verlag, 볼프강 모어는 자신의 번역이 랑케(Ranke)의 원전 출판(1930년)에 따라 행수를 표시하고 있다고 말하므로 본 논문에서 인용할 때는 이 번역을 사용하였다 — 을 텍스트 분석에 사용하였다. 한국어로는 쿠르츠의 번역이 아니라 랑케의 번역(1958년)을 일어로 번역한 것에서 중역한 것이 있다. 곳트프리트 폰 스트라스부르크(1979)「트리스탄과 이졸데」, 박횐 옮김(서울, 실험출판사).

들면, 모차르트의 오페라 「돈 조반니」와 푸슈킨의 작은 비극 『석상손님』이 유럽 오페라와 러시아 문학의 관계를 작품 속에 뚜렷하게 드러내고 있는 것과 달리, 「강아지를 데리고 다니는 귀부인」의 경우에는 체호프 스스로 이 관계에 대해 전혀 언급하지 않았다.[4] 그러나 바그너와 체호프, 이 두 거장의 공통점이라면, 이들이 이 작품들을 쓸 당시 쇼펜하우어에 열광하고 있었다는 사실이다. 필자는 당시 러시아의 유럽문화 수용의 정황을 짚어 보면서, 체호프가 고트프리트의 트리스탄과 이졸데 이야기나 이 이야기를 바탕으로 한 바그너의 오페라에 대해 잘 알았으리라는 결론에 이르렀고, 체호프 자신도 「강아지를 데리고 다니는 귀부인」에서 이러한 테마를 다루면서 고트프리트와 바그너의 「트리스탄과 이졸데」와 관계를 맺는다고 생각했다. 바그너가 쇼펜하우어의 영향 아래 고트프리트의 사랑 이야기를 기반으로 오페라 「트리스탄과 이졸데」를 만들어냈듯이, 체호프는 쇼펜하우어의 영향을 받아 고트프리트의 사랑 이야기 같은 경이로운 작품 「강아지를 데리고 다니는 귀부인」을 만들어 내었다는 것이 필자의 추측이다. 본 논문은 이러한 관점에서 이 세 작품의 텍스트에 대한 밀착된 고찰을 통하여 이들의 연관 관계를 뚜렷하게 드러내 보이고자 하는 시도이다.

2. 바그너와 고트프리트의 「트리스탄과 이졸데」와 체호프

2-1. 러시아의 바그너 수용

바그너는 통합예술(Gesamtkunstwerk)을 주창하여 러시아에서 1860년

---

4 투르게네프의 『전야』(1860–1861)에 나오는 인사로프와 트리스탄의 유사성에 대한 연구들은, 비록 투르게네프 자신이 이를 언급하지는 않았지만, 그가 1859년 출판된 바그너의 「트리스탄과 이졸데」 리브레토 텍스트를 읽었거나 고트프리트 폰 슈트라스부르크의 『트리스탄과 이졸데』와 같은 다른 출처를 읽었을 것이라는 가정이 가능하다. R. Barllett(1995) *Wagner and Russia*, Cambridge: Cambridge University Press, pp. 55-56.

대 초반부터 러시아 문화인들의 큰 관심을 받기 시작하게 된 예술가이다. 1863년 2월 19일과 26일, 바그너는 페테르부르그와 모스크바에서 베토벤 5번 교향곡과 자신의 오페라들 중에서 일부를 지휘했는데, 그 가운데는 「트리스탄과 이졸데」의 서곡과 마지막 장면인 '사랑의 죽음' 부분이 포함되어 있었다. 이후 바그너에 대한 열광과 비판이 공존하면서 바그너 음악을 둘러싼 논쟁이 시작되었고, 1876년 러시아 신문과 잡지들에는 바이로이트 극장의 「니벨룽의 반지」 공연과 연관하여 많은 글들이 실렸다. 바그너가 작곡한 오페라들의 공연도 페테르부르그와 모스크바에서 꾸준히 계속되었고, 1889년 2월-3월에는 페테르부르그에서 독일 오페라단의 「반지」 4부작 전체 공연이 있었는데 황제 알렉산드르 3세를 비롯하여 황실에 속한 사람들 등, 페테르부르그의 모든 교양인들이 몰렸고 매우 큰 반향을 불러 일으켰다.[5] 체호프는 1889년 1월, 2월, 4월에 페테르부르그에서 「이바노프」, 「곰」, 「청혼」의 공연으로 인하여 매우 큰 인기를 누렸다. 같은 시기에 같은 관객을 바그너의 대표작 공연과 공유했을 뿐만 아니라 유럽문화에 민감하게 열려 있던 지성인으로 꼽히는 체호프[6]는 바그너가 러시아 문화인들에게 미치고 있던 커다란 영향에 대해서 잘 알았을 것이고 바그너의 작품들에 대해 많은 관심을 가졌을 것이다. 원래 체호프는 음악에 대해 깊은 이해와 관심을 가지고 있었다. 그는 오페라에 대해서 일찍부터 큰 관심을 보였으며 오페라 가수들을 비롯하여 재능 있는 음악인들과 개인적인

5　러시아 음악에 대해 사용된 참고서는 D. Redepenning(1994) *Geschichte der russischen und der sowjetischen Musik*, in 2 Bdn., Bd.1, Das 19. Jahrhundert. Laaber: Laaberverlag.

6　서유럽과 러시아와의 문화교류는 러시아 혁명이 일어난 후 1930년대 스탈린 집권이 공고화되면서 단절된 현상일 뿐, 그 이전의 러시아 문화는 11세기 이후 서유럽과 매우 긴밀한 연관을 가지고 있었고, 러시아 작가들은 유럽의 문화를 수용, 흡수하고 자기화하는 과정을 지속해 왔다. 추다코프는 체호프를 19세기의 작가 중 유럽문화에 대한 교양이 매우 넓은 작가로 꼽는다. A. Chudakov(2000) "Dr. Chekhov: A biographical essay, 29 January 1860-15 July 1904," in Vera Gottlieb and Paul Allain(ed.) *The Cambridge companion to Chekhov*, Cambridge: Cambridge University Press, pp. 3-16.

친분을 가졌었다. 체호프는 특히 차이코프스키의 음악을 무척 좋아하였고, 1888년 말 차이코프스키의 동생의 집에서 그를 알게 되었는데 인간적으로도 매우 좋아했다고 한다. 차이코프스키 또한 체호프를 매우 훌륭한 작가로 여겼다. 차이코프스키는 체호프가 자신의 작품집에 그의 사진을 싣고 싶다고 부탁하자 1889년 10월 14일 직접 체호프를 방문하였고 집에 돌아와 사진을 보내면서 둘의 친교는 두터워졌다. 이후 두 사람은 레르몬토프의 단편 「벨라」를 바탕으로 오페라를 만들 계획까지 세웠으나, 1893년 차이코프스키가 갑작스레 사망함으로써 실현되지 못했다. 체호프가 톨스토이 다음으로 존경한다고 꼽았던 차이코프스키는 1863년 페테르부르그에서 바그너의 첫 번째 러시아 연주여행기의 모든 곡들을 듣고 감명받은 이후 바그너의 심포니에 큰 관심을 보였으며, 바그너에 대해 지속적인 관심을 가지고 외국에서 그의 오페라들을 관람하였고 죽을 때까지 바그너에 대해 여러 기회에 자주 언급하였다. 차이코프스키는 바그너의 오페라 중에서는 「탄호이저」와 「로엔그린」, 「날아다니는 네델란드인」, 「발퀴레」를 비교적 높이 평가하였으나, 베를린에서 1882년 12월 30일 동생 모데스트에게 보낸 편지와 1882년 12월 31일 나데주다 폰 메크 부인에게 보낸 편지, 1884년 2월 27일에 파리에서 나데주다 메크 부인에게 쓴 편지에서 알 수 있듯이, 「트리스탄과 이졸데」 공연에 대해서는 몹시 지루하다고 평가한 바 있다.[7] 바그너의 오페라는 페테르부르그와 모스크바에서 꾸준히 공

---

7 당시 성장기에 있었던 러시아 음악은 바그너의 커다란 영향을 받았으나, 바그너는 러시아에 알려진 이래 대체로 뜨거운 논란의 대상이 된 작곡가이기도 하였다. 차이코프스키도 이에 한몫을 하였고 또 이러한 논란의 영향을 받았을 것으로 보인다. 음악 연구가들은 차이코프스키의 오페라나 환상곡 중에는 바그너를 연상시키는 면이 있다고 논의한다. 차이코프스키의 바그너 작품과의 관계는 차이코프스키 작품의 맥락 안에서 연구되어야 할 문제일 것이다. 예를 들어, 바그너의 「트리스탄과 이졸데」의 '사랑의 두엣'의 대사는 차이코프스키의 「스페이드 여왕」에서 리자와 게르만이 네바 강변에서 만나는 장면에서 인용된다고 말할 수 있을 만큼 유사하다. 최선(2009) 「차이코프스키의 푸슈킨 읽기 — 오페라 '스페이드 여왕'의 경우」, 「러시아어문학연구논집」 제31집, 192–194.

연되었는데 모스크바보다 페테르부르그에서 더 자주 무대에 올려졌다.[8]
체호프는 1889년 자신의 드라마 작품들이 페테르부르그에서 공연되었을
때는 물론이고 1885년 말 이후 1896년까지 페테르부르그에 자주 갔다. 그
는 페테르부르그의 유럽적인 문화 — 연극, 오페라, 문화 지성층 — 와의 교
류를 즐겼고, 모스크바가 문화나 지성의 심도에 있어서 페테르부르그보다
떨어지는 것을 안타까워하기도 했다.[9]

1890년대에 들어서 독일 예술 전체가 러시아인들에게 푸대접을 받았고
바그너에 대해서도 유보적이긴 했으나 1890년대 말에 와서, 1896년에서
1899년 사이에 그의 저작들이 대부분 러시아어로 번역되어 소개되었고[10]
음악잡지뿐만 아니라 『예술세계』 같은 문예지에 그에 대한 평론이 번역되
어 실릴 정도로 그는 러시아 지성층의 관심의 초점이 되었으며, 20세기에
들어서는 잘 알려진 바와 같이 뱌체슬라프 이바노프, 안드레이 벨르이 등
20세기 상징주의자들에게 매우 커다란 영향을 끼쳤다. 1898년 2월 23일부
터 4월 7일 사이, 페테르부르그에서 독일 앙상블이 바그너 프로그램만을
가지고 공연하였는데, 그중에 「트리스탄과 이졸데」는 성공적으로 세 차례
공연되었다. 1899년 4월 5일에는 이 오페라가 페테르부르그에서 러시아

---

8   R. Barllett(1995), 302-306.

9   R. Barllett(2004) *Anton Cechov*, Wien: Paul Zsolnay Verlag, pp. 192-193. 체호프가 페테르부르그
에서 정확히 무엇을 했는지, 수보린의 풍성한 서재에서 무엇을 읽었는지, 수보린의 객실에서 어떤 문인
들이나 음악인들을 만나 무슨 이야기를 했는지 알 수는 없다. 수보린이 보낸 편지는 체호프 사후 수보린
이 돌려받아 불태워버렸다. 수보린의 드라마 『타티아나 레피나』(1886년 발표)의 여주인공이 오페라 디바
인 것으로 보아 수보린도 체호프처럼 오페라에 대해 큰 관심을 가졌던 것 같다. 체호프는 이 희곡에 대
해 비판적인 견해를 가졌고 자신이 같은 제목의 희곡을 1889년에 썼는데, 두 작품이 모두 사회적으로 인
정받지 못하는 사랑을 하다 버림받아 죽게 되는 오페라 디바의 이야기를 중심으로 당시의 결혼식이나
결혼제도를 둘러싼 사회적 통념의 허위성을 고발했다.

10   R. Barllett(1995), 372-373.

어로 초연되었고,[11] 세 번의 공연이 있은 후 그 이듬해부터는 계속 사랑받는 레퍼토리가 되었다.[12] 자신이 존경하던 인물들이 바그너 및 이 오페라에 대해 부정적으로 평가한 것을 알긴 했어도 — 가장 존경하는 톨스토이는 바그너의 예술론이나 그의 오페라에 대해 부정적 견해를 가졌었고 1896년 반지 4부작 중 『지크프리드』를 볼쇼이 극장에서 감상한 후 역시 부정적으로 평가했으며,[13] 두 번째 존경하던 인물인 차이코프스키는 바그너에 대해 양가적인 태도를 가지고 있었고 「트리스탄과 이졸데」 공연에 대해 부정적인 반응을 보였다.[14] — 쇼펜하우어 철학에 심취했던 체호프는 당시 러시아 문화계에서 큰 반향을 일으켰던 이 오페라, 쇼펜하우어의 영향 아래 태어난 바그너의 이 오페라에 대해 큰 관심을 가졌을 것이다.[15]

---

11 바그너의 「트리스탄과 이졸데」가 러시아어 번역으로 최초로 알려진 것은 1894년 라이프치히와 리가에서 출판된 체쉬힌(В. Чешихин)의 것이다.

12 R. Barllett(1995), 307-308.

13 Л. Н. Толстой(1965) *Сочинения в 20 томах*, Т. 20, М.: «Художественная Литера- тура», С. 47, 463. 톨스토이는 체호프의 단편 「강아지를 데리고 다니는 귀부인」도 선악의 구별을 모른다는 의미에서 온통 니체라고 매우 부정적으로 평가하였다(Толстой 1965: 124).

14 체호프는 베토벤, 모차르트, 차이코프스키 등 여러 음악가들을 작품 안에 들여오지만 무소르그스키나 바그너에 대해서는 전혀 언급한 것이 알려진 바 없는데, 이는 차이코프스키가 무소르그스키나 바그너에 대해서 유보적인 태도를 취한 것과 무관하지 않을 것이다.

15 19세기 후반 쇼펜하우어의 철학이 유럽을 풍미한 이래 그의 철학의 영향을 가장 많이 받은 나라는 러시아이다. 쇼펜하우어는 1860년경부터 러시아에 알려지기 시작하여 문학인들과 지성층에 가장 큰 영향을 미쳤다. 1860년대부터 쇼펜하우어에 관심을 가졌던 작가들은 투르게네프, 톨스토이, 페트, 체호프이다. 1864년 '성애의 형이상학'이 '사랑의 형이상학'이라는 제목으로 약간의 생략을 한 채 처음 번역되었고 1881년 페트 번역의 『의지와 표상으로서의 세계』 1권이 나왔다(2권은 1886년). 1880년대부터 쇼펜하우어에 관심을 가졌던 중요한 작가로는 레스코프, 체호프, 안드레예프, 벨르이, 솔로굽이 꼽힌다. P. Thiergen(2003) "Schopenhauer ist der genialste aller Menschen," Die Rezeption A. Schopenhauers in Russland und in der russischen Literatur. Vortrag gehalten am 13. Januar 2003 in der Bayerischen Akademie der Wissenschaften, http://www.badw.de/suche/?pr=BAdW&prox=page&order=r& query=Die+Rezeption+A.+Schopenhauers+in+Russland+und+in+der+russischen+Literatur.&

2-2. 고트프리트의 『트리스탄과 이졸데』번역

체호프는 고트프리트의 트리스탄과 이졸데의 이야기에 대해 어떻게 생각했을까? 트리스탄 이야기는 당시 유럽 및 러시아에서 어떻게 수용되고 있었을까?

트리스탄과 이졸데의 설화는 중세부터 유럽 전역에 널리 퍼져 있었다.[16] 바그너가 이 이야기를 오페라로 작곡, 공연한 1865년 이후 유럽 전역의 바그너 열풍과 함께 이 이야기는 더욱 더 대중화되었고, 이 이야기를 극화하거나 변용한 것이 더 잘 알려지게 되었으며, 여러 문학 작품에서 이 이야기가 더욱 더 빈번하게 수용되었다. 바그너 오페라의 기반이 된 고트프리트의 이 작품은 1210년경 쓰여진 이야기로서, 독일에서는 1500년대 이후 300년간 거의 언급되지 않다가 앞의 주 3)에서 밝혔듯 1844년 처음으로 신고독일어로 된 쿠르츠의 번역이 출판되고 1855년 짐록, 1877년 헤르츠

---

submit=Suchen(검색일: 2012.10.10). 체호프는 중고등학교 고학년 시절부터 타간로크 도서관에서 쇼펜하우어를 열심히 읽었다고 한다. 1869년 톨스토이는 페트에게 『의지와 표상으로서의 세계』를 번역할 것을 권유했고 페트의 번역은 1881년 출판되었다. 고등학교 시절 체호프가 가장 높은 점수를 받은 과목은 독일어였다. 소비에트 시절의 문단과는 달리 19세기 러시아 작가들은 대부분 프랑스어나 독일어로 책을 읽을 수 있었다. 투르게네프나 톨스토이, 페트의 경우에는 물론 그렇고 많은 작가들이 그랬다. 체호프는 독일어 실력도 상당한 수준이었다고 여겨진다. 1889년 5월 15일자 수보린에게 보낸 편지에 그가 곧 독일어와 프랑스어로 편지를 써보내리라고 했을 만큼 독일어와 프랑스어를 능동적으로 구사하려고 이즈음 이 언어들을 더욱 깊이 공부하기 시작한 것을 알 수 있다. 그는 쇼펜하우어, 바그너의 『트리스탄과 이졸데』나 고트프리트의 트리스탄 이야기를 직접 독일어로 읽었을 것이다. 체호프가 드레퓌스 사건 당시 프랑스 신문을 자세히 읽은 것으로 보아 그가 트리스탄과 이졸데의 이야기를 주 16에서 소개한 1835-1838년 프랑스어로 출판된 책으로 접했을 수도 있다.

16 트리스탄과 이졸데의 설화는 12세기 후반에 영국의 토마스가 썼다는 트리스탄 이야기의 남아 있는 다섯 개의 조각들에다 고트프리트의 이야기, 1226년의 노르웨이의 산문, 1300년 이전의 시르 트리스트람을 합쳐서 재구성되어 미셸(F. Michel) 편으로 런던 파리에서 1835-1838년 3권으로 출판되었다. Thomas d'Angleterre(1994) *Tristan et Yseut*, altfranzösisch/neuhochdeutsch von Anne Berthelot, Danielle Buschunger und Wolfgang Spiewok, Greifswald: Reineke- Verlag, 서문 XXIII.

의 번역이 출판된 이후 더욱 대중에게 다가갔다.[17] 바그너는 1840년대에는 문학적 측면에서만 이 이야기에 흥미를 가졌는데 1854년부터 본격적으로 이 이야기를 음악극으로 작곡하려는 뜻을 가졌던 것으로 보아 1844년의 쿠르츠의 번역이 큰 영향을 미쳤을 것이다.

1870년대부터 유럽 전역에 불기 시작한 바그너 열풍 및 유럽 각국에서 활발히 이루어진 트리스탄과 이졸데 이야기에 대한 연구 및 번역 출판을 감안할 때, 러시아에서도 이 작품들이 꽤 잘 알려진 것으로 보인다.[18] 1888년 베셀로프스키가, 트리스탄 설화가 동슬라브권에 어떻게 들어왔나 하는 것을 연구하고 이를 러시아어로 번역한 것은 이러한 유럽 전역의 트리스탄 연구 열풍의 일환으로 볼 수 있는데, 베셀로프스키는 13-14세기에 이탈리아와 세르비아를 거쳐 백러시아로 들어왔다고 여겨지는 버전을 번역했다.[19] 1895년의 브록가우스 사전에 들어 있는 『트리스탄과 이졸데』에 대한 글에서는 쿠르츠, 짐록, 헤르츠의 세 번역을 소개하면서 1877년의 헤르츠의 번역을 가장 좋은 것으로 꼽고 있다.[20] 체호프 시대의 러시아 작가들이

---

17   T. Tomasek(2007) *Gottfried von Strassburg*, Stuttgart: reclam, 301-308.

18   Д. Минаев(1877) *Немецкіе поэты въ біографіяхъ и образцахъ*, Подъ редакціей Н. В. Гербеля, Санктпетер, http://az.lib.ru/g/gotfrid_s/text_0030oldorfo. shtml(검색일: 2012.10.10). 미나예프는 고트프리트 폰 슈트라스부르크의 『트리스탄과 이졸데』를 소개하고 일부를 번역하였는데 이 부분은 종교적으로 가장 문제가 되는 부분인 '신의 심판' 중에서 15532−15764까지이다.

19   А. Д. Михайлов (ред.)(1976) *Легенда о Тристане и Изольде, Серия "Литературные памятники"*, М.: «Наука», http://lib.ru/INOOLD/WORLD/tristan_i_izolda.txt(검색일: 2012.10.10). 베셀로프스키는 1903년 베디에의 트리스탄과 이즈도 번역했다 고트프리트의 트리스탄 이야기가 일찍이 러시아어로 번역 출판되지 못한 것은 러시아의 가부장적인 제도와 강한 기독교적 문화 때문이었을 수도 있다. E. Malek(1996) "Why was the legend of Tristan and Isolde not translated in old Rus' and in Poland?," *Chloe-Amsterdam-Beihilfe zum Daphnis-*, vol. 29, pp. 501-516.

20   А. Кирпичников(1895) "Готфрид Страсбургский," *Словарь Ф. А. Брокгауза и И. А. Ефрона*, http://zaknigu.ru/russian_classic/kirpichnikov_ai(검색일: 2012.10.10) 여기서 칭송된 1877년의 번역은 역자 헤르츠 자신이 서문에서 말하듯 원본에 서지학적으로 충실하기보다는 당시 교양독자들에게 신

바그너의 「트리스탄과 이졸데」의 기초가 된 고트프리트의 트리스탄 이야기 전체를 위의 세 신고독일어 번역을 통하여 접할 수 있었다는 것은 확실하다.[21]

3. 바그너와 체호프의 사랑 이야기에 나타난 쇼펜하우어의 영향

3-1. 고트프리트의 사랑이야기

체호프의 단편과 바그너의 「트리스탄과 이졸데」에서 가장 두드러진 공통점은 두 남녀가 현실에서는 용납되지 않는 사랑을 하면서 그 속에서만 진정성을 누린다는 사실이다. 바그너는 중세의 고트프리트 이야기의 핵심적인 내용을 두 남녀의 사랑을 중심으로 변형하였다. 고트프리트의 이야기에서는 트리스탄의 아버지인 리발린이 브리타니의 모르강과 싸움에서 승리한 후 콘윌의 마르케왕의 휘하로 와서 복무하다가 마르케왕의 여동생인 블랑쉬플뤼르를 사랑하게 되고 모르강에게 죽음을 당한다. 그 후 블랑쉬플뤼르가 트리스탄을 낳다가 죽자 그의 충신 루알이 트리스탄을 자기 자식이라고 속여 길렀는데, 노르웨이 선원들에게 납치를 당한 트리스탄이 우여곡절 끝에 마르케왕을 만나 그 밑에서 기사로 일하다가 그가 외숙부인 것을 알게 된다. 그는 아버지의 적인 모르강을 죽인 후 마르케왕을 위하여 적국인 아일랜드의 모롤드와 결투하다 그를 칼로 찌르고 머리를 자르는데 그때 트리스탄의 칼 조각이 모롤드의 머리 속에 박힌다. 트리스탄 자신도 독이 묻은 칼에 상처를 입어 신비의 치료약을 만들 줄 아는 아일랜드의 왕비인 이졸데를 찾아가서 탄트리스라고 속이고 왕비 이졸데의 딸

선하고 순수한 인상을 남기려는 목적을 중시하여 축약한 부분까지 있어 재창작이라고 불리기도 한다 (Gottfiried von Straßburg 1877: V-VI).

21   바그너와 체호프가 공통적으로 읽은 고트프리트의 트리스탄 이야기는 쿠르츠 번역일 것이다.

인 금발의 이졸데를 가르친다는 조건으로 치료를 받게 된다. 트리스탄이 돌아오자 마르케왕의 신하들은 그를 시기하여, 금발의 이졸데를 마르케왕의 신부로 데려오라고 그를 다시 아일랜드로 보낸다. 그는 용과 싸우는 위험을 무릅쓰고 이를 실행하지만 다시 상처를 입고 금발의 이졸데의 치료를 받게 된다. 이 과정에서 그녀의 외삼촌이자 약혼자였던 모롤드의 머리에서 나온 칼조각을 간수하고 있던 이졸데가 트리스탄의 칼을 보고 그의 정체를 알아내게 되어 그는 이졸데에게 죽임을 당할 뻔하나, 그녀의 복수심과 여성성의 갈등으로 인하여 트리스탄은 이를 모면한다. 이졸데를 데리고 콘월로 돌아가는 배 안에서 두 사람은 하녀가 포도주인 줄 알고 내준, 어머니 이졸데가 만든 것인 사랑의 묘약을 마시고는 사랑에 빠지게 된다. 그러나 묘약을 먹기 전에도 이졸데가 트리스탄에게 관심이 많은 것을 알 수 있다.[22] 돌아온 후 둘은 남몰래 밀회를 하며 멜로트와 모랴도의 감시로 여러 번 들킬 위험에 처하기도 하고 단근쇠 재판의 시험까지 기지로 이겨내는 등 용의주도하게 둘의 사랑을 유지하다가 결국 사랑의 동굴로 가서 지내게 된다. 그곳에 다녀간 마르케왕의 심정을 헤아린 트리스탄은 이졸데와 헤어져 카헤딘에게로 가서 지내다가 그녀의 동생인 흰 손의 이졸데의 사랑을 받게 된다. 그러나 그는 금발의 이졸데를 못 잊어 갈등하고 자신의 신세를 한탄하는 가운데 이 이야기는 끝난다.

3-2. 바그너와 체호프의 사랑이야기

바그너의 「트리스탄과 이졸데」는 트리스탄이 이졸데를 데리고 영국으로 가는 배 안에서 시작한다. 이졸데는 사랑하는 트리스탄에게 무척 배신감을 느끼면서 마음에도 없는 소리를 하며 그를 꾸짖고 함께 자살하려 한다. 트리스탄과 이졸데는 이미 사랑하는 사이인 것으로 설정되어 있다. 아일랜드

---

22 배 안에서 유일한 남자로서 이졸데의 거처에 올 수 있었던 트리스탄도 한탄하며 자기가 싫어했던 다른 남자에게 시집갈 걸 그랬다고 마음에도 없는 소리를 하는 이졸데를 달래며 매번 안아 준다(11541–11645행).

에서 트리스탄이 이졸데의 치료를 받고 있었을 때 이졸데가 자신의 약혼자의 머릿속에서 나온 칼 조각이 트리스탄의 부러진 칼의 조각인 것을 알아채고 그를 죽이려 했을 때 둘의 눈이 마주쳤고 사랑이 싹텄고, 이졸데는 칼을 떨어뜨렸던 것이다. 트리스탄도 지금 그녀를 마르케왕의 신부로 데려가는 중이지만 차라리 죽는 것이 낫겠다는 생각을 하고 있다. 이졸데가 브랑게네에게 죽음의 약을 가져오라고 하자 시녀인 브랑게네는 죽음의 약 대신 사랑의 약을 마시게 하여 둘은 점점 더 열렬한 사랑에 빠지게 된다.[23] 2막, 3막은 둘의 사랑과 그로 인한 희열과 고통, 그리고 결국 사랑의 완성을 위한 죽음에의 갈망이 주 내용이다. 2막의 끝에서 둘은 정원에서 밀회를 하던 중 결국 들키게 되자 트리스탄은 멜로트와 결투하다 그의 칼에 순순히 맞아 상처를 입고, 충신 쿠르베날에 의해 자신이 태어난 곳인 코레올에 돌아온 후 죽어가며 이졸데를 기다린다. 이졸데가 타고 오는 배를 기다리던 그는 그녀가 오는 것을 알게 되자 상처를 감은 붕대를 풀어 죽음을 맞이하고, 이졸데는 도착하여 트리스탄이 죽은 것을 보고 죽어 우주로 돌아간다. 그러나 고트프리트가 자신의 작품의 원본으로 삼았다고 언급한[24] 브리타뉴의 토마스의 이야기에서는, 트리스탄이 흰 손의 이졸데와 결혼하지만 금발의 이

---

23 이 부분에서 바그너는 고트프리트의 이야기와 달리 사랑의 묘약을 마셨기 때문에 사랑하게 되는 것으로 처리하지 않았다. 여기서 묘약은 서로 드러내지 않고 있었던 사랑의 감정을 드러내도록 하는 역할을 한다. 그러나 고트프리트의 이야기에서도 앞서 언급했듯이 묘약을 마시기 이전에 이미 두 남녀가 자기도 모르게 서로에게 관심을 가지는 것 같이 보이는 부분이 있긴 하다.

24 고트프리트의 이야기와 겹치는 토마스의 원본은 남은 것이 별로 없는 모양이다. 1995년 토마스의 원고의 일부분이 새로 발견되면서 고트프리트가 토마스의 글을 어느 만큼 모방했는지, 모방이라고 할 수 없는 것은 아닌지, 하는 문제가 제기되었고 이에 대한 의견도 분분한 듯싶다. Haug, Walter(1999) "Gottfrieds von Straßburg Verhältnis zu Thomas von England im Licht des neu aufgefundenen 'Tristan'-Fragments von Carlisle", Amsterdam: Koninklijke Nederlandse Akademie van Wetenschappen. http://www.worldcat.org/title/gottfrieds-von-strassburg-verhaltnis-zu-thomas-von-england-im-licht-des-neu-aufgefundenen-tristan-fragments-von-carlisle/oclc/716383465(검색일: 2012.10.10).

졸데를 잊지 못하며 이를 흰 손의 이졸데의 오빠에게 이야기하는 것을 들은 흰 손의 이졸데는 질투심에 휩싸여 트리스탄의 상처를 고치러 금발의 이졸데가 오고 있는데도 오지 않는 것처럼 검은 돛을 단 배가 온다고 말하여 트리스탄은 절망하여 죽게 되고 뒤늦게 도착한 금발의 이졸데도 트리스탄이 죽은 것을 알고 절망하여 죽는다. 쿠르츠를 비롯한 19세기의 역자들은 통상 고트프리트의 이야기에 위의 내용을 덧붙여 출판하였다. 바그너는 이 부분을 트리스탄이 상처 입어 이졸데를 기다리다가 그녀가 오는 것을 알고 죽음을 향하여 가는 것으로 처리했다. 이렇듯 바그너의 오페라는 남녀 주인공의 사랑 이야기를 중심으로 전개된다. 흰 손의 이졸데는 등장하지 않고 트리스탄의 부모나 그의 어린 시절이나 이졸데의 어머니에 대해서도 대사 속에서 간단히 언급된다. 그들의 사랑의 감시자 내지 방해꾼으로는 멜로트만 등장한다. 바그너 자신이 당시 후원자의 아내인 베젠동크에게 품은 연정을 보여준다고 알려진 이 오페라에서 바그너는 고트프리트 폰 슈트라스부르크가 자신의 작품의 서문에서 말하는 이야기의 내용의 핵심인 두 남녀의 사랑의 진정성에 주로 관심을 기울였다. 사랑은 이 작품에서 절대적인 힘을 발휘한다. 이졸데는 자기의 약혼자를 죽인 남자를 사랑하게 되며 이 사랑으로 인하여 죽음 이외에는 출구가 없는 막다른 골목에 다다른다. 트리스탄도 자신의 사랑을 부정하려 했으나 이 사랑에 맞서 반항하는 것은 불가능했다. 이졸데를 마르케의 신부로 데려옴으로써 자신의 갈등을 없애려는 숨겨진 의도는 실패로 돌아가는 것이다. 2막에서 그는 사랑의 묘약을 극찬하는 사랑의 숭배자가 되고 제3막에서는 사랑의 고통을 느끼다가 죽는 자이다. 그에게도 사랑과 고통, 사랑과 죽음이 진정한 삶의 내용이 된다. 그들에게 사랑과 고통, 사랑과 죽음은 동의어이다. 둘의 그리움, 사랑, 고통은 그들을 국외자로 만든다. 그들을 이해하는 척도는 현실 속에서는 없다. 결국 그들은 사랑의 완성을 이루기 위해 죽음을 추구한다.

체호프의 단편에서 얄타의 휴양지에서 만난 두 남녀, 금발의 안나 세르게예브나와 오페라 가수가 되고자 시도했던 문과 출신의 구로프의 사랑이 본격적으로 시작되는 장소는 부둣가이다. 그날 먼지 나는 돌개바람이 불고, 목이 말라 시럽을 탄 생수를 마셨으며, 배를 기다리다 마술처럼 사랑이 시작되었던 것이다. 그들도 사랑해서는 안 될 사이인 유부녀와 유부남이다. 그러나 이들은 처음으로 순수하고 열렬한 사랑을 하게 되며 동시에 고통스러워한다. 그러나 안나의 남편에게서 눈에 병이 났다고 돌아오라는 소식이 오자 둘의 사랑이 이제 운명처럼 지나가고 둘은 갈등에서 벗어날 수 있으리라고 생각한다. 그러나 안나를 잊지 못한 구로프는 S. 시로 안나를 찾아 나서고 다시 만난 그들은 그들의 사랑이 운명임을 깨닫는다. 모스크바의 호텔방에서 밀회를 거듭하면서 사랑은 점점 강해지고 둘은 점점 더 아파하며 이 사랑에서 오로지 유일하게 진정한 삶을 느끼며 괴로워하는 일이 끝없이 계속된다.

3-3. 바그너와 체호프의 사랑이야기에 나타난 쇼펜하우어의 영향

바그너와 체호프의 작품에서 다루어지는 사랑의 공통점은 그 본질이 쇼펜하우어적인 세계관과 연관되어 있다는 사실이다.[25] 바그너는 쇼펜하우어의 철학적 사유 — 인간이 존재하려는 의지는 인간이 삶과 세계에서 완전히 해방됨으로써 극복될 수 있다는 점, 인간의 진정한 자아는 현실 세계에 속하지 않고 이 세계의 가치는 거짓 가치라는 점, 진정한 가치는 절대로 이 세계에 의해 만들어지지 않는다는 점, 모든 영속적인 의미와 가치는 시간을 초월하며 이 시공간적인 물질적 대상의 세계 바깥에 존재한다는 점, 인간들은 스스로도 미처 이해하지 못하는 방식으로 이 무시간적 존재에 참여하고 있다는 점, 그리고 이러한 진실을 볼 수 있는 인간은 드물고 보통 인간들이

---

25 A. Schopenhauer(1986) *Sämtliche Werke, Bd.1. Die Welt als Wille und Vorstellung -1*, Frankfurt am Mein: Suhrkamp; 아르투르 쇼펜하우어(2009) 「의지와 표상으로서의 세계」, 홍성광 옮김, 서울: 을유문화사. 필자가 보기에 특히 제2권 29장, 제3권 36장, 38장, 39장, 제4권 66장, 67장 68장에서 바그너, 체호프와의 연관이 집약적으로 나타나고 있다.

이러한 진실을 볼 수 있는 것은 성과 예술을 통한 길이라고 생각한 점 — 에 동조하였다.[26] 바그너는 그가 받아들인 쇼펜하우어의 철학을 「트리스탄과 이졸데」 안에서 구체적으로 형상화하였다. 바그너의 트리스탄과 이졸데는 바로 성과 사랑을 통하여 진정한 자아를 찾고 삶의 진정한 가치를 알게 되며 현상계의 허무로부터 사랑과 죽음을 통하여 구원된다는 것을 믿었고, 살고자 하는 의지의 부정, 사랑의 최고의 실현으로서 죽음을 추구했다.[27]

체호프의 단편에서 사랑하는 두 남녀는, 성과 사랑을 통하여 진정한 자아를 찾고 삶의 진정한 가치를 알게 되고 현상계의 허무로부터 구원된다는 것을 믿었으며, 연민과 울음의 의미를 깨닫는다. 체호프의 텍스트를 자세히 살펴보며 쇼펜하우어 철학의 영향이 특히 강하게 감지되는 부분에 대해 언급해 보겠다.

1) 자연 속에서의 인간 존재에 대한 자각

구로프는 안나와 사랑을 나눈 후 오레안다로 배를 타고 나가서 바닷가에 앉아 인간과 자연에 대해 성찰하며 자연 속에서 인간 존재에 대한 자각에 다다른다.

В Ореанде сидели на скамье, недалеко от церкви, смотрели вниз на море и молчали. Ялта была едва видна сквозь утренний туман, на вершинах гор неподвижно стояли белые облака. Листва не шевелилась на деревьях, кричали цикады и однообразный, глухой шум моря, доносившийся снизу, говорил о покое, о вечном сне, какой ожидает нас. Так шумело внизу, когда еще тут не было ни Ялты, ни Ореанды, теперь шумит и будет шуметь так же равнодушно и глухо, когда нас не будет. И в

---

26 Bryan Maggee(2000) *The Tristan chord*, New York: Henry Holt and company, pp. 164-173; 브라이언 매기(2005) 「트리스탄 코드」, 김병화 옮김, 서울: 심산, 249-278.

27 Houston Stewart Chamberlain(2010) *Richard Wagner* – Eine Biografie, Bremen: Europäischer Hochschulverlag, 186f., 409ff.

этом постоянстве, в полном равнодушии к жизни и смерти каждого из нас кроется, быть может, залог нашего вечного спасения, непрерыв- ного движения жизни на земле, непрерывного совершенства. Сидя рядом с молодой женщиной, которая на рассвете казалась такой красивой, успоко- енный и очарованный в виду этой сказочной обстановки – моря, гор, облаков, широкого неба, Гуров думал о том, как, в сущности, если вду- маться, все прекрасно на этом свете, все, кроме того, что мы сами мыслим и делаем, когда забываем о высших целях бытия, о своем чело- веческом достоинстве.[28]

오레안다에서 그들은 교회 가까이 있는 벤치에 앉아 바다를 말없이 내려다보았다. 얄타 섬이 아침 안개 사이로 희미하게 보였고, 산봉우리마다 하얀 구름이 꼼짝 않고 걸려 있었다. 나뭇잎들도 소리 하나 내지 않았고 매미만 울어대었다. 아래로부터 들려오는 단조로운 둔탁한 파도소리는 인간들을 기다리는 평온, 영원한 안식에 대해 말해주고 있었다. 여기에 얄타나 오레안다가 없었을 때도 바다는 이렇게 소리 냈을 것이고 지금도 소리 내고 있고 또 우리가 죽은 후에도 마찬가지로 무심하고 둔탁하게 소리 낼 것이다. 아마도 이 한결같음 속에, 인간 개개인의 삶과 죽음에 대한 완전한 무관심 속에, 아마도 우리의 영원한 구원의 저당물이, 지상의 삶의 끝없는 움직임과 끝없는 구현의 저당물이 감추어져 있을 것이다. 아침노을 속에 이렇게도 아름다워 보이는 젊은 여자와 나란히 앉아 평온한 마음을 되찾고, 동화 같은 풍경 — 바다, 산들, 구름, 넓은 하늘 — 을 보고 황홀해하며 구로프는, 우리 자신이 존재의 좀 더 높은 목표들을 잊고, 인간으로서의 가치를 잊고, 생각하고 행하는 것을 제외하고는 본질적으로 이 세상의 모든 것은 얼마나 아름다운가 하는 데 대해 생각하였다.

이 부분은 바로 『의지와 표상으로서의 세계』 제 39장에 나오는, 예를 들

---

28 А. П. Чехов(1984) *Сочинения в 4 томах*, Т. 3, М.: «Правда», С.384f.
이후 인용은 이 책의 페이지만 본문에 밝힌다.

어 바람 한 점, 구름 한 점 없는 초목들도 소리 하나 내지 않고 꼼짝 않고 서 있는 인적 없는 고요하고 적막한 환경에서, 인간의 의지에 무심한 자연 앞에서, 인간이 순수하게 관조할 수 있는 능력을 가지게 되고 인간존재의 성찰에 이르게 한다는 언급을 상기시킨다. 공간과 시간의 무한한 크기 앞에 인간은 개인이 얼마나 미미한 존재인가를 느끼면서 자신이 무가치[29]하고, 거짓을 말할 뿐인 환영 같은 존재에 불과하다는 사실을 마주하여, 이 모든 보이는 세계가 우리의 표상 속에만 존재한다는 직접적인 의식이 깨어난다. 모든 보이는 세계는 우리가 개개인임을 잊을 때의 우리 자신 ― 즉, 좀 더 높은 목표에 바쳐진 우리 자신으로서 시공간을 주관하는 담당자로서의 순수 인식의 영원한 주체를 말한다 ― 의 변형으로서만 존재한다는 직접적 의식이 깨어나게 되는 것이다.[30] 체호프의 표현으로 "이 한결같음 속에, 인간 개개인의 삶과 죽음에 대한 완전한 무관심 속에, 아마도 우리의 영원한 구원의 저당물이, 지상의 삶의 끝없는 움직임과 끝없는 구현의 저당물이 감추어져 있을 것"이고 "존재의 좀 더 높은 목표들을 잊고, 인간으로서의 가치를 잊고 우리가 스스로 생각하고 행하는 것을 제외하고는 본질적으로 이 세상의 모든 것이 얼마나 아름다운가 하는 것을 깨닫게 되는 것이다." 이 '직접적' 의식은 구로프가 안나와 사랑을 나눈 이후 가지게 되는 생각이어서 더욱 의미가 깊다. 그들이 성과 사랑을 통하여 트리스탄과 이졸데처럼 진정한 자아에 대해, 즉 인간 존재의 좀 더 높은 목표들과 인간으로서의 가치를 인식하게 되는 조짐이기 때문이다.

2) 연민과 울음

구로프와 안나의 사랑이 깊어감에 따라 과거의 자신의 행위에 대해 자각

29　위에서 인용한 체호프의 표현 "[...] 자신의 인간으로서의 가치를 잊고(когда забываем... о своем человеческом достоинстве...)"에서 '가치'와 같은 의미를 가지는 것으로 여겨진다.

30　A. Schopenhauer(1986), 289, 290, 292.

하고 과거의 자신들을 수치스럽게 여기며 스스로에게 진정해지고 서로에게 연민을 느끼는 점 또한 쇼펜하우어의 생각과 일치하는 것으로 보인다.

Прежде, в грустные минуты, он успокаивал себя всякими рассуждениями, какие только приходили ему в голову, теперь же ему было не до рассуждений, он чувствовал глубокое сострадание, хотелось быть искренним, нежным...(395)

예전에 우울할 때면 그는 그때그때 머리에 떠오르는 여러 가지 말들로써 자신을 달랬었다. 그러나 지금은 그런 말들이 떠오르지 않았다. 그는 깊은 연민을 느꼈으며 진솔하고 다정하고 싶었다…….

Плечи, на которых лежали его руки, были теплы и вздрагивали. Он почувствовал сострадание к этой жизни, еще такой теплой и красивой, но, вероятно, уже близкой к тому, чтобы начать блекнуть и вянуть, как его жизнь.(394)

그의 두 손이 놓인 어깨는 따뜻했고 떨고 있었다. 그는 이 삶에, 아직 이렇게 따뜻하고 아름다우나 아마도 이미 그의 삶처럼 바래고 시들기 시작하는 쪽으로 더 가까워 가는 이 삶에 연민을 느꼈다.

여기서 언급되는 연민은 쇼펜하우어의 『의지와 표상으로서의 세계』 제 67장과 제 68장에서 언급되는 것과 같은 성질의 것이다. 참되고 순수한 사랑이란 남의 고통이 자신의 고통으로 이해되기에 그 본성상 연민이라는 생각이다. 사랑과 연민과 울음의 동의어 관계에 대해서 말하면서 쇼펜하우어는 페트라르카의 칸소네 한 편의 앞부분 제1행-4행 "나 생각하며 거니노라면 생각 속에 / 가끔 나 자신에 대한 그렇게 강한 연민이 나에게 / 닥쳐서 가끔 나를 눈물 흘리도록 하네, / 예전에 흘렸던 것과는 다르게

(I' vo passando: e nel pensare m'assale / Una pietà si forte di mi stesso, / Che mi conduce spesso, / Ad altro lagrimar, ch''i' non soleva)"을 인용하는데[31], 여기에서 언급되는 pietà(피에타)라는 단어는 순수한 사랑이자 연민이며 울음은 자신과 남의 고통에 동참할 수 있는 능력이자 인간의 숙명적 유한성에 대한 통찰이다. 바로 이 pietà의 감정을 구로프와 안나가 느끼는 것이다. 호텔방으로 밀회하러 온 안나는 그들의 삶의 비참함을 자각하고 긴 울음을 울고 구로프는 울게 둔다. 이 울음이 바로 인간의 숙명적 유한성에 대한 통찰과 자신과 남의 고통에 동참할 수 있는 능력을 보여주는 것이 아니겠는가?

체호프의 연인들과 바그너 오페라의 연인들이 다른 점은 오페라의 연인들이 기꺼이 죽음을 향해 달려가고 죽음 속에서 사랑을 완성시키는 것과 달리 구로프는 사랑에 눈을 뜬 뒤 모스크바 생활의 허위를 보게 되며 떨어져 사는 고통을 느끼면서 그의 삶의 진정성이 안나와의 밀회라는 몰래 흐르는 삶 속에 있다는 것을 알고, 비진정한 현실과 현실 속에서 부정되어야 하는 진정한 삶 사이에서 영원한 딜레마를 느낀다는 점이다. 고트프리트의 미완성의 사랑 이야기처럼 체호프의 이야기도 이런 면에서 영원한 미완성으로 머무른다 할 수 있다.

4. 체호프의 단편 「강아지를 데리고 다니는 귀부인」과 바그너 및 고트프리트 의 『트리스탄과 이졸데』의 유사점

4-1. 바다와 사랑과 고통

체호프의 단편에서 안나와 구로프는 바다와 달빛을 배경으로 운명적 만남을 시작하게 되며 — "둘은 산책하며 바다가 얼마나 기이하게 빛나는

---

31   A. Schopenhauer(1986), 513. 이 칸소네는 페트라르카 칸소네 모음에서는 보통 264번으로 알려져 있다.

가에 대해 이야기하였다. 바다는 부드럽고 따스한 라일락 빛이었고 그 위에는 달빛이 금색의 줄무늬를 내고 있었다(Они гуляли и говорили о том, как странно освещено море; вода была сиреневого цвета, такого мягкого и теплого, и по ней от луны шла золотая полоса)."(381) ― 몹시 갈증이 나서 안나가 시럽을 탄 생수를 여러 잔 마신 후[32] 부둣가에서 배를 기다리던 날, 부둣가에 배가 도착했을 때 그들은 그 누군가를, 그 무엇인가를 기다리듯 그곳에 머뭇거리다가 마침내 트리스탄이나 이졸데처럼 정신 나간 듯 사랑을 시작하게 되었으며[33] 이 사랑은 그들에게 사랑의 행복과 고통을 안겨주게 된다. 안나는 아픈 사람처럼 고통을 느끼고 사랑을 하며 구로프도 현실에서 용납되지 않는 그들 사랑의 출구를 찾아보려고 머리를 쥐어짜며 고통스러워한다.

오페라 「트리스탄과 이졸데」는 콘월로 가는 바다 위의 배에서 사랑의 고통을 느끼는 두 남녀의 이야기로 시작한다. 이졸데는 어떻게 트리스탄이 상처를 입고 바다를 건너 그녀에게로 왔고 그녀가 그를 치료해 주었는지 말하면서 사랑의 고통을 느끼고 있고, 트리스탄 역시 사랑의 고통을 느끼며 배의 키를 잡는다고 이졸데를 피하고 있는 상황이다. 바그너의 오페라에서는 바다와 사랑과 고통이 연결되어 있을 뿐만 아니라, 이것이 밤, 죽음과 등치되어 있다.

고트프리트 폰 슈트라스부르크의 트리스탄 이야기에서는 서문에서부터 사랑의 고통과 기쁨이 공존한다는 것, 이들의 사랑으로 인한 죽음은 많은 사람들에게 생명이 된다는 것을 말하고 있다. 사랑의 묘약을 마신 뒤 트리스탄이 이졸데에게 무엇 때문에 괴로워하느냐고 묻자 이졸데는 '라메르(Lameir)'라고 답하며 자신의 속마음을 간접적으로 표현하는데 이는 '바다',

---

32 '시럽을 탄 생수'는 사랑의 묘약처럼 사랑과 성애를 암시하는 기제로 생각될 수 있다.

33 앙리 트로야는 연인들의 머리를 돌게 한 요인들은(…d'ingredients qui tournent la tête des amants) 휴양지의 모습들 ― 남국의 정취, 먼지 나는 길, 바닷가의 정자카페, 달빛, 바다의 부드러운 속삭임들 ― 이었다고 말한다. Henri Troyat(1984) *Tchekhov*, Paris: Flammarion, cop., p. 281.

'사랑', '고통'을 다 의미하는 단어이다.(11986-11998)

즉 바다와 사랑과 고통, 이 세 단어는 트리스탄과 이졸데, 안나와 구로
프의 운명적 사랑을 표현하는 중심적 의미 요소들이다.[34]

4-2. 하나가 된 둘의 운명, 하나의 심장

체호프의 단편에서 이 둘의 사랑의 성격이 잘 나타난다고 여겨지는 부
분 하나를 살펴보자.

Анна Сергеевна и он любили друг друга, как очень близкие, родные люди, как муж
и жена, как нежные друзья; им казалось, что сама судьба предназначила их друг для
друга, и было непонятно, для чего он женат, а она замужем; и точно это были две
перелетные птицы, самец и самка, которых поймали и заставили жить в отдельных
клетках. Они простили друг другу то, чего стыдились в своем прошлом, прощали
все в настоящем и чувствовали, что эта их любовь изменила их обоих.(395)

안나 세르게예브나와 그는 아주 가까운 사람들처럼, 혈연처럼, 남편과 아내처
럼, 다정한 친구들처럼 서로서로를 사랑했다. 그들에겐 운명이 그들을 서로서
로에게 예정해 준 것처럼 보였다. 그들은 왜 그에게 아내가 있고 그녀에게 남편
이 있는지 이해할 수 없었다. 이것은 마치 철새 한 쌍, 암컷과 수컷이 사로잡혀
서로 다른 새장에서 살게 된 것과도 같았다. 그들은 자기들이 수치로 여겼던 과

---

34 체호프의 단편과 고트프리트의 이야기에서 바닷가에서의 달콤한 물과 사랑의 묘약, 그리고 두 쌍
모두에게 해당하는 배, 밤바다는 익어가는 사랑을 확정하고 확인시키기 위한 기제였다는 점에서 유사하
다. 더 나아가 염두에 두어야 할 것은 조심스럽고 거리를 두어야 하는 관계에 있는 두 사람이 고립된 한
공간에 오랫동안 함께 머문다는 사실이다. 휴양도시 얄타는 일상의 도시와 격리되어 있고, 트리스탄의
바다(배)는 왕의 육지로부터 격리되어 있다. 구로프와 안나는 얄타에서도 다른 사람들과 격리되어 있다.
이중의 격리 상태 속에서 함께 하는 시간이야말로, 그들의 사랑이 시작되고 성숙하고 결실을 맺는 시공
간이라 할 수 있다.

거를 서로 용서했으며, 현재의 모든 것을 용서했고, 그들의 이 사랑이 그들 둘을 변화시켰다고 느꼈다.

　여기서 두드러지는 것은 고통 속에서 사랑하는 두 연인이 서로에게 원래 예정되어 있다고 느끼며, 그들이 사랑에 사로잡혀 새장 속에 갇힌 두 마리 새에 비유된 점이다. 둘은 서로 떨어져 살 수밖에 없는 한 쌍의 새처럼, 떨어질 수 없으나 떨어져 있는 고통 속에 살면서 서로서로를 하나의 심장처럼 받아들인다는 점이다.
　고트프리트의 이야기에서도 이와 유사한 표현이 자주 나온다. 예전에 둘로 나뉘어 있었던 두 사람은 이제 나뉠 수 없이 하나가 되었고 둘 사이에 서로 합치하지 못하는 것은 그 무엇도 없었으며,[35] 둘은 하나의 심장으로 살았고 마치 한 사람처럼 사랑과 고통을 완전히 함께하였고,[36] 두 사람은 끈끈이 덫에 사로잡힌 새처럼, 벗어나려고 하면 할수록 더욱 벗어날 수 없는 고통스럽고 감미로운 사랑을 하는데,[37] 그 덫은 서로가 서로에게 놓은

---

35 "그들은 하나로 합쳐지게 되었다, 여태껏 둘로 갈라져 있었는데. 둘은 이제 결코 서로서로 적대적일 수 없었다(Sie wurden eins und einfalt, / die zwei und zweiflat waren bisher. / Die zwei waren nun niemals mehr / einander entgegen in ihrem Sinn.)"(11716-11719).

36 "그들은 하나의 심장으로 살았고 그녀의 고통은 그의 고통이 되었으며 그의 고통은 그녀의 고통이 되었다. 둘은 사랑과 고통에 있어서 한 몸이었다(Sie lebten mit einem Herzen, / sein Schmerz waren ihre Schmerzen, / ihr Schmerz der war der seine, / sie waren eine Gemeine / an Liebe und an Leide.)"(11727-11731).

37 "이졸데도 마찬가지로 열심히 추구했다가 그것과 싸우다가 하였다. 그녀가 유혹하는 사랑의 끈끈이 새덫에 붙었을 때, 자신이 그 속에 빠진 것을 알았을 때 빠져 나오려고 애쓰고 또다시 애썼다. 그러자 끈끈이 새덫은 그녀를 더욱 끌어당겨 놓아주지 않았다.(Isot auf gleiche Weise, / die versuchte es auch mit Fleiße, / sie strebte und widerstrebte. / Als sie an dem Leime klebte / der verlockenden Minne, / und sah, daß ihre Sinne / darin versunkn waren, / wollte sie sich bewahren, / sie strebte fort und von dann; / da haftete ihr der Leim an / und zog sie hin und zog sie nieder.)"(11789-11799)

사랑의 덫이었다.[38]

　오페라 리브레토에서도 운명으로 하나로 정해진 두 연인은 떨어져 있어야 하는 — "내게 운명지워졌으나 내게서 사라져간 '사람'(Mir erkoren, / mir verloren)" (91-92) — 고통 속에서 낮의 거짓된 현실, 번쩍거리는 빛으로 영예에 대한 선망을 일으키는 낮의 현실이 그들을 갈라놓았던 것을 통탄하며,[39] 두 사람은 사랑이 가능한 유일한 진정한 시간은 순수한 밤과 죽음이며 둘은 죽어서도 떨어질 수 없이 사랑하리라는 것을,[40] 영원히 깨어나지 않는 죽음 속에서 영원히 하나가 되어 — "영원히 하나로(ewig-einig)"(1374), — 둘이 찬란하게 엮이는 열락의 진정하고 신성한 삶을 사랑 속에 누리게 되리라는 진실을 분명하게 깨닫고 있다.[41]

4-3. 시간과 함께 더욱 강해지는 특별한 사랑

　많은 불륜은 그 사랑의 강도에도 불구하고 결국 헤어지게 되고 하나의 추억으로 가슴 속에 자리 잡게 되는 경우가 많은데 안나와 구로프의 사랑이나 트리스탄과 이졸데의 사랑은 그렇지 않다. 처음에 구로프는 안나와의 사랑이 하나의 에피소드로 지나갈 거라고 생각했지만, 이들의 사랑은

38　"사랑의 사냥꾼 한 쌍은 시선으로써 서로서로에게 그물과 덫을 놓고 대답과 질문으로써 몰래 서로에게 교활하게 살금살금 다가갔다(Der Minne Jagdgefährten / stellten sich mit dem Blicke/ ihre Netze und Stricke, / sie beschlichen sich verschlagen / mit Antwort und mit Fragen.)"(11929-11933).

39　"질투를 막 터트리려는 사악한 낮이 그 기만으로 우리를 갈라놓을 수는 있었다.(der tückische Tag, / der Neid-bereite, / trennen konnt' uns sein Trug.)"(1214-1216)

40　"그럼 우리 죽어요, 헤어지지 않기 위해서, 영원히 하나가 되어, 끝없이, 깨어나지 말고, 두려움 없이, 이름 없이 사랑 속에 잠겨서, 우리 스스로에게 스스로를 온통 바치고 사랑으로만 살기 위해서(So starben wir, / um ungetrennt, / ewig einig, / ohne End', / ohn' Erwachen, / ohne Bangen, / namenlos / in Lieb' umfangen, / ganz uns selbst gegeben / der Liebe nur zu leben.)"(1362-1371).

41　"사랑하는 신성한 삶, 열락의 찬란한 엮임, 절대로 다시 깨어나지 않으려는, 망상 없는, 사랑을 의식하는 욕구(liebe-heiligstes Leben, / wonne-hehrstes Weben, / nie- wieder-Erwachens / wahnlos / hold bewußter Wunsch)."(1291-1295).

시간이 갈수록 점점 더 강렬해지는 성질을 지닌 것이었다: "그에게는 그들의 이 사랑이 아직 금방 끝나지 않으리라는 것이, 언제 끝날지 모른다는 것이 확실했다. 안나 세르게예브나는 점점 더 강하게 그에게 매달렸고 그를 열렬히 사랑했다. 그녀에게 이 모든 것이 언젠가 끝날 수밖에 없다고 말하는 것은 무의미했다. 그리고 그녀는 그런 말을 믿으려고 하지도 않았을 것이다.(Для него было очевидно, что эта их любовь кончится еще не скоро, неизвестно когда. Анна Сергеевна привязывалась к нему все сильнее, обожала его, и было бы немыслимо сказать ей, что все это должно же иметь когда-нибудь конец; да она бы и не поверила этому.)"(394) 이러한 표현은 고트프리트의 이야기에서도 되풀이 된다: "그것은(사랑은) 이전보다 좀 더 아름답게 보이는데 그렇게 사랑의 본성은 꽃처럼 피어나는 것이다. 사랑이 이전과 마찬가지로 보이면 사랑의 꽃은 이내 시들게 되리(Sie scheint uns schöner als zuvor; / so kommt der Minne Art in Flor. / Schiene Minne wie zuvor,/ verginge bald der Minne Flor.)"(11871-11874). 마찬가지로 바그너의 오페라에서도 둘의 사랑은 아무리 저항하려 해도 점점 더 강해지는 성질의 것이었다. 이러한 사랑은 지나가는 로맨스나 사랑 없는 결혼에 대비되어 표현되어 있다. 구로프는 안나와 정사를 가진 후, 지나간 로맨스들이 안나 세르게예브나와의 고통을 동반한 진정한 사랑과는 다르다는 것을 예감한다.

От прошлого у него сохранилось воспоминание о беззаботных, добро- душных женщинах, веселых от любви, благодарных ему за счастье, хотя бы очень короткое; и о таких, – как, например, его жена, – которые любили без искренности, с излишними разговорами, манерно, с истерией, с таким выражением, как будто то была не любовь, не страсть, а что-то более значительное; и о таких двух-трех, очень красивых, холодных, у которых вдруг промелькало на лице хищное выражение, упрямое желание взять, выхватить у жизни больше, чем она может дать, и это были не первой молодости, капризные, не рассуждающие, властные, не умные женщины, и когда Гуров охладевал к ним, то красота их возбуждала в нем ненависть, и кружева на их белье казались тогда похожими на чешую. (382f.)

과거로부터 그의 기억에 남는 여자들은 정사에 쾌락을 느끼고 짧은 행복이었으나마 그에게 감사하는 태평한 맘씨 좋은 부류, 정사를 할 때 솔직하지 않고 쓸데없는 말을 하며 태도를 꾸미는, 신경질적이고, 마치 그것이 사랑이나 정열이 아니라 무슨 좀 더 중요한 것이라는 표정을 짓는, 예를 들어 그의 아내 같은 부류, 마지막으로 매우 아름다우나 차가운 여자들, 인생이 줄 수 있는 것보다 더 많은 것을 인생으로부터 취하고 움켜쥐려는 고집스런 욕망, 탐욕스런 표정이 얼굴에 갑자기 불현듯 지나가는, 이미 젊지 않은, 변덕스럽고 사려 깊지 못하고, 남을 쥐고 흔들려고 하는 어리석은 여자들, 구로프가 그녀들에 대한 열이 식었을 때 그녀들이 지닌 아름다움은 그에게 증오를 불러일으킬 뿐이었고, 그녀들의 속옷에 달린 레이스가 그때는 그에게 물고기 비늘처럼 여겨지는 두 서너 명의 여자들의 부류였다.

체호프는 이러한 진정한 사랑이 사랑 없는 결혼생활과 대비되는 것 또한 날카롭게 보여준다. 구로프의 아내는 사랑을 모르는 부자연스러운 여인으로, 안나의 남편은 굽실거리는 하인으로 묘사되어 있다.[42] 고트프리트

---

42 토마스 만이 단편 「트리스탄」(1901년 초 시작, 1903년 발표)의 병약한 남녀 주인공을 통하여 바그너의 트리스탄과 이졸데를 아이러니컬하게 패러디하며 바그너의 사랑관에 대해 문제제기를 한다면, 체호프에게서는 오페라에 표현된 현실과 근본적으로 대척적인 관계에 있는 진정한 사랑이 전면화되어 있다. 토마스 만의 단편에서 가브리엘레의 남편에 의해 어릿광대, 멍청이, 비겁자, 교활한 천치(ein Hanswurst, ein großer Feigling, ein Esel, hinterlistiger Idiot)로 그려지는 사람은 트리스탄에 해당하는, 태양을 싫어하는 슈피넬이다. 이는 체호프의 단편에서 남편에 대한 안나의 묘사와 유사하다. 실상 슈피넬이 자신의 미학의 원칙으로 가브리엘레-이졸데를 결국 죽음으로 이끌고 갔을 때 그는 사랑의 승리를 느끼거나 현실로부터의 해방을 인식하기보다는 마음속에서 그곳으로부터 도망치고 있다는 사실을 감추려고 심하게 머뭇거리며 걷는 패배한 인간일 뿐이다. Thomas, Mann(1974) Gesammelte Werke in

도 12222-12317 행에서 많은 사람들이 사랑을 잘못된 태도로 하고 있으며 사랑의 수많은 고통을 지나 최종의 기쁨을 얻을 생각을 안 하고 쉽게 쾌락을 얻으려 한다든지, 기쁨만을 맛보려고 한다든지, 상품처럼 돈으로 살 수 있다고 생각한다든지, 도금한 반지를 금반지로 생각하듯 자신을 속이는, 모든 위조 동전 같은 사랑을 고발하며 이런 부실한 사랑을 하면서 사람들은 일생을 헛되이 보낸다고 말하고 있다.

고트프리트나 바그너의 트리스탄과 이졸데에서 마르케왕과 이졸데의 부부관계는 매우 부자연스러운 성격으로 그려져 있다. 바그너의 오페라에서는 마르케왕의 내면이 베이스의 유명한 긴 아리아로서 매우 심도 있게 전달되어 오페라 관객들로 하여금 그를 이해하고 동정하게 만든다.

4-4. 사랑과 현실의 대척적인 관계

하나가 된 둘의, 점점 더 강해지는 사랑은 그러나 현실에서는 용납되지 않는 사랑이다. 체호프의 단편과 「강아지」, 고트프리트 폰 슈트라스부르크나 바그너의 『트리스탄과 이졸데』, 이 세 작품에서 사랑과 현실의 관계, 사랑과 명예 및 명분의 대척적인 관계는 매우 유사하게 형상화되어 있다.

체호프의 구로프는 사랑을 알게 된 후 현실의 무의미한 삶에 눈을 뜬다. 현실은 이제 그 비진정성으로 하여 그에게 점점 더 역겨워지게 된다.

Что за бестолковые ночи, какие неинтересные, незаметные дни! Неистовая игра в карты, обжорство, пьянство, постоянные разговоры все об одном. Ненужные дела и разговоры все об одном охватывают на свою долю лучшую часть времени, лучшие силы, и в конце концов оста- ется какая-то куцая, бескрылая жизнь, какая-то чепуха, и уйти и бежать нельзя, точно сидишь в сумасшедшем доме или в арестантских ротах!(388f.)

---

dreizhen Bändern. Bd. VIII. Frankfurt am Mein: S. Fischer verlag, 216-262

이 무슨 바보 같은 저녁 모임이고 재미없고 하릴없는 나날들인가! 끝없는 카드 놀이, 진창 먹고 마시고, 내내 똑같은 이야기들을 지껄이지, 이 쓸데없는 일과 항상 똑같은 이야기들이 가장 좋은 시간과 가장 좋은 힘을 제몫으로 요구하고 결국 어떤 꽁지 잘린, 날개 꺾인 삶이 마귀처럼 남게 되고 정신병원이나 포로수용소에 있는 것처럼 나갈 수도, 도망갈 수도 없게 되지!

그의 진정한 삶은 몰래 흐르는 삶이 되고 그는 이 딜레마에서 벗어날 수 없게 되는 것이다.

У него были две жизни: одна явная, которую видели и знали все, кому это нужно было, полная условной правды и условного обмана, похожая совершенно на жизнь его знакомых и друзей, и другая – проте- кавшая тайно. И по какому-то странному стечению обстоятельств, быть может случайному, все, что было для него важно, интересно, необхо- димо, в чем он был искренен и не обманывал себя, что составляло зерно его жизни, происходило тайно от других, все же, что было его ложью, его оболочкой, в которую он прятался, чтобы скрыть правду, как, напри- мер, его служба в банке, споры в клубе, его "низшая раса", хождение с женой на юбилеи, – все это было явно. И по себе он судил о других, не верил тому, что видел, и всегда предполагал, что у каждого человека под покровом тайны, как под покровом ночи, проходит его настоящая, самая интересная жизнь.(393)

그에게는 두 가지의 삶이 있었다. 하나는 모든 사람에게 보이는 공공연한, 필요하면 모든 사람이 알 수 있는 삶이고, 조건부 진리와 조건부 허위로 가득 찬, 그의 지기나 친구들의 삶과 완전히 비슷한 것이었고, 다른 하나는 몰래 흐르는 삶이었다. 그리고 어떤 기이한, 아마도 우연한 사태의 연속으로 인하여 그에게 중요하고 흥미롭고 필수적인 모든 것, 그리고 그가 그 속에서 진술하고 자신을 속이지 않는 모든 것, 그의 삶의 핵심을 이루고 있는 모든 것은 다른 사람들에게 비밀로 진행되고 있었고, 그의 거짓이자 진실을 감추기 위해 그가 덮고 있는 표피, — 예를 들어, 그의 은행 근무, 클럽에서의 토론, 그가 하는 '열등한 인종'이라는 말, 아내와 함께 기념파티에 가는 것, — 이 모든 것들은 공공연했다. 그리고 그 스스로도 다른 사람들을 판단할 때, 그가 본 것을 믿지 않았고, 항상 그는, 모든 사람들에게 있어서 진정하고 재미있는 삶은 마치 밤의 덮개 밑에서처럼 비밀의 덮개 밑에서 진행되고 있다고 여겼다.

고트프리트의 이야기에서 둘의 사랑은 '명예 없는 명예(Es ist Ehre ohne Ehre)'(16332행)라고 일컬어진다. 이들의 사랑은 현실에서는 용납되지 못하는 진정한 명예인 것이다. 바그너의 오페라에서 사랑은 절대적으로 현실과 대척적인 관계에 있다. 낮의 현실은 거짓이고 밤의 사랑은 진정하다는 명제가 오페라 전체를 관통한다. 체호프의 단편에서는 '진정하고 재미있는 삶은 밤의 덮개 밑에서처럼 비밀의 덮개 밑에서 진행되고 있다'라는 구절이 있긴 하지만, 밤과 낮의 대비가 바그너의 오페라에 견주어 볼 때 약한 것이 사실이다. 이는 체호프에게 있어서 사랑과 죽음의 등치가 바그너의 이야기에서처럼 전면에 나타나지 않는다는 사실과 연관된다.

4-5. 고트프리트의 이야기와 체호프 단편의 연관성을 보여주는 세부 묘사 두 가지

1) 투구를 쥔 손을 든 채 머리가 잘려 있는 기사

체호프의 단편에서 구로프가 안나를 찾아간 호텔방에 있는 잉크스탠드에는 투구를 쥔 손을 들고 머리가 잘려나간 채 말 위에 있는 기사의 모습이 장식되어 있다.

Приехал он в С. утром и занял в гостинице лучший номер, где весь пол был обтянут серым солдатским сукном, и была на столе чернильница, серая от пыли, со всадником на лошади, у которого была поднята рука со шляпой, а голова отбита. (389)

S에 아침에 도착하여 호텔에 특실을 잡았다. 호텔방의 바닥은 전체가 회색의 병사용 모포로 덮여 있었고 책상 위에는 먼지를 뒤집어써서 회색이 된, 투구를 쥔 손을 들고 머리가 잘려 나간 채 말 위에 있는 기사가 달려 있는 잉크스탠드가 놓여 있었다.

이 기사의 모습은 놀랍게도 고트프리트의 이야기에서 트리스탄과의 결투에서 머리가 잘린 모롤드의 모습을 연상시킨다. 고트프리트의 이야기에서 트리스탄의 공격으로 말과 함께 땅으로 나가 떨어진 모롤드가 정신을 차려 말에 타려 하자 트리스탄이 투구를 벗겨 떨어뜨린 후, 모롤드가 트리스탄을 공격해야겠다는 생각에 투구를 집어 들고 등자에 왼발을 올리자 트리스탄이 날아들어 여러 차례 가격하고 나서 모롤드의 사슬두건만 쓴 머리를 자르는 장면은 상세하고 생생한 묘사로서 소설 전체에서 매우 강렬한 인상을 남기는 부분이다.

Wie er den Helm zu sich gewann / und zu dem Pferde eilte, / und länger nicht verweilte, / daß schon die Hand den Zügel fand / und er im Steigbügel stand / mit seinem linken Fuß bereits / und faßte den Sattel andererseits, / da hatte ihn Tristan schon erflogen / traf ihm auf dem Sattelbogen / das Schwert zusamt der rechten Hand, / daß beide flogen in den Sand / mit Ring und mit Schnalle,/ und unter diesem Falle / gab er wieder ein Schlag, da wo des Helmes Kuppe lag, / und sauste der so kräftig nieder –: als er die Wappe zu sich wieder / zurückzog, blieb beim Reißen / ein Splitter von dem Eisen / in dem Schädel zurück / Doch Tristan brachte dieses Stück / dann in Sorge und große Not./ Es hätte ihm fast gebrcht den Tod. – / Morold, die heilose Viererschaft, / als ohne Wehr und ohne Kraft / er taumelnd hin und wider ging / und zum Fall schon überhing:.. / Damit trat er heran im Nu, / er nahm das Schwert und faßte zu / mit seinen Händen beiden, / und schlug dem Feind, dem leiden, / den Kopf mitsamt der Kuppe ab.(7038-7064, 7081-7085)

모롤드가 투구를 집어 들고 말로 재빨리 서둘러 가서 벌써 고삐를 손에 잡아 왼 발로 등자에 서서 다른 쪽으로 안장을 잡았을 때 트리스탄도 그에게 날아들어 안장 위의 그의 오른 손과 검을 맞추니 이것들이 철장갑과 각반과 함께 모래 속으로 날아 떨어졌고 이때 트리스탄은 또다시 투구 사슬두건(*투구 아래 쓰는 사슬로 된 두건 — 논문 필자)이 놓인 곳을 격렬하게 가격하여 다시 무기를 뺄 때 철 조각이 두개골 속에 남았다. 그러나 이 조각이 트리스탄을 근심과 커다란 곤궁에 처하게 했다. 이는 그를 거의 죽일 뻔했던 것이다. 가망 없는 적장 모롤드는 기력도 무기도 없이 앞뒤로 왔다갔다 몸을 못 가누었고 이미 떨어질듯 걸려 있었다. [...](*여기 생략된 부분 7065-7080은 트리스탄이 모롤드에게 상처를 누이 이졸데에게 가서 고치라고 소리치며 하느님의 정의가 이루어졌다고 말하는 대사이다. — 논문 필자) 이렇게 말하며 그는 순식간에 다가들어 검을 두 손으로 잡아 아파하는 적의 머리를 사슬두건을 쓴 채로 잘라내었다.

오페라에서는 모롤드의 머리 속에서 트리스탄이 찌른 칼의 조각이 나왔고 이졸데는 이를 복수하려고 트리스탄을 죽이려 했지만 그 순간 둘의 눈이 마주치고 이졸데가 칼을 떨어뜨렸다고 하는 — 그녀는 그 순간 사랑이 싹텄다는 말을 속에 감추고 있지만 트리스탄도 이졸데도 모두 이를 알고 있다 — 이졸데의 대사에서 모롤드의 죽음이 언급된다. 고트프리트의 이야기에서 모롤드와 트리스탄의 결투의 결과 모롤드의 머리 속에 남은 칼 조각을 알아차린 이졸데가 트리스탄을 죽이지 못하는 것은 트리스탄과 이졸데 두 사람의 사랑에 결정적 역할을 한다. 체호프의 단편에 나오는 잉크 스탠드에 달린 장식물은 트리스탄 이야기의 결투와 모롤드의 죽음을 환기시킴으로써 구로프와 안나의 사랑 이야기와 트리스탄과 이졸데의 사랑 이야기의 연관을 더욱 강화한다.

2) 강아지

오페라에서는 강아지가 등장하지 않지만 체호프의 단편과 고트프리트의 트리스탄 이야기에는 강아지가 등장한다. 고트프리트의 이야기에 나오는 개는 두 마리로, 하나는 트리스탄이 이졸데에게 보낸 프티 크뤼(Petitcreü)이고, 다른 한 마리는 트리스탄과 이졸데가 사랑의 동굴로 데리고 간 위당(Heudan)인데, 이 개 역시 아름답고 몸집이 작다.[43]

고트프리트의 작품 15796-16402행에서 중요하게 다루어지는 강아지 프티 크뤼(Hündlein Petitcreü)는 트리스탄과 금발의 이졸데가 떨어져 있는 동안 두 사람을 이어주는 끈으로서 금발의 이졸데(Isolde, la blonde)는 남편 마르케왕의 감시 속에서 살아가며 연인을 만나지 못하는 슬픔을 이 강아지에게서 위로받았다. 이 오색영롱한 마술 강아지의 가슴 털은 그들의 사랑의 동굴(Minnegrotte)의 벽처럼 하얀 빛깔이었고 목에는 아름다운 소리를 내는 신비한 방울이 달려 있었다. 제목이 '강아지를 데리고 다니는 귀부인'일 만큼 강아지의 역할이 중요한 체호프의 단편에서도 하얀 털강아지는 두 사람을 이어주는 끈이다. 금발의 안나가 항상 데리고 다니는 하얀 털강아지는 둘의 사랑을 시작하게 해주었고 — 구로프가 뼈다귀를 주면서 둘의

---

43 "게다가 그는 그의 사냥개들 중에서 한 아름답고 귀여운 작은 개를 골랐는데 이 개는 위당이라고 불렸다(dazu so hatte er sich erkor'n / aus seinen Bracken einen, / einen schönen, zierlichkleinen, / und dieser war Heudan genannt.)"(16646-9). 짐록의 번역에는 강아지 프티 크뤼와 위당이 묘사되지만 헤르츠 번역에는 강아지 프티 크뤼가 언급되는 부분이 생략되었다. 헤르츠는 위당(Hudan)에 주를 달아서 고대 프랑스어로는 Huden, Hudent로 불렸고 베롤의 버전에는 하얀 위당(Husdent li blans)이며, 트리스탄과 이졸데가 사랑의 묘약을 마신 후에 이 개가 잔을 핥았고 그 뒤부터 연인들이 더 이상 떨어질 수 없었다는 이 이야기의 영국 버전에 대해 언급한다(Gottfried von Straßburg 1877: 603).

첫 대화가 시작되었다 — 얄타에서 둘의 사랑의 동반자였다.[44] 연인과 떨어져서 남편 마르케의 감시 속에서 살아가는 금발의 이졸데가 털강아지 프티 크뤼에게 위안을 얻었듯이, 금발의 안나는 연인과 떨어져 에스 시(市)에서 못이 박힌 감옥 같은 울타리 속에서 사랑하지 않는 남편과 살면서 강아지를 만지고 피아노를 치면서 구로프를 보고 싶은 마음을 달랬을 것이다.[45]

---

44 이런 의미에서는 트리스탄과 이졸데가 숲으로 유배되어 사랑의 동굴에 살 때 데리고 다니던 위당, 베룰의 버전으로 '하얀 위당'과 유사하다.

45 안나의 강아지와 트리스탄과 이졸데의 강아지의 연결은 체호프의 이 단편의 프랑스어 번역본 – A. Tchékhov(1999) La dame au petit chien et autres nouvelles, Traductions de Madeleine Durand et Édouard Parayre, Paris: Éditiosns Gallimard – 의 서문에서 로저 그르니에(Roger Grenier)도 시사하는 바인데, 그는 13세기 작품에서 이미 연인들의 강아지가 등장한다고 언급하고 있다. 로제 그르니에는 트리스탄과 이졸데의 이야기를 염두에 두고 있는 것이 분명하다. 바그너의 오페라 다음으로 트리스탄 설화가 대중적으로 널리 퍼지게 된 데 기여한 작품은 트리스탄 연구 학자로 유명한 프랑스 작가 죠세프 베디에가 1900년에 쓴 소설이다(Joseph Bédier(1981) Le roman de Tristan et Iseut, Paris: Union Générale d'Éditions; 죠세프 베디에(2001), 『트리스탄과 이즈』, 이형식 옮김, 서울: 궁리). 베디에는 자신의 소설에 부치는 주석에서 소설의 제14장인 '신비한 방울(Le grelot merveilleux)'은 고트프리트 폰 슈트라스부르크에서 따온 것이라고 말한다. 신비한 방울을 달고 있는 프티 크뤼에게서 위안을 받다가 결국 그 목에서 신비한 방울을 떼버리는 고트프리트의 이졸데는 다른 트리스탄 이야기들에 나오는 이졸데들과 달리 자신만의 편안함을 거부하고 정신적인 결합의 높은 단계에 이른 여인이라고 이야기 되는데(Joan M. Ferrante(1973) The Conflict of Love and Honor. The medieval Tristan Legend in France, Germany and Italy, The Hague, Paris: Mouton, p. 94), 베디에가 이러한 고트프리트의 이졸데의 성격을 자신의 소설 속에 드러내고자 한 듯하다. 또 베디에는 자신의 소설의 제1장의 제사로 고트프리트의 이야기 중 3139–3141행인 3행중에서 2행 – "그대는 차라리 이렇게 불려야 하리라: 아름답고 미소 짓는 청춘이라!(Du woerest zwâre baz genannt:/ Juvente bele et la riant!)" – 을 인용할 뿐만 아니라, 이어지는 첫 번째 단락에서 소설의 화자는 트리스탄과 이졸데의 사랑의 특징을 "여러분, 사랑과 죽음의 아름다운 이야기를 듣는 것이 마음에 드세요? 이는 트리스탄과 이즈 왕비의 이야기입니다. 어떻게 이들이 커다란 기쁨과 커다란 고통 속에서 서로를 사랑했는지, 그리고 그는 그녀로 인해, 그녀는 그로 인해 같은 날에 죽었는지 들어 보세요(Seigneurs, vous plaît-il d'entendre un beau conte d'amour et de mort? C'est de Tristan et d'Iseut la reine. Écoutez comment à grand'joie, à grand deuil ils s'aimèrent, puis en mourant un même jour, lui par elle, elle par lui.)"라고 요약하는데 이는 고트프리트가 자신의 작품 서문에서 밝힌 바와 동일한 내용이고 바그너의 오페라의 주제이다. 베디에가 자신의 오랜 연구를 바탕으로 또 고트프리트나 바그너의 영향도 받아서 『트리스탄과 이즈』를 썼듯이 체호프는 고트프리트나 바그너의 영향을 받

5. 결론

체호프의 단편 소설 「강아지를 데리고 다니는 귀부인(Дама с собачкой)」
이 바그너의 「트리스탄과 이졸데」와 이 작품의 모태가 된 고트프리트 폰
슈트라스부르크의 『트리스탄과 이졸데』의 영향 아래 창작되었으리라는
관점에서 이 세 작품을 비교해 본 결과 이들의 연관관계가 아래 열거한 바
와 같이 가시화되었다.

(1) 체호프와 바그너는 그들이 창작한 사랑 이야기에서 사랑과 죽음 및
삶에 대한 쇼펜하우어의 세계관의 영향 아래 고트프리트 폰 슈트라스부르
크의 트리스탄과 이졸데의 사랑 이야기를 재구성했다.

(2) 세 작품에서 두 연인의 사랑이 바다를 배경으로 일어나며 사랑에는
고통이 항상 동반한다. 즉 바다, 사랑, 고통, 이 세 단어가 이들의 운명에 강
력한 영향을 미친다.

(3) 세 작품에서 두 연인이 영원히 하나의 운명, 하나의 심장으로 묶여
있다.

(4) 세 작품에서 두 연인은 모든 난관을 뛰어넘고 점점 더 사랑하게 된다.

(5) 세 작품에서 사랑과 현실의 대척적인 관계가 강조되었다.

(6) 고트프리트의 이야기와 체호프의 단편의 영향 관계를 두드러지게
하는 세부묘사로서 투구를 쥔 손을 든 채 머리가 잘려나간 기사와 귀여운
작은 털강아지를 들 수 있다.

아 1899년 고트프리트의 『트리스탄』의 현대적 버전 「강아지를 데리고 다니는 귀부인」을 썼다고 할 수 있
겠다. 그르니에가 13세기부터 나타나는 연인들의 강아지를 언급한 것은 그가 체호프의 단편을 읽으면서
트리스탄 설화와의 연결을 느꼈기 때문일 것이다.

러시아 주요 문학작품에 나타난 소외와 단절, 집착과 분열의 양상*

러시아문학 중 가장 훌륭한 산문이라고 여겨지는 아래의 다섯 작품을 중심으로 인물들의 소외와 단절과 집착과 분열의 양상, 그리고 그것을 벗어나려는 노력을 살펴보고자 한다.

푸슈킨의 「스페이드 여왕」(1834년 출판)

고골의 「외투」(1842년 출판)

도스토예프스키의 『죄와 벌』(1867년 출판)

톨스토이의 『안나 카레니나』(1877년 출판)

체호프의 「강아지를 데리고 다니는 귀부인」(1899년 출판)

* 카이스트 경영대학 인문학세미나(2013년 4월 30일) 프린트 자료. 좋은 학생들을 만나게 해주신 김경동 교수님께 감사드린다. 강의 자료에서 될수록 작품 인용을 많이 했는데 수강생들과 함께 읽으면서 강의를 진행했기 때문이다. 인용은 필자의 번역이다.

1.「스페이드 여왕」: 게르만의 욕망과 억압, 단절과 분열

이 단편 소설은 러시아 1830년대를 살아간 한 청년(20대 초중반?)을 주인공으로 한다. 주인공 게르만은 어울리는 동료들에 비해 상대적으로 가난한 장교로서 돈 많은 귀족 장교들에 둘러싸여 심리적 압박감을 느끼며 자신의 세계 ─ 자기 책과 자기 원칙 ─ '잉여적인 것을 얻기 위해서 필수적인 것을 희생시키지 않는다'는 책에서 베낀 듯 완전히 자연스럽지 못한 것이 느껴지는 설익은 원칙에서 도박을 하지 않으며 절약, 절제, 근면이라는 신조에 매달려 살아갔지만 속으로는 뜨거운 야망을 가진 인간이었다. 그의 원칙은 자신의 야망을 통제하려는 안간힘이기도 하였다. 소설은 그가 뜨거운 야망 ─ 돈을 어떻게든 많이 벌어서 출세를 하여 다른 사람을 누르고 싶은 욕망 ─ 때문에 밤새 도박판을 꼼짝 않고 들여다보며 도박은 하지 않고 구경하다가, 항상 이기는 카드 3장을 알고 있다는 노(老)백작부인에 대한 일화를 그녀의 손자인 귀족 장교 톰스키로부터 듣는 것으로 시작한다.

당시 젊은이들은 『예브게니 오네긴』 2장 14연에서 묘사된 바

(『예브게니 오네긴』은 1823년에 시작해서 1833년에 출판한 푸슈킨의 대표작이다. 이는 세계 문학에서 유일한 독특한 형식으로 쓴 운문 소설로서 한 연이 14행으로 되어 있고 각운을 abab ccdd effe gg로 엄격하게 맞추어 모두 366연 정도로 8장으로 구성되어 있는데 1장당 40-50연 정도이다. 이 소설은 러시아 현실의 백과사전이라고 불릴 만큼 1820-1830년대 러시아 현실의 여러 측면 ─ 귀족들의 일상, 도로, 마차, 교육, 명절 풍습, 옷, 무도회 등등 ─ 을 보여주는 남녀 주인공의 사랑 이야기이다. 이 소설에서 여주인공 타냐(16-17세)는 오네긴(24-25세 정도)을 보고 사랑을 느끼고 열렬한 연애편지를 쓰지만, 삶에 권태를 느끼며 방황하는 오네긴은 그녀를 거절한다. 그녀가 자신의 이상형이라는 것을 알지만 결혼하여 삶을 꾸려갈 자신이 없고 그리고 싶어 하지도 않는다. 그러면서도 다

른 한편 자신에게 불만을 느끼던 오네긴은 공연히 타티아나의 동생인 올가를 순진하게 사랑하는, 결혼을 앞두고 있는, 친하게 지내고 있던 18세의 렌스키를 (올가와 춤을 추며 유혹하는 포즈를 취하여) 자극하여 결투 신청을 받게 되고 이를 받아들여 렌스키를 죽이게 되고 마을을 떠난다. 2년 후에 돌아와 보니 타티아나는 사교계의 여왕이 되어 있었고 예브게니 오네긴은 그녀에게 사랑을 느끼고 이제는 사랑병을 앓으며 그녀에게 매달린다. 타티아나는 아직 그를 사랑한다면서도 자신이 결혼한 몸이라는 것을 이야기하며 그를 거절하고 있는데 다가오는 남편의 걸음걸이가 들리는 데서 이 작품은 문득 끝난다. 그녀가 오네긴을 사랑하면서도 거절하는 것은 당시 지성인들에게 논쟁을 불러일으키기도 했다. 벨린스키는 그녀가 오네긴을 사랑한다면 남편을 떠나야 한다고 했고 도스토예프스키는 그녀가 남편을 떠나지 않고 가정을 지켰기에 고귀한 여성이라고 했다. 어쨌든 이 혼외 정사의 위험 지점에서 안나 카레니나가 시작되고 톨스토이는 푸슈킨의 딸의 걸음걸이를 보고 안나 카레니나의 걸음걸이를 묘사했다고 한다.)

예브게니 오네긴 2장 14연

허나 우리들 간에는 이만한 우정조차 없다.
우리는 모든 편견을 분쇄 박멸해 버렸으며
그 결과 우리에게 모든 타인은 제로이다.
우리 자신만이 제일이며
모두는 나폴레옹을 모범으로 삼는다.
수천만의 두 발 달린 짐승은 누구나 다
우리에겐 단지 도구일 뿐이고
감정이란 야만이고 우스울 뿐이고.
예브게니는 다른 사람들보다는 나은 편이어서,
그가 물론 인간들을 잘 알고

도대체 인간들을 경멸하고는
했지만(예외없는 법칙은 없어서)
그에겐 각별히 소중한 사람들도 있었고
남의 일이라도 감정을 존중할 줄 알았고.

에서 표현된 것처럼 평민이라도 나폴레옹처럼 성공할 수 있다는 생각에 휘둘려 이를 위하여 인간적인 감정을 무시하는 이기주의에 빠져 있다. 그는 스탕달의 『적과 흑』의 주인공 줄리앙과 비슷한 구석이 있다. 청년 게르만은 농담 같은 일화 — 80 먹은 백작부인이 60년 전 항상 이기는 3장의 카드를 알게 되어 그 비밀을 가지고 있다는 이야기 — 를 듣고 이제껏 억눌렀던 강한 욕망이 — 나폴레옹처럼 성공하고 싶은 욕망 — 그가 자신을 통제하는 데 썼던 원칙 — 근면, 절약, 절제 — 을 무너뜨리면서 도박으로 인한 일확천금이라는 허황된 꿈에 온통 삼켜진다. 그의 모든 생각과 행동은 오직 그 한 가지에만 집중된다.

"게르만은 그에게 조그만 유산을 남긴, 러시아로 귀화한 독일인의 아들이었다. 자기의 독립을 확고히 해야 할 필요성을 굳게 믿고 있어서 게르만은 이자도 건드리지 않은 채 급료만으로 살고 있었으며 자신에게 조그만 사치도 허용하지 않았다. 게다가 그는 내성적이고 명예욕이 강한 사람이어서 그의 동료들에게 자신의 도가 지나친 절약에 대해 비웃을 만한 기회를 거의 주지 않았다. 그는 강한 열정과 불타는 상상력을 지니고 있었으나 확고한 신념이 있었기 때문에 젊은이들이 으레 빠지는 경솔한 행동에 빠져 들지 않았다. 그래서 예를 들어 마음속으로는 도박꾼이면서 한 번도 카드를 손에 쥔 적이 없었다. 왜냐하면 잉여적인 것을 얻으려는 바람 때문에 필수적인 것을 희생할 처지가 아니라고 판단하였기 때문이다(그는 종종 그렇게 말하곤 했다). 그렇지만 꼬박 며칠 밤을 도박판에 앉아서 열병 같은 전율을 느끼며 도박의 승패를 지켜보곤 했다.

3장의 카드에 대한 일화는 그의 상상력을 강하게 사로잡아 밤새도록 그의 머릿속을 맴돌았다. '만약, 그렇다면,' — 다음 날 저녁 페테르부르그 거리를 배회하면서 그는 생각했다 — '만약 늙은 백작부인이 내게 자기 비밀을 알려준다면, 또는 내게 3장의 확실한 카드를 지정해 준다면! 자신의 행운을 시험해 보기를 마다할 필요가 있을까? 나를 소개하고 그녀의 자비를 구하는 거지. 좋아, 그녀의 애인이 되는 거야. 그런데 이 모든 것을 위해서는 시간이 필요한데 — 그녀는 87세이니 7일, 아니 2일 후에 죽을지도 모르지! 그런데 그 일화는? 그것을 믿을 수 있을까? 아니야! 절약, 절제, 근면, 이것들이 내 재산을 3배, 7배로 만들어 주고 나에게 안정과 독립을 만들어줄 내 확실한 3장의 카드지!" 이렇게 생각하는 중에 그는 페테르부르그의 큰 거리들 중 하나에 위치한 고풍스러운 건물 앞에 이르렀다. 그 거리는 마차들로 붐볐고 사륜마차들이 줄지어, 불이 환하게 켜진 입구로 미끄러져 들어갔다. 마차들에서는 계속 젊은 미인의 날씬한 다리나 기병들의 쩔렁거리는 장화, 또는 줄무늬 양말과 외교관의 단화가 내려 왔다. 털외투나 반코트 등이 몸집 큰 문지기 곁을 어른거리고 스쳐 지나갔다. 게르만은 멈춰 섰다. — 여기가 누구 집입니까? — 그는 모퉁이의 파수꾼에게 물었다. — *** 백작부인 댁입니다. — 파수꾼이 대답했다. 게르만은 몸을 떨기 시작했다. 기이한 일화가 다시 그의 상상 속에 떠올랐다. 그는 저택의 여주인과 그녀의 기적 같은 능력에 대해 생각하면서 저택 근처에서 배회하기 시작했다. 늦게야 그는 자신의 검소한 방으로 돌아왔으나 오래도록 잠을 이루지 못했다. 그리고 잠이 들었을 때는 카드와 초록색 도박 테이블, 돈더미, 금화 무더기들이 꿈에 나타났다. 그는 차례로 카드를 걸었고 거는 돈을 배로 단호하게 올렸으며 계속 이겨서 금화를 긁어모았고 지폐를 주머니에 집어넣었다. 늦게야 잠이 깨어 그는 자신의 환상적인 부를 잃은 것에 대해 한숨을 쉬고는 다시 도시를 배회하며 다시 *** 백작부인의 저택 앞에서 발길을 멈추게 되었다. 알 수 없는 힘이 그를 이 집으로 이끄는 것 같았다. 그는 멈추어 서서 창문들을 바라보았다. 한 창문에서 아마도 책을 읽거나 수를 놓느라고 고개를 숙였을 검은 머리가 보였다. 머리가 쳐들어졌다. 게르만은 생기 있는 얼굴과 검은 두 눈을 보았다. 이 순간이 그의 운명을 결정했다."

이후 그는 노파의 저택 앞에 매일 지키고 서서 그 집으로 들어갈 궁리를 하며 그와 눈이 마주친 그 집의 양녀에게 집요하게 연애편지를 써서 밀회의 약속을 받아내 그 집으로 들어가는 데 성공한다. 집으로 들어간 그는 복도에서 왼쪽으로 가파른 계단을 타고 올라가면 있는 양녀의 방 대신 오른쪽 노파의 방으로 가서 비밀을 알려 달라고 애원하고 농담이었다고 하자 총까지 겨눈다. 놀란 노파는 의자에서 굴러서 죽는다. 노파의 장례식에 갔다가 노파의 시체가 그에게 윙크하는 것을 보고 놀라 쓰러지고 그날 밤 노파의 유령이 나타나 확실하게 이기는 3장의 카드를 알려준다. 그는 3장의 카드로 벼락부자가 되는 생각만 하다가 큰 노름판에서 자기의 전 재산을 걸어 도박에서 두 번 이기고 세 번째에는 카드를 잘못 보고 걸어서 모든 것을 다 잃고 정신병원에 갇힌다.

이 소설은 여러 가지로 해석되는 소설이다. 이 환상적 소설은 인간의 가차 없는 욕심이 징벌을 받는다는 메시지, 그가 그럴 수밖에 없었던 사회적 현실에 대한 비판으로 읽힐 수도 있고 사랑을 빙자하여 돈을 얻으려는 사람은 징벌을 받는다는 식으로 풀이되기도 하였다. 아니면 무슨 내용을 담고 있을까 하고 독자로 하여금 게임(도박)을 하게 한다는 풀이도 있다.

필자에게 이 소설은 주인공이 점차로 현실을 파악하는 능력을 잃어가며 결국 자기 분열이 일어나는 과정으로 해석된다. 즉 농담 같은 일화로 부추겨진 그의 욕망이 폭발해서 자기 분열에 이르며 파멸한 것이다. 실제로 이 일화를 들은 이후 단절과 소외감 속에 살던 그에게 이제 도박으로 반드시 돈을 따겠다는 생각만이 그의 삶의 내용이 되었다. 일단 그의 발길은 이미 저도 모르는 새에 그 백작부인 집 부근을 배회하게 되며 자기가 예상했던 집이 바로 그 집이라는 것을 알게 되자 야망에 몸을 떨기 시작한다. 그리고 이기는 카드 생각만 하고 또 내내 이기고 돈을 따는 상상을 하다가 늦게 얼핏 잠이 들었을 때도 그의 생각은 동일한 곳을 맴돈다. 상상과 꿈에서 깨어나 현실 감각이 들었지만 이미 자신의 통제 카드, 세 가지 — 절약, 절제, 근면을 생각하는 것이 아니라 마치 자기가 딴 돈을 잃은 것 같은 느낌을 가지게 될 정도로 된다. 다시 그 집으로 발길을 향하면서 그는 자기대로의 계획을 꼼꼼히 세우게 된다. 그 전제에는 물론 이미 이기는 3장의 카드가 존재한다는 확신이 자리한다. 그는 이 목적을 위하여 꼼꼼하게 계산하고 집요하게 행동한다. 집요한 연애편지의 결과, 리자의 지시대로 그 집에 들어간 날도 그는 '그녀의 방으로 갈까 할머니의 방으로 갈까' 망설이는 순간이 있기는 했다. 그러나 그곳에서 그는 돌이 되어 자동인형처럼 자신의 머릿속의 관념에만 휘둘린다. 할머니에게 막무가내로 3장의 카드를 알아내려고 그녀의 연인이라도 되겠다고 하는 그에게 그녀가 '농담이었다'고 하는 말은 전혀 그의 귀에 들어오지 않는다. 그녀가 거짓을 말하며 자기를 조롱한다고만 생각하는 게르만이 권총을 꺼냈고 노파는 죽어 나가 자빠졌다. 무도회에서 돌아와 가발과 옷을 벗고 자동인형처럼 의자에 앉아서 몸을 끄떡거리는 노파(그는 어둠 속에서 노파가 옷을 벗는 장면부터 연인처럼 모두 지켜보았다)가 그와 맞는 짝이기도 하겠다. 소설의 초반에 자존심이 강하고 상상력에 불타는 게르만에게 맞는 짝이 자존심이 강하고 소설적 상상력이 강하지만 자신의 처지를 참고 살아가는 노파의 양녀 리자가 그에게 맞는 짝이었다면 말이다. 장례식에 갔을 때 노파의 시체가 윙크를 한 것, 그날 자기 페이스를 벗어나 평소와 다르게 술을 먹고 집에 와서 자다가 노파가 밤에 그에게로 찾아와 카드 3장을 가르쳐주는 것도 그의 머릿속에서 만들어진 상상이다. 그는 이미 자신이 지어낸 상상에 먹혀 있다. 무슨 카드일까, 그는 심하게 고민했을 것이다. 그는 혼자서 머릿속으로 별별 생각을 다 하면서 자기 머릿속에 숫자가 떠오르기를 구원처럼 기다렸을 것이고 혼란한 머리로 호나상(像)을 보며 그는 3, 7, 1이라는 확신을 가지게 된 것이다. 왜 3, 7, 1일까? 그는 생각하려고 했었다. "절약, 절제, 근면, 이것들이 내 재산을 3배, 7배로 만들어 주고 나에게 안정과 독립을 만들어줄 내 확실한 3장의 카드지!" 그의 통제 카드 3장을 잊(잃)은 그에게 남은 것은 재산이 3배, 7배로 늘어나고 그에게 1로 보이는 안정과 독립을 가진 뚱뚱한 부자가 되는 것뿐이다. 3장의 카드를 알고 있다는 80 먹은 노파를 이미 자기 혼자서 87세라고 생각하는 것 등 그의 자기 암시(정신 혼란)는 그때 이미 시작되었다. 그는 3장의 카드가 3, 7, 1이라고 기정사실로 받아들이며 자기가 알았다고 생각한 것을 기록해 둔다. 왜일까? 자신의 혼란한 머리를 의식하며("그는 오랫동안 정신을 차릴 수 없었다.") 그는 이제 마음을 결정하고 마음을 다지면서 이 숫자를 적었을 것이다. 이런 모습에서 우리는 그가 혼란스럽고 분열된 자신을 느끼는 점을 알 수 있기도 하다.

이제 그는 3, 7, 1만이 그의 모든 것이라고 여기면서 세상을 본다. 그의 세계가 3, 7, 1로 대체된다. 모든 곳에서 그는 그 숫자만을 본다. 그는 온통 자신의 폐쇄된 의식과 그 안에서 그것을 즐기는 것(나르시시즘)에 완전히 먹혔다.

"마치 두 가지 물체가 물리적 세계에서 동일한 공간을 차지할 수 없듯이 두 가지 움직이지 않는 생각은 도덕적 존재의 본성 속에 동시에 존재할 수 없다. 3, 7, 1은 게르만의 상상 속에서 죽은 노파의 형상을 덮어버렸다……. 3, 7, 1은 그의 머릿속을 떠나지 않고 계속 맴돌고 있었다. 젊은 처녀를 보면 그는 <아, 얼마나 날씬한가! 진짜 하트 3이다>라고 말했다. 그에게 누군가가 몇 시냐고 물으면 그는 <오 분 모자라는 7일세>라고 대답했다. 모든 뚱뚱한 남자들은 그에게 1을 연상시켰다. 3, 7, 1은 가능한 모든 형상을 취하면서 꿈속에서도 그를 쫓아다녔다. 3은 그의 앞에서 흐드러진 꽃으로 피어났고, 7은 고딕 양식의 문으로 나타났고, 1은 거대한 거미로 나타났다. 그의 모든 생각은 오직 한곳으로만 흘렀는데 그것은 이 비싼 값을 치르고 얻은 비밀을 어떻게 이용할지의 문제였다."

　아무와도 소통이 없었던 그의 분열 증상은 시간이 감에 따라 점점 더 가속화되었을 것이고 그 스스로 그것을 의식하기도 했을 것이며 그러다가 결국 정신병원으로 들어갔을 것이다. 정말 도박을 하긴 한 것인지, 아니면 그가 환상 속에 그렇게 생각한 것인지조차도 우리는 확실히 알 수 없다. 그가 3, 7에 실제로 걸어서 우연에 의해 따고 마지막 날 1에 건다는 것이, 자기 분열 속에서 1과 스페이드 여왕을 혼동했고 '그가 어떻게 끝나나 기다리는' 주변에 대한 패배감과 자신이 승리하여 그들을 패배시키겠다는 강박 사이에서 분열을 느끼고 잘못 걸어서 모든 것을 다 잃고 결국 정신병원에서 '3, 7, 1, 3, 7, 여왕'만을 빠른 속도로 되풀이하는 분열 상태에 머물게 되었는지, 농담 같은 일화를 듣고 자기 상상 속에서 도박도 하지 않은 채 상상 속에서 부자가 될 수 있다는 생각, 그리고 혹시 마지막에 자신이 실수를 해서 다 잃을지도 모른다는 두려운 생각에만 집착하여 미쳐버렸는지 그건 중요하지 않다.

　* 차이코프스키는 오페라 「스페이드 여왕」(1890년 초연)에서 푸슈킨의 작품을 오페라의 성공 문법 ― 사랑과 죽음 ― 에 맞게 변형하여 큰 성공을 이루었다. 이 오페라에서는 게르만과 리자가 사랑하다가 게르만이 돈에만 집착하자 여주인공이 네바 강에 빠져 죽는 것으로 처리하였다.

HERMAN No, milaya, nelzya nam medlit, Chasy begut...Gotova-l ty? Bezhim!	ГЕРМАН Но, милая, нельзя нам медлить, Часы бегут...Готова-ль ты? Бежим!	게르만 하지만, 내 사랑, 우린 지체해선 안 되오, 시간이 흘러가오...준비되었소? 어서 갑시다!
LIZA Kuda bezhat? S toboi khot na krai sveta!	ЛИЗА Куда бежать? С тобой хоть на край света!	리자 어디로요? 당신과 함께라면 세상의 끝까지!

HERMAN Kuda bezhat? Kuda? V igornyi dom!	ГЕРМАН Куда бежать? Куда? В игорный дом!	게르만 어디로 가냐고요? 어디로? 도박 장으로!
LIZA O Bozhe, chto s toboyu, German?	ЛИЗА О Боже, что с тобою, Герман?	리자 오, 하나님, 무슨 일이에요, 게르 만?
HERMAN Tam grudy zolota lezhat mne, Mne odnomu prinadlezhat!	ГЕРМАН Там груды золота лежат мне, Мне одному принадлежать!	게르만 그곳에 나의 황금덩이들이 쌓여 있소, 나만의 것이오!
LIZA O gore! German, chto ty govorish? Opomnis!	ЛИЗА О горе! Герман, что ты говоришь? Опомнись!	리자 오, 슬픔이여! 게르만, 무슨 소리 예요? 정신 차리세요!
HERMAN Akh ya zabyl, ved ty yeshcho ne znaesh! Tri karty, pomnish, chto togda ona byla I mne khotel u staroi vedmy.	ГЕРМАН Ах я забыл, ведь ты ещё не знаешь! Три карты, помнишь, что тогда она была И мне хотел у старой ведьмы.	게르만 아, 난 잊어버렸소, 당신이 아직 모른다는 걸! 한 때 그녀의 소유 였고 그 늙은 마녀에게서 내가 원했던 세장의 카드들, 기억하 오?
LIZA O gore! On bezumen!	ЛИЗА О горе! Он безумен!	리자 오, 슬퍼라! 그가 미쳤구나!
HERMAN Upryamaya! Skazat mne ne khotela! Ved nynche u menya ona byla I mne sama tri karty nazvala.	ГЕРМАН Упрямая! Сказать мне не хотела! Ведь нынче у меня она была И мне сама три карты назвала.	게르만 고집이 세더군! 나에게 말해주 길 원치 않았었지! 지금 노파가 집에 왔고 나에게 3장의 카드를 알려주었 소
LIZA Tak znachit, ty yeyo ubil?	ЛИЗА Так значит, ты её убил?	리자 그렇다면, 당신이 할머니를 죽 였다는 건가요?

HERMAN	ГЕРМАН	게르만
O net! Zachem?	О нет! Зачем?	오, 아니오! 어째서?
Ya tolko podnyal pistolet	Я только поднял пистолет	난 단지 권총을 들었을 뿐인데
i staraya koldunya vdrug	и старая колдунья вдруг	늙은 마녀가 갑자기 쓰러졌소!
upala!	упала!	
LIZA	ЛИЗА	리자
Tak eto pravda! Pravda!	Так это правда! Правда!	정말 사실이군요! 사실이군요!
Tak eto pravda, so zlodeem,	Так это правда, со злодеем,	이게 사실이라니, 나의 운명을
Svoyu sudbu svyazala ya!	Свою судьбу связала я!	악한과 맺다니!
Ubiytse, izvergu na veki	Убийце, извергу на веки	살인자에게, 잔혹한 이에게 영
prinadlezhit dusha moya!	принадлежить душа моя!	원히 나의 영혼을
Yevo prestupnoyu rukoyu	Его преступною рукою	넘겨주다니! 그의 죄스러운 손에
i zhizn i chest moya vzyata,	и жизнь и честь моя взята,	나의 삶과 나의 명예가 달려 있
Ya volei neba rokovoyu	Я волей неба роковою	구나,
a ubiytsei vmeste proklyata i	а убийцей вместе проклята	난 숙명적인 하늘의 뜻으로
ya!	и я!	난 살인자와 함께 저주받았어!
HERMAN	ГЕРМАН	게르만
Da! Da!	Да! Да!	그렇소! 그렇소!
To pravda tri karty znayu ya!	То правда три карты знаю я!	세장의 카드를 내가 알고 있는
Ubiytse svoemu	Убийце своему	건 사실이요!
tri karty nazvala ona!	три карты назвала она!	그녀는 자신을 살해한 사람에게
Tak bylo suzhdeno sudboi,	Так было суждено судьбой,	세 장의 카드를 알려주었소!
Ya dolzhen byl svershit	Я должен был свершить	그렇게 운명지워진 거요,
zlodeistvo,	злодейство,	난 악당의 역할을 해야만 했소,
Tri karty etoyu tsenoi tolko	Три карты этою ценой	세 장의 카드를 이러한 대가로
mog ya kupit!	только мог я купить!	살 수 있었소!
LIZA	ЛИЗА	리자
No net, ne mozhet byt!	Но нет, не может быть!	아니에요, 그럴 리가 없어요!
Opomnis, German!	Опомнись, Герман!	정신 차려요, 게르만!
HERMAN	ГЕРМАН	게르만
Da! ya tot tretyi	Да! я тот третий	정말이오! 끔찍하게 사랑하며,
kto, strastno lyubya,	кто, страшно любя,	강제로 3, 7, 1 세 장의 카드에 대
Prishyol, chtoby siloi uznat ot	Пришёл, чтобы силой	하여
tebya	узнать от тебя	당신으로부터 알아내러 올,
Pro troirku, semyorku, tuza!	Про тройку, семёрку, туза!	바로 그 제삼의 인물이오!

LIZA	ЛИЗА	리자
Ktob ni byl ty, ya vsyo-taki tvoya!	Ктоб ни был ты, я всё-таки твоя!	당신이 누구든, 난 여전히 당신의 것이에요!
Bezhim, idyom so mnoi, spasu tebya!	Бежим, идём со мной, спасу тебя!	가요, 날 따라와요, 당신을 구해주겠어요!
HERMAN	ГЕРМАН	게르만
Da, ya uznal, ya uznal ot tebya	Да, я узнал, я узнал от тебя	정말이오, 난 알아냈소, 당신으로부터
Pro troiku, semyorku, tuza! Ostav menya!	Про тройку, семёрку, туза! Оставь меня!	3, 7, 1에 대해 알아냈단 말이오! 날 내버려두오!
Kto ty? Tebya ne znayu ya! Proch! Proch!	Кто ты? Тебя не знаю я! Прочь! Прочь!	당신은 누구요? 난 당신을 모르오! 저리가! 저리가!
LIZA	ЛИЗА	리자
Pogib on, pogib! i vmeste s nim i ya!	Погиб он, погиб! и вместе с ним и я!	그는 파멸했어, 파멸했어!

* 오페라와 발레를 합쳐서 8분 보여줌.

이러한, 자기 세계에 폐쇄된 인간의 분열은 푸슈킨의 소(小)비극 「모차르트와 살리에리」(1830)에서 홀로 음악만을 추구하며 인간으로부터 단절되어 살아온 살리에리의 질투가 살인 계획으로 이어지면서 살리에리가 분열되는 양상과 비슷하다. 한편으로는 모차르트의 음악을 듣고 감동해서 눈물을 흘리고 한편으로는 그를 죽여야 된다고 생각하는 것이다.

살리에리:

모든 사람들은 말하지, 지상에 정의는 없다고.
그러나 정의는 천국에도 없어. 내게는 이 사실이

기본음처럼 너무나도 명백해.
나는 예술에 대한 사랑을 지니고 태어났지.
어린애였을 때 유서 깊은 우리 교회의
오르간이 높은 곳에서 울리면
나는 듣고 또 들었지 — 저절로
달콤한 눈물이 흘러내렸지.
일찌감치 나는 쓸데없는 장난들을 버렸고
음악과 관계없는 학문들은
내게 지루했지. 고집스럽고 거만하게
나는 그것들을 버리고
음악에만 온몸을 바쳤지.
……

적막한 방에서 자지도 않고 먹지도 않고
이틀 사흘 꼬박 앉아서 환호와 영감의 눈물을
맛본 후 나는 내 작업을 태워버리며
내 생각과 내가 만든 음들이
가벼운 연기를 내며 사라지는 것을
차갑게 바라보는 일도 많았지.

끊임없는 긴장 속에 열심히 노력하여
나 드디어 끝없는 예술에서
높은 경지에 다다랐네. 영예가
나에게 미소 지었고 나는 사람들의 가슴속에서
나의 창작의 반향을 발견했네…….
나는 행복했어.

......

난 한 번도 질투를 느껴본 적이 없어.

오, 한 번도 없어.

......

자존심 강한 살리에리가 언젠가

경멸할 만한 질투자였고,

사람들에게 밟혀 꿈틀거리며

모래와 먼지를 무력하게 갉는 뱀이었다고,

누가 말하랴?

아무도 못한다! 그런데 지금 — 스스로 말한다 — 내가 지금 질투자라고.

나는 질투하고 있어, 몹시도

고통스럽게 질투한다. 오 하늘이여

신성한 재능, 불멸의 천재가

불타는 사랑, 자기희생, 일, 노력, 기도의

대가로 주어지지 않고 어리석은 바보,

허랑방탕한 자의 머리를 비친다면

어디에 정의가 있나요? 오 모차르트, 모차르트

......

이 눈물

나 처음으로 흘리네: 가슴 아프기도 하고 기분 좋기도 하네,

마치 내가 어려운 의무를 이행한 것처럼.

마치 수술칼로 아픈 데를 잘라낸

것처럼! 친구 모차르트여, 이 눈물은……

신경 쓰지 말게. 계속하게 어서

내 영혼을 음으로 채워주게…….

2. 고골의 「외투」(1842)

이 소설의 주인공은 정서(淨書) 담당 말단 관리 아카키 아카키예비치이다. 그는 주변 동료들로부터 단절되고 소외된 채 서류 정서(베끼는 일)만을 사랑하며 살아간다. 그의 세계는 — 그의 행동과 생각 — 서류 정서 행위로만 이루어져 있었다.

아카키 아카키예비치만큼 자신의 직무에 파묻혀 사는 사람을 발견하기란 정말 거의 불가능할 거외다. '그는 열심히 복무했다오'라는 표현은 너무 부족해서 안 되오 — 정말이지 그는 애정을 가지고 복무했다오. 여기에서, 이 '서류를 정서하는 행위' 안에서 그는 그 어떤 특유의 다채롭고 기쁜 세계를 보았던 거요. 이 기쁨은 그의 얼굴에 드러났소. 몇몇 글자는 특별히 애정을 갖는 것이어서 이 글자를 만나면 제정신이 아니었고, 웃는 모습이나 눈을 깜빡이거나 두 입술에 힘을 주어 가며 쓰는 표정만으로도 그의 펜 끝에서 나오는 글자가 뭔지 다 알 수 있을 지경이었수다. 일에 대한 열성만큼 보상을 내린다면 — 그 스스로도 놀라겠지만 — 5등관은 됐을 거외다. 허나 그의 직장 동료 독설가들이 표현하듯 그는 단춧구멍에 훈장 꽃을 핀과 똥구멍에 치질만 얻었을 뿐이었수다…….

아카키 아카키예비치는, 만약 그가 뭔가 보기를 한다면, 눈에 보이는 모든 것에서 고른 필체로 또박또박 베낀 자신의 깔끔한 글줄만을 보았소이다. 어디서 나타났는지 모르는 말 대가리가 그의 어깨를 툭 건드리며 두개의 콧구멍으로 그의 뺨에 온통 바람을 혹 불어 대기라도 할 때야만 비로소 그는 자신이 글줄 가운데가 아니라 거리 한가운데 있다는 것을 깨달았다오. 집에 돌아오면 그는 즉시 식탁에 앉아 맛도 느끼지 못한 채 서둘러 수프 냄비를 비우고 양파를 곁들인 쇠고기 한 조각을 먹었소. 파리들은 물론 그 순간 신께서 보낸 온갖 벌레 등속도 함께 삼킨 건 물론이오. 배가 불러 오면 그는 식탁에서 일어나 잉크병을 꺼낸 후

집까지 가져온 서류들을 베꼈고, 일거리가 없으면 자기 자신의 만족을 위해 일부러 필사본을 만들었소…….

그는 관청에서 가져온 서류를 마음껏 다 베껴 쓰고 나서 잠자리에 누우면 "내일이면 신께서 정서하라고 무엇인가를 또 보내시겠지?" 하고 다음 날을 생각하며 미리부터 미소 지었다오. 이렇게 400의 연봉만으로 자신의 운명에 만족할 줄 아는 이 인간의 평화로운 삶은 흘러갔소……. 사람들의 인생길에 예외 없이 흩뿌려져 있는 여러 가지 재난들이 닥치지만 않았다면, 이런 삶은 그가 심히 고령에 이를 때까지 이렇게 흘러갔을 거외다.

그런데 외투라는 재난, 사건이 그의 삶을 비집고 들어온다. 그는 이제부터 오직 외투만을 생각하며 행동하고 외투가 그의 세계 전부가 된다.

허나 나머지 반을 어디서 마련하나? 40루블이나 되는 돈을 어떻게 마련하나?' 아카키 아카키예비치는 생각하고 또 생각하여 적어도 1년 동안만이라도 평소 지출을 줄여야겠다고 결심했다오. 그건 저녁마다 마시는 차를 끊고, 저녁에 초를 켜지 않되 할 일이 있으면 주인 여자 방으로 가서 그녀의 촛불 아래에서 하고, 거리를 다닐 때는 돌이나 판자 위를 될수록 살금살금 발끝으로 걷다시피 하는 방법으로 밑창이 빨리 닳지 않도록 하고, 또 속내의들은 될수록 세탁부에게 덜 맡기고, 이것들이 더러워지지 않도록 집에 도착하자마자 벗은 후 방 안에서는 세월도 동정했는지 아주 오래되었지만 아직 입을 만한 얇은 무명 잠옷 하나만 달랑 입어야 하는 거였소. 처음에는 이런 제한들이 불편했지만 나중에는 어찌어찌 그럭저럭 익숙해졌고 결국 제자리를 잡았다는 사실을 알아 두시오. 심지어는 저녁 거르는 데도 완전 이골이 날 정도였소. 대신 자나 깨나 앞으로 생길 외투를 머릿속에 떠올리며 정신적 양식을 섭취했다오. 이때부터 그의 실존 자체가 어쩐지 더 완전해진 것 같았소. 마치 결혼을 한 듯, 마치 다른 인간이 그와 함께하는 듯, 마치 혼자가 아니라 인생의 다정한 반려자가 그와 인생길을 함께하기로 한 듯했던 거외다(러시아어로 외투는 여성형 명사이다). 그 반려자는 바로 솜으로 두툼하게 누빈, 해지지 않는 강한 안감을 댄 외투였소. 그는 왠지 더 생기가 돌았고 심지어 이미 삶의 목표를 정하고 스스로에게 과제를 부과한 인간처럼 성격까지 단호해졌소. 표정과 행동거지에서 스스로에 대한 회의나 망설임 — 한마디로 모든 불안정함이나 우유부단함 — 이 사라진 거요. 그의 눈에서는 가끔 불꽃마저 일었고 머릿속에서는 심지어 '맞아, 깃에 담비를 달면 어떨까?'라는 무모하리만큼 엄청 과감한 생각까지 어른거렸다오. 이런 생각은 그를 산만하게까지 만들었소. 한번은 서류를 베끼다가 하마터면 실수를 저지를 뻔해서 그는 "헉!" 하고 신음하며 성호를 긋기까지 했수다.

주인공은 불쌍한 관리이긴 하지만 그 역시 균형 잃은 집착을 보여준다. 단절과 소외감에 빠져 자기 세계 속에서 안간힘을 쓰며 자신의 원칙을 지키며 살아가던 그에게 이제 외투가 그의 의식의 중심이 되고 그는 그것을 위해 모든 것을 바친다. 그래서 그는 외투를 마련했다. 그런데 그의 전부였던 외투를 처음 입은 날 바로 빼앗기게 된 것이다. 새 외투를 입고 나서 그가 여자에 대한 욕망마저 고개를 들 정도로 비로소 삶을 즐길 태세까지 되어 있었던 판에 그는 그것을 빼앗긴다.

벌써 몇 년 동안 그는 밤거리에 나가본 적이 없었던 거요. 불이 밝혀진 진열창 앞에 멈춰 선 그는 호기심에 가득 차서, 단화 한 짝을 벗는 자태로 매우 아름다운 종아리 전체를 드러내고 있는 미녀가 그려져 있는 그림을 들여다보았다오. 그녀의 등 뒤로는 다른 방의 문에서 구레나룻과 입술 아래 스페인식(式) 삼각 콧수염을 기른 멋쟁이 남자가 내다보고 있는 모습이 그려져 있었소. 아카키 아카키예비치는 고개를 젓고 나서 웃음을 터트린 후에 자기 길을 갔소. 그가 왜 웃음을 터트렸는지, 생전 처음 보는 것이기 때문이었는지, 생전 처음 보는 것이긴 해도 인간이라면 누구나 그런 것에 대해 어떤 느낌을 가지기 때문이었는지, 아니면 그가 많은 다른 관리들처럼 "흠, 근데 그게, 아유 이 프랑스 놈들! 아무리 그러고 싶다지만 이렇게까지 직접……."이라고 생각했기 때문인지, 아니면…… 아마도 이런 생각들조차 하지 않았을 수도 있소. 인간의 영혼으로 들어가 그가 뭘 생각하는지 모든 것을 알아낼 수는 없는 법이잖소!

유쾌한 기분으로 걸어가던 아카키 아카키예비치는 번개처럼 갑자기 곁을 스쳐가는, 온몸에서 수상쩍은 분위기를 잔뜩 풍기는 한 여자를 따라 뛰어가기까지 하려 했다오. 이유는 알 수 없었수다.

그는 이 상실을 이겨내지 못한다. 그 상실과 맞서 버텨나갈 힘이 없다. 세상은 냉혹하고 그는 너무 약하다. 그가 용기 내어 강탈당한 외투에 대해 청원을 하러 방문했던 중요 인사 장군은 자기도취에 젖어 아카키에게 냅다 소리를 질러서 그는 혼비백산해서 열병 속에서 자기 분열의 증상을 보인다.

그(아카키)는 페트로비치를 보고 침대 밑에 계속 보이는 강도들을 잡기 위한 무슨 덫이 여러 개 달린 외투를 주문하기도 했고, 내내 집주인 여자를 불러 대어 이불 밑에 있는 강도를 끌어내라고 명령하기도 했으며, 자기에게 새 외투가 있는데 왜 헌 '덮개'가 걸려 있느냐고 묻기도 했소. 그는 마땅한 질책을 들으면서 중요 인사인 장군 앞에 서 있는 것 같다가도 "제가 잘못했습니다, 각하!" 라고 말한 다음에는 소름 끼치도록 지독하게 무시무시한 어휘를 동원하여 난폭한 욕을 해 대기도 했는데, 집주인 할멈조차 한 번도 그에게서 그런 비슷한 말을 들은 적이 없는 데다가 이 말이 "각하!" 라는 말에 바로 이어졌기에 성호를 긋기까지 했수다. 아카키 아카키예비치는 줄기차게 전혀 이해할 수 없는 헛소리를 해 댔는데 그나마 알 수 있는 건 뒤죽박죽한 말이나 생각이 오로지 외투를 중심으로 돌아간다는 것이었소. 마침내 아카키 아카키예비치는 숨을 거두었다오…….

페테르부르그는 마치 이 도시에 그가 전혀 존재한 적이 없었던 것처럼 변함없이 그대로였소. 아무에게서도 보호받지 못했고, 아무에게도 소중하지 않았으며, 아무도 관심을 가지지 않았던, 파리 한 마리라도 침에 꽂아 현미경으로 들여다 보면서 어떤 것도 놓치지 않는 자연 관찰자조차도 주의를 기울이지 않았던 존재, 공손하게 관청식 조롱을 참고 아무런 눈에 띄는 행위도 없이 무덤으로 간 존재, 비록 삶의 끝자락에서 외투의 모습을 한 밝은 손님이 순간적으로 그의 삶을 생기롭게 하긴 했으나, 불과 며칠 만에 ― 황제에게도, 세상을 지배하는 자에게도 예외 없이 커다란 불행이 닥치듯이 ― 커다란 불행이 닥쳤던 그 존재는 사라져 자취를 감추었던 거외다.

죽은 후 유령의 모습으로 나타나 다른 사람의 외투들을 벗겨가기 시작한다. 이제 그는 자신이 외투를 빼앗기고 죽은 것이 모두 다른 사람들 탓이라고 생각하고 복수심에 불타서 결국 그 중요 인사의 외투까지 빼앗고는 그만둔다. 그는 열병을 앓으며 아니 그전부터도 중요 인사의 사무실에서 집으로 돌아오면서, 이미 그는 속으로 생각했는지 모른다. 이제 그의 전부인 외투를 빼앗기게 되면 귀신이 되어서라도 복수하겠다고.

그러다 갑자기 중요 인사는 누군가가 지극히 강한 힘으로 옷깃을 확 잡아당기는 걸 느꼈소. 몸을 돌려 보니 작달막한 키에, 헌 닳아빠진 제복을 입은 사람이 거기 떡 서 있는 게 아뇨. 적잖이 놀란 그는 제복 입은 사람이 아카키 아카키예비치인 걸 알아보았다오. 관리의 얼굴은 눈처럼 하고 완전히 죽은 사람 같았소. 그러나 정작 그의 공포는 유령이 입을 일그러뜨리며 무섭게 무덤의 냄새를 확 풍기면서 그를 향해 쩌렁쩌렁한 목소리로 말했을 때 그 한계를 넘고 말았수다. "아! 여기 너로구나! 드디어 내가 그 너를, 네 옷깃을 잡았구나! 그 네 외투가 나한테 필요하기도 하고! 너, 내 일을 처리하려고 주선하지도 않은 데다 내게 질책하고 호통까지 쳤겠다! 자 당장 네 걸 내놔!"

이 작품에서도 주위와 단절된 세계 속에 갇혀서 자신의 삶을 균형 잡고 살아가지 못한 채, 너무나 한 가지에만 온통 자신의 전부를 내주었던 아카키의 집착의 자세가 결국 그를 분열로 몰고 가고 결국 파멸하게 만들었다는 것을 알 수 있다.

3. 톨스토이의 『안나 카레니나』(1875-1877년 연재, 1878 단행본)

이런 집착과 분열은 톨스토이의 『안나 카레니나』에서도 잘 나타난다. 톨스토이는 이 소설에서 당시 변화하는 러시아 사회 전반 — 교육, 경제활동, 여가활동, 직업, 경제 상태, 여론, 학문적 논쟁 등을 자세하게 그리고 있다. 사람들이 어떻게 살아가는가를 자세히 관찰하고 속을 들여다보면서 당시 사람들이, 주로 상류사회의 사람들이 직장에서 어떻게 일을 하나, 어떻게 먹고 마시고 춤추고 연애하고 살아가나, 또 청혼하고 결혼하고 아이 낳고 살아가나, 교육하고 교육받고 하나, 승진을 고민하고 명예롭게 보이려고 경쟁하고 욕심에 휘둘리고 권태로워하고 시기하며 본능적 요구에 자신을 내맡기며 살아가는 모습들을 자세히 보여준다. 톨스토이가 푸슈킨의 작품들을 — 벨킨이야기, 예브게니 오네긴 등 — 수없이 읽고 감탄했다는 것은 잘 알려져 있는 사실이다.

소설 『안나 카레니나』의 중심 이야기는 두 가지이다. 그 하나는 안나와 브론스키의 이야기 — 생명감 있는 여자 안나는 고위 관리인 남편 카레닌에게 맞추어 살며 아들에게 마음을 붙이고 살아가다가 우연히 브론스키라는, 사교계에서 빛나는 젊은 청년을 사랑하게 되는데 다른 많은 여자들과 달리 그녀는 그것을 남편에게 고백하고 사교계의 틀에서 벗어나게 되고 모든 사람들이 그녀를 따돌리고 막연히 이혼을 기다리는 과정에서 남편의 집에서 브론스키의 아이를 낳게 되며 산욕열로 죽을 고비를 넘기다가 결국 집을 떠나 연인과 동거하게 되고 이혼을 기다리며 지내다가 브론스키가 자기를 점점 싫어한다고 생각하여 그에게 점점 집착하다가 결국 자살을 하게 된다는 이야기 — 이고 다른 하나는 남주인공 레빈이 사교계에 염증을 느끼는 데다가 자기가 결혼하고 싶어 했던 키티가 사교계의 사자인 브론스키의 청혼을 기대하며 그를 거절한 데 대해 절망하고 지내다가 브론스키가 안나와 연애를 하게 되고, 키티가 절망하여 병을 몹시 앓고 외국에 다녀온 후 다시 그녀에게 청혼하여 결혼하고 아이를 낳으며 살아가게 된다는 이야기이다.

소설 전체에서 느낄 수 있는 점은 모든 인간의 감정들이 순간 순간 변화하며 모든 사람들이 서로에게서 단절감을 느끼며 고통 속에 살아간다는 것이다. 톨스토이는 세상의 부질없는 삶, 지속성이 없는 이 덧없는 세상에서 사람들이 부대끼고 살아가는 모습, 주어진 틀 속에서 무의미하게 서로를 미워하고 걱정 속에 살아가며, 마치 자신의 고통을 잊기 위해서 '삶이라는 꿈' 속에서 살아가는 모습을 그린다. "자신의 고통을 잊기 위해서는 삶이라는 꿈속으로 빠져야 한다."

이는 이 소설에 등장하는 주요 인물들 모두에게 나타나는 문제이다. 이들에게 가장 어려운 일은 바깥 세계 및 타인과의 적대 관계와 그로 인한 소외감에서 오는 단절감이다. 이는 안나가 죽기 전에 분열 상태에서 하는 독백 속에도 드러난다.

'그래, 내가 어디까지 생각했더라? 삶이 고통이 아닌 처지를 생각할 수 없다는 것까지였지. 우리 모두가 고통을 당하느라 만들어졌고 우리 모두가 그것을 알고 있고 어떻게 하면 자신을 속일 수 있을까 하는 방법을 생각해 내려 한다는 데까지였어. 그런데 진실을 알게 되면 대체 어떻게 해야 하지?'
"인간을 불안하게 하는 것으로부터 벗어나기 위해서 인간에게 이성이 주어진 거요." 부인(객차 맞은편에 앉은 부인을 말함—필자)이 분명 자기 문장에 만족하여 혀로 얼굴 표정을 일그러뜨리며 프랑스어로 말했다.

이 말은 분명 안나의 생각에 대해 답하는 것 같았다.

'불안하게 하는 것으로부터 벗어나는 것', 안나가 되풀이했다. 붉은 뺨의 남편과 깡마른 아내를 보고 그녀는 이 병든 아내가 자신을 뭘 모르는 여자로 여기고 있으며 남편은 그녀를 속이면서 그녀 안에 스스로에 대해 그렇게 생각하도록 하고 있다는 것을 알았다. 안나는 그들의 이야기를 알고 있으며 그들 영혼의 구석구석까지 다 환히 비친 듯 알고 있는 것 같았다. 하지만 여기 흥미로울 것은 아무것도 없었다. 그녀는 자기 생각을 계속했다.

'그래, 나를 무척 불안하게 하지. 그것에서 벗어나기 위해서 이성이 주어진 거야. 그러니까 벗어나야 해. 더 이상 아무것도 볼 수 없고 이 모든 걸 역겹게 봐야 할 때 대체 뭣 때문에 불을 끄지 않는 걸까? 하지만 어떻게? 뭣 때문에 — 차장은 나무판자를 따라 저렇게 뛰어가고 뭣 때문에 저들, 저 객차에 있는 젊은이들은 소리를 지르는 걸까? 뭣 때문에 그들은 이야기를 할까? 뭣 때문에 그들은 웃을까? 모든 게 허위야. 모든 게 거짓이지. 모든 게 속임수이고 모든 게 악이야!"

(7부 31장)

가장 긍정적으로 그려져 있는 레빈도 단절감을 느끼는 것은 마찬가지이다. 톨스토이의 분신이라고 할 수 있는 그는 자기 자신을 계속 들여다보며 남을 부러워하면서 자신이 가질 수 없는 것에 대해 항상 부족함을 느끼는 사람이다. 남이 가진 것이 항상 좋아 보이며 남의 장점을 보는 사람이다. 그 속에서 그는 단절감과 콤플렉스를 느낀다. 그가 그런 단절감을 잊을 때는 자신을 잊을 때뿐이다. 키티와의 결혼을 앞두고 자신을 잊고 너무나 좋아할 때, 노동으로 자신의 존재를 잊을 때뿐이다. 그는 결혼 후에도 아내가 아들과의 강한 유대를 가지는 것을 보고 소외감을 느낀다. 깊게 들어가면 그는 아내 키티에게서 단절감을 느끼고 키티도 그에게서 단절감을 느낀다. 안나가 남편 카레닌에게서 단절감을 느끼고 카레닌은 안나에게서 단절감을 느끼면 안나와 브론스키도 서로 서로에게서 단절감을 느낀다.

그런데 주인공 안나가 느끼는 단절감은 점점 더 심해져 자기 분열에 이르고 그녀를 자살에 이르게 한다. 이미 소설 초두에서, 안나가 브론스키에게 이끌려 집으로 돌아가는 기차 안에서부터 그녀는 현실 감각을 잃기 시작한다.

제1부 29장

기차가 앞으로 가는지, 뒤로 가는지 그냥 서 있는지, 옆에 아누슈카가 있는지 아니면 다른 여자가 있는지, 의아하게 여겨지는 순간들이 계속 이어졌다. '저기 손잡이에 걸려 있는 게 외투인가, 아니면 짐승인가? 나는 정말 여기 있는 걸까? 내 자신일까, 다른 여자일까?'

브론스키와의 사이에서 딸을 낳고 산욕열로 죽음의 문턱에 있었을 때 그녀는 자신 속에 다른 여자가 있는 것을 느꼈었다.

모든 사람들로부터 단절, 고립되어 점점 자기 분열적 양상을 보이는 것은 7부에서이다. 제1부에서부터 안나의 마음이 브론스키를 향하게 될 때부터, 주어진 틀로부터 이탈하게 될 때부터 그녀가 눈을 가늘게 뜨기 시작했었다. 세상과 점점 고립되면서 이는 점점 더 강해지고 세상을 보지 않기 위해서 자주 눈을 가늘게 떴다. 그녀는 점점 자신을 잃게 되고 모든 책임을 브론스키에게 돌리며 브론스키를 사랑한다는 사실마저도 잊어 가며 동시에 그를 증오하고 그에게 집착한다. 그녀는 자신을 잊기 위해서 아편을 먹기도 한다. 왜 그녀는 그토록 브론스키에게 과도하게 매달리고 질투하고 증오하는가?

그것은 안나가 브론스키와 만나면서 모든 것을 그와 바꿨기 때문이고 그것도 그의 단 한 가지 면에만 집착했기 때문이다.

그녀에게는 모든 습관과 생각과 욕구를 가진 그 모든 정신적, 육체적 성향을 가진 그 전체가 한 가지를 의미했다. 그것은 여성을 향한 사랑이었고 이 사랑은 그녀의 감정에 따르면 전부 그녀 한 사람에게로만 집중되어야 했는데 이 사랑이 줄어든 것이다. 그러니까 그녀의 판단에 그는 사랑의 일부를 다른 사람들이나 다른 여자에게로 옮겨간 셈이었다. 그래서 그녀는 질투했다. 그녀는 그를 가까이 하는 다른 어떤 여자에게 질투하는 것이 아니라 그의 사랑이 줄어든 것을 질투했다. 아직 질투의 대상이 없었으므로 그녀는 그것을 찾아내었다. 어떤 작은 암시에 따라서도 그녀는 자신의 질투를 하나의 대상에서 다른 대상으로 옮겨갔다. (7부 23장)

그녀는 이런 이유에서 분노하고 그와의 관계에서 불만을 느끼고 모든 책임이 그에게 있다고 느낀다. 그러면서 점점 그에게 집착하고 의심하면서 분열되기 시작한다.

'이게 누구지?' 그녀는 거울 속에서 흥분한 얼굴과 공포에 젖어 그녀를 바라보는 이상한 빛을 발하는 두 눈을 보면서 생각했다. '그래 나구나.' 갑자기 그녀는 그것을 깨닫고 자기를 온통 둘러보면서 갑자기 자기 몸 위에서 그의 키스들을 느꼈다. 그러고는 떨면서 어깨를 움직였다. 그리고 손을 입술로 가져가서 키스했다. (7부 27장)

그녀가 기차역으로 가서 기차를 타며 하는 내면의 독백은 세계 문학에서 유례없이 긴 장면이다. 그녀는 음식에도 거부감을 느끼고 세상 모든 사람들이 역겨워지며 인간들이 생존 경쟁과 증오만으로 서로 묶여 있다고 생각하며 브론스키에 대한 증오와 애착을 동시에 보여주는 분열 증상을 보인다.

"식사가 식탁에 차려져 있었다. 그녀는 다가가서 빵과 치즈의 냄새를 맡았다. 이 모든 먹는 것의 냄새가 역겨워진 것을 확실하게 느낀 그녀는 마차를 준비하라고 하고 집에서 나왔다." (29장)

"생존 경쟁과 증오만이 인간들을 묶는 거야." (30장)

"그는 내게서 무엇을 찾았을까? 허영의 만족이지 사랑은 아니야……." (30장)

…… 군중들 사이로 해서 일등 대합실로 들어가면서 그녀는 점차로 자기 처지와 그녀를 이 방향 저 방향으로 흔들리게 했던 두 가지 결정이 명확해졌다. 예전에 다쳐서 고통스러운 곳들에 또다시 희망과 절망이 교차하면서 그녀의 고통에 짓눌린, 무섭도록 두근거리는 심장의 상처들을 아프게 자극했다. 기차를 기다리면서 별 모양의 벤치에 앉아 그녀는 혐오를 느끼며, 들어오고 나가는 사람들을 바라보면서(그들 모두가 그녀에게 역겨웠다) 그녀가 역에 도착하게 될 것과 그에게 편지를 쓸 것에 대해, 무엇을 쓸 것인가에 대해 생각하기도 하고 또 그가 지금 어떻게 어머니에게 자기 상황에 대해 한탄하고 있는지(그녀의 괴로움을 이해하지 못하고)에 대해, 그리고 그녀가 방으로 들어가 그에게 무슨 말을 할 것인지에 대해서 생각했다. 그러다가 그녀는 삶이 아직 행복할 수 있다고 생각했고 그녀가 얼마나 고통스럽게 그를 사랑하고 미워하고 있는지, 그녀의 심장이 얼마나 무섭도록 뛰고 있는지에 대해 생각했다." (30장)

그녀의 분열과 환상은 점점 심해진다.

'소녀도 저 여자도 흉측하고 일그러졌네.' 안나가 생각했다. 아무도 보지 않기 위해서 그녀는 빨리 일어나 빈 객실의 다른 쪽 창가로 앉았다. 흐트러진 머리카락이 모자 밑으로 비어져 나온, 더럽고 못생긴 남자가 객차 바퀴들 쪽으로 몸을 구부리면서 이 창문 곁을 지나갔다. '이 흉한 남자 속에 뭔가 낯익은 것이 있네.' 안나는 생각했다. 그리고 자신의 꿈을 떠올리고 그녀는 공포에 떨면서 맞은편 문을 향해 달려갔다. 차장은 문을 열고 한 부부를 들여보내고 있었다.

"나가고 싶으십니까?"

안나는 대답하지 않았다. 차장도, 들어온 부부도 베일에 가린 그녀의 얼굴에 나타난 공포를 알아채지 못했다.

안나는 분명히 보았다. 그들이 서로서로를 얼마나 지겨워하는지, 얼마나 서로서로를 미워하는지. 그리고 그런 불쌍하고 못생긴 것들은 미워하지 않을 수 없었다. 두 번째 기적 소리가 들렸고 그 뒤를 이어 짐 옮기는 소리, 떠들썩한 소리, 외침, 웃음소리가 들렸다. 안나에게는 아무에게도 아무것도 기뻐할 것이 없다는 것이 분명해서 이 웃음소리는 고통스러울 정도로 그녀의 신경에 거슬렸고 그녀는 웃음소리를 듣지 않기 위해서 귀를 막고 싶었다. (31장)

죽기 직전에는 누가 자신에게 고통을 줄지 그녀는 알고 있었을까?

"아니, 나는 당신에게 나를 괴롭히지 못하게 할 거야." 그녀는 생각했다. 그를 향해서나 자신을 향해서가 아니라 자신을 괴롭히는 바로 그자를 향해 위협하면서 역을 지나 플랫폼을 따라 걷기 시작했다." (31장)

"나는 그를 벌하고 모든 사람들과 나 자신으로부터 벗어날 거야." (31장)

수영을 하며 물로 뛰어 들어가려 했을 때 느꼈던 것과 비슷한 느낌이 그녀를 휩쌌고 그녀는 성호를 그었다. (31장)

그러면서 그녀는 기차 바퀴 밑에서 무릎을 꿇으며 스스로에게 말한다.

'내가 어디 있지? 내가 뭘 하는 거야? 뭣 때문에?' (31장)

4. 도스토예프스키의 『죄와 벌』(1867년 출판)

소설 첫 부분에서 라스콜니코프는 세상과 단절된 채 관 같은 방 안에 누워 있다. 페테르부르그의 비참한 뒷골목의 좁은 다락방이라는 사회적 제약, 가난 속에서 그는 나폴레옹을 꿈꾸며 논문을 썼다. 논문은 쓸데없는 하나의 생명을 죽이고 많은 사람의 생명을 구하는 게 좋다는 공리주의, 비범한 인간에게는 모든 것이 허용된다는 나폴레옹적인 권력 추구에 기반한 글이다. 어떤 잘생기고 똑똑한 젊은이는 자신의 이론의 정당화를 실험해야 했다. 똑똑한 자신에게만 허락된 이 일을 자기 스스로 해내야 한다고 오만하게 집착한다. 이때부터 그의 분열이 이미 시작된다. 자신이 할 수 있을까? '자신은 그런 사람이 아니다'라는 회의와 해야 한다는 강박 사이의 분열 속에서 고민하다가 계획되지 않은 살인까지 하게 된다. 이 살인(전당포 노파가 아니라 리자베타)을 하지 않았더라면 그에게는 더 심한 분열이 일어나지 않았을 수도 있다. 자신의 원칙을 이행한 셈이니까. 그러나 원칙은 삶이라는 복잡한 구조물 안에서 힘이 없었다. 삶에 기반하지 않은 원칙으로서 살인을 저지르고 나서 패배하는 것을 느낀다. 그는 자신이 살인을 저지르면서 바로 자신의 원칙을 벗어나게 된다는 것을 안다. 이제 그의 내면은 더욱 분열된다. 자신이 살인자라는 의식에서 나온 양심의 가책과 자기는 원칙을 실행하는 사람이라는 이념 사이의 분열 과정에서 괴로워한다.

그에게 위안은 다른 사람과의 진정한 소통에 있었고 구원은 자신을 자각하고(허무를 직시하고) 타인의 고통을 나의 고통으로 받아들이고 연민을 느끼고 눈물을 흘리는 데 있었다. 이제 진정으로 자기를 인정하고 나아가는 길에는 복잡한 삶의 길이 놓여 있다. 그러나 이는 이제 막 시작된 것이었다.

　에필로그에서 이러한 자각과 연민과 울음의 축복이 생생하게 묘사되어 있다.

"이 일이 어떻게 일어났는지 그 스스로도 몰랐지만 갑자기 뭔가가 그를 붙잡아 그녀의 발밑으로 내던진 것 같았다. 그는 울었고 그녀의 두 무릎을 껴안았다. 처음 순간 그녀는 끔찍하게 놀랐고 그녀의 얼굴 전체가 새파랗게 질렸다. 그녀는 앉은 자리에서 튀어 일어나서 떨기 시작하면서 그를 바라보았다. 하지만 바로 그 순간에 그녀는 모든 것을 이해했다. 그녀의 두 눈에서 끝없는 행복이 빛났다. 그녀는 이해했다, 이미 의심의 여지가 없었다, 그가 사랑하고 있다, 그가 끝없이 그녀를 사랑하고 있다. 마침내 이 순간이 다가 왔다…….
그들은 말을 하려고 했으나 할 수 없었다. 눈물이 둘의 눈에 고여 있었다. 둘은 창백했고 수척했다. 하지만 이 병들고 창백한 두 얼굴에 새로운 삶으로의 부활로 가득 찬, 새로워진 미래의 서광이 이미 빛나고 있었다. 사랑이 그들을 부활시켰다. 한 사람의 심장이 또 다른 한사람의 심장을 살아가게 하는 마르지 않는 샘을 담고 있었다.
그들은 기다리고 견디기로 작정했다. 그들에게는 아직 7년이 남아 있었다. 그때까지 얼마나 모진 고통과 얼마나 끝없는 행복이 있을 건가! 하지만 그는 부활하였고 이를 알고 있었고 자신의 완전히 온통 새로워진 존재로써 이를 느끼고 있었고, 그녀는 이미 오직 그의 삶만으로써 살아가고 있었던 것이었다!"
……

"그리고 과거의 이 모든, 모든 고통은 무엇이란 말인가! 첫 감격 속에서 지금, 심지어 그의 범죄까지도, 판결과 유배까지도 지금 외적인 낯선 것으로, 그에게 일어난 사실이 아닌 것처럼 보였다."

"이제 그녀의 믿음이 지금 나의 믿음도 될 수 있지 않단 말인가? 적어도 그녀의 감정이, 그녀의 지향점이……."

"……행복의 시작에서 둘은 어떤 때는 이 7년을 7일로 볼 태세가 되어 있었다. 그는 심지어는 새로운 삶이 그에게 그냥 주어지는 것이 아니라는 것, 아직 비싼 값을 치르고 사야 한다는 것, 그것을 위하여 위대한 앞으로의 영웅적 행동으로 대가를 지불해야 한다는 것도 모르고 있었다……."

5. 체호프의 강아지를 데리고 다니는 귀부인(1899년 발표)

이 작품의 남녀 주인공은 주변으로부터 소외감을 느끼며 진정하지 못한 삶 속에서 막연히 권태를 느끼며 살아가고 있다가(자기 자신들로부터도 멀어져서 살아가고 있다가) 진정한 사랑에 눈뜨면서 진정한 삶에 눈뜨게 되는 이야기이다. 바람둥이였던 주인공 구로프는 안나와 사랑을 하게 되면서 그는 현실의 허위를 느끼고 자신의 진정한 모습을 자각한다.

그는 항상 여자들에게 본래의 그의 모습으로 비치지 않았고 그들은 그 속에서 그 자신이 아니라 그들의 상상이 만들어낸 사람, 그들이 자신의 삶 속에서 탐욕스럽게 찾던 사람을 사랑했던 것이다. 그리고 후에 그들은 자기들이 잘못 생각했다는 것을 알아챘으나 그래도 여전히 사랑했다. 그들 중의 어느 한 여자도 그와 행복한 적이 없었다. 시간이 흘렀고 그는 여자들을 사귀고 만나고 헤어지고 했지만, 그는 한 번도 사랑한 적이 없었다. 다른 모든 것을 했지만 사랑만은 하지 않았다. 그리고 그의 머리가 회색이 된 지금에야 그는 그래야 하는 것처럼 진정으로 사랑을 하게 된 것이다. 그의 일생 처음으로.

이들은 안나 카레니나처럼 사랑으로 인해 점점 더 고립되고 사랑도 잊으며 내적 분열을 가지게 되는 길을 가지 않고 진정한 사랑을 시작하며 점점 더 사랑하며 세상에서 단절된 공간에서 몰래 만나 진정한 교감을 느끼고 서로에게 연민을 느끼게 된다.

…… 이 말, 이 평범한 말이 웬일인지 갑자기 구로프를 화나게 했으며 천하고 더럽게 여겨졌다. 이 무슨 야만적인 관습이고, 이 무슨 지긋지긋한 사람들인가, 이 무슨 바보 같은 저녁 모임이고 또 재미없고 하릴없는 나날들인가! 끝없는 카드놀이, 진창 먹고 마시고, 내내 똑같은 이야기들을 지껄이지, 이 쓸데없는 일과 항상 똑같은 이야기들이 가장 좋은 시간과 가장 좋은 힘을 제몫으로 요구하고 결국 어떤 꽁지 잘린, 날개 꺾인 삶이 마귀처럼 남게 되고 정신병원이나 포로수용소에 있는 것처럼 나갈 수도 도망갈 수도 없게 되지!

"그의 머리는 이미 세어 가기 시작하고 있었다. 그리고 최근 몇 년 사이에 이렇게 늙고 흉하게 된 것이 그에게 매우 이상하게 여겨졌다. 그의 손이 놓여 있는 어깨는 따뜻했고 떨고 있었다. 그는 이 삶에, 아직 이렇게 따뜻하고 아름다우나 아마도 이미 그의 삶처럼 바래고 시들기 시작하는 쪽으로 더 가까워져 가는 이 삶에 연민을 느꼈다. 무엇 때문에 그녀는 그를 이다지 좋아하는 것일까?
안나 세르게예브나와 그는 아주 가까운 사람들처럼, 혈연처럼, 남편과 아내처럼, 다정한 친구들처럼 서로서로를 사랑했다. 그들에겐 운명이 그들을 서로서로에게 예정해 준 것처럼 보였다. 그들은 왜 그에게 아내가 있고 그녀에게 남편이 있는지 이해할 수 없었다. 이것은 마치 철새 한 쌍, 암컷과 수컷이 사로잡혀 서로 다른 새장에서 살게 된 것과도 같았다. 그들은 자기들이 수치로 여겼던 과거를 서로 용서했으며, 현재의 모든 것을 용서했고, 그들의 이 사랑이 그들 둘을 변화시켰다고 느꼈다."

이 작품의 에필로그도 『죄와 벌』의 에필로그처럼 진정한 교감과 이제 진정한 삶을 지속하기 위해서 그들이 치러 내야 할 복잡한 일을 앞에 두고 고민하는 두 연인의 모습을 볼 수 있다.

예전에 우울할 때면 그는 그때그때 머리에 떠오르는 여러 가지 말들로써 자신을 달랬었다. 그러나 지금은 그런 말들이 떠오르지 않았다. 그는 깊은 연민을 느꼈으며 진솔하고 다정하고 싶었다.

"멈춰요, 내 이쁜 사람, 좀 울었으니 낫지. 이제 우리 이야기 좀 합시다. 무슨 수를 좀 생각해 냅시다."

그러고 나서 그들은 오랫동안 의논하고, 숨어야 하고 속여야 하고 서로 다른 도시에서 살아야 하고 잠깐밖에 만날 수 없는 이 처지에서 벗어날 수 없을까 하는 데 대해 이야기했다. 이 견딜 수 없는 행로에서 벗어날 수 있을 것인가?

"어떻게, 어떻게?" 그는 머리를 쥐어뜯었다. "어떻게?"

그리고 그들에겐 아직 조금 더 기다리면 해결 방법이 찾아지고 그때는 새로운 멋진 삶이 시작될 것처럼 보였다. 끝이 나려면 아직 멀고도 멀었으며, 가장 복잡하고 어려운 일이 지금 막 시작되었다는 것이 그들에게는 분명했다. (끝)

맺음말

이 작품들에서 가장 중요하게 여겨지는 것은 주변과 단절된, 고립되고 소외된 인간이 파괴되는 양상이다. 게르만은 고립된 채 살다가 자신이 주체가 되지 못하고 책이나 원칙이 주체로 되며, 그것은 카드에 대한 집착으로 바뀌어 그를 완전히 압도한다. 그는 자신을 악마에게 판 셈이다. 그때부터 이미 그는 서서히 파괴되어 간다. 외투에서도 그렇다. 아카키 아카키예비치는 자신의 서류 정서의 세계에 자신을 내맡기고 살다가 외투가 그의 주인이 된다. 그리고 외투를 위해서 모든 것을 희생하는 순간 그의 파멸은 시작된 것이다, 톨스토이의 안나의 고립과 소외가 가져오는 파괴 과정에서도 이를 볼 수 있다. 하나에만 과도하게 집착하고 자신의 전부를 내주었을 때, 그것을 잃고도 살아갈 수 있는 여유의 방으로 들어갈 수 있는 문 열쇠가 죽음 외에는 없었다. 모든 것을 브론스키와 바꾸었을 때 이미 그녀는 파괴되기 시작한 것이다. 카프카의 변신에서 자신의 모든 것을 가족에게 바쳤던 그레고리 잠자나 뷔히너의 보이체크가 자신을 지탱하지 못하고 분열되는 것도 같은 이유에서이다.

이 작품들에서 전해 받는 메시지는

1. 인간은 정도의 차이는 있지만 여러 이유에서 단절감, 소외감을 느끼고 살게 된다는 것.
2. 자기 세계 속에 갇혀 있을 때 자기 의식이나 고정관념에 먹힌다는 것.
3. 자신의 모든 것을 한 가지에만 바칠 때 파괴될 위험이 크다는 것.
3. 주변과의 진정한 소통이 없을 때 자기 세계를 다른 사람의 눈으로 바라볼 수 없을 때, 다른 사람에게 열려 있지 못하고 다른 사람을 배려하지 못하고 자신을 가다듬지 못하게 될 때 분열되고 파멸한다는 것이다.

항상 소외와 단절, 집착과 분열의 위험에 처해 있는 인간들에게 자신을 둘러보게 하는 힘을 주는 시 두 편을 소개한다.

이노켄티 아넨스키(1856-1909)

수많은 세계 속에서, 수많은 별들 속에서
나 별 하나의 이름만을 되뇌인다…….

그것은 내가 그 별을 사랑해서라기보다는
다른 별들과 함께이면 황폐하기 때문이다.

무거운 회의의 시간엔 -
나 그 별에게 기도하며 답을 구한다.
그것은 그 별이 환하게 비추어서라기보다는
그 별과 함께이면 빛이 필요하지 않기 때문이다. (1902)

이 세상, 권태의 검은 늪에서 푸르둥둥 죽은 얼굴들 사이에 살아가는 타
성적인 삶의 비참을 속으로 삭이면서 창백한 종이 위에 실존의 혐오스러
운 수수께끼를 푸는 것이 이 시인에게 예술이고 시였다. 이 세상은 그에게
흔들거리는 뜨거운 사막이고 평화는 신기루인데, 이 시는 그런 세상에서
자신에게 살아가는 힘이 되는 그 사랑하는 것, 그 사랑하는 사람을 가슴에
품고 살아보려는 마음을 보여 준다.

알렉산드르 푸슈킨(1799-1837)

나 그대를 사랑했소. 사랑은 아직, 아마도
내 마음 속에서 완전히 꺼지지 않았으리니.
하나 내 사랑이 그대를 더 이상 번거로이 하랴.
그대를 무엇으로도 슬프게 하고 싶지 않소.

나 그대를 사랑했소, 말없이, 희망도 없이.
혹은 수줍음이 혹은 질투가 나를 괴롭혔으나
나 그대를 그토록 진정으로, 그토록 속 깊이 사랑했소.
다른 이들에게도 그대가 부디 사랑받기를 바랄 만큼. (1829)

Ya vas lyubil: lyubov′ yeshcho, bit mozhet,

V dushe mo(a)yei ugasla ne so(a)vsyem;

No pust′ o(a)na vas bol′she ne trevozhet;

Ya ne kho(a)chu pechalit′ vas ne(i)chem.

Ya vas lyubil bezmolvno, beznadezhno,

To robostyu, to revnostyu to(a)mim;

Ya vas lyubil tak iskrenno, tak nezhno,

Kak dai vam bog lyubimoy bit drugim.

　사랑하는 여인이 번거로워할까 봐 자신의 사랑조차 드러내지 않으려 하며 그녀가 누구에게서라도 항상 사랑받기를 바라는 마음이 아름답다. 진정으로 남에게 열려 있으려는 자세란, 에고를 벗어나려는 자세란 얼마나 어려운 일인가? 사랑하는 그녀가 원한다면 고이 보내겠다는 남자의 진정어린 심정이 느껴지는 소월의 '진달래꽃'을 떠올리게 하는 시이다. 사랑하는 마음도 상대방의 마음을 배려하고 자신을 가다듬으며 둘 사이의 관계가 항상 소중한 것이 되도록 하려는 의지로 꾸려지리라.

유럽문학 속 러시아문학과 오페라*

　＊ 오페라는 유럽적인 문화 양식으로서 18-19세기 유럽문화에서 핵심적
인 위치에 있었다.

＊ 카이스트 경영대학 인문학세미나 (2013년 9월 24일) 프린트 자료. 이 글을 다시 읽으며 제목 '유럽문
학 속 러시아문학과 오페라'를 보니 기억나는 사건이 있다. 필자는 2006년에 고려대학교의 핵심교양 강
좌 '러시아문학과 오페라'를 개설해서 러시아문학과 연관된 오페라 리브레토를 읽고 주요 부분을 감상하
면서 연관된 문학작품과 비교하며 미리 구체적으로 제시한 열린 질문들에 따라 수강생들이 발표하고 토
론하는 방식으로 강의를 진행했다. 주요 오페라들— '돈 조반니', '리골레토', '카르멘', '파우스트', '라 트
라비아타', '라보엠', '예브게니 오네긴', '스페이드 여왕', '보리스 고두노프', '맥베스', '오텔로', '트리스탄
과 이졸데', '보체크', '므첸스크의 맥베스 부인' 중에서 한 학기에 5-8편을 다루었다— 을 문학작품과 연
관하여 접하는 것을 좋아했던 수강생들이 열성적이고 창의적으로 참여해서 필자에게는 대형강의 (70-
140명) 였음에도 불구하고 기쁜 마음으로 열심히 강의에 임했는데, 2010년에 교양위원회에서 개설 보
류 결정이 났다는 일방적인 통보를 받았고, 강좌 제목에 '오페라'라는 글자가 들어가면 곤란하다는 이야
기를 듣고 2011년부터 핵심교양 강좌 '유럽문학 속의 러시아문학' 강좌를 개설하여 2014년 1학기까지 '러
시아문학과 오페라'와 비슷한 방식으로 강의했다. 핵심교양강좌 '러시아문학과 오페라'의 개설 보류 결정
통보는 특히나 이 강좌의 교재를 만들기 위해서 이태리어와 프랑스어를 수년간 새로 배웠던 필자로서는
교수 생활에서 드물게 겪은 언짢은 일이었다. 1979년 봄 고려대학교에서 시간 강사를 시작할 때 당시 학
과장 동완 교수께서 고려대학교에서는 강의의 '자율성'을 완전히 보장한다고 하신 말씀을 인상 깊게 기
억하고 있던 필자에게는 실로 대학 사회의 변화를 절감하게 하는 사건이었다. 어쨌거나 핵심교양강좌
'러시아문학과 오페라' 및 '유럽문학 속의 러시아문학'은 강의하는 동안 '해당 과목을 수강한 학생들로부
터 강의 평가 항목에서 좋은 평가를 받은 과목의 교수 상위 5%에게 수여하는' 고려대학교의 '석탑강 의

오페라는 1600년 전후 이탈리아에서 탄생하여(「다프네」, 「에우리디체」, 「오르페오」), 프랑스(발레 첨가), 오스트리아, 독일, 스페인, 러시아로 파급 발전되어 왔다.

오페라는 이탈리아 카메라타가 그리스 비극과 교회의 성가극에 연원을 두는 음악극으로 대사와 음악의 결합을 기본으로 하는 종합예술이다(니체가 『비극의 탄생』에서도 이야기 하는 바 오페라에서는 디오니소스적인 예술이 아폴로적인 예술과 결합한다. 비유적 직관(gleichnisartiges Anschauen)을 자극하는 음악은 디오니소스적인 영역, 이해를 요구하는 개념(Begriff)은 아폴로적 영역에 속한다. 니체가 생각하기에 이 둘의 가장 이상적 통합(Synthese)이 그리스 비극에 나타나고 니체 당시에는 바그너의 오페라 「트리스탄과 이졸데」에 나타난다. 그리스 비극이나 오페라에서 아폴로적인 것과 디오니소스적인 것이 형제적 결속을 맺은 결과 디오니소스는 아폴로의 언어를 말하고 아폴로는 디오니소스의 언어를 말하게 되어 결국 비극과 예술의 지고의 목표가 달성된다는 것이다).

* 오페라는 문학과 음악만이 아니라 춤, 미술, 의상 등 여러 분야가 관계되는 종합예술이다. 특히 21세기에 들어서는 공연할 때부터 멀티미디어(디비디)로 전달하게 될 것을 염두에 두니 다른 기술들도 여기에 관여한다. 사람들이 오페라 공연을 관람하거나 시디나 디비디로 이를 감상할 때 리브레토(오페라 대본)를 먼저 읽는다. 리브레토는 음악과 함께 오페라 감상의 기본이고 또한 작곡가가 작곡을 하게 될 때 먼저 연구하는 대상이다. 좋은 리브레토는 성공적 오페라를 만들게 하는 필수 요소이다. 작곡가들은 좋은 문학작품을 기저로 해서 리브레토를 만들어 오페라를 작곡한다(오페라 감상은 유럽문화에 대한 복합적인 이해를 증진시킨다. 오페라 감상이 이 오페라

상'을 2009년부터 세 차례 받게 해주었고, '상위 20%에게 수여하는' '우수강의상'도 세 차례 안겨주었다. 이 기회에 이 강의를 수강했던 모든 이들에게 감사하고 싶다. 또 매 강의 시간에 한시도 긴장을 놓지 않고 강의에 맞춰 오페라 영상과 리브레토를 스크린에 올렸고 많은 수강생들을 관리하느라 수고했던 조교 유순옥, 방성군, 홍창배, 전활, 강유빈에게도 감사한다.

들이 기저로 삼은 문학작품들에 대한 이해, 오페라가 문학작품에 끼친 영향, 오페라가 오페라에 끼친 영향 등을 살펴보는 과정이기도 하기 때문이다).

　* 러시아 오페라는 물론 유럽의 오페라들 중 성공적인 작품들, 예를 들어 베르디의 「맥베스」, 「오셀로」, 「리골레토」, 「라 트라비아타」, 모차르트의 「돈 조반니」, 바그너의 「트리스탄과 이졸데」, 무소르그스키의 「보리스 고두노프」, 비제의 「카르멘」, 차이코프스키의 「예브게니 오네긴」, 「스페이드 여왕」, 푸치니의 「라보엠」, 알반 베르그의 「보체크」, 쇼스타코비치의 「므첸스크의 맥베스부인」 등은 모두 훌륭한 문학작품을 토대로 하고 있다. 러시아 오페라는 1830년대 중반 이태리와 독일에서 유학한 글린카가 「황제를 위한 삶」(1834-1836)과 「루슬란과 루드밀라」(1842)를 작곡함으로써 시작하는데 둘 다 러시아적 테마를 다루는 것으로 「황제를 위한 삶」은 표트르 대제 시절 애국적 농부에 대한 이야기이고 「루슬란과 루드밀라」는 푸슈킨의 초기 저작인, 러시아 전설을 기반으로 한 운문 서사시를 기저로 만든 작품이다. 이 오페라들은 '러시아성'을 담은 작품을 만들기 위한 모색이었고 이는 대대적 환영을 받았다. 글린카 이후 러시아 오페라는 대부분 자국의 문학작품들을 기저로 만들어졌다(고골의 작품을 기저로 하여 44편의 오페라, 레르몬토프는 25편, 도스토예프스키 16편, 톨스토이 15편, 투르게네프 12편, 체호프의 경우 26편이 오페라로 만들어졌다. 특히 푸슈킨의 경우에는 특히 많아서 100편 이상일 만큼 푸슈킨은 러시아 오페라에서 특별한 위치를 차지하고 있다. 작곡된 모든 오페라가 무대에 오른 것은 아닌 것 같고 자주 공연되는 것들은 10편 정도이다). 특히 푸슈킨의 드라마나 소설들은 많은 재능 있는 러시아 작곡가에 의해서(글린카, 무소르그스키, 다르고미주스키, 차이코프스키, 림스키-코르사코프, 라흐마니노프, 스트라빈스키, 프로코피에프 등) 오페라로 작곡되어 전 세계 오페라 가수들이 즐겨 부르는 레퍼토리가 되어 전 세계 무대에 오른다.

＊ 푸슈킨(1799-1837) 자신이 리체이 시절(귀족 기숙학교 1811-1817년)부터 서구의 오페라들을 접할 기회가 있었으며 로시니나 모차르트의 오페라를 무척 즐겨 감상하였고 그의 작품들에는 당시 그가 좋아했던 모차르트의 오페라 등 오페라의 영향이 나타나고(특히 「석상손님」) 푸슈킨의 작품들 속에 유럽 오페라들이 언급되어 있지만(「마탄의 사수」, 「휘가로의 결혼」 등) 본인 스스로 리브레토를 쓰지는 않았는데 작곡가들이 그의 작품의 전체나 부분들을 거의 그대로 가져다 쓸 수 있을 만큼 그의 스타일은 운문적이고 대화적이다. 차이코프스키(Пётр Чайковский)는 러시아 3대 오페라 중 「예브게니 오네긴」, 「스페이드 여왕」을 작곡하였다. 둘 다 푸슈킨의 작품을 바탕으로 만든 것으로 오페라 「예브게니 오네긴」의 경우에는 작곡가 차이코프스키가 쉴로프스키(К. Шиловский)와 함께 리브레토의 공동 저자이고 「스페이드 여왕」은 동생과 함께 리브레토를 만들었다. 3대 오페라 중 나머지 하나인 「보리스 고두노프」는 이를 작곡한 무소르그스키가 푸슈킨의 정치희곡 「보리스 고두노프」를 바탕으로 직접 리브레토를 만들었다. 이 오페라들에서 가장 중요한 아리아들 ― 타티아나의 편지 아리아, 게르만이 노부인에게 카드의 비밀을 알려 달라고 하는 아리아, 「보리스 고두노프」 중 역사가 피멘의 독백, 보리스의 양심의 가책을 토로하는 긴 아리아 "나 높은 권력을 차지했으나 오 괴롭다dostig ja vyshei vlast', uf tjazhelo" 등은 글자 그대로 푸슈킨 텍스트를 따르고 있다.

예) 노파의 침실로 들어간 게르만이 노파에게 석 장의 카드를 알려 달라고 하는 2막의 마지막 부분. 오페라 아리아 틀어주기. 오페라 「스페이드 여왕」 ― 게르만의 아리아(7분)

'Je crains de lui parler la nuit, J'ecoute trop tout ce qu'il dit... Il me dit: 'Je vous aime; Et je sens malgre moi, Jeы sens mon coeur qui bat, qui bat, Je ne sais pas pourquoi!' Chevo vy tut stoite? Von stupaite! 'Je crains de lui parler la nuit...;	'Je crains de lui parler la nuit, J'ecoute trop tout ce qu'il dit... Il me dit: Je vous aime; Et je sens malgre moi, Je sens mon coeur qui bat, qui bat, Je ne sais pas pourquoi!' Чего вы тут стоите? Вон ступайте! 'Je crains de lui parler la nuit...;	'나는 밤에 그와 이야기를 나누는 것이 두려워, 나는 그의 얘기를 질리도록 듣지... 그는 나에게 이렇게 말하지: 나는 당신을 사랑하오; 그러면 나도 모르게 내 심장이 두근거리는 것이 느껴져, 나도 이유를 모르겠어!' 뭐 하러 거기 서있는 거야? 물러들 가! '나는 밤에 그와 이야기를 나누는 것이 두려워...'
No. 17 Final Scene	**№.17 Последняя Сцена**	**17. 마지막 장면**
HERMAN Ne pugaites! Radi Boga ne pugaites! Ya ne stanu vam vredit! Ya prishyol vas umolyat o milosti odnoi! Vy mozhete sostavit schastye tseloi zhizni! I ono vam nichevo ne budet stoit! Vy znaete tri karty... Dlya kovo vam berech vashu tainu? Yesli kogda nibud znali vy chuvstvo lyubvi, Yesli vy pomnite pyl i vostorgi yunoi krovi, Yesli khot raz ulybnulis vy na lasku rebyonka, yesli v vashei grudi bilos	**ГЕРМАН** Не пугайтесь! Ради Бога не пугайтесь! Я не стану вам вредить! Я пришёл вас умолять о милости одной! Вы можете составить счастье целой жизни! И оно вам ничего не будет стоит! Вы знаете три карты... Для кого вам беречь вашу тайну? Если когда нибудь знали вы чувство любви, Если вы помните пыл и восторги юной крови, Если хоть раз улыбнулись вы на ласку ребёнка, если в вашей груди билось	게르만 놀라지 마시오! 제발 놀라지 마시오! 난 당신을 해치지 않을 거요! 난 당신에게 오직 한 가지 자비를 간청하러 왔소! 당신은 한 인생 전체의 행복을 만들 수 있소! 그 행복은 당신에게 돈 한 푼 드는 게 아니오! 당신은 세 장의 카드를 알고 있소... 누구를 위해 당신의 비밀을 숨겨야 하는 거요? 만약 언젠가 당신이 사랑의 감정을 알았었다면, 만약 당신이 젊은 피의 열정과 환희를 기억한다면, 만약 당신이 한 번이라도 어린애의 사랑스러움에 미소 지었다면, 만약 당신의 가슴에 언젠가

kogda nibud serdtse,	когда нибудь сердце,	심장이 고동친 적이 있다면,
To ya umolyayu vas,	То я умоляю вас,	그렇다면 당신께 간청하오,
Chuvstvom suprugi,	Чувством супруги,	아내의, 연인의, 어머니의 감정으로,
lyubovnitsy, materi,	любовницы, матери,	당신이 삶 속에서 거룩한 모든 것으
Vsem, chto svato vam v	Всем, что свято вам в	로,
zhizni,	жизни,	말해주시오, 당신의 비밀을 밝혀주
Skazhite, otkroite mne vashu	Скажите, откройте мне	시오!
tainu!	вашу тайну!	비밀이 당신에게 왜 필요하오?
Na chto vam ona?	На что вам она?	아마도, 비밀이 끔찍한 죄와,
Mozhet byt,	Может быть,	지복의 파멸과,
Ona sopryazhena s grekhom	Она сопряжена с грехом	악마와의 계약과 관계가 있는 거요?
uzhasnym,	ужасным,	생각해 보시오,
S paguboi blazhenstava,	С пагубой блаженства,	당신은 늙었소,
S dyabolskim usloviem?	С дябольским условием?	당신은 오래 살지도 못할 거요,
Podumaite,	Подумайте,	그리고 난 당신의 죄를 받을 준비가
vy stary,	Вы стары,	되어
Zhit ne dolgo vam,	Жить не долго вам,	있소! 나에게 알려주시오! 말해주시
I ya vash grekh gotov vzyat	И я ваш грех готов взять на	오!
na sebya!	себя!	늙은 마녀!
Otkroites mne! Skazhite!	Откройтесь мне! Скажите!	그렇다면 내가 대답하게 만들어주
Staraya vedma!	Старая ведьма!	지.
Tak ya zhe zastavlyu tebya	Так я же заставлю тебя	
otvechat.	отвечать.	그만 어린애 같이 구시오!
		나에게 세 장의 카드를 지정해줄 거
Polnote rebyachisya!	Полноте ребячися!	요?
Khodite li naznachit mne tri	Ходите ли назначить мне	알려 줄 거요, 말 거요?
karty?	три карты?	노파가 죽었군! 예언이 맞았어… 하
Da, ili net?	Да, или нет?	지만 난
Ona mertva! Sbylos...a tainy	Она мертва! сбылось...а	비밀을 알아내지 못했구나!
ne uznal ya!	тайны не узнал я!	
		죽었다! 죽었어!
Mertva! mertva!	Мертва! мертва!	
LIZA	**ЛИЗА**	**리자**
Chto zdes za shum?	Что здесь за шум?	이게 무슨 소리지?
Ty, ty zdes?	Ты, ты здесь?	당신, 당신 여기 있는 거예요?

HERMAN	ГЕРМАН	게르만
Molchi! molchi!	Молчи! молчи!	조용히 하시오! 조용히!
Ona mertva.	Она мертва.	노파가 죽었어.
I tainy ne uznal ya!	И тайны не узнал я!	그리고 난 비밀을 알아내지 못하였소!

　＊ 한편 유럽 오페라는 러시아 문학작품을 이해하는 데 중요하다. 서구 문화를 받아들여 자국의 문화를 이루었던 제정러시아의 문화에서 오페라 관람은 작가들의 주요 문화생활의 일부였고 이는 작품에 나타난다. 유럽 오페라는 푸슈킨을 비롯한 19세기 작가들 그리고 그 이후의 작가들에게도 강한 영향을 끼쳤다.

　예를 들어 「라 트라비아타La Traviata」(주세페 베르디Giuseppe Fortunino Francesco Verdi(1813-1901)가 1853년 페니체극장에서 초연)의 리브레토는 알렉상드르 뒤마 2세Alexandre Dumas figlio(1824-1883)의 『춘희La dame aux camelias』(1848, 연극으로 1849년 각색되어 1852년 공연됨. 베르디는 이것을 보았다)를 바탕으로 프란체스코 마리아 피아베Francesco Maria Piave가 썼는데 이는 러시아문학에 커다란 영향을 끼쳤다. 1853년 초연 이후 러시아에서는 1856년부터 계속 공연되었고 1868년에는 처음 러시아어로 번역되어 공연되었다. 투르게네프의 「전날 밤」(1860), 도스토예프스키의 『백치』(1868), 체르늬셰프스키의 『무엇을 할 것인가?』(1863년), 톨스토이의 『부활』(1899년)에 언급되어 러시아문학 속의 코티산(고급 창녀)과 귀족 청년의 사랑을 다루는 소설들의 내용에 주요한 의미적 요소로 등장했다. 19세기 문학에서 오페라가 언급되는 예는 매우 많다. 곤차로프의 소설 『오블로모프』에서 여주인공 올가가 오페라 「노르마」 중에서 「카스타 디바」를 부른다든지, 『안나 카레니나』에서 오블론스키가 「돈 조반니」의 아리아를 부른다든지, 레빈이나 그 친지들이 바그너의 오페라를 감상하고 토의한다든지 하는 것 등등. 20세기 모더니스트의 작품 속에서도 유럽 오페라는 중요한 역할을 하였다.

* 오페라가 문학작품에 직접적 영향을 끼친 예로 푸슈킨의 작은 비극
「석상손님Каменныйгость」(1830)을 들 수 있다.

　이 드라마는 오페라 「돈 조반니Don Giovanni」(1787년 초연), 호프만(E. T. A. Hoffmann)의 단편 소설 「돈 주안Don Juan」(1812)과 긴밀하게 연결되는 작품이다. 「석상손님」은 작품의 제사부터 오페라 「돈 조반니」 중 레포렐로의 대사를 이탈리아어 그대로 쓰고 있고("O statua gentilissima/Del gran'Commendatore!..... Ah, Padrone! 오 위대한 기사장님의 정말 숭고하신 석상이시여!.... 아, 주인님!") 작품의 핵심 사건을 모차르트의 오페라 돈 조반니에서의 돈 조반니와 돈나 안나와의 만남과 파멸로 설정하여 극의 정점에 돈 조반니가 돈나 안나 때문에 석상에 의해 파멸하는 것을 다루었다.

　특히 흥미로운 것은 오페라의 수수께끼 같은 여인 돈나 안나에 대한 푸슈킨의 해석이다.

　오페라에서 돈나 안나는 돈 조반니를 좋아하는 여인들 중에서 제일 먼저 무대에 등장한다. 카탈로그의 여인들 및 돈나 안나를 비롯한 오페라에서 거론되는 여인들 ― 돈나 안나, 돈나 엘비라, 체를리나 ― 은 아마도 모두가 에로스를 추구하는 여인들일 것이다. 이는 「피가로의 결혼」에 나오는 여자들이나 「코지 판 투테」에도 마찬가지로 적용되는 모차르트의 여성관이다. 돈나 엘비라가 그토록 돈 조반니에게 집착하면서 쫓아다니며 에로스를 추구함에는 이론의 여지가 없다. 그녀는 증오한다면서 실상 사랑하고 있고 또 그것을 드러낸다. 그녀는 돈 조반니가 지옥으로 가기 직전까지 그를 쫓아다니며 그에 대한 애증을 드러내며 잔소리를 하는 것이다. 체를리나 역시 돈 조반니의 유혹에 쉽게 빠지며 그녀가 먼저 돈 조반니에게 자기 마음이 변하기 전에 빨리("presto") 사랑하자고 말한다.

　그러나 돈나 안나는 체를리나나 엘비라와 달리 수수께끼처럼 애매해 보인다. 오페라의 첫 장면에서 밖에서 망을 보며 투덜거리는 레포렐로 앞으로 돈나 안나는 돈 조반니를 뒤쫓아 나온다. 그녀는 열정과 절망과 분노

가 섞인 목소리로 돈 조반니를 붙잡고 늘어지며 자기를 죽이기 전에는 못 간다며("Non sperar, se non m'uccidi, Ch'io ti lasci fuggir mai!") 절박하게 다가들며 절망의 분노를 느끼는 광포한 여인으로서 그를 계속 뒤쫓아 놓아주지 않으리라고("Come furia disperata ti saprò perseguitar!") 말하고 돈 조반니는 그녀로 인한 자신의 파멸을 예감한 듯 "Questa furia disperata mi vuol far precipitar! 이 절망의 분노가 나를 파멸시킬 것이네!"라고 말한다. 돈 조반니와 결투하다 죽은 아버지의 시체를 보고 실신했다가 깨어난 그녀는 "Fuggi, crudele, fuggi! 가라, 잔혹한 자, 가라!"라고 한다. 이때 관객은 그녀가 오타비오를 보고 그러는지 아니면 아직 돈 조반니를 생각하며 소리 지르는지조차 알 수 없다. 돈 조반니를 향하여 그에 대한 원망으로 가득 차서 어서 가라고 그러는지, 오타비오에게 무의식 중에 싫은 마음을 보이며 그런 말을 하는지……. 이어서 약혼자 오타비오에게, 돈 조반니에게 복수를 해달라고 맹세를 시키는 장면에서도 그녀의 속마음을 생각해보게 하며 "Fra cento affetti e cento vammi ondeggiando il cor백 가지 감정들이 가슴을 요동치게 한다네" 라고 말하는 부분에서도 그녀의 내면에 무슨 복잡한 생각이 있을까 생각해 보게 만든다. 그녀는 무엇을 원하며 무슨 생각을 하였던 것일까? 돈나 안나가 오타비오에게 아버지가 죽은 날 밤 있었던 일을 이야기 하는 부분도 그녀의 이야기만으로는 사건의 진상은 물론 그녀의 내면을 알기 어렵다. 그 이유는 그녀의 말이 앞뒤가 잘 맞지 않기 때문이고 음악적으로도 그녀의 말을 액면 그대로 받아들이지 못하게 하는 점이 느껴지기 때문이다. 그녀는 방으로 들어온 남자가 오타비오인줄 알았다가 그것이 착각이었음을 곧 알아차렸다("..un uom che al primo istante avea preso per voi. Ma riconobbi poi che un inganno era il mio.")고 했는데 왜 그때 소리 지르지 않고 그가 그녀를 껴안은 후에야 소리를 질렀을까? 힘이 강해서 기사장을 이기게 된 돈 조반니가 한 손으로 말을 못하게 하고 다른 손으로 억세게 껴안았는데 그녀는 어떻게 힘을 내어 마침내 그에게서 벗어났을까? 결국 증오가 강한 힘을 주어 몸을 뻗고 구부리고 비비꼬고 하여 해방되었다("Alfine il duol, l'orrore dell'infame attentato accrebbe sì la lena mia, che a forza divincolarmi, torcermi e piegarmi,da lui mi sciolsi!")는 구체적인 묘사가 무엇을 말하는 것일까? 그녀가 그의 몸짓 하나하나를 상세히 기억하고 자기의 몸짓도 너무나 상세히 설명하는 것을 보면 그녀의 머릿속에 그 밤의 기억이 어떤 이유에서든지 뚜렷한 색채로 깊숙이 박혀 있음이 분명하다.

(오페라 틀어주기 「돈 조반니」 ─ 돈나 안나의 아리아(7분) ─ 아래 인용한 1막 13장의 리브레토 부분)

2막에서도 레포렐로가 돈 조반니와 옷을 바꿔 입고 엘비라와 밀회하고 난 후 발각되기 직전 무대에 나타난 돈나 안나에게 돈 오타비오가 눈물을 거두라고 했을 때, 그리고 돈나 안나는 눈물을 흘리는 것이 위안이 된다면서 죽을 때까지 슬픔이 사라지지 않을 것("Lascia almen alla mia pena questo piccolo ristoro; Sol la morte, o mio tesoro, il mio pianto può finir.")이라고 말할 때, 이 모든 돈나 안나의 말은 애매하다. 이는 또다시 그녀가 결혼을 미루는 장면에서도 마찬가지이다. 이때 나오는 음악은 그녀가 그날 밤 있었던 일을 고백할 때와 비슷하다. 그녀의 머릿속에는 어쨌든 그날 밤의 그 남자, 돈 조반니가 자리하는 것이다. 여기서 그녀는 이렇게 슬픈 때 무슨 말을 하는 거냐고 하면서 아버지를 핑계대고 결혼을 하면 세상 사람들이 무어라 하겠느냐고("O dei, che dite in sì tristi momenti?...Ma il mondo, o Dio! .... tu ben sai quant'io t'amai, Tu conosci la mia fe.") 돈 오타비오를 설득하면서 그를 향한 사랑과 자신의 정절을 주장하고 있다. 이렇게 사랑과 정절을 말하면서 아버지의 슬픔을 내세우면서 죽어도 결혼을 못하겠다는 돈나 안나이다. 이때 그녀가 하늘이 나를 불쌍히 여길 날이 있을 거라고("Forse un giorno il cielo ancora sentirà pietà di me.") 한다. 2막 마지막 부분에서 사라진 돈 조반니를 생각하며 그녀가 "Solo mirandolo stretto in catene alle mie pene calma darò. 그가 사슬에 꽉 묶인 것을 볼 수만 있다면 내 괴로움 누그러질 텐데"라고 하거나 오타비오에게 상처를 씻을 수 있게 일 년만 더 기다려 달라고 하면서 사랑하는 이가 원하는 것을 진정한 사랑은 따라야 한다("Al desio di chi t'adora ceder deve un fido amor.")고 돈 오타비오와 이중창을 할 때도 그녀의 진정한 사랑은 누구일까, 끝까지 돈 조반니를 사로잡고 싶어 하는 이유는 무엇일까, 생각해 보게 만든다.

오페라 전체에 나타나는 그녀의 말들을 찬찬히 되씹어 보며 알 수 있는 것은 그녀가 돈 조반니에 대한 사랑과 증오를 동시에 품고 갈등한다는 점이다. 그녀는 돈 조반니를 집요하게 추적하는 돈나 엘비라나 결혼식을 앞둔 체를리나처럼 돈 조반니의 매력에 사로잡혀 있지만 결코 겉으로 그것을 내보이지 않는다. 돈나 안나가 돈 오타비오에게 아버지를 죽인 남자가 돈 조반니이며 그날 밤에 있었던 일을 이야기할 때 그녀의 욕구와 증오와 좌절과 슬픔이 강하게 전해져 오는데 그녀가 자신의 슬픔이 죽을 때까지 지속될 것 같다고 하는 것으로 보아 이러한 모순된 감정에서 해방될 수 있는 것은 죽는 길뿐일 것이다. 돈 조반니가 지옥으로 간 후 결혼하자는 돈 오타비오에게 일 년만 더 기다려 달라고 하며 약혼자와 함께 부르는 듀엣에서 사랑하는 이가 원하는 것을 따라야 한다고 했을 때 그녀는 속으로 자신의 파멸을 예상하고 있었는지도 모른다. 우리는 그녀가 파멸을 향하면서도 어쩔 수 없이 사랑할 수 밖에 없는 돈 조반니에 대한 그녀의 열정을 동정하게 된다. 그가 그녀의 아버지를 죽였고 여러 여자를 유혹하는 것을 알지만 그를 원할 수밖에 없었고 그 이외의 아무도 실상 원하지 않을 만큼 그녀의 열정의 정도는 강했고 그녀의 욕구는 집요했다.

예) 1막 13장

Scena Tredicesima Donn'Anna e Don Ottavio	장면 13 안나와 오타비오
Donna Anna: Don Ottavio, son morta!	안나 오타비오... 숨을 쉴 수 없어요
Don Ottavio: Cosa è stato?	오타비오 무슨 일이오 안나?
Donna Anna: Per pietà.. soccorretemi!	안나 제발, 나를 부축해 줘요!
Don Ottavio: Mio bene, fate coraggio!	오타비오 내 사랑, 힘을 내요!
Donna Anna: Oh dei! Quegli è il carnefice del padre mio!	안나 오, 하나님! 지금 그자가 생각해보니 아버지의 살인자예요
Don Ottavio: Che dite?	오타비오 무슨 말을 하는 거요?
Donna Anna: Non dubitate più. Gli ultimi accenti che l'empio profer tutta la voce richiamar nel cor mio di quell'indegno che nel mio appartamento ...	안나 더 이상 의심할 여지가 없어요. 그가 한 마지막 말, 그의 목소리, 이제 생각하니 내 방에 침입했던 괴한의 목소리와 흡사해요
Don Ottavio: O ciel! Possibile che sotto il sacro manto d'amicizia... ma come fu? Narratemi lo strano avvenimento:	오타비오 저런, 맙소사! 도대체 그런 일이. 우정의 성스러운 탈을 쓰고 어찌 그런 일을 할 수 있나. 어디 좀 더 자세히 이 수치스런 이야기를 내게 들려주오:
Donna Anna: Era già alquanto avanzata la notte, quando nelle mie stanze, ove soletta	안나 밤의 장막이 내리고 불행히도 내가 방안에 홀로 남아 있었을 때

mi trovai per sventura, entrar io vidi,	어떤 사내가 망토를 걸치고
in un mantello avvolto,	내 방 안으로 뛰어들었어요.
un uom che al primo istante	그때 나는 그 남자가
avea preso per voi.	당신인 줄 알았지요.
Ma riconobbi poi	그렇지만 이윽고 나는
che un inganno era il mio.	내 잘못이 얼마나 큰지 알았어요.

Don Ottavio (con affanno):
Stelle! Seguite!

오타비오
저런 변이 있나. 그래서 어찌 되었소

Donna Anna:
Tacito a me s'appressa
e mi vuole abbracciar; sciogliermi cerco,
ei più mi stringe; io grido;
non viene alcun: con una mano cerca
d'impedire la voce,
e coll'altra m'afferra
stretta così, che già mi credo vinta.

안나
그자는 아무 말 없이 내 가까이
다가와 나를 껴안으려 했어요.
나는 떨쳐버리려고 기를 쓰고 그는 더욱 억세게
나를 껴안고, 고함을 질렀지만 아무도 오지 않았어요.
그자는 한 손으로 내 입을 막고
한 손으로는 억세게 나를 껴안아,
나는 끝장이구나 생각했지요.

Don Ottavio:
Perfido!.. alfin?

오타비오
끔찍한 일. 그리고 어찌 되었소?

Donna Anna:
Alfine il duol, l'orrore
dell'infame attentato
accrebbe sì la lena mia, che a forza
di svincolarmi, torcermi e piegarmi,
da lui mi sciolsi!

안나
이 비열한 공격을 받고
마침내 수치심과 두려움이
나에게 무서운 힘을 내게 하여
몸을 비꼬고 허우적거려
가까스로 그 위기에서 벗어날 수 있었어요.

Don Ottavio:
Ohimè! Respiro!

오타비오
아, 이제야 다시 숨을 쉬겠구나.

Donna Anna:
Allora
rinforzo i stridi miei, chiamo soccorso;
fugge il fellon; arditamente il seguo
fin nella strada per fermarlo, e sono
assalitrice ed assalita: il padre

안나
그때 나는 다시 목청껏 사람 살려
외치고 그자는 도망갔어요.
나는 그자를 잡으려고 거리로 나가
그자를 뒤쫓고 그자를 붙들려고
온 힘을 다 했어요.

v'accorre, vuol conoscerlo e l'indegno che del povero vecchio era più forte, compiè il misfatto suo col dargli morte! Or sai chi l'onore Rapire a me volse, Chi fu il traditore Che il padre mi tolse. Vendetta ti chiedo, La chiede il tuo cor. Rammenta la piaga Del misero seno, Rimira di sangue Coperto il terreno. Se l'ira in te langue D'un giusto furor. (Parte.)	그때, 아버지가 그자에게 결투를 청하고, 아버지보다 더 힘이 센 그자가 나이 드셔 쇠잔한 아버지를 죽이고 말았지요. 이제는 그대도 알겠지요. 누가 내 명예를 더럽히려 했는가를. 누가 나를 해치려 하고 누가 우리 아버지를 죽였는가를. 그대가 내 복수 해줬으면 좋겠어요. 내 복수 그대가 해줘요. 정의의 분노가 당신의 핏속에 꺼지게 되면 아버지의 목숨 앗아간 그 상처를 기억하세요. 가슴 깊이 새겨진 상처에서 피가 넘쳐 이 땅을 붉게 적신 것을 기억하세요. [퇴장]

　* 오페라 「돈 조반니」의 영향을 받은 푸슈킨의 드라마 「석상손님」의 여주인공 돈나 안나는 남의 눈을 의식하며 규범의 중요성과 정절의 고귀함을 말하며 죽은 남편에게 정절을 지키는 듯 보이지만 수수께끼 같은 신비함과 상복 밑의 아름다움을 지닌 여인으로 돈 구안의 뜨거운 관심을 받고 그를 사랑하게 되어 갈등 속에 파멸하게 되는 여인이다.

　과부인 그녀는 남편의 석상을 살아 있을 때보다 엄청나게 크게 만들어 세워 놓고 상복을 입고 매일 그곳으로 남편을 애도하러 와서("Здесь, став на цыпочки, не мог бы руку/До своего он носу дотянуть.") 돈 구안으로 하여금 석상을 지나치게 의식하고 질투하도록 한다. 질투를 모르는 이 바람둥이에게 질투심, 그것도 힘겹도록 강한, 석상에 대한 질투심과 대결의식은 그를 파멸에 이르게 한 원인이 되었다. 돈 구안의 질투는 그가, 돈나 안나가 기사장 – 석상의 권태를 없애주는 여인이라고 여기는 것에서 날카롭게 드러난다. 권태라는 것이 돈 구안에게 가장 치명적인 일임을 생각하면 그의 대사 "Без нее - Я думаю - скучает командор. 그녀 없이는 기사장이 권태로워 할 거라고 생각해"는 이런 의미에서 매우 중요하다. 실상 그녀는 세상의 눈을 의식하지만 생명 없는 석상의 권태를 없애줄 만큼 생명력 있는 여인이다. 강한 생명력을 가진, 삶에 대한 강한 열정과 욕구를 느끼는 그녀는 아마도 기다려왔던 열정의 대상을 돈 구안 속에서 찾았을 것이다. 그녀는 그에게 자기 집으로 찾아오라고 먼저 제의한다.

Ко мне придите. Если вы клянетесь

Хранить ко мне такое ж уваженье,

Я вас приму; но вечером, позднее, -

Я никого не вижу с той поры,

Как овдовела...

물러가세요. - 여기는 그런 말을,

그런 미친 말을 할 장소가 아닙니다. 내일

제게 오세요. 만약 당신이 제게 지금과

똑같은 존경을 유지하겠다고 맹세하신다면

전 당신을 받아들이겠어요. 그러나 저녁에, 좀 늦게요, -

과부가 된 이후 아무도 만나지 않았어요…….

　인용한 바와 같이 그녀가 돈 구안에게 밀회를 허락할 때 하는 은밀한 말이나 자신은 사월처럼 눈물과 미소를 섞는 과부라는 표현 등 그녀의 표현은 돈 구안의 그것과 맞먹을 정도로 유려하고 유혹적이다. 돈나 안나는 자기의 맞수 돈 구안을 이제야 만난 셈이다. 돈나 안나는 돈 구안을 알게 되면서 느끼는 희열과 그와 사랑하고 싶은 강한 욕구와 그가 바로 자기의 남편을 죽인 사람이라는 것에서 기인하는 죄의식 사이에서 갈등한다. 그녀는 돈 구안이라는 현재, 삶의 기쁨, 욕구 충족의 기대, 그것이 일깨운 자신의 열정에 압도당하지만 남편과 그의 석상이라는 규범과 과거에도 압도당한다(석상은 그녀의 모든 도덕관과, 과거, 전통의 무거운 멍에로서 그녀에게 힘을 가지고 있었다). 그녀는 세상 사람들의 눈과 자신의 욕망 사이에서 갈등하는 여자로서 서로 대적적인 두 힘의 한가운데 휘말리게 된 것이다. 돈 구안이 돈나 안나의 방에서 대화하며 자기의 실체를 밝히자 돈나 안나는 애증의 감정 속에서, 돈 구안이라는 사람에 대한 상반된 판단 속에서 그녀가 이제껏 기다려 왔던 남자가 바람둥이로 자기를 버릴지도 모른다는 사실에도 갈등하지만 그를 받아들인다. 그녀의 열정의 힘은 그만큼 컸다. 그녀의 열정은 그녀로 하여금 돈 구안을 받아들이게 했으나 결국 돈 구안도 그녀 자신도 삼켜버리게 한다. 돈 구안은 뜨거운 열정을 가진 그녀를 갈등에서 해방시키고자 석상을 밀회의 장소로 초대했고 석상은 돈 구안을 다짜고짜 지옥으로 끌고 가게 된 것이다. 돈 구안은 죽으면서 자신의 팜므 파탈의 이름을 불렀다: 오, 돈나 안나!("о Дона Анна!")

이와 같이 푸슈킨은 오페라 「돈 조반니」의 알 수 없는 여인 돈나 안나의 성격을 해석하여 자기 작품에 형상화하였고 그로써 오페라 「돈 조반니」의 해석에도 중요한 기여를 하였다.

** 서구 오페라가 러시아문학에 끼친 영향을 살펴보는 두 번째 예는 직접적인 언급은 없으나 강한 영향을 감지 할 수 있는 경우이다. 통합예술 (Gesamtkunstwerk)을 주창하던 바그너는 러시아에서 1860년대 초반부터 러시아 문화인들의 큰 관심을 받기 시작하게 된 예술가이다(1863년 2월 19일과 26일에 바그너는 페테르부르그와 모스크바에서 베토벤 5번 교향곡과 자신의 오페라들 중에서 일부를 지휘했는데 이중에 「트리스탄과 이졸데」 서곡과 마지막 사랑의 죽음 부분이 들어 있었다. 이후 러시아에서는 바그너에 대한 열광과 비판이 공존하면서 이로 인한 논쟁이 시작되었고 1876년 러시아 신문과 잡지들에는 바이로이트극장의 「니벨룽의 반지」 공연과 연관하여 많은 글들이 실

렸다. 바그너가 작곡한 오페라들의 공연도 페테르부르그와 모스크바에서 꾸준히 계속되었고 1889년 2월-3월에는 페테르부르그에서 독일 오페라단의 반지의 4부작 전체 공연이 있었는데 황제 알렉산드르 3세를 비롯하여 황실에 속한 사람들 등 모든 페테르부르그의 교양인들이 몰렸고 매우 큰 반향을 불러일으켰다. 1890년대 말에 와서는 그의 이론적 저작들이 대부분 러시아어로 번역되어 소개되었고 음악지뿐만 아니라 『예술세계』 같은 문예지에 그에 대한 평론이 번역되어 실릴 정도로 그는 러시아 지성층의 관심의 초점이 되었고 20세기에 들어서는 잘 알려진 바와 같이 뱌체슬라프 이바노프, 안드레이 벨르이 등 20세기 상징주의자들에게 매우 커다란 영향을 끼쳤다). 1898년 2월 23일부터 4월 7일 사이에 페테르부르그에서 독일 앙상블이 바그너 프로그램만을 가지고 공연하였는데 이 중에 「트리스탄과 이졸데」는 성공적으로 3차례 공연되었다. 세 번의 공연이 있은 후 그 이듬해부터 계속 사랑받는 레퍼토리가 되었다. 이러한 영향 아래 태어난 작품이 체호프의 「강아지를 데리고 다니는 귀부인」(1899년)이다. 바그너 자신이 당시 후원자의 아내인 베젠동크에게 품은 연정을 보여준다고 알려진 이 오페라에서 바그너는 자신의 오페라의 기저로 삼은 고트프리트 폰 슈트라스부르크의 트리스탄과 이졸데 이야기의 핵심인 '사랑해서는 안 되는 두 남녀의 사랑의 진정성'에 관심을 기울였다. 사랑은 이 작품에서 절대적인 힘을 발휘한다.

체호프의 단편의 인물들도 현실에서는 용납이 안 되는 관계를 가지며 진정한 사랑을 하는 동시에 고통스러워한다. 둘은 그들의 사랑이 운명처럼 지나가리라고 생각했었다. 그러나 그들은 그들의 사랑이 결코 지나가지 못하리라는 것을 깨닫는다. 모스크바의 호텔방에서 밀회를 거듭하면서 사랑은 점점 강해지고 둘은 점점 더 아파하며 이 사랑에서 오로지 유일하게 진정한 삶을 느끼며 괴로워하는 일이 끝없이 계속된다.

바그너와 체호프의 작품에서 다루어지는 사랑의 공통점은 그 본질이 쇼펜하우어적인 세계관과 연관되어 있다는 사실이다. 바그너는 쇼펜하우어의 철학적 사유 — 인간이 존재하려는 의지는 인간이 삶과 세계에서 완전히 해방됨으로써 극복될 수 있다는 점, 인간의 진정한 자아는 현실 세계에 속하지 않고 이 세계의 가치는 거짓 가치라는 점, 진정한 가치는 절대로 이 세계에 의해 만들어지지 않는다는 점, 모든 영속적인 의미와 가치는 시간을 초월하며 이 시공간적인 물질적 대상의 세계 바깥에 존재한다는 점, 인간들은 스스로도 미처 이해하지 못하는 방식으로 이 무시간적 존재에 참여하고 있다는 점, 그리고 이러한 진실을 볼 수 있는 인간은 드물고 보통 인간들이 이러한 진실을 볼 수 있는 것은 성과 예술을 통한 길이라고 생각한 점 — 에 동조하여 바그너는 그가 받아들인 쇼펜하우어의 철학을 「트리스탄과 이졸데」 안에서 구체적으로 형상화하였다. 바그너의 트리스탄과 이졸데는 바로 성과 사랑을 통하여 진정한 자아를 찾고 삶의 진정한 가치를 알게 되며 현상계의 허무로부터 사랑과 죽음을 통하여 구원된다는 것을 믿었고, 살고자 하는 의지의 부정, 사랑의 최고의 실현으로서 죽음을 추구했다.

체호프의 단편에서 사랑하는 두 남녀는, 성과 사랑을 통하여 진정한 자아를 찾고 삶의 진정한 가치를 알게 되고 현상계의 허무로부터 구원된다는 것을 믿었으며, 연민과 울음의 의미를 깨닫는다. 오페라와 단편의 유사성 중에서 하나만 예를 들자면

"안나 세르게예브나와 그는 아주 가까운 사람들처럼, 혈연처럼, 남편과 아내처럼, 다정한 친구들처럼 서로서로를 사랑했다. 그들에겐 운명이 그들을 서로서로에게 예정해 준 것처럼 보였다. 그들은 왜 그에게 아내가 있고 그녀에게 남편이 있는지 이해할 수 없었다. 이것은 마치 철새 한 쌍, 암컷과 수컷이 사로잡혀 서로 다른 새장에서 살게 된 것과도 같았다. 그들은 자기들이 수치로 여겼던 과거를 서로 용서했으며, 현재의 모든 것을 용서했고, 그들의 이 사랑이 그들을 변화시켰다고 느꼈다."

여기서 두드러지는 것은 고통 속에서 사랑하는 두 연인이 서로서로에게 원래 예정되어 있다고 느끼며, 그들이 사랑에 사로잡혀 새장 속에 갇힌 두 마리 새에 비유된 점이다. 둘은 서로 떨어져 살 수밖에 없는 한 쌍의 새처럼, 떨어질 수 없으나 떨어져 있는 고통 속에 살면서 서로서로를 하나의 심장처럼 받아들인다는 점이다.

오페라 리브레토에서도 운명으로 하나로 정해진 두 연인은 떨어져 있어야 하는 — "내게 운명지워졌으나 내게서 사라져간 '사람'(Mir erkoren, / mir verloren)") — 고통 속에서 낮의 거짓된 현실, 번쩍거리는 빛으로 명예에 대한 선망을 일으키는 낮의 현실이 그들을 갈라놓았던 것을 통탄하며, 두 사람은 사랑이 가능한 유일한 진정한 시간은 순수한 밤과 죽음이며, 둘은 죽어서도 떨어질 수 없이 사랑하리라는 것을, 영원히 깨어나지 않는 죽음 속에서 영원히 하나가 되어 — "영원히 하나로(ewig-einig)" — 둘이 찬란하게 엮이는 열락의 진정하고 신성한 삶을 사랑 속에 누리게 되리라는 것을 분명하게 깨닫고 있다.

현실과 사랑의 대척적인 관계는 바그너와 체호프의 두 작품의 핵심 메시지이다.

예:

Tristan.	트리스탄
O, nun waren wir	오, 우리는 이미
Nacht-Geweihte!	밤에 던져진 몸이었소!
Der tückische Tag,	사악한 낮이
der Neid-bereite,	질투에 가득 차,
trennen konnt' uns sein Trug,	억지로 우릴 기만으로 떼어놓을 수는 있었어도,
doch nicht mehr täuschen sein Lug!	더 이상 거짓으로 속이진 못할 것이오!
Seine eitle Pracht,	낮의 허영 가득한 화려함,
seinen prahlenden Schein	그 번쩍이는 빛을
verlacht, wem die Nacht	밤의 축복을 받은
den Blick geweiht:	내 눈은 조소할 것이오.

seines flackernden Lichtes	낮의 불타는 빛의
flüchtige Blitze	번개가 내리친다고 해도
blenden uns nicht mehr.	우리의 눈을 멀게 하진 못하오
Wer des Todes Nacht	나의 눈은
liebend erschaut,	죽음의 밤을
wem sie ihr tief	사랑의 시선으로 보았고
Geheimnis vertraut:	그래서 이제는
des Tages Lügen,	모든 비밀을 안다오.
Ruhm und Ehr',	밝은 낮의 명예와 명성,
Macht und Gewinn,	권력과 야욕이라는 거짓들!
so schimmernd hehr,	보기에만 숭고하게 번쩍거리는
wie eitler Staub der Sonnen	태양의 헛된 먼지들은 그 앞에서
sind sie vor dem zersponnen	사라지오. 한낮의 헛된 환상 속에는
In des Tages eitlem Wähnen	오직 한 가지 그리움만 존재할 뿐이오.
bleibt ihm ein einzig Sehnen ---	성스러운 밤에 대한
das Sehnen hin	그리움,
zur heil'gen Nacht,	태초부터 영원하고
wo ur-ewig,	유일하게 진실된
einzig wahr	사랑의 열락이 웃음을 보내는
Liebeswonne ihm lacht!	성스런 밤에 대한 동경만이!

(트리스탄은 꽃이 만발한 곳으로 이졸데를 데려간 뒤, 무릎을 꿇고, 머리를 이졸데의 가슴에 댄다)

Beide.	**둘 다**
O sink hernieder,	오, 우리를 덮어 주오,
Nacht der Liebe,	사랑의 밤이여,
gib Vergessen,	내가 살아 있다는 것을
daß ich lebe;	잊게 해주오.
nimm mich auf	나를 그대의
in deinen Schoß,	가슴으로 데려가
löse von	이 세상으로부터
der Welt mich los!	자유롭게 해주오!

Tristan.	**트리스탄**
Verloschen nun	마지막 불꽃도
die letzte Leuchte;	이제는 꺼졌고,

Isolde.	**이졸데**
was wir dachten,	우리의 생각도,

was uns deuchte;	우리의 꿈(망상)도,
Tristan.	**트리스탄**
all Gedenken ---	모든 기억도…
Isolde.	**이졸데**
all Gemahnen ---	모든 추억도…
Beide.	**둘 다**
heil'ger Dämm'rung	성스런 석양의
hehres Ahnen	찬란한 인식이
löscht des Wähnens Graus	망상의 공포를 없애고
welterlösend aus.	이 세상에서 우리를 해방시켜 주네.
Isolde.	**이졸데**
Barg im Busen	우리 가슴속으로
uns sich die Sonne,	태양은 숨어 버리고,
leuchten lachend	축복의 별들이
Sterne der Wonne.	웃으며 반짝여요
Tristan.	**트리스탄**
Von deinem Zauber	당신의 마력으로
sanft umsponnen,	부드러이 엮여져
vor deinen Augen	당신의 눈앞에서
süß zerronnen;	달콤하게 녹아 흐르는군요.
Isolde.	**이졸데**
Herz an Herz dir,	우리의 가슴과 가슴
Mund an Mund;	입술과 입술이,
Tristan.	**트리스탄**
eines Atems	하나의 숨결로
ein'ger Bund;	하나로 합쳐지고…
Beide.	**둘 다**
bricht mein Blick sich	환희의 절정에서
wonnerblindet,	나의 눈은 흐려지며
erbleicht die Welt	이 세상과 그 번쩍임이
mit ihrem Blenden:	사라져요

Isolde.	이졸데
die uns der Tag	낮이 우리에게 거짓으로 반짝여준 세상이.
trügend erhellt,	
Tristan.	트리스탄
zu täuschendem Wahn	우리를 속이는
entgegengestellt,	거짓된 망상이 사라지고,
Beide.	둘 다
selbst dann	나 자신이 바로
bin ich die Welt:	세상이 되네.
Wonne-hehrstes Weben,	열락- 가장 찬란한 엮임,
Liebe-heiligstes Leben,	사랑- 최고로 성스러운 삶,
Nie-wieder-Erwachens	절대로 다시 깨어나지 않으려는
wahnlos	망상 없이
hold bewußter Wunsch.	행복함을 의식하는(깨닫는) 욕구.
(Tristan und Isolde versinken wie in gänzliche	*(트리스탄과 이졸데는 서로 꼭 안은*
Entrücktheit, in der sie, Haupt an Haupt	*채 눕는다. 꽃밭에 누운 채*
auf die Blumenbank zurückgelehnt, verweilen.)	*둘은 머리들 맞댄다.)*

* 오페라 틀어주기 "트리스탄 이졸데" — 사랑의 이중창 중에서 아래 리브레토 부분(7분)

Isolde.	이졸데
(leise)	*(조용히)*
Lausch, Geliebter!	들어 보세요, 내 사랑!
Tristan.	트리스탄
(ebenso)	*(부드럽게)*
Laß mich sterben!	날 죽게 해주오!
Isolde.	이졸데
(allmählich sich ein wenig erhebend)	*(천천히 몸을 일으키며)*
Neid'sche Wache!	질투장이 보초군요!
Tristan.	트리스탄
(zurückgelehnt bleibend)	*(아직도 누운 채)*

Nie erwachen! | 영원히 깨지 말아요!

Isolde.
Doch der Tag
muß Tristan wecken? | 이졸데
낮이
트리스탄을 깨우겠죠?

Tristan.
(ein wenig das Haupt erhebend)
Laß den Tag
dem Tode weichen! | 트리스탄
(고개를 약간 들며)
낮이
죽음 앞에서 물러갔으면!

Isolde.
Tag und Tod
mit gleichen Streichen
sollten unsre
Lieb' erreichen? | 이졸데
낮과 죽음이
똑같이 우리의 사랑에
부딪혀 사랑을 위협하는
존재인가요?

Tristan.
(sich mehr aufrichtend)
Unsre Liebe?
Tristans Liebe?
Dein' und mein',
Isoldes Liebe?
Welches Todes Streichen
könnte je sie weichen?
Stünd' er vor mir,
der mächt'ge Tod,
wie er mir Leib
und Leben bedroht',
die ich so willig
der Liebe lasse,
wie wäre seinen Streichen
die Liebe selbst zu erreichen?
(immer inniger mit dem Haupt
sich an Isolde schmiegend)
Stürb' ich nun ihr,
der so gern ich sterbe,
wie könnte die Liebe
mit mir sterben,
die ewig lebende | 트리스탄
(더 일어나며)
우리의 사랑을?
트리스탄의 사랑을?
당신과 나의 사랑을,
이졸데의 사랑을?
어떤 죽음의 타격이
물러가게 할 수 있을까요?
만일 막강한 죽음이
내게 다가와,
사랑에게 기꺼이 내주는
내 몸과 생명을
위협한다 해도
죽음의 타격이
과연 어떻게
사랑 자체에 닿을 수 있나요?
(부드럽게 그의 머리를
이졸데에게 기대며)
사랑을 위해 이제
나는 기꺼이 죽지만,
어떻게 그 사랑이
나와 함께 죽어
그 영원한 생명을

mit mir enden?
Doch stürbe nie seine Liebe,
wie stürbe dann Tristan
seiner Liebe?

Isolde.
Doch unsre Liebe,
heißt sie nicht Tristan
und --- Isolde?
Dies süße Wörtlein: und,
was es bindet,
der Liebe Bund,
wenn Tristan stürb',
zerstört' es nicht der Tod?

Tristan.
(sehr ruhig)
Was stürbe dem Tod,
als was uns stört,
was Tristan wehrt,
Isolde immer zu lieben,
ewig ihr nur zu leben?

Isolde.
Doch dieses Wörtlein: und ---
wär' es zerstört,
wie anders als
mit Isoldes eignem Leben
wär' Tristan der Tod gegeben?

(Tristan zieht, mit bedeutungsvoller
Gebärde, Isolde sanft an sich.)

Tristan.
So stürben wir,
um ungetrennt,
ewig einig
ohne End',
ohn' Erwachen,
ohn' Erbangen,

잃을 수 있단 말인가?
만일 사랑이 죽지 않는다면,
이 트리스탄이
어떻게 사랑 속에서 죽겠소?

이졸데
우리의 사랑은
트리스탄과… 이졸데라고
부를 수 있겠죠?
우리 사이에서는 "~과"란
글자가,
사랑을 묶어 주는데,
만일 트리스탄이 죽는다면,
죽음이 그것을 파괴하나요?

트리스탄
(아주 조용히)
죽음이 파괴할 수 있는 것은
우리 사이의 방해물
영원히 이졸데를 사랑하고,
영원히 이졸데를 위해 사는
트리스탄을 막는 방해물이겠지요?

이졸데
"~과"라는 그 글자가…
망쳐진다면
그것이 트리스탄의 죽음 때문이면,
이 이졸데의 생명도
함께 사라질 거예요.

(트리스탄은 의미 있는 몸짓으로
이졸데를 끌어당긴다.)

트리스탄
그렇다면 우리 죽어요,
한 몸으로
영원히 영원히
끝없이,
깨어나지 않고,
두려울 것도 없으며,

namenlos	이름 없이
in Lieb' umfangen,	사랑 속으로 포위되어
ganz uns selbst gegeben,	우리들 스스로에게 온통 우리를 바친 채,
der Liebe nur zu leben!	사랑만을 위해 살기 위해!

Isolde.　　　　　　　　　　　　　　　　이졸데
(wie in sinnender Entrücktheit zu ihm aufblickend) *(깊은 생각에 잠긴 채 그를 쳐다보며)*
So stürben wir,　　　　　　　　　　　　그렇게 우리 죽어요,
um ungetrennt ---　　　　　　　　　　한 몸이 되어…

Tristan.　　　　　　　　　　　　　　　　트리스탄
ewig einig　　　　　　　　　　　　　　　　영원토록
ohne End' ---　　　　　　　　　　　　　　끝없이…

Isolde.　　　　　　　　　　　　　　　　이졸데
ohn' Erwachen ---　　　　　　　　　　　깨어나지 않고…

Tristan.　　　　　　　　　　　　　　　　트리스탄
ohn' Erbangen ---　　　　　　　　　　　두려운 것도 없고…

Beide.　　　　　　　　　　　　　　　　둘 다
namenlos　　　　　　　　　　　　　　　　이름 없이
in Lieb' umfangen,　　　　　　　　　　　사랑 속에서 포옹하며,
ganz uns selbst gegeben,　　　　　　우리 자신에게 완전히 바친 채
der Liebe nur zu leben!　　　　　　　사랑만을 위하여 살기 위하여!

(Isolde neigt wie überwältigt *(이졸데 결심한 듯 그의 가슴에*
das Haupt an seine Brust.) *머리를 댄다)*

　　*** 오페라와 문학의 관계에서 세 번째 예는 러시아 문학작품이 세계적
오페라를 탄생시키는 요인이 된 경우이다. 오페라 「카르멘」(1875년 초연)
은 프랑스 작가 프로스퍼 메리메Prosper Merimee의 중편소설 「카르멘」(1845)
을 기초로 만들어진 것인데 소설 「카르멘」에서는 푸슈킨의 서사시 「집시」
(1824)의 영향을 느낄 수 있다(작곡가 비제Georges Bizet는 메이야크Meilhac와
알레비Halevy가 쓴 리브레토에 음악을 붙였는데 이는 세계적으로 가장 사랑받

는 오페라의 하나가 되었다. 메리메는 1852년 푸슈킨의 「집시」를 프랑스어 산문으로 번역하였는데 리브레티스트들이 이를 오페라 「카르멘」의 리브레토에 반영하였다. 알레비는 푸슈킨의 작품을 기저로 만든 프랑스 오페라 「스페이드 여왕」의 리브레토를 프랑스어로 쓴 바 있다).

푸슈킨의 「집시」와 중편 「카르멘」의 공통점은 서로 다른 문화의 충돌과 그로 인한 파멸이다.

푸슈킨의 「집시」의 줄거리: 젊은 젬피라는 법에 쫓기는 알레코를 베스아라비아의 초원, 집시의 천막으로 데려온다. 알레코는 문명과 도시의 삶에 구토를 느끼는 젊은이로 자유를 찾아 쫓기듯 황야로 나선 사람이다. 그는 집시 여인 젬피라의 아버지로부터 가족으로 받아들여져 곰을 끌고 다니며 재주를 피워 동냥을 하며 산다. 젬피라는 아기를 낳고 지내다가 곧 그에게 싫증을 낸다. 그는 그것을 예감하고 있었다. 그는 결국 젬피라와 집시 젊은이의 밀회 현장을 목격한 후 둘을 찔러 죽였고 집시 무리는 그를 홀로 남기고 떠난다. "죽음의 총탄에 관통되어 상처 입은 날개를 늘어뜨리고 기러기 한 마리 홀로 슬프게 남아 있듯이" 알레코는 홀로 남게 된 것이다.

알레코는 도시에서 문명에 환멸을 느끼고 열정에 다친 마음을 안고 자유로운 삶, 생생한 삶이 있는 그곳으로 자발적으로 도주하여 그곳에서 살아보지만 그곳의 삶에 동화될 수 없어서 결국 파멸을 부른 셈이다. 그는 자신의 자유와 행복만을 추구할 뿐 남의 자유는 인정하지 않았던 것이다. 그는 가슴 깊은 곳에 과거의 상처를 안고 사는 사람으로서 다시 그런 문제가 닥쳤을 때 일깨워진 열정은 죽음을 부른다. 그러나 집시의 삶에도 마찬가지로 '모든 곳에 운명적인 열정이 있고 또 운명은 피할 수 없어라'.

이 마지막 장면이 보여주는 것은 알레코에게 자유는 문명의 속박, 사회의 위선과 정치적 억압을 벗어나는 것이었고 자유를 찾느라고 다른 문화로 왔으나 그가 원하는 자유를 찾지 못하고 가슴속 깊은 열정의 상처는 지울 수가 없었고 결국 자신을 벗어날 수 없었던 것이다. 다른 세계를 추구하나 결국 실제의 벽에 부딪히거나 갈등을 겪게 되는데 그것은 자유 추구와 자신 속의 한계와의 갈등 때문이다.

소설이나 오페라 「카르멘」에 나타나는 메시지도 유사하다. 남자 주인공은 자신이 속한 사회, 또는 자신과의 갈등으로 길을 떠났지만 새로운 갈등에 휩싸이고 열정과 운명을 피할 수 없어 결국 자신 속에 머무르고 다른 문화의 사람을 다치게 되고 자신도 파멸한다. 오페라에서 돈호세가 자신이 죽인 카르멘을 마지막으로 불렀을 때 그에게 남는 것은 고뇌와 회한이다.

여자 주인공 카르멘은 집시의 젬피라처럼 자유로운 삶, 누구에게도 구속당하지 않는 삶을 가장 중요시했다.

그녀는 사랑하고 싶을 때 사랑하고, 싫어지면 더 이상 머무르지 않는다. 자유로운 새처럼, 하늘의 달처럼, 자연처럼. 그녀는 자신의 감정 이외에는 무엇에도 굴복하지 않는 여자이다.

돈호세는 그녀의 자유로움을 사랑했지만 결국 자신의 가치관 — 한 여성이 자기에게 속한다는 생각 — 에서 벗어나지 못하고 카르멘을 이해하지 못한다

예)

집시

젬피라:

그는 우리처럼 집시가 되고 싶어 해요.

법이 그를 쫓고 있어요…….

노인:

무엇하러? 젊음은 새보다도 자유롭네.

그 누가 억지로 사랑을 잡을 수 있겠나.

기쁨은 차례로 누구에게나 주어지는 법,

또 지나간 것은 다시 오지 않는 법.

중편 「카르멘」

"난 구속당하는 것은 물론이거니와 특히 명령받는 것을 싫어해요. 내가 바라는 것은 딱 하나예요. 내가 하고 싶은 것을 자유롭게 하는 거예요. 나를 벼랑으로 떠밀지 말아요……."(소설 94쪽)

* 오페라 들려주기 「카르멘」 중 하바네라(5분)

4. Havanaise	4. 하바네라
Carmen (avec choeur)	카르멘 (합창과 함께)
L'amour est un oiseau rebelle Que nul ne peut apprivoiser, Et c'est bien en vain qu'on l'appelle, S'il lui convient de refuser! Rien n'y fait, menace ou priere, L'un parle bien, l'autre se tait; Et c'est l'autre que je prefere, Il n'a rien dit, mais il me plait. L'amour, l'amour. . . L'amour est enfant de Boheme, Il n'a jamais, jamais connu de loi, Si tu ne m'aimes pas, je t'aime, Si je t'aime, prends garde a toi! L'oiseau que tu croyais surprendre t de l'aile et s'envola; L'amour est loin, tu peux l'attendre, Tu ne l'attends plus, il est la.	사랑은 들에 사는 새, 아무도 길들일 수 없어요. 거절하기로 마음먹으면 아무리 해도 안 되지요. 협박을 해도 안 되고, 간청해도 안 되지요. 말을 잘 하는 분과 말 없는 분 중에서 말 없는 분을 택할래요. 아무 말을 안 해도 저를 즐겁게 하니까요. 사랑… 사랑… 사랑은 집시 아이, 결코 법을 몰라요. 당신이 싫다 해도 나는 좋아요. 내가 당신을 사랑한다면! 그때는 조심해요! 당신이 잡았다고 생각한 새는 날개를 펼치고 날아가 버릴 테니까요. 사랑이 멀리 있으면 기다려요. 그러면 생각지 않았을 때에 찾아올 테니까요.

Tout autour de toi, vite, vite,	당신 주변 어디서나 갑자기, 갑자기
Il vient, s'en va, puis il revient;	사랑이 왔다가는 가고 또 찾아올 테니까요.
Tu crois le tenir, il t'evite,	당신이 붙잡았다고 생각할 때는 도망칠 것이고
Tu veux l'eviter, il te tient!	벗어나려 하면 당신을 꼭 움켜잡을 거예요.

5. Scene

5. 정경

Les jeunes gens

[11] Carmen! sur tes pas,
Nous nous pressons tous!
Carmen! sois gentille,
Au moins reponds-nous!

젊은이들

카르멘, 우리 모두
당신 발밑에 모였소,
카르멘, 제발
대답이라도 해 주오.
(젊은이들이 카르멘을 둘러싼다. 카르멘이 돈 호세에게 다
가가자 그가 돌아서서 앞에 서 있는 카르멘을 쳐다본다. 카
르멘이 돈 호세에게 꽃을 던진다)

Les Cigarieres

L'amour est enfant de Boheme,
Il n'a jamais, jamais connu de loi,
Si tu ne m'aimes pas, je t'aime,
Si je t'aime, prends garde a toi!

담배공장 아가씨들

사랑은 집시 아이.
결코 법을 몰라요.
당신이 싫다 해도 나는 좋아요,
내가 당신을 사랑한다면 그땐 조심해요.
(공장의 종이 울리자 모두 달려간다. 돈 호세가
그의 앞 땅 위에 떨어져 있는 꽃을 응시한다)

Jose

Quelle effronterie!..
(il ramasse la fleur)

Avec quelle adresse elle me l'a lancee, cette
fleur...
(Il la respire)

Comme c'est fort!..
Certainement s'il y a des sorcieres,
cette fille-la en est une.

돈 호세

건방지게……
(꽃을 집어 든다)

교묘하게 이 꽃을 던져주는군……
(꽃향기를 맡는다)

고혹적 향기!
만일 마녀들이 있다면
그녀는 마녀임이 틀림없어.

푸슈킨의 서사시 「집시」에 나오는 집시 여인 젬피라의 사랑과 죽음에

대한 노래와 오페라 「카르멘」에서 카르멘의 노래가 동일하다.

「집시」의 젬피라의 노래
늙은 남편, 잔인한 남편
칼로 베어 봐, 불로 태워 봐
나는 강해. 칼도 불도
나는 무섭지 않아.

당신을 증오해.
당신을 경멸해.
다른 사람을 사랑해.
사랑하며 죽으리.

소설의 카르멘의 말
"이봐요. 아무래도 내가 당신을 좋아하나 봐요. 하지만 계속 그럴 수는 없을 거예요. 개와 늑대는 사이좋게 오래 못 지내는 법이니까요. 당신이 이집트의 법을 따른다면 내가 당신의 로미가 될 수 있을 거예요. 하지만 다 쓸데없는 바보 같은 짓이에요. 불가능한 일이에요…….(66쪽)

"나를 죽이려고 그러죠? 알고 있어요. 그런 운명이에요. 하지만 나를 굴복시키지는 못할 거예요."(103쪽)

"호세, 당신은 불가능한 일을 부탁하고 있어요. 나는 당신을 더 이상 사랑하지 않아요. 그런데 당신은 아직도 나를 사랑하고 있군요. 그래서 당신은 나를 죽이려고 하는 거예요. 나는 아직도 거짓말을 할 수는 있지만 그러긴 싫어요. 우리 사이는 이미 끝난 거예요. 당신은 내 롬이니 당신의 로미를 죽일 권리를 가지고 있어요. 하지만 카르멘은 언제나 자유로울 거예요. 카르멘은 칼리로 태어나서 칼리로 죽을 거예요."(103쪽)

오페라의 카르멘의 노래

Carmen

Tra la, la, la, la, la, la, la,

Coupe-moi, brule-moi,

Je ne te dirai rien! Tra la, la,

Je brave tout, le feu, le fer et le ciel meme!

Tra la, la, la, la, la, la, la,

Mon secret, je le garde et je le garde bien!

J'aime un autre et meurs en disant que je l'aime!

트라, 라, 라, 라, 라, 라, 라, 라,

칼로 베어 봐, 불로 태워 봐,

아무 말도 하지 않겠어. 트라, 라, 라,

나는 아무 것도 무섭지 않아. 불도 칼도 천국까지도!

트라, 라, 라.

비밀을 지키겠어. 철저히 지키겠어.

다른 사람을 사랑해,

사랑한다고 말하면서 죽으리.

이런 그녀가 돈호세에게 치명적이었던 것처럼 돈호세도 그녀에게 치명적이었다. 푸슈킨의 알레코와 젬피라의 관계처럼.

(그들을 구제하기 위한 방법이 있을까? 그들에게 자신을 열고 넓히며 살 것, 열정의 상흔을 딛고 일어서 인간애를 가질 것, 다른 문명을 이해하고 보편의 척

도로 인간을 이해할 것, 현실을 이해하고 아픔을 속 깊이 극복하고 살아갈 것, 인생 살아가는 데 삶에 대한 거리를 유지할 것, 포용성, 유모어, 조화를 중요하게 생각할 것, 등등을 조언하고 싶다. 푸슈킨의 시 「나 그대를 사랑했소」를 읽어보세요.)

   이와 같이 전체 유럽 문화 속에서 유럽의 문학작품이나 러시아 문학작품, 유럽의 오페라나 러시아 오페라는 상호 다양한 영향 관계에 있고 오페라를 감상하고 그와 연관된 작품을 이해함으로써 유럽문화에 대한 이해를 심화할 수 있다고 여겨진다.

『데메트리우스』와 『황제 보리스와 그리슈카 오트레피에프에 대한 희극』
실러와 푸슈킨의 데메트리우스 황제*

1. 『데메트리우스』 초판과 『황제 보리스와 그리슈카 오트레피에프에 대한 희극』 초판

러시아의 혼란기에 황제 보리스(1598-1605년 통치)와 그를 무너뜨리고 러시아를 통치했던, 지금까지도 그 정체에 대해 의견이 분분한 디미트리

---

* 『러시아연구』 25권 1호(2015), 165-201. 이 글을 다시 읽으며 푸슈킨의 이 희곡을 바탕으로 만들어진 오페라 「보리스 고두노프」의 다양한 버전과 다양한 연출에 대해서 살펴보면서 이를 실러의 이 미완성 희곡 『데메트리우스』를 바탕으로 만들어져서 1882년 초연된 드보르작의 4막 오페라 「디미트리」와도 비교해 보고 싶다. 푸슈킨의 또 다른 역사물 「대위의 딸」과 독일 작가 칼 구츠코프의 드라마 『푸가체프』(1847) 비교 작업도 계속하고 싶은 생각이 들었다.

황제(1605-1606년 통치) 또는 참칭자'에 대해서 쓴 수많은 작품들² 중에서 실러가 1802년경부터 흥미를 가지고 자료를 수집하고 방대한 연구 노트를 마련하고, 장면 계획, 스케치 등을 기록해두고 1805년 그가 죽을 때까지 여러 가지로 드라마 집필을 시도하다가 결국 미완성으로 남긴 드라마 『데메트리우스』와 푸슈킨이 미하일로프스코예에 머물렀던 1824년에 시작해서 1826년 9월 모스크바로 돌아온 이후 지인들 앞에서 읽어주었던 드라마 『보리스 고두노프』, 좀 더 정확히 말하자면 『황제 보리스와 그리슈카 오트레피에프에 대한 희극』이 가장 훌륭한 것이라는 점은 대부분의 문학 연구가들이나 독자들의 일치된 견해이다. 실러의 『데메트리우스』는 1815년에 처음으로 운문으로 된 1막과 2막(1, 2, 3장)에 이어 산문으로 된 31개의 장면 계획이 소개되었다.³ 그 이후에 나온 출판본들은 이 첫 출판본과는 여러 가지 차이를 보인다. 실러의 유고를 완성된 극으로 만들려고 한 여러 가지 시도들은 이 첫 번째 출판본을 기저로 하고 있다. 이미 1817년부터 시작되어 19세기 후반에 이르기까지 시도된 여러 비극들은 대부분 로마노프 왕조의 시조인 로마노프를 영웅화하거나 데메트리우스에게 고상한 죽음을 맞게 하고 회개하는 장면을 집어넣어 통치자 일반의 인격의 고상함을 표현하는 것들이 많았다. 이들은 대부분 실러의 유고에서 많이 벗어난 것

---

1 디미트리가 실제로 이반의 아들이라는 설에서부터 귀족들의 이해관계에 의해 자신이 디미트리라고 믿으면서 자라온 사람이라는 설, 사탄과 같은 사기꾼이라는 설 등등 많은 기록들이 전해져 왔는데 유럽에서와는 달리 러시아에서는 보리스는 물론 디미트리 이후에 옥좌에 오른 슈이스키 및 로마노프 왕조에 의해 그에 대해 부정적으로 평가되었고 그 영향이 현재까지도 지속되는 경향이 있다.

2 Lope Felix de Vega Carpio(1562-1635)의 El gran duque de Moskovia y emperador perseguido; Johann Mattheson의 오페라 리브레토 Boris Godunow oder durch Verschlagenheit Erlangte Trohn (1710); August von Kotzebue의 Demetrii Iwanowitsch, Zar von Moskau(1782년 페테르부르그에서 공연되었으나 인쇄되지 못했었다); Jakob Michael Reinhold Lenz (1782-1787)의 미완성 단편 「보리스」에서부터 마르파를 다룬 Otto Erler의 1930년 작(作)을 포함하여 현재에 이르기까지 60-70편정도.

3 Friedrich von Schiller (1815) Sämtliche Werke (Hrsg. von Gottfried Körner), zwölfter Band, Stuttgart und Tubingen(google book) 293-368.

들이라고 할 수 있다.[4]

요즘 정본으로 여겨지는 2004년판[5]은 수고로 남은 것들을 모두 활자화하고 있다. 이 판에는 메모, 연구 노트, 스케치, 장면 계획, 변이형들이 모두 실려 있고 완성되지 않은 문장은 그냥 그대로 두었다. 반면 처음 출판된 1815년판에는 모든 문장이 완성된 문장으로 되어 있고 편집자의 의도에 따라 맥락에 맞추어 첨삭이 되어 있고, 단어 사용이나 지문의 위치나 내용이 2004년판과 다르기도 하고 장면 계획도 대체로 축약되었고 생략되어 편집되었다.[6]

1815년판과 2004년판에 실린 완성된 부분까지의 내용은 거의 같지만 주변적 인물들이 등장하는 부분은 눈에 띄게 상이하다. 2004년판으로 547-549쪽 1막의 후반부에서 마부 오팔린스키, 마구간 지기 오솔린스키, 요리사 자모스키, 고기 굽는 비엘스키들이 등장하여 마리나에게 마리나의 권력 쟁취 계획에 있어서 자신들의 역할의 중요성을 주장하며 충성을 맹세하는 부분은 1815년의 첫 출판본에는 없다. 1815년판에는 오팔린스키와 비엘스키가 등장하지만 그들의 직업에 대해서는 알 수 없게 되어 있고 귀족인 듯한 인상을 준다. 또한 1815년판에는 연구 노트나 메모는 없고 장면(Szenar) 계획 소개도 2004년판에 비해 대체로 간략하고, 2막 3장 이후부터

---

4   Klaus H. Hilzinger (1995) "Der betrogene Betrüger und das betrogene Volk. Schillers Demetrius im 19. Jahrhundert." in: *Weine, weine, Du armes Volk! Das verführte und betrogene Volk auf der Bühne.* Gesammelte Vorträge des Salzburger Symposions 1994, Anif/Salzburg 1995, 473-483; Petra Hartmann (2009) "Der jungdeutsche Demetrius", in: *Zwischen Barrikade, Burgtheater und Beamtenpension. Die verbotenen jungdeutschen Autoren nach 1835*, Stuttgart, 117-141.

5   Friedrich Schiller(2004) *Dramatischer Nachlass / herausgegeben von Herbert Kraft und Mirjam Springer, Friedrich Schiller Werke und Briefe*, Bd. 10, Bibliothek deutscher Klassiker (Frankfurt am Main, Germany).

6   1815년판의 1막에서 2막 3장까지의 내용은 2004년도 판의 517-534, 535-540. 544- 546, 547-549, 550-553, 570-582, 585 f., 590-591쪽의 11행에 해당한다.

데메트리우스가 죽는 것까지만을 내용으로 한다.[7]

푸슈킨이 카람진의 러시아 국가사 10권과 11권을 받은 후『황제 보리스와 그리슈카 오트레피에프에 대한 희극』[8]을 쓰게 된 것은 알려진 사실이다. 그러나 카람진의 메시지와 푸슈킨의 희극이 주는 메시지는 다르다. 카람진은 보리스와 참칭자의 통치 시기에 대해 기록하면서 보리스의 불행과 러시아의 불행이 모두 보리스가 디미트리 황태자를 죽였기 때문에 일어난 일이라고 생각하며 보리스, 참칭자 그리고리 둘 다 악당이자 사기꾼이라고 보았고 참칭자를 보리스보다 훨씬 더 악당 사기꾼으로 보았다. 그래서 그의 역사서는 통치자의 도덕성, 신성불가침성을 옹호하는 것으로 읽혀질 수 있는 가능성이 높다. 하지만 푸슈킨의 보리스나 참칭자는 악당이라기보다는 내면적 갈등을 지닌 정치가일 뿐이다. 푸슈킨이 카람진과 다른 견해를 가진 데에는 여러 가지 이유가 있을 것이다. 흥미로운 점은 푸슈킨이 카람진의 역사서 본문보다는 이 책의 꼼꼼한 주석으로 인하여 다른 역사 기록물들에 흥미를 느끼게 되었다는 사실이다. 카람진은 성실한 역사 기록가답게 그가 본문에 기술한 것들을 참고한 출처들을 꼭 밝혔다. 비록 자신의 견해에 맞는 부분만을 발췌 인용하려고 했지만[9] 다양한 출처를 밝힘으로써 그와는 다른 견해를 나타내는 연대기나 여러 외국 기록물들을 알려주게 되었던 것이다. 푸슈킨 드라마(이후 이 논문에서는『황제 보리스와 그

---

7 2004년판에는 작품 전체의 장면들이 이미 운문화된 극의 시작부터 소개되어 있고 극은 마리나가 살아남고 제2의 데메트리우스의 독백으로 끝날 예정인 것까지 수록되어 있다. 1815년판에 소개되는 장면들의 내용은 2004년판의 437-459에 실린 것들인데 마르파와 데메트리우스의 만남의 대화 장면을 제외하고 상당히 짧게 축약 편집하여 나열된 것을 알 수 있다. 마지막 장면 소개가 데메트리우스가 찔려 죽는 것이다.

8 처음으로 활자화되어 출판된 해는 1993년이다. Александр Сергеевич Пушкин, Сергей А. Фомичев (1993) *Комедия о царе Борисе и о Гришке Отрепьеве*, Нотабене.

9 Ulrike Brinkjost (2000) *Geschichte und Geschichten, Ästhetischer und histographischer Diskurs bei N.M.Karamzin*, München, S. 194.

리슈카 오트레피에프에 대한 희극」을 푸슈킨 드라마로 칭한다)에 나타나는 카람진의 주석들의 영향은 상당한 정도이다. 예를 들어 카람진은 자신의 역사서 본문에 "어머니들은 아이들을 바닥에 내동댕이치면서도 그들이 우는 것을 듣지 못했다. 진정성이 위선을 압도했다"(10권 134쪽)라고 썼는데 여기서 "눈물 없는 어린애들을 가진 여자들은 눈물을 흘리며 흐느끼며 땅으로 아이들을 동댕이쳤다. 눈물이 나오지 않을까봐 걱정하는 사람들은 눈에 침을 발랐다."고 주석을 붙였다.[10] 이는 푸슈킨 드라마의 장면 3에 그려진 백성들의 모습과 동일하다. 카람진은 또한 주석에서 프랑스어, 영어, 독일어, 폴란드어, 이탈리아어 등으로 된 유럽 각국의 기록물들의 출처를 밝히거나 출처를 밝히고 나서 출처에 있는 문장을 그대로 인용하기도 하는데 참칭자의 통치 시기를 다루는 11권에서 당시 러시아 역사에 대해 많은 구체적인 정보를 담고 있기에 빠질 수 없는 중요한 자료인 마르제레의 기행문[11]이 특히 자주 인용되어 있다.[12] 마르제레는 직업 군인으로서 참칭

---

10   Н. М. Карамзин (1989) *История государства Российского*, Книга Третья, Тома IX, X, XI, XII, Москва <Книга>. Примечания к тому X, 73.(주석 397번)

11   Jacques Margeret (1607, 1669, 1821 재판), Estat de l'empire de Rvssie, et grande dvché de Moscovie: Avec ce qui s'y est passé de plus memorable et tragique, pendant le regne de quatre empereurs: à sçavois depuis l'an 1590. jusques en l'an 1606. en septembre Par le Capitaine Margeret. (Google eBook).

12   카람진은 참칭자를 높이 평가한 마르제레의 기록물을 인용할 때, 예를 들어 11권 본문 133쪽에 슈이스키 사면에 대해서 말할 때 참칭자가 마르파와 폴란드 귀족의 주선으로 사면하게 되었다고 표현하고 여기에 주석 408, 409번을 붙여서 마르제레를 근거로 하고 마르제레의 책 127쪽 중에서 그대로 인용하지만 마르제레처럼 디미트리 황제라고 칭하지 않고 마르파의 가짜 아들인 참칭자로 부른다. 11권 128쪽 본문에도 "7월 21일에 대관식이 알려진 양식대로 이루어졌다"라고 쓰지만 여기에 붙인 주석 385번에서 마르제레 126쪽에 있는 문장 "finalement il se fit coronner le dernier de Juillet (*по Нов Стидю), qui se fit avec peu de cérémonie 간단히 말하면 7월 이 마지막 날 간단한 의식과 함께 대관식이 이루어졌다."를 넣어서 본문에는 나타나지 않는 디미트리의 검소함을 주석을 통하여 알 수 있게 되어 있다. 11권 141쪽 '대귀족들과 결혼식을 즐겼다'는 부분에 붙인 주석 439번에서도 마르제레 128쪽, 129쪽을 밝히고 129쪽의 문장을 인용하며 사람들이 혼인 잔치들을 하며 만족하고 기뻐했다는 것을 알려주지만("Enfin,

자의 휘하에 있었는데 그는 참칭자를 디미트리 황제라고 불렀고 그에 대해 매우 높은 평가를 하였다. 마르제레에 따르면 그는 러시아 황제로서 매우 잘 교육을 받았고 정치적 수완이 뛰어났고 진보적 사고를 했으며 개혁적 마인드를 가졌고 러시아의 교육과 학문을 발전시킬 계획을 가지고 있었고 러시아 군대를 효율적으로 개선시키려고 많은 노력을 기울였고 그의 군사들과 훈련을 했으며 군사들은 그를 존경했지만 그는 서구적 스타일의 행동 양식을 가지고 있어서 가끔 러시아의 관습을 무시하거나 경멸하기도 했다. 실러도 「데메트리우스」를 쓰던 당시 1804년 8월에 마르제레의 기록물을 읽기를 추천받았고[13] 이 작품을 쓰면서 읽었을 수 있는 도서 목록으로 들어가 있다.[14] 실러의 유고를 바탕으로 만들어진 퀴네나 라우베 같은 청년독일파 베를린 지부 작가들의 데메트리우스 저작에도(퀴네의 드라마는 1857년, 라우베의 드라마는 1868년 공연됨) 데메트리우스가 위장 황제이기는 했으나 매우 훌륭한 황제로 형상화되어 있다.[15]

푸슈킨은 카람진의 역사서의 주석을 보고 마르제레를 포함하여 다양한 역사　기록물들도 읽은 후 이 드라마를 쓴 것으로 보이는데 그가 그린 보리스나 참칭자는 위에서 언급한 것처럼 카람진이 묘사한 바와도 다르지만 마르제레가 묘사한 것과도 다르다. 그는 마르제레처럼 보리스를 교활하고 행동을 기이하게 하는 자로 폄하하여 보거나 디미트리를 능력　있는 훌륭한 황제로 존경스럽게 보지 않는다.

говорит он, l'on ne voyait autre chose que nopces et joye au contentement d'un chacun.") 참칭자가 매우 긍정적으로 그려져 있는 부분 "car il leur fit gouter petit à petit que c'est qu'un pays libre, gouverné par un prince clement(드미트리가 그들로 하여금 조금씩 조금씩 관대한 대공이 통치하는 자유로운 나라라고 느끼게 했기 때문이다)"은 생략했다.

13　Friedrich Schiller (2004), 1001.

14　Friedrich Schiller (2004), 994.

15　Petra Hartmann (2009) "Der jungdeutsche Demetrius", in: *Zwischen Barrikade, Burgtheater und Beamtenpension. Die verbotenen jungdeutschen Autoren nach 1835*, Stuttgart, 117-141.

그런데 이러한 푸슈킨의 관점은 카람진이나 푸슈킨보다 20년 정도 앞서 이 주제에 몰두 했던 실러의 그것과 매우 유사하다. 실러도 작품을 쓰던 당시 푸슈킨과 마찬가지로 찬탈자, 참칭자에 대해 관심이 많았다. 실러는 참칭자인 데메트리우스와 바르벡에게 동시에 관심을 가지고 계획을 세우다가 바르벡(Warbeck)에서 손을 놓고 데메트리우스에서 이 주제를 중점적으로 다루었다. 실러는 보리스나 참칭자를 다루면서 정치권력의 메카니즘, 통치자의 정체성의 문제에 초점을 맞춘 것으로 보인다.

필자에게는 실러와 푸슈킨이 드라마를 통해 전하는 메시지가 매우 유사하게 여겨졌다. 푸슈킨은 자신의 드라마를 완성하기 전에 실러의 이 작품의 내용을 알고 있었을까, 당시 실러는 러시아 문단에서 어떤 위치를 차지하고 있었을까? 두 작가가 전하고자 하는 내용이 유사한 것은 우연이지만 두 위대한 작가의 인간사에 대한 혜안에서 비롯된 당연한 일일까? 필자는 이러한 점을 염두에 두고 두 작품을 살펴보았다.

2. 러시아의 실러와 『데메트리우스』

실러는 러시아에서 18세기 말부터 소비에트 시절에 이르기까지 매우 중요한 영향을 끼친 작가이다. 그는 서유럽 작가들 중에서 러시아에서 아마도 가장 많은 영향을 끼친 작가로 자주 거론되는 바 그 가장 중요한 이유로는 그의 정의와 자유에 대한 사랑이 꼽힌다. 19세기 정치적 억압에 답답함을 느끼던 러시아 지성층에게 실러는 문단의 우상이었고 그가 만든 주인공들은 행동의 모범이기도 하였다. 18세기 말 19세기 초 러시아 문단에서 주목받기 시작하여 고골, 헤르첸, 오가료프, 체프, 체르늬셰프스키, 도스토예프스키, 이바노프, 벨, 블록에 이르기까지 주요 작가들의 모범이 되었던 실러는 정치적 억압과 전제정치에 대항하는 인물들을 창조한 작가로

서 명성이 높았다.[16] 카람진이나 주코프스키가 실러에 심취해 있었고 자유
와 이상을 추구하던 젊은 작가들은 실러의 드라마에서 강한 인상을 받았
다. 1810-1820년대 러시아에서 외국 작가인 실러가 자국의 어느 작가보다
도 더 인기가 있을 만큼 젊은 진보층 청년들의 흥미를 끈 것으로 보인다.
그가 언급된 높은 빈도가 이를 대변해 준다.[17] 실러는 푸슈킨과 거의 같은
수준으로 인기가 있었다. 실러의 시나 극작품에서 상당한 영향을 받고 번
역을 하여 후대에 실러를 널리 알린 작가로서 주코프스키의 공헌은 매우
크다. 모스크바에서 간행되는 잡지 편집자 포고딘도 큰 역할을 하였는데
그는 「발렌슈타인의 진영」, 「마리아 스튜아르트」, 「발렌슈타인의 죽음」들
을 발췌 번역하여 게재하였다. 1810년에는 「마리아 스튜아르트」, 1814년에
는 「군도」, 1829년에는 「돈 카를로스」가 러시아 극장에서 성공적으로 초
연되었다.[18] 푸슈킨도 「군도」나 「오를레앙의 처녀」에 대해 언급했으며 『예
브게니 오네긴』에도 실러가 언급되어 있다. 그런데 동일한 주제를 다루고
있는 드라마, 실러의 「데메트리우스」와 푸슈킨의 『보리스 고두노프』의 관
계에 대해서는 두 작품의 유사성이 종종 언급되면서도 푸슈킨이 이 작품
을 알았는지에 대해서는 의견이 분분하다. 알았을 가능성은 열려 있지만
확실한 것은 알 수 없다. 현재까지는 많은 연구가들이, 푸슈킨이 이 작품을
완성하기 전에 실러의 작품을 알 수 없었을 것이고 알았다면 들어서만 알
았으리라고 말하고 있다.[19] 알렉세예프의 경우에는 푸슈킨이 실러의 작품

---

16 Edmund Kostka (1963) "The Vogue of Schiller in Russia and in the Soviet Union", in: *The
Germman Quarterly*, Vol. 36, No.1 (Jan., 1963), 2-13.

17 Paul Debreczeny (1993) "Puskins Reputation in Nineteenth-Century Russia: A Statistical
Approach" in: *Puškin today* / edited by David M. Bethea, Bloomington : Indiana University Press,
201- 213, 205, 206 도표).

18 1829년의 이 공연에 대해서 니콜라이 황제나 정부 인사들은 해악을 끼칠 수 있는 작품이라고 평가
했다. 황제는 1825년의 12월 반란에 이 작품이 영향을 끼친 것을 느꼈을 것이다.

19 М. П. Алексеев(1987) "Борис Годунов и Дмитрий самозванец в западноевропейской драме"

을 알고 있었으나 보리스 고두노프를 쓸 당시 이 작품을 읽지는 못했고 들어서 알고 있었다고 주장하며 이 작품의 뛰어남을 이야기하고 비노쿠르의 경우도 다르지 않다. 이는 푸슈킨과 하이네의 놀랄 만큼 긴밀한 시학적 유대에도 불구하고 푸슈킨이 하이네를, 하이네가 푸슈킨을 읽었을 가능성을 아예 배제하는 것에 다름 아니다.[20]

1820년 이전에 이미 실러의 이 작품의 번역을 시도했었던 주코프스키(그는 1817년에 이미 1815년판을 가지고 있었고, 이를 번역하려고 시도했고 조금 시작하다가 그만 두었다고 한다)를 통하여 푸슈킨이 이 작품에 대해 자세히 알았으리라고 추측하는 연구가들도 있다. 푸슈킨은 이 드라마를 쓰기 시작한 이후 1825년 4월에 실러의 이 드라마의 프랑스어 번역본을 보내 달라고 동생에게 편지를 쓴 바 있다. 이 작품의 프랑스어 산문 번역은 1821년에 나왔다.[21] 원본과 번역본 간에 내용상의 차이는 없다. 차이라면 원본에서는 폴란드어를 그대로 사용한 것에 대해 각주를 붙였는데 번역에서는 본문에 알기 쉬운 프랑스어로 바꾸어 쓴 대목이 있고 단어 사용에 있어서 번역가의 재량대로 했다고 여겨지는 부분이 더러 있다는 점이다.[22]

---

in: М. П. Алексеев, *Пушкин и мировая литература*, Ленинград. 362-401; Г. О.Винокур (1935) "Борис Годунов", А.С. Пушкин, *Драматические произведения*, Издательство Академии наук СССР,1935, 385-505.

20   이에 대해서는 R.Lachmann, Heine und Puschkin, Heine-Jahrbuch, 51, 2012, 53-85을 보시오.

21   De F. Schiller(2012), *Oeuvres Dramatiques*: Traduites De L'Allemand: Précédées D'Une Notice Biographique Et Littéraire Sur Schiller, Volume 6 (French Edition) (French) Paperback – August 31, 2012. 367- 426.

22   좀 더 의미를 명확히 하고자 한 듯 1815년 초판본 322쪽 "Und mit dem Kleide wechselt nicht das Herz! (옷과 심장을 바꾸지 말라)"고 한 부분을 프랑스어 번역본 388쪽에 "votre coeur ne change point, quand vous revetirrez le manteau royal 당신이 왕의 망토를 입으면 당신의 심장과 바꾸지 말라' 라고 번역하기도 하였고 단수를 복수로 번역한 대목도 있다. 예를 들어 1815년판본 362쪽에 und (Demetrius) verurteilte kurz darauf einen vornehmen Russen, der an seiner Rechtheit gezweifelt hatte. (그는 그뒤에 곧 그의 합법성을 의심하는 러시아 귀족 한 명을 처형하였다.) 는 문장이 1821년 프랑스어번역본 422쪽

푸슈킨이 플레트뇨프로부터 이 책을 받은 시기는 1826년 1월이라는 기록이 있다. 그러니까 수고 완성본 맨 뒤에 1825년 11월 7일이라고 쓴 것을 감안하면 작품을 다 완성한 이후에 받은 셈이 된다. 그러나 이 문제도 보기보다 간단하지 않은 것 같다. 포미초프는[23]이 작품의 탄생과정 전체에 대해서 알 수 없다고 전제하면서 이 작품과 연관된 얼마 안 되는 창작노트들을 추적하며 이 작품의 탄생 과정을 고찰하였다. 포미초프는, 보리스의 긴 독백이 있는 장면 8은 1825년 7월(뱌젬스키에게 편지를 쓴 날짜)까지는 없었고, 장면 10부터 장면 25까지(제2부분과 제3부분)를 적어 놓은 창작노트가 있었을 텐데 푸슈킨이 미하일로프스코예를 떠나 모스크바로 올 때인 1826년 9월에 불태웠기 때문에 그것이 언제 쓰여졌는지, 정확히 무엇이 쓰여 있는지 알 수 없다고 보았다. 포미초프는 푸슈킨의 유고를 꼼꼼하게 살피면서 푸슈킨이 아직 장면 번호가 붙어있는 제3부분(수고 완성본 장면 16부터 - 장면 25까지)을 다시 깨끗하게 고쳐 쓰고 나서 1825년 11월 7일이라고 적은 것이 1826년 9월 불태운 창작 노트에서 그대로 옮겨 적은 것이라고 보았다. 세 부분(제1부분, 제2부분은 정정해서 깨끗이 쓰지 않았나보다)으로 나뉘어 각각 번호가 붙어 있었을 초고 및 정서본을 다시 정정하여 번호를 다 없앤 것이 수고 완성본이며 이 완성본은 1993년 처음으로 출판되었다. 정서본의 완성 날짜가 통상 그렇듯이 창작노트에서 그대로 가져다 적은 것이라고 볼 때 작품의 완성 날짜는 좀 더 나중일 수도 있겠다. 어쨌거나 푸슈킨이 1826년 9월 이후 모스크바와 페테르부르그에서 자신의 『황제 보리스와 그리슈카 오트레피에프에 대한 희극』을 젊은이들에게 읽어주었을 때 그들은 이 작품을 셰익스피어뿐만 아니라 실러와의 연관성 속

에 et condamne plusieurs Russes de distinction qui ont élevé des doutes sur sa légitimité (그리고 그는 그의 정통성에 의심을 제기하는 여러 명의 러시아 귀족을 처형했다) 로 되어 있기는 하지만 의미에 심각하게 큰 차이를 주지는 않는다.

23 С.А.Фомичёв (1993) Комедия о царе Борисе и о Гришке Отрепьеве - http://odrl. pushkinskijdom.ru/LinkClick.aspx?...(검색일 2014년 11월 23일)

에서 환호하면서 받아들였던 것은 확실하다.

두 작품의 놀랄만한 유사성은 연구자들로 하여금 비교문학적 연구를 자극해 왔는데 두 작품을 비교 연구하는 거의 대부분의 기존의 연구들은 23개 장면으로 된『보리스 고두노프』와 실러의『데메트리우스』를 비교한다. 소비에트 시절 내내 정본으로 여겨졌던, 23개 장면으로 된『보리스 고두노프』는 실상 푸슈킨 사후에 나온 절충판으로서 1831년『보리스 고두노프』라는 제목으로 22개 장면으로 출판된 것에 장면 3을 첨가하여 만든 것이다. 수고 완성본과 1831년 첫 출판본 및 23장면으로 된 절충본이 결코 무시 못 할 차이를 드러냄에도 불구하고 모두 비슷한 것으로 여겨진 것은 소비에트 시절 절충본이 정본으로 여겨졌고 논문 서두에서 언급한 바와 같이 1993년에 비로소 처음으로 수고 완성본이 출판될 수 있었고, 1831년에 22개 장면으로 고쳐서 출판했지만 1825년 이 작품을 낭독했을 때만큼 감동을 주지 못한 것으로 보이는 출판본은 1996년에 재판되었기 때문이다.[24]

2005년 더닝이 처음으로 25개의 장면으로 된『황제 보리스와 그리슈카 오트레피에프에 대한 희극』과 실러의 미완성 드라마『데메트리우스』를 비교했는데 그는 실러와 푸슈킨의 역사적 기록에 대한 놀랄 만한 안목과 연구의 성실성에 감탄하면서 이 두 작품의 영향 관계를 살폈다. 그는 두 작품과 연관된 역사물, 이 역사물에 대한 평가 자료, 이 문제가 언급된 문학 연구 자료들을 꼼꼼히 살펴보며 기존 연구를 배경으로 푸슈킨의 이 희곡과 실러의 미완성 희곡『데메트리우스』의 유사성이 푸슈킨이 실러의 작품을 읽었을 수도 있거나 두 작가가 참고로 한 자료들이 동일한 데서 기인하는

---

24 1831년 22장으로 출판된 '보리스 고두노프' 및 일반적으로 알려진 23장의 '보리스 고두노프'와 25장의 '황제 보리스와 그리슈카 오트레피에프에 대한 희극'의 차이에 대해서는 최선(2002), 『러시아연구』 제 12권 제2호 177- 211; Caryl Emerson (2006), "The Ebb and Flow of Infliuence", in The uncensored Boris Godunov: The Case for Pushkin's Original Comedy, with Annotated Text and Translation (Wisconsin Center for Pushkin Studies), 192-232.

것이라고 말했다.[25] 더닝은 두 드라마의 유사한 점으로, 그리고리가 러시아로 진격하면서 국경선에서 양심의 가책을 느끼는 것(『황제 보리스와 그리슈카 오트레피에프에 대한 희극』의 장면 16, 『데메트리우스』의 2막 2장), 마리나의 형상, 사악한 수도승이 그리고리를 참칭자가 되게 하는 직접적 원인이 된다는 것을 꼽았다. 그는 참칭자가 옥좌에 오르는 데 성공한 이유가 '유리의 날'을 폐지하고, 백성들에게 자유를 심어준 때문이라고 보았고 그래서 극의 말미에서 백성들이 진정으로 '디미트리 황제, 만세'라고 외치는 것이라고 여겼다. 그런데 『황제 보리스와 그리슈카 오트레피에프에 대한 희극』의 텍스트에 기반한 더닝의 흥미롭고 설득력 있는 연구는 푸슈킨의 이 드라마를 실러의 『데메트리우스』 1815년판과 비교하지는 않았다.

이러한 기존 연구 상황을 감안할 때 푸슈킨이 프랑스어로 직접 읽었을지 모르는 실러의 드라마 텍스트, 또는 직접 읽지는 않았더라도 다른 사람을 통해서 알 수 있었을 내용을 담은 『데메트리우스』 1815년판 및 1821년 출판된 프랑스어 번역본과 『황제 보리스와 그리슈카 오트레피에프에 대한 희극』을 나란히 놓고 이 두 작가가 두 명의 통치자, 보리스 고두노프와 위장 디미트리의 정치적 운명에 대해서 어떤 흥미를 가졌는지에 대해 좀 더 텍스트에 밀착하여 구체적으로 살펴보는 것이 필요하다고 여겨진다. 본 논문은 이 두 작품의 구체적 텍스트 분석을 통하여 두 작품의 유사성을 좀 더 자세히 들여다보면서 두 작가가 통치자와 피통치자의 관계, 위정자의 정통성 문제, 이와 연결된 심리적 갈등의 문제, 권력의 생리에 대해서 어떤 공통적인 생각을 가졌는지에 대해 기술하려고 한다.

---

25 Chester Dunning (2005) "Did Schiller's Demetrius Influence Alexander Pushkin's Comedy about Tsar Boris and Grishke Otrepiev?" in: *Word, music, history*; a festschrift for Caryl Emerson; Chester Dunning (2006) "The Exiled Post- Historian", in: *The uncensored Boris Godunov*: The Case for Pushkin's Original Comedy, with Annotated Text and Translation (Wisconsin Center for Pushkin Studies), 54-93. 실러와의 관계에 대해서는 69-73.

3. 실러의 드라마 텍스트와 푸슈킨의 드라마 텍스트

먼저 1815년판 및 프랑스어로 번역한 1821년판에 실린 실러의 『데메트리우스』(이후 이 논문에서는 실러의 드라마라고 칭한다)의 내용을 살펴보자.

약강 5보격으로 된, 완성된 부분만을 소개하자면, 장으로 나뉘지 않은 1막에서는 폴란드 의회에서 데메트리우스가 자신이 진짜 이반의 아들이라고 말하며 자신이 그간 자신도 모르는 채 지내다가 연적을 죽여서 처형될 뻔 했을 때 목에 걸린 십자가의 도움으로 자신이 진짜 데메트리우스라는 것을 알게 되었다고 말하고 나서 마리나와 약혼하고 마이세크의 도움을 받아 러시아 국경을 넘어 가는 것까지가 진행된다. 데메트리우스의 유려한 언변과 임기응변 능력, 기민한 행동들이 두드러지고 의회에 모인 대귀족, 장수들, 대주교, 왕 모두가 자신들의 이익만을 추구하는 사람들이라는 것이 두드러진다. 마리나의 예리한 정치적 감각과 권력을 위하여 모든 수단을 동원하는 권력 지향적 성향이 인상적으로 부각된다.

2막 1장에서는 마르파와 올가가 수녀원에서 데메트리우스가 살아 있다는 소식을 듣는 것, 보리스가 보낸 사제 욥이 나타나서 마르파에게 그가 사기꾼인 것을 폭로하라고 하자 그녀는 보리스에 대한 복수심 때문에 데메트리우스가 그녀의 아들이라고 말한다.

2막 2장에서는 오도발스키와 러시아를 진격하려고 국경을 넘으면서 러시아인으로서 데메트리우스가 느끼는 양심의 가책이 중점적으로 다루어졌고

2막 3장에서는 러시아의 한 마을, 교회 앞 광장에서 러시아 백성들이 폴란드인을 피해 도망가는 한편 데메트리우스를 지지하는 사람들 간에 편이 갈라져 있는 것을 알 수 있다.

이어서 아무런 번호가 없는 장면 계획이 31개 단락으로 서술되어 나열되어 있다. 실러는 통상 장면 계획을 쓴 뒤에는 예전에 적었던 메모들은 더

이상 사용하지 않았다고 여겨지기 때문에 장면 계획은 매우 중요하다. 이는 장면들에 대한 구체적 계획으로서 이전 메모나 스케치에는 누락되어 있던 것들까지 자세히 알 수 있어서 작품 전체를 파악할 수 있다.[26]

이 논문이 1815년판 『데메트리우스』와 1993년판 『황제 보리스와 그리슈카 오트레피에프에 대한 희곡』의 비교이니만큼 1815년판 『데메트리우스』 및 이의 프랑스어 번역본에 소개된 장면들을 살펴볼 필요가 있다고 여겨져서 우리말로 번역 소개될 가능성이 희박한 1815년판에 실린 장면 계획들을 번역하여 소개한다(단락 앞의 번호는 논의의 편의상 논문의 필자가 붙인 것이다).

(1) "데메트리우스의 마니페스토를 읽으러 마을의 촌장이 등장한다. 마을의 주민들은 두 편 사이에서 우왕좌왕함. 농부 아낙들이 우선 데메트리우스 편으로 가담하여 그 편이 기울도록 많아지게 한다."

(2) "데메트리우스 진영. 그는 첫 번째 전투에서 패하나 황제 보리스의 군대는 자기 의지에 반하여 어느 정도 승리했는데 유리한 상황을 끝까지 밀고 가지 않는다. 데메트리우스는 절망하여 자살하려 하지만 코렐라와 오도발스키가 겨우 제지한다. 코사크들이 데메트리우스 자신까지 거스르며 기고만장함."

(3) "황제 보리스 진영. 황제 자신은 부재한데 이 점이 그의 일에 해가 된다. 왜냐하면 사람들이 그를 사랑하는 것이 아니라 그를 두려워하기 때문에. 군대는 강하지만 믿을 만하지 못하다. 장수들은 의견이 일치하지 않는다. 그들 중에 일부는 여러 가지 동기에서 데메트리우스 편으로 넘어간다. 그들 중 한 명인 졸티코프가 확신에 차서 그의 편임을 선언한다. 그가 넘어간다고 선언한 것은 중대한 결과를 낳는다. 군대의 다수가 데메트리우스에게로 넘어간다."

(4) "모스크바의 보리스. 아직 그는 절대적 통치자로서 주변에 충성스러운 하인

---

26   Friedrich Schiller(2004), 1034.

들을 거느리고 있다. 하지만 그는 나쁜 소식들로 인해 절망적 상태이다. 모스크바에 반란이 일어날까봐 군대로 가지 않고 모스크바에 머물러 있다. 또한 그는 황제로서 사기꾼에 대항해서 싸우는 것이 창피하다. 그와 대주교 간의 장면.

(5) "사방에서 불행을 알려오는 사신들. 그리고 보리스에게 위험은 점점 급하게 다가온다. 그는 지방 주민과 지방도시의 함락, 군대의 태만과 폭동, 모스크바의 움직임, 데메트리우스의 진군에 대한 소식을 받는다. 그가 몹시 모욕한 로마노프가 모스크바에 도착한다. 이것이 새로운 걱정을 유발한다. 이제 대귀족들이 데메트리우스 진영으로 도망갔고 군대 전체가 그에게로 넘어갔다는 소식이 온다."

(6) "보리스와 아크시냐. 황제가 아버지로서 감동적으로 나타나고 딸과의 대화에서 자신의 내면을 드러낸다."

(7) "보리스는 범죄로써 통치자가 되었지만, 통치자의 모든 의무들을 다 이어받았고 수행하였다. 나라에 대해서 그는 훌륭한 대공이었고 백성들의 진정한 아버지이다. 하지만 자신의 개인적인 문제에 있어서 몇몇 사람들에게 매우 사악하고 복수적이고 잔혹했다. 그의 정신은 그의 지위처럼 그를 둘러싼 모든 것보다 높아졌다. 최고의 권력의 오랫동안의 소유, 습관이 된 인간 지배, 정부의 전제적 형태가 그의 거만함을 키워서 그는 자기의 위대함을 능가해서 사는 것이 불가능했다. 그는 자기 앞에 무슨 일이 닥쳐오는가를 명확히 본다. 하지만 아직 그는 황제이고 그가 죽으려고 결심했을 때 자신을 비하하지 않았다."

(8) "그는 점쟁이들의 예언을 믿는데 현재 자신의 기분에서 그가 보통 때 경멸했던 것들이 그에게 중요하게 보인다. 운명의 목소리를 들으면 그에게 결정적인 것이 되는 그 특별한 상황들이 그에게 중요하게 된다."

(9) "죽기 얼마 전에 그의 성격이 바뀌어서 불행한 소식을 가져오는 사신들에게조차 부드러워지고 이전에 불행한 소식들을 받았을 때 자기가 화를 낸 것에 대해 부끄러워한다. 그는 가장 불행한 소식을 이야기하게 두고 말한 사람에게 선물까지 내린다."

(10) "그에게 결정적인 불행을 듣고 나서 그는 아무런 이야기도 더 하지 않고 여

유와 체념을 가지고 퇴장한다. 조금 후에 그는 승려의 옷을 입고 다시 등장해서 딸을 자신의 마지막 순간으로부터 멀리한다. 딸은 모욕으로부터의 보호를 수도원에서 찾아야 한다. 그의 아들 페오도르는 어린아이로서 아마도 덜 두려워하게 될 것이다. 그는 독약을 가지고 고요히 죽기 위해서 혼자만의 방으로 간다.”

(11) “황제가 죽었다는 소식에 전반적으로 혼란 상태. 대귀족들은 황국의회를 결성해서 크레믈린에서 통치한다. 로마노프(나중에 황제가 되는 현재 지배하는 왕조의 원조)가 무장 세력의 선두에 나타나서 죽은 황제의 가슴 속으로 그의 아들 페오도르에게 충성을 맹세하는 자신의 본보기를 대귀족들에게 따르도록 한다. 복수와 질투는 그의 영혼 앞에 멀리 떨어져 있다. 그는 정의만을 따르고 아무런 희망 없이 아크시냐를 사랑하며 그 자신은 알지 못하지만 그녀로부터 사랑받고 있다.”

(12) “로마노프는 젊은 황제를 위해 군대를 얻고자 서둘러 군대로 간다. 데메트리우스 지지자에 의해서 영향받은 모스크바 반란. 백성은 대귀족들을 그들의 집에서 쫓아내고 페오도르와 아크시냐를 잡아들여 감옥에 넣고 대표를 데메트리우스에게 보낸다.”

(13) “툴라에서 데메트리우스는 행복의 절정에 있다. 군대는 그의 휘하에 있고 사람들이 그에게 많은 도시의 열쇠를 가져온다. 모스크바만이 아직 대항하고 있다. 그는 온화하고 사랑스러우며 보리스의 죽음 소식에 고상한 감동을 보이고 자기를 암살하려던 시도를 용서해 준다. 러시아인의 노예 같은 명예증서(*족보)를 경멸하고 그것을 없애려고 한다. 반면 그를 둘러싸고 있는 폴란드인들은 거칠고 러시아인을 경멸로써 대한다. 데메트리우스는 자신의 어머니와 만날 것을 요구하고 마리나에게는 사신을 보낸다.”

(14) “툴라에서 데메트리우스에게로 몰려드는 러시아 군중들 가운데 한 남자가 나타난다. 데메트리우스는 그를 당장 알아본다. 그는 그를 다시 보는 것을 매우 기뻐한다. 그는 다른 모든 사람들을 물러가게 하고 이 남자와 홀로 되자 그를 자신을 구원하고 자신에게 은혜를 베푼 사람으로 여기며 가슴 가득히 감사

한다. 이 남자는 데메트리우스가 데메트리우스 자신이 알고 있는 것보다 그에게 더 큰 의무가 있다고 알린다. 데메트리우스는 좀 더 명확하게 설명하기를 요구하고 데메트리우스를 죽인 진짜 살인자는 이제 일의 진상을 밝힌다. 이 살인에 대한 진정한 보상을 받지 못했고 더욱이 보리스로부터는 죽음밖에 기대할 것이 없었다고. 복수에 목이 말라 있던 그는 이반 황제와 비슷한 모습의 한 소년을 만났다. 이 상황을 이용할 수밖에 없었다. 그는 이 소년을 데리고 우글리치에서 도망하여 자신의 계획에 가담시킨 한 수도승에게 데려다 주고 수도승에게, 자기가 죽인 데메트리우스에게서 벗겨낸 보석 십자가를 넘겨주었다. 그 뒤로 그는 이 소년을 눈에서 놓치지 않았으며 걸음걸음 그 뒤를 몰래 뒤쫓아 다녔고 지금 그는 복수를 하게 된 것이다. 그의 도구인 가짜 데메트리우스가 보리스를 대신해서 러시아를 지배하므로. 이 설명을 듣는 동안 데메트리우스의 내면에 무시무시한 변화가 일어난다. 그의 침묵은 무시무시했다. 극도로 분노하고 절망한 상태에서 그는 그의 뜻을 거스르고 기고만장해서 자신의 보상을 요구하는 살인자를 극단으로 몰아간다. 그는 그를 쳐서 쓰러뜨린다.

(15) "데메트리우스의 독백. 내적 투쟁. 하지만 자신을 황제로 주장해야 할 필연성의 감정이 우위이다."

(16) "모스크바 도시의 대표들이 도착하고 데메트리우스에게 굴복한다. 그들은 음울하고 조야하게 영접된다. 그들 중에 대주교도 있다. 그는 그에게서 존엄을 빼앗은 직후 그의 진정성을 의심하는 높은 러시아 귀족 한 명을 처형한다."

(17) "마르파와 올가가 화려한 천막 아래서 데메트리우스를 기다린다. 마르파는 눈앞에 다가온 만남에 대해서 희망보다는 의심과 두려움을 가지고 이야기하고 그녀의 지고의 행복의 순간을 향하여 떨고 있다. 올가는 스스로 믿지 못한 채 그녀에게 권고한다. 긴 여행 동안 둘은 모든 상황을 기억할 시간을 가졌다. 첫 번째 흥분이 가시고 생각할 여지를 갖게 되었다. 천막을 둘러싼 보초들의 음울한 침묵과 경악케 하는 시선이 그녀들의 의심을 더욱 크게 했다."

(18) "나팔 소리가 크게 울린다. 마르파는 데메트리우스를 향해 다가갈지 말지

머뭇거린다. 이제 그가 홀로 그녀 앞에 섰다. 그를 보자 그녀의 가슴속에 남아 있던 작은 희망마저 사라진다. 둘 사이에 낯섦이 들어서고 본성이 말하지 않으니 그들은 영원히 헤어진다. 첫 순간에는 서로 접근하려는 시도가 있었다. 뒤로 물러서서 피하는 움직임을 먼저 하는 이는 마르파이다. 데메트리우스가 그것을 알아채고 순간 충격을 받는다. 의미심장한 침묵.

데메트리우스: 심장이 그대에게 말하지 않는가? 내 안에서 그대의 피를 알아보는가?

마르파 침묵한다.

데메트리우스: 자연의 소리는 신성하고 자유롭소. 나는 그것을 강요하거나 속이고 싶지 않소. 그대의 심장이 나를 보고 말했다면 내 심장도 답했을 거요. 그대가 경건하고 사랑하는 아들을 내 속에서 발견했다고. 꼭 일어나야 할 일은 애착과 사랑과 열렬함으로 일어나는 거요. 하지만 그대가 어머니로서 나를 위해 말하지 않는다면 여자 영주로서 생각하고 그대를 황후로 여기시오. 그대가 바라지 않았으나 운명이 그대에게 나를 아들로 주었소. 하늘의 선물로서 나를 받아들이오. 내가 지금 보이는 것처럼 그대의 아들이 아니라 해도 내가 그대의 아들에게서 뺏는 것은 아무 것도 없소. 나는 그대의 적에게서 빼앗으오. 그대와 그대의 피를 내가 복수했고 그대가 산채로 묻힌 그 구덩이에서 나는 그대를 꺼냈고 그대를 영주의 자리로 도로 보냈소. 그대의 운명이 나의 운명에 고정되어 있다는 것을 이해하오. 그대는 나와 함께 서 있고 나와 함께 멸할 거요. 모든 백성들이 우리를 보고 있소. 나는 기만을 증오하고 내가 느끼지 않는 것을 보여주기도 싫소. 하지만 나는 진정 그대에게 존경을 느끼고 그대 앞에서 나의 무릎을 꿇게 하는 이 감정은 진정이오.

(내적 동요를 보여주는 마르파의 침묵 연기)

데메트리우스: 결심하오! 자연이 그대에게 거부하는 의지의 자유로운 행동을 버리오. 나는 어떤 위선도 허위도 그대에게서 요구하지 않소. 나는 진정한 감정을 요구하오. 그대가 내 어머니로 보이지 않아도 좋소. 과거를 버리고 가슴 가득

히 현재를 붙잡으오. 내가 그대의 아들이 아니라도 나는 황제요. 나는 권력을 가지고 있고 나는 행운을 가지고 있소. 무덤에 누워 있는 자는 먼지일 뿐이오. 그는 그대를 사랑할 아무런 심장도, 그대에게 미소 지을 아무런 눈도 가지고 있지 않소. 살아 있는 사람을 향하시오.

(마르파가 눈물을 터트린다)

데메트리우스: 오, 이 황금 같은 눈물방울은 내게 정말 반갑소. 그것들을 흘리고 백성들 앞에 나타나시오!

(데메트리우스의 손짓에 따라 천막이 열리고 모였던 러시아인들은 이 장면의 증인이 된다)

(19) "데메트리우스가 모스크바로 입성한다. 무척 화려하지만 전쟁 분위기의 축하행렬. 폴란드인들과 카자크인들이 행렬의 선두에 있다. 음울하고 무시무시한 분위기에 공공연한 기쁨이 섞인다. 불신과 불행의 기운이 모든 것을 둘러싸고 있다."

(20) "뒤늦게 군대로 왔던 로마노프는 페오도르와 아크시냐를 보호하러 모스크바로 돌아간다. 그 자신은 감옥에 갇힌다. 아크시냐는 황후 마르파에게로 피신하고 그녀의 발치에서 폴란드인들로부터 보호를 본다. 여기서 데메트리우스는 그녀를 보게 되고 그녀의 모습은 그에게 격렬하고 거부할 수 없는 열정을 불지른다. 아크시냐는 그에게 진저리를 친다."

(21) "황제로서의 데메트리우스. 무시무시한 본능이 그를 휩싸고 있지만 그는 이를 제어하지 못한다. 그는 낯선 열정의 힘에 지배되고 있다. 그의 내적 의식은 모든 것을 의심하도록 만든다. 그는 친구도 충성스런 신하도 없다. 폴란드인과 카자크인들은 그들의 방자함으로 하여 그에 대한 백성들의 여론을 나빠지게 한다. 그에게 명예를 차지하도록 한 인기, 소박함, 엄격한 격식의 무시 자체가 불만을 일으키게 된다. 게다가 그는 미처 생각하지 못하고 나라의 관습을 다치게 된다. 그가 승려들 아래서 고통을 당했으므로 그들을 박해한다. 그가 자존심을 모욕당했을 때 그도 역시 전제군주적인 기분에서 자유롭지 못하다. 오도발스키

는 항상 자신을 꼭 필요한 인물로 만들 줄 알아서 황제의 곁으로부터 러시아인들을 멀리 떨어지게 하고 자신의 막중한 영향력을 주장한다."

(22) "데메트리우스는 마리아를 배반하려는 생각을 한다. 그는 이에 대해 욥과 이야기를 나눈다. 욥은 폴란드인들을 멀리하려고 그의 욕구에 부응하며 황제의 권력이 지고한 것이라는 생각을 그에게 제공한다.

(23) "마리나가 모스크바에 많은 수행원들을 거느리고 나타난다. 데메트리우스와의 만남. 둘 다 위선적이고 차갑게 서로를 맞이한다. 하지만 그녀가 더 잘 위선적으로 행동할 줄 안다. 그녀는 어서 혼인식을 하자고 다그친다. 떠들썩한 축제들이 거행된다."

(24) "마리나의 지시로 아크시냐에게 독배가 전달된다. 죽음은 그녀에게 달갑다. 그녀는 황제에게, 제단 앞으로 끌려가게 될까봐 두려워하고 있었다."

(25) "데메트리우스의 맹렬한 고통. 찢어진 가슴으로 마리나와의 혼례식으로 향한다."

(26) "혼례식 이후에 마리나는 그에게, 자신이 그를 진짜 데메트리우스라고 여기지 않으며 한 번도 그렇게 여긴 적이 없다는 것을 밝힌다. 그녀는 그를 끔찍한 상태에 혼자 남겨두고 차갑게 떠난다."

(27) "그 사이, 예전에 황제 보리스의 장수 중 한 사람이었던 쉬스코이가 백성들의 점점 커지는 불만을 이용하여 '데메트리우스에 대한 모반'의 수장이 된다."

(28) "로마노프는 감옥에서 초지상적 현현(顯現)에 의해 위로를 받는다. 아크시냐의 유령이 그의 앞에 나타나 그에게 '미래에 있을 아름다운 시간'을 열어 보여주고 운명이 고요히 익어가게 두고 자기에게 피를 묻히지 말라고 명한다. 로마노프는 자신이 바로 옥좌에 소명되었다는 암시를 받는다. 바로 직후에 그는 모반에 참가하라는 독려를 받는다. 그는 거부한다."

(29) "졸티코프는 자신의 조국을 데메트리우스에게 넘기는 배반을 했다고 쓰디쓰게 자책한다. 하지만 또다시 배반자가 되고 싶지 않았던 그는 의리 때문에 자신의 감정에 반하여 이미 가담한 편에 남기로 마음먹는다. 불행이 한 번 일어났

으므로 그는 적어도 그것의 정도를 완화시키고 폴란드의 세력을 줄여야 한다고 주장한다. 그는 이러한 시도에 대해 죽음을 대가로 지불한다. 하지만 그는 자신의 죽음을 당연한 형벌로서 받아들이고 죽으면서 데메트리우스에게 직접 이를 고백한다."

(30) "센도미르의 귀족 집에서 데메트리우스를 몰래 희망 없이 사랑했던 젊은 폴란드 여성 로도이스카의 오빠 카스미르는 누이의 애원으로 원정에 동반했고 전투 때마다 용감하게 방어했다. 데메트리우스 편의 모든 다른 사람들이 자신의 안위를 생각하게 되는 가장 큰 위험에 처했을 때 카스미르만이 그에게 충성하고 그를 위해 자신을 희생한다."

(31) "모반이 터진다. 데메트리우스가 마르파 황후 옆에 있는데 우두머리들이 방으로 들이닥친다. 데메트리우스의 위용이 몇 분간은 모반자들에게 영향을 끼치고 그가 그들에게 폴란드인을 내주겠다고 해서 그들을 무장 해제시키는 데 성공할 뻔한다. 하지만 시스코이가 다른 분노한 무리와 들이닥친다. 마르파는 확실하게 선언하도록 요구받는다. 데메트리우스가 진짜 아들이라고 십자가에 키스하며 말하라는 것이다. 그런 성스러운 방법으로 양심을 거스를 수는 없었다. 말없이 그는 데메트리우스로부터 몸을 돌려 멀어지려고 한다. "그녀가 침묵하지?" 광란의 무리가 소리쳤다. "그를 부정하는 거지? 그러니 사기꾼아, 죽어라!" 그리고 그를 찌르니 그는 마르파의 발치에 쓰러져 눕는다."

위의 장면 계획만 가지고 이 드라마의 완성된 모습을 정확히 알기는 쉽지 않다. 실러가 완성된 극을 네 막으로 구상했는지[27] 다섯 막으로 구상했는지 확실하지는 않다. 어쨌거나 그가 생각했던 장면들이 다 완성된 것이 아니고 위 장면 계획에 다 소개된 것도 아닌 바 위 장면 계획들을 포함하여 극 전체를 막으로 나누는 것은 독자 및 연출가의 몫이 될 것이다. 폴란드 의회 장면으로 시작하는 1막에 이어, 마르파가 복수심에서 데메트리우

---

27   Friedrich Schiller(2004), 389.

스가 자기 아들이라며 보리스에게 반항하며 데메트리우스는 국경을 넘어 진격하여 전쟁이 진행되는 것 까지를 2막(1, 2, 3장에 이어 장면 계획 1-12 까지), 보리스가 모스크바에 머물며 점점 절망하다가 자살하게 되는 시기와 정치가로서 데메트리우스의 상승, 황제로서의 영광과 불행(장면 계획 13-19)을 다루는 3막, 로마노프가 환영을 보고 데메트리우스는 고독하며 마리나가 모스크바에 도착하여 정략 결혼을 한 뒤 한 번도 그를 진짜로 여기지 않았다고 말하여 그의 갈등을 더욱 심화시키고 결국 모반이 일어나고 그가 죽음을 당하기까지를 4막으로 생각해 볼 수 있겠다(장면 계획 20-31). 여기에 서막을 붙여 그가 폴란드 의회에 나타나기 이전까지를 보여줄 수 있을 듯하다.

푸슈킨의 드라마는 율격이 없는 장면 3, 9, 18, 19, 25, 그리고 약강 8보격으로 되어 있는 장면 13을 제외하고 모두 약강 5보격으로 되어 있다. 사건의 시간은 디미트리 황태자를 죽게 한 보리스가 왕위에 오르는 때부터, 수도원을 탈출한 후 폴란드의 세력을 업고 러시아로 진격해 온 참칭자가 갈등 속에서 신하들과 백성들의 지지를 잃은 채 죽음을 맞이하고 또한 폴란드 정치가들과 예수이트교회의 세력 확장의 수단으로서 권력욕에 몸을 맡겨 옥좌에 오르고 보리스의 아들을 죽게 하기까지를 그렸다. 장면들은 번호가 없이 나열되어 있다. 논의의 편의상 번호를 붙여서 줄거리를 소개한다.

(1) 1598년 2월 20일. 크레믈린 궁전. 세습 귀족 슈이스키와 보로틴스키는 황제 표도르가 죽자 그의 처남인 보리스가 옥좌에 오르는 것을 못마땅해하지만, 보리스가 옥좌에 대한 야심으로 이미 12년 전에 표도르의 동생이었던 어린 왕자 디미트리를 시해한 것을 알고 있는 슈이스키는 보리스의 위장을 간파하고 그가 등극하리라고 생각한다. 보리스는 누이와 함께 수도원에 들어박혀 여러 사람들의 간원에도 불구하고 등극을 미루고 있다.

(2) 붉은 광장. 백성들이 보리스의 완강한 거절에 걱정을 하고 있는데 의회 서기

가 모두를 향해 다시 한 번 수도원으로 나아가 울며 간청할 것을 독려한다.

(3) 모스크바 노보데비치 수도원 앞뜰. 백성들은 영문도 모른 채 엎드려 울며 간원한다. 백성들은 눈에 침을 바르기도 하고 아이를 울리느라 내팽개치기도 한다.

(4) 크레믈린 궁전. 보리스는 황제로 등극한다. 그는 자신이 백성에 의해 뽑혔고 또한 전(前) 황제를 잇는 정통성 있는, 신성한 황제임을 강조하면서 귀족들에게 충성을 맹세하도록 시킨다. 그리고 선황제의 묘소를 찾아가 잔치를 베푼다. 슈이스키는 자신의 의도를 감추고 대세를 따른다.

(5) 1603년, 추도프 수도원. 19세의 그리고리 오트레피에프는 수도승의 두건 아래서 답답해하며 명성과 향락에 대한 열정을 가슴에 품고 있던 중, 역사 기록가인 수도승 피멘으로부터 살해된 황태자의 이야기를 전해 듣고 수도원을 탈출하여 황제가 되려고 한다. 피멘은 과거의 훌륭한 황제들에 대한 이야기를 하며 그들이 신에게 복종하고 신심이 깊은 황제가 통치할 때 백성이 평화를 누렸다고 하며 이반 뇌제도 죽을 때 회개하였고 스히마를 행했다고 말한다. 역사를 파도치는 바다로 보며 그의 기억 속에 남는 것이 얼마 안 됨을 인정한다. 그는 그리고리가 보기에는 평온해 보이지만 속으로는 어지러운 꿈을 꾸는 사람이기도 하다. 한편 그리고리는 꿈속에서 가파른 계단을 타고 탑으로 올라가 개미집 같은 모스크바를 내려다보았는데 이때 사람들이 자신을 가리키며 웃는 것을 보고 창피해하다가 곤두박질하면서 떨어진다. 이 꿈은 그가 옥좌에 오르는 과정과 그곳에서 굴러 떨어지는 것의 암시로 볼 수 있다.

(6) 수도원 담장. 여기서 이미 승복 아래에서 권태와 야심으로 괴로워하는 그리고리가 검은 사제로부터 자세한 참칭의 지침을 받게 되고 그리고리의 독백으로부터 독자는 그가 참칭을 하게 될 것이라는 것을 구체적으로 알게 된다.

(7) 대주교 저택. 총주교와 수도원장은 황제가 되겠다고 도주한 그리고리를 이단으로 선언하고 그를 잡으려 하지만 황제에게는 알리지 않는다. 그리고리가 갈리치아 귀족 출신이라는 것이 독자에게 알려진다. 종교계 거두들의 수선스런 대화는 신성한 외관과는 다른 내면적 왜소함을 보여준다.

(8) 황제의 궁전. 보리스는 옥좌에 있으나 권력의 무상함과 백성들의 배은망덕과 우매함을 느낀다. 보리스의 가족도 불행해졌으며 보리스 자신도 양심의 가책에 시달리고 점쟁이에 둘러싸여 산다. 백성들은 죽은 사람만 좋아할 뿐 그들의 환호나 갈채, 울부짖음은 무의미하다고 말하며 기근이 와서 백성이 울부짖을 때 잘 보살펴 주면 나를 저주하고 또 집이 불탔을 때 새집을 지어주어도 그의 공은 알아주지 않고 그를 사사건건 비난하기만 한다며 한탄한다. 그는 죽은 소년들을 눈앞에 보며 양심의 오점 때문에 괴로워한다.

(9) 리투아니아 경계선. 주막집. 평민 복장으로 갈아입은 그리고리가 국경을 넘어가려 하나 이미 보초들이 수색하고 있는 상황에 부딪혀 교활한 계책과 대담함으로 빠져 나간다. 술집 여주인과 떠돌이 파계승, 보초들의 대사에서 우리는 정교회의 부패, 백성들의 불만, 관리들의 횡포와 무지에 대해 알 수 있다.

(10) 모스크바. 슈이스키 집에서 열리는 파티. 황제의 건승과 신하들의 은총과 지혜를 내려달라고 하는 보리스의 기도문을 낭송시키는 귀족들의 속마음은 겉과 다르고 보리스의 스파이는 곳곳에서 이들을 감시하고 있다. 크라코프에 디미트리가 등장했다는 소문을 들은 슈이스키와 푸슈킨의 대화에서 세습 귀족들의 배반의 의도를 다시 한 번 알 수 있다. '유리의 날'의 폐지를 언급하는 대사에서 보리스의 엄격한 통치 스타일로 인한 백성들의 불만을 알 수 있다.

(11) 황제의 궁전. 평화롭게 자식을 돌보고 과학에 대한 관심을 보여주며 자식들에 대한 사랑에 넘치는 인자한 보리스, 황제의 자질에 대해 잘 알고 있는 현명한 보리스의 모습에 이어 위장 디미트리의 소식을 슈이스키로부터 전해 듣고 몹시 불안해하며 1591년 당시 살해조사위원장이었던 슈이스키에게 디미트리가 죽었는지 맹세하며 확실하게 말하라고 하는 보리스의 모습이 나타난다. 슈이스키의 백성에 대한 묘사에서, 그가 '백성들은 소요되기 쉽고 진실을 외면하는 사람들이다'라고 여긴다는 것을 알 수 있다. 보리스는 환영과 보이지 않는 소리에 시달린다.

(12) 크라코프. 비슈네베츠키의 집. 가톨릭 세력은 위장 디미트리를 통해 모스

크바를 가톨릭화하는 데 관심이 있다. 그에게로 사람들이 모여들고 그는 모든 사람들의 환심을 산다. 돈을 원하는 사람은 돈으로, 명예를 원하는 사람은 명예로, 시인에게는 그의 직업을 칭송해 주고 카자크인에게는 원래의 영토를 약속해준다.

(13) 산보르의 므니세크의 집. 딸 마리나의 탈의실. 모두들 그리고리가 가짜 디미트리라는 것을 알면서도 마리나에게 옷 치장을 해준다. 그녀는 다이아몬드관(冠)을 쓰고 있고 참칭자에게 관심이 많다. 그리고 아버지의 희망대로 그를 결정적으로 유혹하기로 다짐한다. 그가 진짜 디미트리건 아니건 간에. 장면 13은 이 작품의 가장 중앙에 위치하는데 옷을 갈아입는 장소라는 것이 의미심장하다.

(14) 므니세크 저택. 무도회장. 차가운 대리석 같은, 권력에 집착하는 므니세크의 딸 마리나는 디미트리에게 밀회의 언질을 준다. 폴란드 귀족들은 가짜 디미트리에 대해 잘 알면서도 그를 이용하려고 한다.

(15) 므니세크 저택 정원. 분수. 그는 사랑의 열정 때문에 자신의 궤도에서 벗어나 마리나에게 자기의 실체를 알린다. 그러나 그녀는 황후가 되고 싶을 뿐 사랑에는 아랑곳하지 않고 그가 진짜건 아니건 아무 상관하지 않는다는 것을 알고 그는 자신의 황제로서의 위엄을 나타내며 새벽이 되면 당장 출정할 것을 결심한다.

(16) 리투아니아 국경. 1604년 10월 16일. 그는 쿠롭스키와 함께 군사를 이끌고 출정하여 국경에 이르게 되지만 자신이 바로 조국의 피를 흘리게 하는 인물이라는 것에 대해 내면적인 갈등을 느낀다.

(17) 어전회의. 총주교는 유골을 가져다가 아르한겔스크 수도원에 보관하여 소문을 없애자고 한다. 그의 말 중 황태자가 죽어서 기적을 행한다는 말은 보리스에게 편안하지 못하다. 그러나 슈이스키는 '백성의 소문은 냉정하게, 열심히 연구해야 한다'면서 유골을 가져오면 '지상의 일 때문에 성스러운 것을 무기로 사용한다'고 하기 쉬우니 죽은 디미트리의 유골을 가져오기보다는 군중을 엄하게 다스리자고 하고 보리스도 이에 동의한다.

(18) 모스크바 대성당 앞 광장. 보리스는 죽은 왕자의 영혼을 달래고 자기의 마음을 달래기 위해 대성당에 가는데 백성들은 디미트리가 살아 있다고까지 여기고 그리고리 오트레피에프를 이단이라고 하는 성직자의 말을 믿지 않는다. 그곳에서 보리스는 소년들에게 놀림을 받는 바보 성자로부터 살인자라는 말을 듣지만 그를 벌하지 않고 동전을 준다.

(19) 세베르스키-노브고로드 평원. 디미트리는 세베르스키-노브고로드전투에서 승리한다. 1604년 12월 21일. 보리스의 러시아 병사들은 잘 싸우지 않고(그들은 디미트리를 죽은 황태자라고 생각한다) 외국 장교들은 열심히 싸운다. 바스마노프가 잘 싸우는 것이 드러난다. 디미트리는 마지막에 나타나 러시아의 피를 아끼기 위해 전투를 끝내자고 말한다.

(20) 세브스크. 참칭자는 세브스크까지 진격한다. 참칭자와 군사들과 적군 포로. 포로의 진실한 말을 받아들이는 참칭자의 태도는 보리스가 바보 성자의 말을 받아들이는 것과 비슷하다. 러시아 포로는 만만치 않은 러시아 군대의 사기와 보리스 치하의 공포 분위기를 알려준다.

(21) 숲. 위장 디미트리는 패배하여 말까지 잃는다. 그가 가장 먼저 걱정하는 것은 말이라는 사실에서 그의 고독이 나타난다. 그는 정치적인 상황이 자신과 관계없이 움직이리라는 것을 이미 알고 있는지 잠만 잔다. 5장에서 잠에서 깨었던 그가 21장에서 잠이 든다.

(22) 모스크바. 황제의 궁전. 승리한 보리스는 그러나 디미트리가 다시 군대를 모아 반격하는 것을 알고 있다. 보리스는 귀족 출신이 아닌 바스마노프에게 전쟁 지휘권을 넘겨준다. 보리스는 바스마노프가 야심이 있고 세습 귀족을 싫어하니 그에게 충성하리라 여긴다. 그러고 난 뒤 갑자기 쓰러진 모습으로 등장하여 아들 표도르에게 유언을 남기고 죽는다. 유언에서 그의 오랜 통치 경험과 그의 크기를 느끼게 된다. 그에게 가장 중요한 것은 통치권을 오점 없이 아들에게 넘겨주어 제대로 통치하게 하는 것이었다. 그의 유언을 보면 그는 통치자의 임무가 막중한 무게를 가진다는 것을 인식하는 사람, 통치자에게 사회적 책무가 있

다는 의식을 가진 사람, 그러면서도 인간적으로 도량이 넓은 사람이라는 것을 알 수 있다.

(23) 군영. 사령부에서 만난 푸슈킨이 바스마노프에게 표도르보다는 디미트리에게 복무하라고 협박하고 회유한다. 바스마노프는 갈등한다. 그러나 그는 권력욕 그리고 죽음에 대한 두려움, 그리고 백성들에 대한 배려로 표도르를 배반한다.

(24) 칙령을 발표하던 곳이자 형장. 푸슈킨에 의해 부추겨진 백성들은 디미트리를 황제로 인정한다. 그리고 한 농부가 연단에 올라가 보리스의 자식들을 개새끼라고 부르며 묶자고 소리 지른다. 백성들은 "디미트리 만세"를 외치고 보리스의 혈족에게 파멸을 부르짖는다.

(25) 크레믈린. 보리스 가족의 집. 보리스의 아들 표도르와 딸 크세니아는 감금 상태이다. 백성들은 보리스를 증오하고 그의 가족을 동정하기도 하고 증오하기도 한다. 그러던 중 귀족들과 소총병 3명이 집안으로 들어가자 비명 소리가 나고 귀족 모살스키가 나와 '보리스의 아내와 아들이 자살했다'고 말한다. 그리고 침묵이 깔렸다가 "디미트리 이바노비치 황제 만세"라고 외치라는 모살스키의 말에 백성들은 그대로 따라 한다.

이 드라마를 막으로 나눈다면 무소르그스키의 오페라 「보리스 고두노프」에서처럼 서막이 장면 1-4, 1막이 장면 5-9, 2막이 장면 10-11, 3막이 장면 12-16(장면 16은 3막에 포함시킬 수도 있고 4막에 포함시킬 수도 있겠지만 장면 9를 1막에 포함시키는 것이 마땅하다면 이 장면은 3막에 포함시키는 것이 좋을 듯하다), 4막이 장면 17-25, 이렇게 다섯 개의 막으로 나눌 수 있을 것 같다. 이는 네 개의 막에 서막을 붙였을 실러의 『데메트리우스』와 같은 형태이다.[28]

---

28   오페라에서 전장을 다루는 장면들은 무대에 나오지 않는다.

4. 메시지의 유사성

위에서 살펴보았듯이 실러의 드라마는 결국 미완성으로 남았지만 완성되었다면 푸슈킨 드라마와 유사한 형식을 지녔을 가능성도 있다고 여겨진다. 장면 계획의 번호가 없고 장면들에 대한 시간과 공간의 설정이 푸슈킨의 드라마와 매우 유사하기 때문이다. 어쨌거나 두 드라마가 놀랄 만큼 유사한 메시지를 전달하고 있다는 것은 틀림없는 사실이다. 실러의 드라마에서 참칭자가 폴란드의 세력을 업고 러시아로 진격해 오자 보리스가 절망 속에서 자신을 돌아보며 죽음으로 향하고 참칭자는 자신이 믿던 대로 자기가 진짜 데메트리우스가 아니라는 것을 나중에 알게 되지만 권력에 대한 욕망 때문에 계속 폴란드 정치가들과 예수이트교회의 세력 확장의 수단이 되어 옥좌에 오르나 갈등 속에서 신하들과 백성들의 지지를 잃고 모반으로 죽음을 당한다는 점에서 푸슈킨의 드라마와 표면상의 차이를 보이지만 두 작가가 전하고자 한 메시지는 매우 유사하다. 실러가 극으로 완성하려고 했던 장면 계획들을 살펴보면 보리스와 참칭자의 성격이나, 귀족과 백성들의 모습, 종교인들의 성격까지 매우 유사하게 여겨진다. 푸슈킨은 실러가 마저 다 극화하지 못했던 계획을 보리스와 참칭자 두 사람을 중심으로 하여 어느 누구보다도 성공적으로 완성시킨 것으로 보인다. 두 드라마가 주는 메시지의 두드러진 유사성은 다음과 같다.

1) 통치자의 '정통성' 만들기

보리스는 디미트리를 죽이고 권좌에 올랐으나 통치자로서의 의무를 제대로 수행했고 백성들이 정통성을 부여한 '백성의 아버지'(푸슈킨의 드라마)이며 '조상의 피보다는 자기 자신의 공적으로 '옥좌'에 올라 백성들의 지지를 받는 '강력하고 존경받는'(실러의 드라마) 통치자이다. 푸슈킨의 드라마 제1-제4장면을 통해 우리는, 보리스가 계속 옥좌에 오르기를 거절하지만 백성들이 애원하여 결국 보리스가 받아들인다는 것을 알 수 있다. 보리스는 여러 가지 방법으로 백성들에게 사랑과 공포를 불러일으켜 그들의 마음을 사로잡고 결국 그들의 뜨거운 아우성대로 옥좌에 오르는 사람이다. 정통성은 피에서 나오는 것이 아니라는 점, 그리고 마키아벨리가 인정한 바, 군주로서의 자질인 공포와 애정으로 백성들을 사로잡을 수 있는 사람, 강력한 통치를 할 수 있는 대담한 사람이 정통성을 가지게 되어 옥좌에 오르게 된다는 점이 푸슈킨 드라마의 초두부터 강조되었다. 권력을 위해 황태자를 살해한 보리스가 옥좌에 오르기를 거절하고 사양하는 것은 타키투스의 티베리우스나 셰익스피어의 리차드 3세에게서도 볼 수 있는 바, 이는 정통화의 전략이다. 그의 거절이 백성들로 하여금 옥좌에 오를 것을 애원하도록 만들고 그가 백성들에 의해 정당한 방법으로 추대되었다고 말할 수 있도록 하는 것이다.

참칭자가 옥좌에 오를 때는 어떤가? 그도 역시 귀족들을 움직이고 추종 세력들에게 충분히 만족할 만큼의 보상을 약속하고 여론을 유리하게 만들어 모두가 입을 모아 간청하게 한 후 옥좌에 오른다. 푸슈킨 드라마에서는 그것이 간접적으로 제시되나 실러의 드라마에서는 참칭자가 폴란드왕과 귀족들에게 그럴듯한 말과 그럴듯한 행동거지, 그리고 앞으로 보장할 부를 구체적으로 제시함으로써 사람들의 환심을 사려고 하는 장면이 데메트리우스가 처음 등장했을 때부터 나온다.(1막)

보리스와 참칭자는 훌륭한 정치가이다. 푸슈킨의 드라마에서 보리스는 백성들의 속성도 잘 알고 있고 귀족들의 속성도 잘 알고 있으며 효과적으로 정보를 수집할 줄도 알았던 사람으로 그려져 있다. 푸슈킨이 1825년 9월 13일 뱌젬스키에게 보내는 편지에서 "정치적인 관점에서 보리스를 본다"고 한 바와 같이 푸슈킨은 정치적 인물로서 보리스에 관심을 가졌다. 역사적인 충돌의 시기에 있으면서 그리고 사회적인 갈등 안에 있으면서 구제도를 파기하고 신제도를 도입하는 과정에 처한 유능한 정치가로서 보리스를 바라본 것이다. 개인적인 죄와 관련 없이 능력 있는 통치자에 대한 푸슈킨의 관심은 푸슈킨이 타키투스의 연대기를 읽으면서 타키투스와는 달리, 티베리우스에 대해 긍정적인 평가를 내리면서 보리스와 티베리우스의 유사성을 생각했던 것에서도 잘 나타난다.[29] 그가 타키투스의 티베리우스에 대한 단죄적 묘사에 불만을 가진 것도 이와 맥을 같이 한다. 보리스는 화려한 언변과 정치적 감각을 지닌 존재로서 자신의 입지를 확고히 하고 백성과 귀족을 제어할 줄 안다. 그는 자신의 통치자로서의 위상에 대해 제대로 의식하고 있고 자신의 능력에 대한 의식도 강하다. 푸슈킨 드라마에서 보리스가 바스마노프를 기용할 때 구정치세력을 멀리하고 혁신정치의 면모를 보이고 죽을 때 유언에서 자신의 오랜 통치 경험과 통치자로서의 역량을 보인다. 마키아벨리적 수완이 있는 정치가로서 현실 정치에서 연극과 위장이 정치를 지배한다는 것을 잘 알고 있는 그가 유언에서 강조하는 것은 관습을 거스르지 말 것, 유능한 부하를 솜씨 있게 거느릴 것, 고삐를 조였다 풀었다 하면서 공포와 사랑으로 백성들을 잘 다룰 것이었다. 그는 아들에게 정통성 있는 옥좌를 넘겨주어야 한다고 강조하면서도 이것이 반역과 반란을 막는 아무런 보장이 되지 않는다는 것을 경고하며 권력유지에 대한 충고를 한다.

실러의 드라마에서도 보리스는 유능한 정치가로 그려져 있다. 스스로의 능력으로 옥좌에 오른 인물의 능력이 높이 평가되어 있다. 실러의 드라마에서는 유능한 통치자의 덕목으로서 관습을 거스르지 말 것, 자기 지지 세력 부하들을 잊지 말 것, 개혁을 너무 서두르지 말 것이 폴란드왕의 입으로 말해진다.

참칭자의 정치적 역량은 어떤가? 그는 권력에 대한 꿈을 키워 온 인물로서 기회를 잡아 용감하고 능란하게 권력 상승의 길을 달리는 인물이다.

---

29 G.W.Bowersock (1999) "The Roman Emperor as Russian Tsar: Tacitus and Pushkin", in: *Proceedings of the American Philosophical Society*, Vol. 143, No.1, (Mar,. 1999), pp.130-147.

언변이 화려하고 임기응변 능력이 뛰어나며 남을 평가할 줄 알고 자신의 행위에 자책감을 느끼기도 한다. 귀족들이 자신을 이용하려 하지 진실에 대해서 개의치 않는다는 것을 아는 것이나 자신의 정체가 다른 사람에게 확실히 드러났을 때 취하는 말이나 행동은 역시 권력자다운 현실감각이다. 푸슈킨의 드라마의 경우 마리나의 다그침에 자신은 디미트리의 망령을 받았다고 말하고 그녀의 본심을 파악했을 때 의연하게 그녀를 조정한다. 실러의 드라마에서는 데메트리우스가 자신이 아들이 아니더라도 진실과 관계없이 자신을 따르라고 마리아 파사드니차에게 말하며 눈물을 백성들에게 보이라고 하고, 그가 옥좌에 올랐을 때 그것에 의심을 품는 사람을 본보기로 잔인하고 단호하게 처형한다. 이러한 행동은 참칭자의 통치자로서의 카리스마를 보여준다. 그는 러시아 백성에게 자유를 주려고 하였으며 (유리의 날을 부활시킴)[30] 군대를 잘 지휘한 것으로 보인다. 실러의 드라마의 경우에는 데메트리우스가 족보를 폐기하고 혁신 정치를 하려는 계획을 보이는데 이는 푸슈킨의 드라마에서는 보리스의 정치적 활동으로 나타난다.

2) 위장과 연극으로서의 정치

실러나 푸슈킨은 정치 세계에 진실과 충성과 자연적 질서가 있다는 것을 믿지 않는다. 두 작가는 정치의 세계가 위장의 세계, 연극의 세계이고 또 대부분의 사람들이 이것을 의식하여 자기 이익을 추구하고 있다는 것을 보여준다. 정치적 게임에 참여하는 모두가 거짓말을 하고 받아들일 태세가 되어 있다. 그네젠의 대주교는, 데메트리우스가 자신이 디미트리 황

---

30 더닝(2005)은 그가 '유리의 날'을 다시 만들겠다고 한 것에 매우 큰 의미를 두었고, 백성들이 처음으로 자신들의 자유를 위해 디미트리를 지지했기 때문에 극의 말미에서 디미트리 황제라고 외쳤다고 보았으며 푸슈킨이 「황제 보리스와 그리슈카 오트레피에프에 대한 희곡」에서 디미트리를 진보적 정치가로 생각하고 그렸기에 니콜라이 황제의 검열을 통과할 수 없었고 황제의 마음에 들 때까지 주로 주코프스키에 의해서 고쳐진 이후에야 출판될 수 있었다는 견해를 피력하였다.

태자라고 주장하자 정치무대에서 중요하게 여겨지는 것은 '말(Rede/nobles discours)'과 '그럴듯한 행동거지(Anstand/contenance)'라면서 "데메트리우스 자신이 속은 자일 수 있으며 그런 커다란 연극에서는 자신을 속이는 사람의 심장을 용서할 수 있다"고 말한다. 권력욕에 갇힌 마리나는 누구보다도 더 외관만을 중요시하며, 모든 사람이 실체와 외관의 괴리를 알고 게임을 한다는 것을 알아차리고 능란하게 일을 주도해 나간다. 복수심에 불타는 마르파도 그렇다. 폴란드왕은 의회에서 있었던 공방에 대해 "나쁜 연극(böses Schauspiel)"이 한바탕 벌어졌다고 언급한다.[31] 실러의 데메트리우스는 자신의 존재에 대해 확실히 알게 되자 거짓을 선택하고 마스크를 쓰는 인간, 즉 정치가로서 남는다.(장면 계획 15) 그는 마르파에게도 거짓을 요구하며 연극과 위장의 정치세계로 들어올 것을 터놓고 설득한다. 장면 계획 18에서 그는 "그대가 어머니로서 나를 위해 말하지 않는다면 여자 영주로서 생각하고 자신을 황후로 여기오, 그대가 바라지 않았으나 운명이 그대에게 나를 아들로 주었소. 하늘의 선물로서 나를 받아들이오. …… 모든 백성들이 우리를 보고 있소. 나는 기만을 증오하고 내가 느끼지 않는 것을 보여주기도 싫소. …… 나는 어떤 위선도 허위도 그대에게서 요구하지 않소……. 내가 그대의 아들이 아니라도 나는 황제요. 나는 권력을 가지고 있고 나는 행운을 가지고 있소. 무덤에 누워 있는 자는 먼지일 뿐이오. 그는 그대를 사랑할 아무런 심장도, 그대에게 미소 지을 아무런 눈도 가지고 있지 않소. 살아 있는 사람을 향하시오."라고 말했고 마르파가 눈물을 보이자 이를 진실과 관계없이 자신에게 유리하도록 이용했다.

푸슈킨 드라마의 첫 번째 장면은 보리스가 옥좌에 오르지 않겠다고 하자 백성들이 아우성치는 것으로 시작한다. 사건 전체가 연극적인 성질을 띠고 있는데 바로 이것이 극 전체의 음조를 지배하고 있다. 보리스나 귀족

---

31   De F. Schiller (2012) 386쪽에는 deplorable spectable로 되어 있는데 이는 spectacle의 오자로 보인다.

들뿐만 아니라 위장 디미트리와 성직자들 그리고 백성들 모두가 거대한 드라마에서 하나의 역할을 담당하고 있고 또 그것을 의식하고 있다. 슈이스키는 이 모든 정치적 행위가 위장이라는 것을 알고 있으며 자신을 포함하여 모두가 그 안에서 역할을 맡고 있다고 생각한다. 디미트리는 "내가 디미트리이건 아니건 그들에게 무슨 상관이오?/나는 반목과 전쟁의 구실일 뿐이오./그들에게 필요한 것은 이것 뿐이오."(장면 15)라고 말하고 가톨릭 신부는 속세 앞에서 위장하여 세인을 속여야 하는 필요에 관해 이야기하고 백성은 눈물을 위해 양파를 바르고 어린아이를 바닥에 내팽개친다.

위장과 연관하여 푸슈킨과 실러의 드라마에서 옷은 외관을 말하는 것으로서 자주 사용되었다. 실러 드라마에서 옷이 몇 차례 언급되는데 특히 한 곳에는 옷을 마음과 바꾸면 안 된다는 폴란드 왕의 말이 있는데 이는 폴란드 왕의 입을 통해서 전해진다는 것이 아이러니컬하지만 옷이 '위장으로서의 정치'에서 중요한 역할을 한다는 것을 역설적으로 말하는 셈이다. 푸슈킨 드라마에서 옷은 이런 의미에서 매우 중요한 역할을 한다. 장면 11의 "무거워라, 황제의 왕관이여"나 "실체 없는 이름, 그림자가 설마 내 자색옷을 벗기겠는가? 이름 소리가 내 자식들의 제위를 빼앗겠는가?"와 같은 보리스의 독백에서 외관이 지배하는 것이 현실정치라는 것을 알기에 그가 그토록 두려워함을 알 수 있다. 장면 13의 장소는 바로 옷을 갈아입는 곳이며 바로 그곳에서 역사가 이루어진다. 장면 14는 그 자체가 가장 무도회이다. 대주교는 그리고리가 황태자의 이름을 마치 훔쳐 입은 옷처럼 입었다고 말하며 그 옷을 찢기만 하면 실체가 드러나리라고 말했다. 이는 정치세계에서 외관이 중요하다는 것, 외관과 실체의 괴리는 전제된 사실이라는 것을 말해준다. 훌륭한 군주란 권력투쟁을 효과적으로 수행하여 권력에 이르고 그것을 잘 유지하는 사람이다. 진실이나 덕을 지니는 것보다 더 중요한 것은 그렇게 보일 수 있도록 게임을 잘하는 것이며 그 게임의 룰을 이해하는 것이다. 그런 의미에서 보리스나 참칭자는 훌륭한 정치가이다. 장면 23에서 아파니시 푸슈킨의 적법한 황제 및 더 적법한 황제에 관한 언급은 그가 황제의 적법성이 어디에 근거를 두고 있는가를 꿰뚫고 있다는 반어적 표현이라고 하겠다.

3) 젊은 참칭자 — 그리고리의 권태와 열정

실러나 푸슈킨의 드라마에서 그리고리는 승복 속에서 권태를 느끼며 답답해하던 젊은이고 이로 인해 다른 세계를 꿈꾸며 야망을 불태우다 수도원 밖으로 뛰쳐나가는 젊은이다. 푸슈킨과 실러의 그리고리는 둘 다 여인에 대한 열정 때문에 위기에 처하게 되는 젊은이들이다. 마리나에 대한 열정에 빠진 푸슈킨의 그리고리는 자신의 모든 계획이 수포로 돌아갈 것을 감수하고 마리나에게 자신의 본 모습을 드러내며, 실러의 참칭자는 황제가 되었지만 아크시냐에 대한 무시무시한 본능과 낯선 열정을 제어하지 못하고 평정을 잃는다. 그렇지 않아도 내적 갈등을 겪고 있는 그는 이 열정 때문에 황제로서의 역할을 하는 데 더욱더 방해를 받게 되고 결국 파멸로 향하게 된다(장면 계획 20, 21). 그리고 실상 극의 초반부에서 실러의 데메트리우스가 참수형에 처하게 되어 위기를 맞다가 자신이 디미트리 황태자라고 잘못 알게 된 것도 마리나에 대한 열정 때문이었다.

4) 귀족들의 기회주의

귀족들은 대부분 인간적으로나 정치적 역량으로 봤을 때 보리스나 그리고리에 비해 그릇이 작은 편이다. 그들은 보리스나 디미트리처럼 양심의 가책이나 원대한 계획을 가지고 있지 않다. 대부분의 귀족들은 믿을 만하지 못하고 자신들의 안위와 권력 상승만을 생각하며 항상 배반할 태세가 되어 있고 그렇게까지 용감하지도 못하다. 푸슈킨의 바스마노프의 경우에 이전 군주를 배반하는 데 약간의 주저가 보이나 그가 생각하는 것은 죽음, 권력, 백성 순이다. 주저 없이 배반하는 푸슈킨의 드라마의 귀족에 비해 실러의 귀족들은 여러 가지 유형으로 나타난다. 로마노프 같은 긍정적인 귀족이 나타나고 한 번 배반한 후 두 번 배반하지 않겠다고 결심을 하는 귀족도 있으나 폴란드 의회 장면에서 나타나듯이 대부분의 귀족들은 자신들의 이익을 위해 진실에는 관심을 보이지 않으며, 진실을 말하는 자(샤피에야)들을 다수의 횡포로 왕따시킴과 동시에 그들에게 테러를 가한다.

5) 권력의 수단으로서의 종교

실러나 푸슈킨의 드라마에서는 현실 정치하에서 종교가 정치적 수단으로 된다는 것을 텍스트의 이곳저곳에서 보여주고 있다. 실러의 드라마의 경우, 극의 시작에서 데메트리우스를 소개하는 것도 그네젠 대주교이고 데메트리우스가 옥좌에 오를 때 마르파를 설득하기 위해 보리스의 전갈을 가지고 온 것도 종교인이다. 가장 중요한 것은 데메트리우스가 진짜 황태자라고 믿고 살아가게끔 한 사람도 수도승이라는 점이다.

푸슈킨의 드라마에서는 극의 시작에서 보리스가 수도원에 들어박혀 옥좌에 오르기를 거절하는 것이나 아들에게 성경의 계율을 수호하라고 하는 것은 종교의 세력이 정치에 미칠 수 있는 영향을 잘 알고 있다는 것을 말한다. 보리스가 참칭자에 대처하기 위한 방안을 의논할 때 대주교는 디미트리의 유골을 크레믈린으로 옮기자고 말했는데 이는 대주교 스스로가 종교를 권력유지의 수단으로 삼으려 한 것으로 볼 수 있다(슈이스키가 간파한 것처럼). 대주교나 수도원장의 대화, 또 대주교의 대사에서 우리는 그들이 권력의 눈치를 보는 종교인들이라는 것을 알 수 있다.

신실한 종교인이자 역사 기록가 피멘은 역사 서술과 연관하여 중요하게 부각되는, 푸슈킨의 극에만 나오는 중요한 인물이다. 푸슈킨은 피멘이 종교적이고 신성한 통치자관을 가진 사람이라는 것을 보여주면서 동시에 극 전체를 통하여 피멘(피멘은 카람진의 역사에서는 그리고리를 폴란드로 인도하는 역할을 하는 사람으로 되어 있다)의 말의 허위성을 지적하고 있다. 피멘은 가장과 권력투쟁의 마키아벨리적인 세계에서 멀리 떨어져 있는 사람으로 그가 세상사를 보는 눈은 현실정치적인 전략적인 차원이 아니다. 그는 객관적이고 편견 없는 모습으로 세상일을 판단하고 기록하는 듯하다. 그러나 그의 기억은 불완전하며, 지나간 것들 중에서 그가 기록하는 것은 일부일 뿐이다. 게다가 그의 역사관은 매우 보수적인 것으로서 황제가 신바로 아래 존재하는, 보통 인간과는 다른 사람이며 그의 인격은 신성하다는 견해를 가지고 있다. 피멘은 신성한 군주의 권위는 신으로부터 부여받는 것이라는 종교적 군주관을 보여준다. 신심이 깊은 군주 아래에서 평화와 안정이 이루어진다고 생각하며 유약했던 황제 표도르와 그의 죽음을 회상했고 찬탈자 보리스를 살인자 악당으로 여긴다. 하지만 그의 견해가 모순적이라는 점이 텍스트 전체를 통하여 드러나게 된다. 보리스도, 참칭자도 정통성 있는 황제로 인정하지 않는 그의 정치관은 나중에 로마노프 왕조의 정통화의 기반이 된다고 말할 수 있다. 세속에서 멀리 떨어져 있는 그도 역시 권력의 수단이 되는 셈이다. 푸슈킨은 역사를 제대로 표현하기 위해서는 피멘의 시각으로는 부족하고 인간의 욕망, 그것이 부르는 살인, 그리고 만들어지는 정통성에 복종하며 자신의 안위를 염려하는 귀족들, 통치자의 정체성 상실, 백성들의 어리석음, 백성들의 불만, 이웃 국가와의 대치, 교회의 알력, 이 모든 것들이 어우러져 휘몰아치는 것이 역사라는 것을 말하고자 하는 것이다.

6) 백성의 우매함과 여론

백성들은 자신은 의식하지 못하나 여론을 형성하는 역사의 주인공이다. 수동적인 것 같으면서도 결국 보리스가 황제가 되게 하고 참칭자가 황제가 되게 하는 역할을 한다. 그들은 귀족들에 의해 조작이 가능한 존재다. 하지만 귀족 자신들은 백성들의 여론에 영향을 받는 존재들이다. 장면 21에서 바스마노프와 가브릴라 푸슈킨의 대화에서 가브릴라 푸슈킨은 말한다. "우리 군대는 약하오, 하지만 여론은 우리에게 유리하오……." 정통성은 여론에 의해 결정되고 여론에 의해 디미트리는 승리한다. 그러나 여론을 조작하는 것은 귀족이다. 여론이 나빠지면 모반이 일어나고 여론은 통치자의 태도에 의해 죄우되기도 한다. 슈이스키는 백성에 대해 "아시는 바이오나, 우매한 천민들은/변덕이 심하고 반항적이며 미신을 믿으며/헛된 희망에 쉽게 몸을 바치고/순간적인 사주에 복종하나이다./그들은 진실에는 귀 멀고 무관심하며/꾸며낸 이야기를 먹고 살아가옵니다."(장면 11)라고 말한다. 마키아벨리가 생각한 백성들의 속성을 그대로 잘 나타낸 이 말은 실러와 푸슈킨의 드라마에서 그려진 어리석고 미신적이고 소요되는 백성들, 아무것도 모르고 관심도 없이 또 영문도 모르는 채 황제를 맞는 백성들, 폭도가 될 수도 있는 백성들, 변덕스러운 백성들의 속성이며 민심은 바람 같은, 날씨 같은 자연력과 비슷한 성격이라는 것을 말해준다.

실러의 드라마에서 민심, 곧 여론은 바람에 비유되고 있고(der Wind der Meinung) 사람들은 세상 여론(Allgemeine Meinung)에 따라 생각한다. 좋은 정치를 해주어도 오히려 백성들로부터 나무람을 듣는 것, 바로 그 일을 보리스와 데메트리우스도 겪게 된다. 푸슈킨의 드라마 장면 8에 나오는, 보리스의 긴 독백에서도 보리스가 백성들의 변덕을 한탄하는 것을 볼 수 있다.

실러는 백성들의 우매한 변덕스러움을 강조하면서 장면계획 1번에서부터 농부 아낙들이 우선 데메트리우스 편에 가담하는 것을 서술하고 있다.

7) 권력욕에 갇힌 여성 마리나

마리나는 보통 여인들과는 달리 매우 권력욕이 강한 여자이다. 보통 여성들과는 달리 사랑을 소중하게 여기거나 평온하고 풍족한 삶을 원하거나 아름다움을 추구하거나 하지 않고 아름다움에 대한 찬사에조차 권태로워하며 초초하게 권력에의 욕망에 불탄다. 실러는 마리나의 권력욕이 권태에서 비롯된다는 것을 보여준다. 이는 무소르그스키의 오페라에서도 동일하다. 그녀는 어느 남성 귀족 못지않게 정치적 술수에 대한 감각이 있고 자신의 미모를 신분 상승을 위해 사용할 줄도 안다. 원래부터 그리고리가 진짜 황태자인지 가짜 황태자인지에는 관심이 없으며 다만 그가 그 역할을 해내어 자신이 황후가 되기만을 바라는 여자이다. 푸슈킨의 마리나는 나중에 그리고리가 자신의 실체를 고백한 후에 그를 자극하여 진짜 황태자인 것처럼 행동하도록 한다. 마리나에게는 처녀다운 정결이나 정숙함은 별로 중요하지 않은 듯하다. 푸슈킨의 마리나는 권력욕 때문에 밤의 밀회까지 마다하지 않는다. 그리고 실러의 마리나는 '사랑 아니면 위대함이어야 해, 다른 모든 것은 시시해'라고 말한다. 그녀가 말하는 사랑은 어떤 종류일까? 그녀는 자신의 성을 권력의 도구로 사용하기도 하고 쾌락을 맛보기도 한다. 그녀에게 성욕과 권력욕은 비례하는 것일 게다. 그녀는 '신분 상승의 강박과 끝없는 소유욕에 갇힌 부자유'로 인한 스트레스를 분방한 육체적 관계로 해소하는지도 모른다.

8) 민족의식과 권력의 대립

실러의 드라마 제2막에서 데메트리우스는 러시아인으로서 외국의 무기를 들고 평화로운 러시아를 공격하는 것에 대해 용서를 구한다. 그리고 푸슈킨의 드라마에서 참칭자는 자신이 자신의 조국인 러시아의 피를 흘리게 하는 것에 대해 양심의 가책을 느낀다(장면 16). 권력에 대한 야망이 크다 하지만 민족적 아이덴티티는 변하지 않는 것이다. 이외에도 실러의 텍스트 곳곳에는 폴란드인과 러시아인의 적대적인 관계가 참칭자에게는 매우 뛰어넘기 어려운 문제라는 점이 지적되어 있다.

9) 정체성의 혼란과 정통성의 와해

정치무대가 연극이고 가장의 세계라는 것을 모두가 알고 임하는 정치 현실에서 이를 당연히 여기고 자신에게 스스로 부여한 역할에 충실할 수 있었다면 그들의 파멸은 없었을 것이다. 보리스나 그리고리 둘 다 정치세계의 메커니즘을 잘 알고 있는 사람들로서 그 역할에 충실해야 했고 끝까지 자신의 아이덴티티를 관리하면서 통치를 해야 했다. 결국 이들이 파멸하게 되는 것은 자신에게 부여한 정체성의 혼란이 그 원인이다. 푸슈킨의 보리스나 실러의 참칭자 모두 정치무대에서 냉정하게 자신의 역할을 했어야 하는데 그것을 끝까지 해내지 못했다. 정치무대에서 '게임의 법칙'에 어긋나는 행동을 하게 되었던 것이다. 사람들은 그의 실체에 대해 관심이 없고 실제 이익을 추구하면서 그가 황제의 외관을 갖추고 제대로 된 역할을 해주기만을 바랐으나 그는 이것을 알면서도 흔들리게 된 것이다. 외관과 실체의 괴리가 전제된 정치무대에서 정통성 내세우기와 유지에 실패할 때 파멸을 맞이하게 된다. 짜인 연극에서 맡은 바 역할에 충실하며 자신의 정체성을 유지하는 것이 통치자의 덕목이므로 정체성이 흔들리기 시작할 때 파멸로 향한다. 푸슈킨이나 실러의 보리스가 스스로에게 부여한 정체성, 그것은 백성 모두가 원해서 옥좌에 오른, 유능한 정치가로서의 역할이었다. 보리스는 참칭자가 나타났을 때 흔들린다. 내면의 갈등이 심해지면서 고독 속에 번민한다. 그의 내면 심리의 바닥에는 자신의 범죄에 대한 깊숙한 상처가 자리 잡고 있는 것을 엿보게 한다. 통치자들이 흔들릴 때 점쟁이에게 의존하는 이유는 미신의 도움으로 '삶의 불확실성'이 계산 가능하고 예측 가능한 것으로 되기를 갈망하기 때문이다. 보리스는 파멸하기 전에 점쟁이에 둘러싸여 지냈다. 실러의 데메트리우스는 자신이 스스로 선택한 거짓 아이덴티티를 그의 의도대로 유지할 수 있었다면 파멸하지 않았을 것이다. 그가 마리나 파사드니차를 처음 만났을 때 한 대사에서처럼 그는 자신의 아이덴티티를 유지했어야 했다. 푸슈킨의 그리고리는 폴란드로 넘어간 후 자신의 아이덴티티를 부활한 디미트리라고 내세웠지만 푸슈킨은 그를 참칭자, 위장 디미트리, 디미트리 이렇게 여러 가지로 부른다. 그가 옥좌에 오르기 전에 디미트리라고 불리는 대목은 두 군데이다. 전투에서 승리하자 러시아인의 피를 아껴주라고 말하는 부분과 마리나에게 자신의 정체를 밝혔다가 마리나의 비웃음을 사자 거만하게 자신을 추스르며 말을 할 때이다. 그러나 그는 자신이 정치적 도구일 뿐이라는 사실도 인식하고 있다. 그래서 그 다음에 바로 참칭자로 불린다.

보리스도 참칭자도 결국 자신들이 정당하지 못했다는 의식에 시달리다가 카리스마를 잃고 위험에 처하게 된다. 정치무대에서 냉정하게 자신의 역할을 해야 하는데 그것을 끝까지 해내지 못하게 된 것이다.

5. 결론

실러의 『데메트리우스』 초판(1815년, 이 책의 프랑스어 번역본은 1821년에 나왔다)과 푸슈킨의 『황제 보리스와 그리슈카 오트레피에프에 대한 희극』 초판 (1993년)을 비교한 결과 두 작품의 두드러진 유사성이 1) 통치자의 '정통성'은 만들어진다는 것, 2) 정치는 연극과 위장이라는 것, 3) 젊은 참칭자인 그리고리의 행동이 권태와 열정에 기인한다는 것, 4) 귀족들은 기회주의적이라는 것, 5) 종교는 권력의 수단이라는 것, 6) 백성들은 우매하고 여론은 조장되는 동시에 영향력을 미친다는 것, 7) 여성 인물 마리나가 권력욕에 갇혀 자신의 성적 매력을 권력추구에 이용한다는 것, 8) 민족의식과 권력욕 및 권력이 대립한다는 것, 9) 통치자의 파멸은 정통성의 와해에서 비롯된다는 점, 이상 9가지로 나타났다. 아울러 푸슈킨의 드라마에서 디미트리 또한 보리스와 똑같은 길을 걷게 될 것이라는 것이 특히 극의 끝에서 백성들이 귀족들이 시키는 대로 "디미트리 황제 만세!"를 외치는 것에서 알 수 있는데 실러의 데메트리우스가 죽음을 당한 후 또 다른 사기꾼이 나타나 왕홀을 잡게 되고 다시 처음부터 똑같은 일이 시작되리라고 극이 계획된 것을 감안하면 두 작가가 공히 자신들이 파악했던 정치적 메커니즘의 불변성을 믿었음에 틀림없고 또한 역사는 진보가 아니라 반복되는 원형구조라고 생각했었음에 틀림없다.

『예브게니 오네긴』과 「스페이드 여왕」
문학작품에서 오페라, 발레로의 변형*

　이 발표는 인문학과 사회과학 및 공연예술이 상호 이해를 깊게 함으로써 풍성하게 발전할 수 있다는 생각과 유럽의 이러한 사례를 살펴봄으로써 우리의 문화에도 좋은 영향을 줄 수 있으리라는 희망, 그리고 구체적인 작품에 대한 접근이 이에 도움을 줄 수 있으리라는 생각에서 출발한다.

　서구 및 러시아의 오페라나 발레는 좋은 문학작품을 기초로 만들어지는 경우가 많다. 예를 들면 「돈조반니」를 위시하여, 「맥베스」, 「라트라비아타」(춘희), 「리골레토」(왕이 웃는다), 「라보엠」(라보엠의 생활 정경), 「카르멘」(카르멘), 「마농」(마농 레스코), 「트리스탄과 이졸데」(트리스탄과 이졸데), 「보체크」(보이체크) 같은 오페라들이 그렇다. 이중에서 발레로 만들어진 것도 있고 앞으로 만들어지기도 할 것이라고 본다.

---

* 2016년 2월 27일 KBH 포럼에서 발표한 자료. KBH(한국발레하우스)포럼(대표: 서정자)은 '아리랑'을 주제로 하는 다양한 안무와 공연, 발레리나였던 최승희의 전통 춤들을 연구하고 공연하는 분들을 중심으로 문화, 예술, 인문, 사회의 전문가들이 모여 생각을 교환하고 있으며 이제까지 김영순 최승희춤발전위원회대표, 이용주 한복사랑협의회 회장, 송종건 '무용과 오페라' 발행인이 발표했다. 필자가 발표했을 때 포럼에 모인 많은 사람들이 매우 흥미롭게 들으며 높은 관심을 보였고 필자는 러시아문학과 문화를 알리는 것이 기뻤다.

러시아에서는 「므첸스크의 맥베스부인」, 「예브게니 오네긴」, 「스페이드 여왕」, 「보리스 고두노프」 등의 오페라가 문학작품에서 탄생한 중요한 성공적인 예이다. 그런데 이러한 오페라 작품들 중에서 발레로 만들어져 성공한 것은 「예브게니 오네긴」과 「스페이드 여왕」이다. 또 문학작품에서 직접 발레로 만들어진 것들도 있다. 「안나 카레니나」, 「아뉴타」(체호프의 「목에 매달린 안나」), 「죄와 벌」, 「카라마조프 형제들」이 그렇다. 이럴 때 오페라 연출가나 오페라 가수(배우)들, 발레의 안무가들, 또 무용수들, 또 음악 및 무대장치 및 의상을 만드는 사람들도 다시 문학작품으로 돌아가서 읽고 발레 작품을 만들어 내었고 또 만들어 낸다.

발레 「스페이드 여왕」은 유투브에서도 전체를 볼 수 있는데(검색어: pique dame, petit) 롤랑 프티의 안무와 훌륭한 발레리노와 발레리나의 공헌으로 매우 성공적인 작품이 되었다. 안무가와 무용수들의 푸슈킨 해석이 매우 예리하고 흥미롭다. 악마에게 영혼을 팔아서라도 모든 야망을 이루려고 노부인의 애인이 되고자 하는 게르만, 실제 자신이 애인이 된 감정으로 노부인과 밀착된 듀엣을 춤추는 장면은 매우 인상적이다. 이는 차이코프스키의 오페라 「스페이드 여왕」에서 흔히 보는 게르만과 좀 다른 모습이다. 이 발레 작품에서는 노부인과 게르만, 이 두 사람의 욕망과 집착과 파멸이 핵심 메시지로 보인다. 이는 푸슈킨의 원작이 주는 핵심 메시지라고 여겨진다. 우리나라에서도 이 발레가 공연되기를 바라는데 특히나 이 작품의 내용이 현대를 사는 젊은이들의, 초초하고 성급한 야망에 불타며 무슨 수단을 써서라도 그것을 이루어 내려는 공허한 내면을 보여줄 수 있다고 여기기 때문이다.

발레 「스페이드 여왕」에 대한 자세한 소개는 다음 기회로 미루고 오늘은 「예브게니 오네긴」을 중심으로 문학작품과 오페라, 그리고 발레를 소개하고자 한다.

러시아 문학의 원천 알렉산드르 세르게예비치 푸슈킨(1799-1837)의 운문소설 『예브게니 오네긴』(1823-1833)이라는 작품이 세계 무대에 널리 알려지게 된 것은 아무래도 차이코프스키의 오페라 「에브게니 오네긴」(1879)을 통해서이고 존 크란코의 발레 「오네긴」(1965)을 통해서이다.

운문소설 『예브게니 오네긴』은 러시아문학에 큰 영향을 끼쳤고 러시아 문학이 가장 자랑하는 작품들 중 하나이다. 이 작품은 러시아 문학뿐만 아니라 세계 문학 속에서 살펴보아도 매우 독특한 장르인 운문소설로서 특히나 완벽한 형식미를 갖추고 있다. 14행의 소네트의 변형인 '오네긴 연(聯)'이 366개 정도 된다. 저자는 독일에서 괴테나 실러가, 영국에서 셰익스피어가 지니는 위치를 러시아에서 지니는 알렉산드르 세르게예비치 푸슈킨(1799-1837)이다. 1823년 시작되어 1833년 첫 출판된 이 소설은 푸슈킨이 살았던 시대의 러시아의 이모저모를 잘 알려 준다는 점에서 투르게네프의 『아버지와 아들』, 톨스토이의 『안나 카레니나』(발레 「안나 카레니나」는 여러 버전으로 공연되었다), 도스토예프스키의 『죄와 벌』(발레 「죄와 벌」에서는 젊은이의 소외와 고독이 주제로 보인다), 체호프의 중편 「결투」를 비롯한 단편(「목에 매달린 안나」/발레 「아뉴타」) 및 드라마 「갈매기」 등의 드라마 작품들처럼 작가들이 살았던 당시의 러시아, 그 삶의 현장에서 사람들이 어떻게 살아갔는지, 어떻게 자기 길을 용감하고 현명하게 개척해 나갔는지, 아니면 사회의 통념 속에서 헤매며 자신을 찾지 못하거나 자신 속에 갇혀 파멸해 갔는지를 이해하는 데 매우 중요한 작품이다. 또한 이 소설의 주인공이자 푸슈킨의 '제 2의 자아'인 오네긴과 푸슈킨의 이상적 여인상인 타티아나의 사랑 이야기는 시간과 공간을 초월하여 모든 젊은이에게 삶과 사랑의 본질에 대해서 생각하게 한다.

이 작품의 내용은 간단히 말하면 타티아나와 오네긴의 사랑 이야기로서 둘은 서로를 사랑하지만 함께 살지 못하게 되는 비극적 운명을 지닌다. 두 인물 모두 생각이 깊으며 자기의 가치관을 찾으며 살아가는 젊은이들이다. 오네긴은 냉철한 지성으로 주변을 둘러보며 비판적이고 냉소적인 시선을 던지는 인텔리이고 타티아나는 책을 깊이 읽으며 자신을 다져가는 처녀이다. 이 멋진 두 남녀의 만남이 그러나 안타깝게 어긋나게 되고 이후 이 어긋남은 서로의 운명에 큰 영향을 끼친다. 17세의 타티아나가 첫눈에 반한 오네긴에게 당시로서는 자신의 평판을 내던질 만큼 중요한 편지를 쓰고 보냈을 때 오네긴은 아직 그것을 받아들일 준비가 되어 있지 않았다. 타티아나의 마음이 소중하다는 생각을 하긴 했지만 그가 그녀의 사랑을 받아들여 인생길을 함께할 만큼 자신의 한계를 벗어나지는 못했다. 그런데 타티아나가 결혼한 이후 그는 타티아나의 사랑을 간절하게 구한다. 그러나 그녀는 거절한다.

"그러나, 오네긴, 이 화려함이며 이 역겨운 삶의 번쩍거리는 허식이며 사교계 소용돌이 속 제 성공이며 제 최신식 저택과 야회며 이것들이 무슨 의미가 있나요? 당장에라도 이 모든 가장무도회 누더기 소품들, 이 모든 번쩍거림, 소음, 번잡을 다 주고라도 책꽂이와 다듬지 않은 정원들, 우리의 가난한 시골, 오네긴, 그곳, 제가 당신을 처음 만난 장소들, 또 십자가와 나뭇가지 그림자들이 죽은 가련한 유모 위로 드리워진 곳, 그 소박한 공동묘지, 이것들만 가질 수 있다면 얼마나 좋을까요…….

행복은 그렇게 가능했고 그렇게도 가까웠지요!…… 그러나 이미 전 결혼했어요. 제 운명은 결정되었어요. 아마도 제가 조심성 없이 행동했는지도 몰라요. 어머니가 애원의 눈물로 제게 간청했지요. 불쌍한 타냐에게는 어떤 운명도 마찬가지…….. 저는 결혼했어요. 당신은 저를 내버려둬야 해요, 당신께 간청합니다, 진정으로요. 압니다, 당신의 가슴속에 자존심이 있고 진정한 명예가 있다는 것을. 저는 당신을 사랑합니다(무엇 때문에 속이나요?). 그러나 저는 다른 사람에게 주어졌습니다. 저는 한평생 그에게 충실할 것입니다."
그녀는 갔다. 예브게니는 그야말로 벼락을 맞은 것처럼 꼼짝 않고 서 있다. 아,

어떤 감정의 폭풍우 속으로 그의 심장이 가라앉았는가! 허나 갑작스레 박차 소리 울린다. 타티아나의 남편이 나타난 것이다. 여기서 독자여, 우리는 그냥 이렇게, 이 순간 그에게는 운 나쁜 이 순간에 내 주인공과 작별하오, 이제 오랫동안…… 영원히.

이 부분은 푸슈킨의 『예브게니 오네긴』의 대단원의 핵심이다. 푸슈킨이 자신의 '기이한 동반자', 주인공 오네긴을 오랜 기간 따라다니며 헤매면서 진행해 온 생생하고 변함없는 '작은 작업'의 결실, 자신에게 그토록 소중한 '작은 책'을 세상에 내놓을 때 마무리로 독자에게 선물한 부분이다. 여기서는 오네긴이 결투에서 렌스키를 죽인 이후 오랜 여행 끝에 페테르부르그로 돌아와 예전에 자기에게 사랑의 편지를 보냈던 타티아나를 다시 본 후 지금은 사교계에서 존경받는 귀부인이 된 그녀에게 진정으로 사랑에 빠져 편지를 썼는데 아무리 애타게 기다려도 답장이 없자 그녀의 집으로 찾아갔을 때의 장면이 펼쳐진다. 이 소설 전체의 내용이 농축되어 있다고 볼 수 있는 이 마지막 장면을 읽노라면 소설 전체가 다시 한 번 머릿속을 지나가는 진한 감동 속에서 여주인공 타티아나가 자신이 과거에 사랑했고 지금도 사랑하고 있는 남자 오네긴과의 인연과 둘의 미래에 대해 어떤 생각을 가지고 있는지 곰곰이 생각해 보게 된다. 오페라에서는 이 부분이 다음과 같다.

TATYANA Akh! Schchastye bilo tak vozmozhno, Tak blizko! Tak blizko!	ТАТЬЯНА Ах! Счастье было так возможно, так близко! Так близко!	타티아나 아! 정말 행복할 수 있었는데, 행복이 가까웠었는데! 너무나 가까웠는데!
ONEGIN Akh!	ОНЕГИН Ах!	오네긴 아!

TATYANA No sudba moya uzh reshena, i bezvozvratno! Ya vishla zamuzh, vi dolzhni, ya vas proshu, menya ostavit!	ТАТЬЯНА Но судьба моя уж решена, и безвозвратно! Я вышла замуж, вы должны, я вас прошу, меня оставить!	타티아나 하지만 저의 운명은 결정되었어요, 그리고 돌이킬 수 없어요! 전 결혼했어요, 당신은, 부탁이에요, 저를 내버려두셔야 해요!
ONEGIN Ostavit? Ostavit? Kak!... vas ostavit'? Nyet! Nyet! Pominutno videt vas, povsyudu slyedovat za vami. Ulibku ust, dvizhenye vzglyad lovit vlyublyonnimi glazami, vnimat vam dolgo ponimat dushoi vsyo vashe sovershenstvo, pred vami v strastnikh mukakh zamirat, blednyet i gasnut: vot blazhenstvo, vot odna mechta moya, odno blazhenstvo!	ОНЕГИН Оставить? Оставить? Как!.. вас оставить? Нет! Нет! Поминутно видет вас, повсюду следовать за вами, Улыбку уст, движенье взгляд ловить влюблёнными глазами, внимать вам долго, понимать душой всё ваше совершенство, пред вами в страстных муках замирать, бледнеть и гаснуть: вот блаженство вот одна мечта моя, одно блажетство!	오네긴 내버려두라고요? 어떻게! 당신을 버 리라고요? 안 되오! 안 돼! 매순간 당신을 보는 것 어디서나 당신을 뒤따르는 것, 입가의 미소, 시선의 움직임을 사랑에 빠진 눈으로 포착하는 것, 당신에게 오랫동안 귀를 기울이고, 온 마음으로 당신의 완벽함을 이해하 는 것 당신 앞에서 열정의 괴로움 속에, 아찔해지고, 창백해지고, 여위는 것; 이것이 이것이 유일한 나의 희망, 유일한 행 복이오!
TATYANA Onegin, v vashem syerdtse yest i gordost, i pryamaya chest!	ТАТЬЯНА Онегин, в вашем сердце есть и гордость, и прямая честь!	타티아나 오네긴, 당신의 가슴 속에는 자존심이 있고, 진정한 명예가 있어 요!
ONEGIN Ya ne mogu ostavit vas!	ОНЕГИН Я не могу оставить вас!	오네긴 난 당신을 내버려둘 수 없소!
TATYANA Yevgeni! Vi dolzhni, ya vas proshu, menya ostavit.	ТАТЬЯНА Евгений! Вы должны, я вас прошу, меня оставить.	타티아나 예브게니! 당신은, 부탁이에요, 저를 내버려두셔야 해요.
ONEGIN O, szhaltes!	ОНЕГИН О, сжальтесь!	오네긴 오, 불쌍히 여겨주오!

TATYANA Zachem skrivat, zachem lukavit. Akh! Ya vas lyublyu!	ТАТЬЯНА Зачем скрывать, зачем лукавить. Ах! Я вас люблю!	타티아나 왜 숨기겠어요, 무엇 때문에 속이나요? 아! 전 당신을 사랑해요!
ONEGIN Shto slishu ya? Kakoye slovo ti skazala! O, radost! zhizn moya! Ti pryezhneyu Tatyanoi stala!	ОНЕГИН Что слышу я? Какое слово ты сказала! О, радость! Жизнь моя! Ты прежнею Татьяной стала!	오네긴 내가 무슨 소릴 듣고 있는 거지? 당신 무슨 말을 했소! 오, 기쁘구나! 나의 생명! 당신은 예전의 타티아나가 되었군요!
TATYANA Nyet! Nyet! Proshlovo ne vorotit! Ya otdana tepyer drugomu, moya sudba uzh reshena. Ya budu vyek yemu verna.	ТАТЬЯНА Нет! Нет! Прошлого не воротить! Я отдана теперь другому, моя судьба уж решена. Я буду век ему верна.	타티아나 아니에요! 아니에요! 과거로 돌아갈 순 없어요! 전 지금 다른 이에게 주어진 몸이에요, 저의 운명은 이미 결정되었어요. 전 영원히 그에게 충실할 거에요.
ONEGIN O, ne goni, menya ti lyubish! I ne ostavlyu ya tebya, ti zhizn svoyu naprasno sgubish! To volya nyeba: ti moya! Vsya zhizn tvoya bila zalogom soyedinyeniya so mnoi! I znai: tebye ya poslan Bogom. Do groba ya khranitel tvoi! Ne mozhesh ti menya otrinut, ti dlya menya dolzhna pokinut postili dom, i shumni svyet,.. Tebye drugoi, dorogi nyet!	ОНЕГИН О, не гони, меня ты любишь! И не оставлю я тебя, ты жизнь свою напрасно сгубишь! То воля неба: ты моя! Вся жизнь твоя была залогом соединения со мной! И знай: тебе я послан Богом. До гроба я хранитель твой! Не можешь ты меня отринуть, ты для меня должна покинуть постылый дом, и шумный свет... Тебе другой, дроги нет!	오네긴 오, 쫓지 마오, 당신은 나를 사랑하잖소! 난 당신을 내버려둘 수 없소, 당신의 인생을 헛되이 파멸시키게 될 거요! 하늘의 뜻으로; 당신은 나의 것이오! 당신의 모든 삶은 나와 하나가 되기 위한 저당물이었잖소! 알잖소: 나는 신에 의해 당신에게 보내졌소 죽을 때까지 난 당신의 수호자요! 당신은 나를 거절할 수 없소, 당신은 나를 위해 지겨운 집을, 소란스런 사교계를 버려야만 하오. 당신에게 다른 길은 없소!
ONEGIN Nyet, ne mozhesh ti... ...menya otrinut...	ОНЕГИН Нет, не можешь ты... |...меня отринуть...	오네긴 아니오, 당신은 그럴 수 없소... |...나를 버릴 수는...

TATYANA |...sudboi drugomu... ..ya dana, s nim budu zhit i ne rastanus;	ТАТЬЯНА |...судьбой другому... |..я дана, с ним буду жить и не расстанусь;	타티아나 |...운명을 다른 이에게... |...난 주어졌어요. 그와 함께 살 거고 헤어지지 않을 거예요;
ONEGIN ...Ti dlya menya... |..dolzhna pokinut vsyo vsyo... |Postili dom i shumni svyet! |Tebye drugoi dorogi nyet! |O, ne goni menya, molyu! |Ti lyubish menya; ti zhizn svoyu |naprasno sgubish! |Ti moya, navyek moya!	ОНЕГИН ..Ты для меня... |...должна покинуть всё всё... |Постылый дом и шумный свет! |Тебе другой дроги нет! |О, не гони меня, молю! |Ты любишь меня; ты жизнь свою |напрасно сгубишь! |Ты моя, навек моя!	오네긴 .당신은 나를 위해... |...모든 것을, 모든 것을 버려야 하오 지겨운 집을, 소란스런 사교계를! |당신에게 다른 이는, 다른 이는 없소! |오, 날 쫓지 마시오, 간청하오! |당신은 나를 사랑하오; 당신 자신의 인생을 |헛되이 파멸시키게 될 거요! |당신은 나의 것, 영원히 나의 것이오!
TATYANA |...Nyet, klyatvi pomnit ya dolzhna! |Gluboko v syerdtse pronikayet, |yevo otchayanni priziv |no, pil prestupni podaviv, |dolg chesti surovi, svyashchenni |chuvstvo pobezhdayet! |Ya udalyayus!	ТАТЬЯНА |...Нет, клятвы помнить я должна! |Глубоко в сердце проникает, |его отчаянный призыв |но, пыл преступный подавив, |долг чести суровы, священный |чувство побеждает! |Я удаляюсь!	타티아나 |...안돼요, 난 맹세를 기억해야만 해! |가슴 속 깊이 그의 처절한 호소가 파고들고 있구나, |하지만, 죄 많은 열정을 억누르고, |가혹한 명예의 신성한 의무가 감정을 이기게 될 거야! |난 떠나겠어요!
ONEGIN Nyet! Nyet! Nyet! Nyet!	ОНЕГИН Нет! Нет! Нет! Нет!	오네긴 안돼! 안 돼! 안 되오! 안 되오!
TATYANA Dovolno!	ТАТЬЯНА Довольно!	타티아나 그만하세요!
ONEGIN O, molyu: ne ukhodi!	ОНЕГИН О, молю: не уходи!	오네긴 오, 이렇게 비오; 가지 마시오!

TATYANA	ТАТЬЯНА	타티아나
Nyet, ya tverda ostanus!	Нет, я тверда останусь!	안 돼요, 전 분명코 여기 남을 거예요!
ONEGIN	ОНЕГИН	오네긴
Lyublyu tebya, lyublyu tebya!	Люблю тебя, люблю тебя!	사랑하오 당신을, 사랑하오 당신을!
TATYANA	ТАТЬЯНА	타티아나
Ostav menya!	Остав меня!	절 내버려두세요!
ONEGIN	ОНЕГИН	오네긴
Lyublyu tebya!	Люблю тебя!	당신을 사랑한단 말이오!
TATYANA	ТАТЬЯНА	타티아나
Proschai navyek!	Прощай навек!	영원히 안녕!
ONEGIN	ОНЕГИН	오네긴
Ti moya!	Ты моя!	당신은 나의 것이오!
Pozor!. ..Toska!...	Позор!..Тоска!	이 수치!. 이 우울!
O zhalki, zhrebi moi!	О жалкий, жребий мой!	오, 비참한 나의 운명이여!
- END OF OPERA-	КОНЕЦ	끝

오페라에서도 소설의 대사를 거의 그대로 살렸다. 하지만 약간의 변형이 있는데 이는 차이코프스키의 타티아나 해석에 연유한다.

타티아나는

|...안돼요, 난 맹세를 기억해야만 해!
|가슴 속 깊이 그의 처절한 호소가
|파고들고 있구나,
|하지만, 죄 많은 열정을 억누르고,
|가혹한 명예의 신성한 의무가
|감정을 이기게 될 거야!
|난 떠나겠어요!

라고 말한다.

오페라에서는 타티아나가 사랑한다고 고백하지만 그녀는 그 감정을 거부하려고 한다. 죄 많은 열정을 누르고 가혹한 명예의 신성한 의무를 지키기 위해서 감정을 이기려고 하는 것이다. 이런 그녀의 반응에 오네긴은 절망과 수치와 비참한 운명을 자각하게 된다.

발레는 이 대단원에 대해 좀 더 다양한 해석을 보여주고 있다(사진 1-10 참조. 사진은 아래 소개한 유튜브에서 가져왔다).

우선 널리 알려진 1965년의 존 크란코가 안무한 슈튜트가르트 발레「오네긴」은 오페라에서처럼 오네긴을 사랑하지만 그 감정을 버려야 하는 처절함을 전면에 부각시킨다. 오페라 리브레토와 유사하지만 연출에 따라서는 오네긴이 찾아오는 마지막 장면에서 그녀는 자신의 감정을 제어하고자 남편에게 집에 있으라고 청하기까지 한다. 그녀에게 아이들까지 있는 것으로 설정하기도 했다. 유튜브 검색어: John Cranko's Onegin.

2009년 보리스 에이프만의 발레「오네긴 on line」은 차이코프스키의 오페라 음악을 가져다 쓸 수 있는 행운이 있었다. 타티아나의 꿈 장면, 타티아나와 오네긴의 사랑의 듀엣 등 멋진 장면이 환상적 몸짓으로 펼쳐진다. 웨스트사이드 스토리를 연상시키는 도시 거리의 군무나 오네긴과의 결투로 죽은 렌스키가 유령으로 나타나서 오네긴과 듀엣을 추는 모습도 인상적이다.

에이프만은 푸슈킨의 이 작품을 페레스트로이카(1990) 이후의 러시아 상황에 대입해서 해석하면서 오네긴의 비극적 운명에 초점을 맞춘다.

이 발레에서는 러시아 인텔리의 운명인 '잉여인간'(많은 것을 할 수 있는 지성과 능력을 갖추고 있었으나 결국 아무것도 이루어 낼 수 없었던 러시아 인텔리의 원형)이 정치적, 사회적으로 총체적 혼란을 겪는 페레스트로이카 이후의 새로운 상황에서 고독하게 아무런 희망을 보지 못하고 어쩔 줄 몰라 하며 고통을 느끼다가 비극적으로 파멸하는 모습이 그려졌다. 마지막 부분은 새로이 변한 러시아에서 권력을 지니게 된 눈먼 타티아나의 남편이 거의 폭력으로 오네긴과 타티아나를 제압하며 오네긴을 칼로 찌른다. 타티아나는 남편이 오네긴을 칼로 찌른 후 남편의 팔에 밀리면서 무대 뒤로 뒷걸음친다. 여기서 타티아나는 새로운 남편의 권위에 휘둘리고 오네긴은 그것에 패배한다고 하겠다. 아무 소용이 없어진 오네긴의 사랑편지는 공중에 산산히 흩어진다. 유튜브 검색어: Eifman Ballet Onegin 또는 Царская Ложа о балете "Онегин"(2009).

2004년 함부르그의 노이마이어가 안무한 발레 '타티아나'(2014년 11월 러시아 스타니슬라브스키 극장과의 합작으로 더욱 성공함)는 이 부분에서 해석이 가장 풍성하게 보인다. 즉 제가 위에서 소개한 타티아나를 보는 푸슈킨의 생각에 가장 유사하다고 여겨진다. 여기서 타티아나는 당시의 다른 여자들과는 달리 자신만의 내면세계와 꿈을 가진 여성이고 오네긴을 사랑한다고 고백하며 그 감정을 억누르지 않는다. 오네긴도 자신만의 세계를 가진 인간이기는 하지만 타티아나와 달리 꿋꿋하게 살아가지는 못한다. 타티아나의 솔로들은 대체로 타티아나가 그녀만의 기억, 과거를 안고 미래를 향해서 좌절하지 않고 현재를 살아가는 모습을 보여주고 끝부분의 오네긴과의 듀엣에서 그녀가 높이 솟아오르고 두 다리로 굳건하게 서며 오네긴이 바닥에 쓰러져서 타티아나에게 패배한 것을 보여주는 장면은 그녀가 내면의 성장을 통해 오네긴보다 인생살이에 있어서 깊이 있고 강한 것을 보여준다. 유튜브 검색어: Tatjana – Ballett von John Neumeier (2014).

타티아나의 결단 — 『예브게니 오네긴』의 여주인공*

1. 작품 인용

…… 시체가 다 되어서 나의 구제불능 괴짜, 오네긴은 그녀에게로, 그의 타티아나에게로 간다. 입구에 아무도 없어 홀 안으로 들어간다. 계속 가도 아무도 없다. 그는 문을 연다. 무엇이, 아, 그를 그렇게 심하게 놀라게 하

---

* 『나를 움직인 이 한 장면』(써네스트, 2016), 13-26. 이 글에서 필자는 『예브게니 오네긴』을 산문으로 번역해서 인용했다. 베를린 학창시절 가장 가까이 지냈던 친구 기타가와 사키코北川東子 Kitagawa Sakiko(1952-2011)가 2009년 필자에게 자그마한 문고판 일역 『예브게니 오네긴』을 선물하면서 자기는 이 작품이 산문인 줄 알았다고 한 말이 떠오른다. 그녀와의 긴 대화들을 돌이켜 보면서 지금도 가끔 혼자 그녀와 대화하며 여자들이 살아간 모습에 대해서 좀더 깊이 생각해 봐야겠다는 생각이 든다. 푸슈킨의 이 운문소설을 바탕으로 만들어져서 1873년 초연 이후 내내 세계 무대의 중요한 레퍼토리가 된 오페라 『예브게니 오네긴』 디비디들 중에서 2013년 출시된 버전 – Valery Gergiev(지휘), The Metropolitan Opera Orchestra and Chorus, Mariusz Kwiecień(오네긴 역할), Piotr Beczała(렌스키 역할), 안나 네트렙코Anna Netrebko(타티아나 역할)– 이 필자에게 가장 인상 깊다. 이 버전은 좀더 푸슈킨의 소설에 가깝게 연출되었다고 여겨진다. 이 책의 맨 마지막에 싣는 이 글을 읽으며 필자는 푸슈킨의 이 소설을 다시 읽고 오페라 『예브게니 오네긴』의 여러 버전 감상하기를 은퇴 이후 시간 보내기 계획에 넣어야겠다고 생각했다.

나? 그의 눈앞에 공작부인이 홀로 치장도 하지 않고 창백한 모습으로 앉아 편지를 읽고 있다. 어쩌나! 그녀는 고요히 눈물을 강물처럼 흘리고 있다. 손에 턱을 괴고.

그 누가 그녀의 말 없는 고통을 그 순간 읽지 못할 것인가! 그 누가 예전의 타냐, 가련한 타냐를 이 공작부인 속에서 보지 못할 것인가! 미칠 듯한 연민으로 아파하다 예브게니는 그녀의 발아래 쓰러진다. 그녀는 흠칫 떨더니 침묵하며 놀라지도 않고 화내지도 않으며 고요히 오네긴을 바라본다. 그의 병자 같은, 꺼져 가는 눈망울, 애원하는 모습, 또 말 없는 질책을 그녀는 다 느낄 수 있었다. 그녀 속에 꿈들을, 예전의 심장을 가진 소박한 처녀가 이제 다시 되살아나 있었다.

그를 일으키지도 않고 그로부터 그녀는 눈을 떼지도 않는다. 또 그의 뜨거운 입술로부터 무감각한 자기 손을 떼지도 않는다……. 그녀는 무슨 생각을 하는가? 지금 긴 침묵이 흐르는 이 시각에 다시금. 마침내 조용히 그녀가 말한다. "그만 일어나세요, 이제. 제가 솔직하게 고백해야지요, 오네긴, 보리수 길에서 운명이 우리를 만나게 했을 때, 당신의 설교에 귀 기울였던 그때 그렇게 공손했던 저를, 오네긴, 당신은 기억하시지요? 오늘은 제 차례입니다.

오네긴, 저는 그때 더 젊었지요. 아마도 더 아름다웠겠지요. 그리고 전 당신을 사랑했어요. 그런데 전 무엇을 찾아냈나요? 제가 당신의 가슴속에서 찾아낸 대답은 가혹함뿐이었어요. 맞지요? 소박한 처녀의 사랑은 당신에게 새로운 것이 아니었지요. 그 차가운 시선과 설교가 떠오르면, 맙소사, 지금도 피가 얼어들어요, 그러나 당신을 탓하지 않겠어요. 그 무서운 시간에 당신은 제 앞에서 올바르셨고 고결하게 행동하셨어요. 온 마음으로 감사드립니다…….

허황된 명성으로부터 멀리 떨어져서 벽촌에 있던 저는 당신의 마음속에서 하찮은 존재에 불과했지요? 맞지요? 당신은 지금 왜 저를 쫓아다니는 거죠? 어찌하여 제가 당신의 목표물인가요? 요새 상류 사교계라면 제가 나타나야 하고 우리가 부유하고 신분이 높고 남편이 전쟁에서 부상당해서인가요? 그 대가로 궁정이 우리를 우대해서? 또 제가 치욕적 행동을 한다면 이제는 바로 모든 사람이 알아차릴 수 있고, 바로 그것이 당신에게 사교계에서 잘나가는 유혹자라는 명예를 가져다줄 수 있기 때문에 그러는 건가요?

저는 웁니다……. 당신의 타냐를 당신이 여태껏 잊지 않았다면 알아두세요. 전 지금 할 수만 있다면 차라리 당신의 그 날카로운 책망을, 그 차갑고 엄격한 말씨를 택하겠어요. 당신의 모욕적인 열정보다는, 당신의 이런 편지와 눈물보다는요. 당신은 제 소녀다운 꿈에는 그때 동정이라도 하셨지요……. 그러나 지금 당신은 얼마나 시시한가요? 뭐가 당신을 제 발아래로 이끌었나요? 당신의 심장과 이성을 가지고 어떻게 이렇게 시시한 감정의 노예가 될 수 있나요?

그러나, 오네긴, 이 화려함이며 이 역겨운 삶의 번쩍거리는 허식이며 사교계 소용돌이 속 제 성공이며 제 최신식 저택과 야회며 이것들이 무슨 의미가 있나요? 당장에라도 이 모든 가장무도회 누더기 소품들, 이 모든 번쩍거림, 소음, 번잡을 다 주고라도 책꽂이와 다듬지 않은 정원들, 우리의 가난한 시골, 오네긴, 그곳, 제가 당신을 처음 만난 장소들, 또 십자가와 나뭇가지 그림자들이 죽은 가련한 유모 위로 드리워진 곳, 그 소박한 공동묘지……. 이것들만 가질 수 있다면 얼마나 좋을까요…….

행복은 그렇게 가능했고 그렇게도 가까웠지요! 그러나 이미 전 결혼했어요. 제 운명은 결정되었어요. 아마도 제가 조심성 없이 행동했는지도 몰라요. 어머니가 애원의 눈물로 제게 간청했지요. 불쌍한 타냐에게는 어떤 운명도 마찬가지……. 그래서 저는 결혼했어요. 당신은 저를 내버려둬야 해요. 당신께 간청합니다. 진정으로요. 압니다. 당신의 가슴 속에 자존심이 있고 진정한 명예가 있다는 것을. 그리고 저는 당신을 사랑합니다(무엇 때문에 속이나요?). 그러나 저는 다른 사람에게 주어졌습니다. 저는 한평생 그에게 충실할 것입니다.”

그녀는 갔다. 예브게니는 그야말로 벼락을 맞은 것처럼 꼼짝 않고 서 있다. 아, 어떤 감정의 폭풍우 속으로 그의 심장이 가라앉았는가! 허나 박차 소리 울린다. 타티아나의 남편이 나타난 것이다. 여기서 독자여, 우리는 그냥 이렇게, 이 순간 그에게는 운 나쁜 이 순간에 내 주인공과 작별하오, 이제 오랫동안 영원히……. 그의 뒤를 따라 그야말로 오로지 그 한 길만을 따라 이 세상을 충분히 헤매고 다녔으니. 이제 해안에 닿은 것을 서로 축하합시다. 만세! 오래전에 (그렇지 않나?) 때가 된 것이었소!

오, 내 독자여, 그대가 누구이건 간에, 친구이건 적이건 간에, 이제 친한 사이로 작별하고 싶소, 안녕히. 그대가 나를 따라오면서 여기 내키는 대로 쓴 연들에서 무엇을 찾든지, 여전히 잠잠해지지 않는 추억이든지, 일에서의 휴식이든지, 생생한 그림, 또는 날카로운 말이든지, 또는 문법적 오류든지 간에 새록새록 이 작은 책에서 재미와 희망을 위해, 심장의 꿈을 위해, 잡지의 토론을 위해 그대가 작은 조각이라도 아무쪼록 발견할 수 있기 바라오. 이제 우리 작별합시다, 안녕히!

부디 안녕히! 내 기이한 동반자도, 그리고 그대, 내 진정한 이상형도, 그리고 그대, 비록 작긴 해도 생생하고 변함없는 내 작업도! 나 그대들과 함께 시인이라면 누구라도 부러워할 만한 모든 것을 알았소. 사교계의 비바람 피해 현실을 잊는 것, 친구들과 진정 어린 대화를 나누는 것을. 나 젊은 타티아나와 오네긴을 몽롱한 꿈속에서 처음 보고 마술의 수정구를 눈에 대고 자유로운 내 소설의 먼 길을 아직 희미하게 보던 때부터 많은 날이, 정말 많은 날이 흘렀소.

허나 우정 어린 만남 속에서 내가 첫 연들을 읽어 주었던 이들…….

‘이들은 이제 없거나 멀리 있소’, 언젠가 사디가 말했듯이. 잊지 못할 이

들……. 이들 없이 오네긴이 끝까지 그려졌소. 그리고 타티아나라는 사랑
스런 이상형을 이루는 데 함께한 그녀는……. 오! 많은 것을, 정말 많은 것
을 운명은 앗아갔소! 가득 찬 술잔을 끝까지 마시지 않고 삶이라는 축제를
일찌감치 끝내고 떠난 사람, 삶의 소설을 끝까지 읽지 않고 내가 내 오네긴
과 그랬듯이 갑자기 그것과 작별할 수 있었던 사람은 축복받은 사람이오.
–끝–

2. 왜 이 장면인가?

이 장면은 푸슈킨의 명품 운문소설 『예브게니 오네긴』의 맨 마지막 부
분이다. 푸슈킨이 자신의 '기이한 동반자', 주인공 오네긴을 오랜 기간 따
라다니며 헤매면서 진행해 온 생생하고 변함없는 '작은 작업'의 결실, 자신
에게 그토록 소중한 '작은 책'을 세상에 내놓을 때 마무리로 독자에게 선
물한 부분이다. 여기서는 오네긴이 결투에서 렌스키를 죽인 이후 오랜 여
행 끝에 페테르부르그로 돌아와 예전에 자기에게 사랑의 편지를 보냈던
타티아나를 다시 본 후 지금은 사교계에서 존경받는 귀부인이 된 그녀에
게 진정으로 사랑에 빠져 편지를 썼는데 아무리 애타게 기다려도 답장이
없자 그녀의 집으로 찾아갔을 때의 장면이 펼쳐진다. 이 소설 전체의 내용
이 농축되어 있다고 볼 수 있는 이 마지막 장면을 읽노라면 소설 전체가
다시 한 번 머릿속을 지나가는 진한 감동 속에서 여주인공 타티아나가, 자
신이 과거에 사랑했고 지금도 사랑하고 있는 남자 오네긴과의 인연과 둘
의 미래에 대해 어떤 생각을 가지고 있는지 곰곰이 생각해 보게 된다.

이제는 결혼한 그녀가 처녀 시절과 마찬가지로 한결같이 사랑하는 오
네긴을 거절하는 이유는 과연 무엇일까? 남편을 위하여 자기를 희생하는
걸까? 사교계와 안락한 생활을 떠나기 싫어서일까? 자기를 거절했던 오네

긴에게 보복을 하는 걸까? 앞으로 오네긴과 다시 연결되는 것은 아닐까? 여러 가지 의문점을 남기는 이 마지막 장면이 내게 인상 깊은 이유는 무엇보다도 필자가 흥미를 느꼈던 점, 즉 인생의 중대사인 남녀의 결혼에 관해 여러 가지 생각을 깊이 하게 만들었고 타티아나의 결단의 현명함이 내 마음을 움직였기 때문이다.

결혼이란 무엇인가? 두 사람의 결합이다. 결혼은 결국 인간관계를 맺는 일이니 자신에게 어울리는 상대를 만나는 것이 무엇보다 중요한 성공의 요소일 것이다. 그 다음으로는 노력이다. 인간관계란 불가항력적인 일보다 손댈 수 있는 여지가 많은 관계여서 결혼 생활도 애쓰고 노력하면 잘 꾸려 나갈 수 있을 것이다.

타티아나는 결혼했다. 그녀가 말하는 것처럼, 또 그녀의 어머니나 유모의 경우처럼 사랑 없이 결혼한 경우이다. 그런데 그녀가 사랑하는 오네긴이 사랑을 고백하며 구애하는 것을 거절하면서 자신이 결혼한 몸이고 남편에게 충실할 것이라고 말한다. 그렇다면 그녀는 사랑보다 그냥 관습을 택하고 그럭저럭 살아온 그녀의 어머니와 같은 길을 가려고 그렇게 말하는 것일까? 타티아나에게는 아이가 없어 보이는데 아이 때문에 결혼생활을 유지하려는 것 같지는 않다. 푸슈킨이 그녀를 끝까지 지켜보고 '진정한 이상형', '사랑스런 이상형'이라고 부르는 이유는 무엇일까?

타티아나가 처한 상황에서 19세기 보통 사교계 여성이 할 수 있는 행동은 세 가지이다.

1) 현재의 사교계 생활을 하면서 오네긴과 몰래 밀회하는 경우
2) 사랑하는 오네긴을 택하여 가정을 떠나는 경우.
3) 오네긴을 마음속에서 지우면서 다른 일에 몰두하는 경우
타티아나는 이 세 가지 중 어느 것도 하지 않는다. 그녀가 이 세 가지 행

동을 하지 않는 이유를 살펴보면서 푸슈킨이 그녀를 왜 '이상형'이라고 생각하는지 알아보자.

1)의 경우, 즉 현재의 생활을 계속하면서 오네긴과 몰래 밀회하는 경우는 타티아나에게 일어나지 않을 것이다. 사교계의 룰을 익히 알고 사교계의 여왕으로 활약하는 여자인 그녀는 많은 여자들이 정부를 따로 두고 몰래 만나는 일이 당시 사교계에 묵인되어 있다는 것을 잘 안다. 오네긴과의 밀회가 사교계의 룰에 어긋나지 않으며 어떤 경우에라도 그것이 그녀가 품위를 유지하고 사교계의 위치를 지키는 데 방해가 되지 않으리라는 것도 알고 있다. 하지만 그녀는 비밀스레 밀회를 하고 감정의 장난질을 하는 많은 사교계 여인들과는 다르다. 그녀는 다른 사교계의 많은 다른 여자들처럼 피상적이고 위선적이며 메마르고 차가운 아름다움을 가진 여자가 아니다. 그녀는 자신의 감정을 솔직하게 표현하는 여자다. 그녀는 자신에게나 오네긴에게나 사랑의 감정을 속이고 싶어 하지 않는다. 감정을 속이는 일은 생명감에 차 있는 자연스러운 그녀에게는 어울리지 않는 일이다. 그녀가 오네긴과 사랑을 나눈다면 아마 그녀는 오네긴과의 관계를 숨기지 않았을 것이며 이러한 행동은 사교계의 룰을 어기는 것이 될 것이고 결국 사교계는 그녀를 용서하지 않았을 것이다. 우리는 처녀 시절 타냐가 자연의 이치대로 때에 맞게 사랑에 눈뜬 여자, 사랑으로 자기 성숙을 추구하는 여자, 순수하고 열정적이며 지적인 동시에 감정에 충실하고 진솔하며 자신이 택한 길을 용감하게 가려는 여자, 현실에 순응하지 않는 반란의 상상력을 가지며 생생한 의지와 외골수의 고집 센 머리, 불타는 심정으로 수치와 두려움을 무릅쓰고 사랑을 고백하며 방문할 것을 요청하며, 자신의 운명을 그에게 맡긴 솔직하고 순수하고 용감한 여자인 것을 보았다. 그런 성격의 그녀가 이제 남의 눈을 속여 가며 밀회의 게임을 하는 여자가 되는 것은 도저히 불가능하다.

2)의 경우, 즉 사랑하는 오네긴을 택하여 가정을 떠나는 일은 타티아나

의 경우에는 결코 일어나지 않을 것이다. 타티아나는 여전히 오네긴에 대한 사랑을 느끼고 있다. 그녀 자신이 표현하듯이 '사교계의 소용돌이', '가장무도회의 누더기 소품들', 외관의 '번쩍거림', '소음', '번잡' 같은 자연에 거스르는 환경에 처해서 모든 것을 다 내던지고 예전 오네긴을 만났던 곳, '책꽂이'와 '다듬지 않은 정원'이 있는 가난한 시골로 돌아가고 싶을 만큼 그녀의 마음이 있는 곳은 오네긴이 중심에 있는 장소이다. 그럼에도 불구하고 그녀는 오네긴을 따라나서는 행동을 하지 않을 것이다. 그녀가 사랑하는 오네긴을 따라 이곳을 탈출하지 않는 이유는 무엇일까? 그것은 그녀가 자신과 오네긴의 미래를 정확하게 판단하고 있기 때문이다. 그녀는 오네긴이 당시 귀족 인텔리로서의 자신의 코드를 벗어나기 어려운 인간이라는 것도, 그가 아무리 발버둥 쳐도 타티아나를 사랑할 만큼 성숙한 인간이 아니라는 것도, 그와 함께 새로운 결합을 시작한다면 자신이 파멸의 길로 가리라는 것도 알고 있다. 그리고 이제 비록 그가 뜨거운 열정에 빠져 죽을 만큼 그녀를 사랑한다고는 하지만 타냐는 이미 그가 앞으로 할 행동을 내다보고 있다. 오네긴은 아마도 한동안 모든 것을 잊고 그녀에게 몰두할 것이다. 하지만 그는 결국 자신의 한계를 벗어날 수 없는 인간이다. 비록 당시의 많은 청년들처럼 그가 사교계 귀부인에게 열정을 바치는 것이 그에게 잘나가는 유혹자라는 명칭을 가져다주는 시시한 감정에서 나온 것이 아니기는 하지만 말이다.

그녀는 감정에 솔직하다. 그러나 감정에 솔직한 것으로만 인생길을 가는 것이 올바른 길이 아니라는 것을 그녀의 이성은 알고 있다. 가지 말아야 할 길을 갈 때 긍정적이고 자연스러운 감정이 잘못되고 위험한 방향으로 향하고 그것은 결국 좋고 진정한 것에서 나쁘고 부자연스러운 결과를 낳게 된다는 것을 그녀의 이성은 알고 있다. 오네긴을 사랑하고 그리고 그런 감정을 자신에게나 오네긴에게 솔직하게 인정하지만 타티아나는 앞으로 자신의 길을 감에 있어 자신의 감정을 왜곡시키지 않을 수 있다는 현명한 결단을 한다.

　동시에 타티아나는 사회 통념에 따르는 것을 시시하다고 말하며 오네긴에게 자극을 주고 그가 좀 더 나은 남자가 되도록 일깨우고 싶어 한다. 그녀는 이제 오네긴을 이해한다. 그녀는 그의 서재에서 그가 읽은 책들을 통하여 그를 이해했고 그가 안타까워서 오랫동안 울었었다. 그녀는 그가 속으로 자신의 길을 찾으려고 노력하는 사람이라는 것을 알아보았으나 자신 속에 갇혀 있는 부자유스러운 회의주의자라는 것, 즉 세상에 실망하고 자신의 길을 때맞춰 알맞게 꾸려가지 못하는, 설 자리를 찾지 못하는 인텔리라는 것을 깨달았다.

　게다가 타티아나의 남편은 톨스토이의 명작 『안나 카레니나』에 나오는 여주인공 안나의 남편 카레닌, 자기기만 속에서 안나를 증오하는 남자와는 전혀 다른 사람이다. 차이코프스키는 푸슈킨의 초고를 살려 오페라에 나오는 타냐의 남편 그레민의 유명한 아리아를 만들었다. 그녀의 남편은 위선적인 사교계에서 그녀와 살아가는 것을 진정한 행복으로 여기는 남자로서 그녀를 이 세상의 누구보다도 소중히 여긴다. 그는 타티아나의 진가를 알아주고 그녀와 함께하는 길을 소중히 여기는 사람이다. 그는 카레닌처럼 사회적 위치에서 그럴듯한 가정을 가져야한다는 것보다는 타티아나라는 존재가 그에게 가지는 의미는 인생 전체의 의미와 같다는 것을 알고 있는 사람이다. 타티아나도 그것을 잘 알고 있고 조국을 위하여 열심히 싸우다 부상당한 남편을 존경한다. 타티아나의 남편은 그녀에게 진정한 '자유'와 '평온'을 줄 수 있는 존재로서 안나의 남편인 카레닌과는 여러 모로 다른, 오네긴에게는 만만하지 않은 적수를 넘어 그에게 패배를 안기는 우월한 사람이다. 그녀는 그런 남편을 떠나 오네긴과 함께하는 길이 인간성의 왜곡은 물론 자신을 잃고 어쩔 줄 모르며 파멸을 초래하게 되는 길이라는 것을 잘 알고 있었을 것이다.

　그래서 그녀는 오네긴에게 그들의 사랑이 이러한 형태로밖에 머물 수 없는 운명이라고 말한다. 오네긴은 그 말을 듣고 벼락을 맞은 듯 각성한다. 열정을 긍정적으로 삶에 유용한 요소로 만들 줄 아는 타티아나와 달리 오네긴은 사실 설 자리도 목적도 없는 인간, 현재를 충실하게 살지도 못하고 미래의 삶을 계획하지도 못하는 인간이었고 그는 그대로 남았다. 세상 사람들을 시시하게 보고 아무것도 존경하지 않으며 권태롭게 살아가다가 타티아나를 보게 되는 그는 그녀의 사랑을 받아들일 만한 자신도 의지도 없었다. 오네긴은 타티아나를 한눈에 알아보았으나 권태와 오만 때문에, 스스로에게 갇혀서 옴짝달싹 못하는 불구였던 것 같다.

이제 그가 다시 타티아나를 만나, 시골에 있었던 그녀의 예전의 편지와 창가에 앉곤 했던 그녀의 모습만이 머릿속을 맴도는 것으로 보아 그가 지금 타티아나에게 구애하는 것은 타티아나가 말하듯이 사교계에서 잘나가는 유혹자라는 명성 때문은 아닌 것이 분명하다. 그러나 그는 때를 놓쳤다……. 모든 일에서 때에 맞게 행동하는 여인 타티아나는 때에 맞게 행동하지 못하는 그의 정체를 꿰뚫어보고 안타깝지만 현명한 결단을 내리는 것이다.

3) 오네긴을 마음속에서 지우려 하고 그에 대한 감정을 부정하는 경우도 타티아나에게는 일어나지 않는다.

그녀는 억지로 자신의 감정을 죽이는 그런 여자가 아니다. 처녀 시절 사랑의 열정을 느낄 때 자신의 감정을 솔직히 고백했던 그녀다. 이제 다른 사람과 결혼한 후에도 그녀는 자신의 감정을 들여다보고 그것이 변하지 않았다는 것을 알며 오네긴에게 사랑한다며 무엇 때문에 자신이나 오네긴에게 속일 필요가 있냐고 말한다. 그녀는 자신의 길을 택하면서 남편을 속이려고 하지 않고 자신의 감정을 억지로 죽이지도 않고 자신을 속이지도 않는다. 그녀는 사랑의 감정이 매우 소중하지만 부서질 수 있다는 것을 알고 있다. 오네긴이라는 인물과 함께할 때 더더욱 그러할 것이라는 것도 안다. 그러므로 그녀는 자신의 감정을 속 깊이 간직하고 그 열정이 인생길을 풍성하게 할 수 있도록 자신을 다지며 더더욱 넉넉하고 평온한 길을 가려고 한다. 사랑을 알고 간직하고 있는 여자는 그렇지 않은 여자에 비해 얼마나 깊고 넉넉하고 평온한가! 푸슈킨은 그녀를 흠잡을 데 없이 완전한 모습으로 그렸다. "그녀는 서두르지 않았으며 차갑지 않았고 말수가 없었으며 과하게 여길 만큼 빤히 쳐다보고 함부로 시선을 던지지 않았고 자신의 성공을 과시하지도 않았다. 이 모든 작은 흠도 없이 모방하려는 의도도 없이…… 그녀의 모든 것은 고요하고 단순했다." 그녀가 이렇게 완전한 것은 그녀가 세상과 타인과 자신을 이해하고 있고 자신의 길을 알며 속 깊이 아픔과 그리움과 사랑을 품고 있어서이다. 그녀는 고통으로 인하여 피폐하게 되지도 않았고 그렇다고 고통을 잊고 호들갑스럽지도 않고 급하게 달리지도 않으며 다시 만난 자신의 연인 때문에 화들짝 놀라지도 않고 그렇다고 냉담하지도 않다. 그녀는 그에게 자신의 사랑을 고백하며 자신의 길을 또박또박 걸어가는 평온하고 의젓한 모습을 보여준다. 그녀의 평온 속에는 희망과 좌절, 열정과 아픔이 있다. 예전에 그녀는 미래에 대한, 미지에 대한 동경을 가진 여인이었고 이제는 과거에 대한 그리움을 소중하게 품고 사는 여인이다. 자기 또래의 남녀 인물들, 올가, 렌스키, 오네긴이 사회적 통념이나 스스로의 한계를 벗어나지 못하는 것과는 달리 자신의 길을 꿋꿋이 개척해 나가는 그녀의 이 결단, 무슨 규범이나 열정이나 계산에서 나온 것이 아니라 그녀의 자유의지에 의해서 이루어진 평온과 자유를 유지하는 인생길을 가기 위한 이 결단은 현명했다.

3. 작가 및 작품 소개

『예브게니 오네긴』은 러시아문학에 큰 영향을 끼쳤고 러시아문학이 가장 자랑하는 작품들 중 하나이다. 이 작품은 러시아문학뿐만 아니라 세계

문학 속에서 살펴보아도 매우 독특한 장르인 운문 소설로서 특히나 완벽한 형식미를 갖추고 있다. 저자는 독일에서 괴테나 실러가, 영국에서 셰익스피어가 지니는 위치를 러시아에서 지니는 알렉산드르 세르게예비치 푸슈킨(1799-1837)이다. 1823년 시작되어서 1833년 첫 출판된 이 소설은 푸슈킨이 살았던 시대의 러시아의 이모저모를 잘 알려준다는 점에서 투르게네프의 『아버지와 아들』, 톨스토이의 『안나 카레니나』, 도스토예프스키의 『죄와 벌』, 체호프의 『결투』를 비롯한 소설이나 「갈매기」 등의 드라마 작품들처럼 작가들이 살았던 당시의 러시아, 그 삶의 현장에서 사람들이 어떻게 살아갔는지, 어떻게 자기 길을 용감하고 현명하게 개척해 나갔는지, 아니면 사회의 통념 속에서 헤매며 자신을 찾지 못하거나 자신 속에 갇혀 파멸해 갔는지를 이해하는 데 매우 중요한 작품이다. 또한 이 소설의 주인공이자 푸슈킨의 '제2의 자아'인 오네긴과 푸슈킨의 이상적 여인상인 타티아나의 사랑 이야기는 시간과 공간을 초월하여 모든 젊은이들에게 삶과 사랑의 문제를 진지하게 생각해 볼 계기를 준다는 의미에서 청소년기에 한 번쯤 읽어볼 만하다. 그리고 성인이 된 후에도 언제든지 흥미롭게 다시 되풀이해서 읽으면서 자신을 들여다보고 각성하고 노년이 되어 인생을 회고하는 데도 도움을 줄 수 있는 작품이라고 여겨진다.

찾아보기

<ㅅ>

<ㅇ>